谨以此书献给

为中国航天固体动力事业默默奉献的中国航天人

谨以此书纪念

中国航天固体动力事业创建暨中国航天科技集团公司

第四研究院建院 60 周年

国家至上

nation first

“对航天人来说，祖国的需要就是神圣的召唤，这种浓烈的爱国情怀和事业责任心让我们对任何艰难困苦都能够甘之如饴。”

干惊天动地事，做隐姓埋名人

赵韦 著

陕西新华出版传媒集团 陕西人民出版社

图书在版编目（CIP）数据

国家至上 / 赵韦著 . -- 西安 : 陕西人民出版社，2021.6

ISBN 978-7-224-14184-9

Ⅰ . ①国… Ⅱ . ①赵… Ⅲ . ①纪实文学—中国—当代
Ⅳ . ① I25

中国版本图书馆 CIP 数据核字（2021）第 104940 号

出 品 人：宋亚萍
总 策 划：赵小峰
出版策划：刘景巍
策划编辑：韦禾毅
责任编辑：屈 奇
王 辉
整体设计：杨亚强

国家至上

作　　者 赵 韦
出版发行 陕西新华出版传媒集团 陕西人民出版社
（西安北大街 147 号 邮编：710003）
印　　刷 西安市建明工贸有限责任公司
开　　本 787 毫米 ×1092 毫米 1/16
印　　张 24
插　　页 2
字　　数 285 千字
版　　次 2021 年 6 月第 1 版
印　　次 2022 年 2 月第 2 次印刷
书　　号 ISBN 978-7-224-14184-9
定　　价 68.00 元

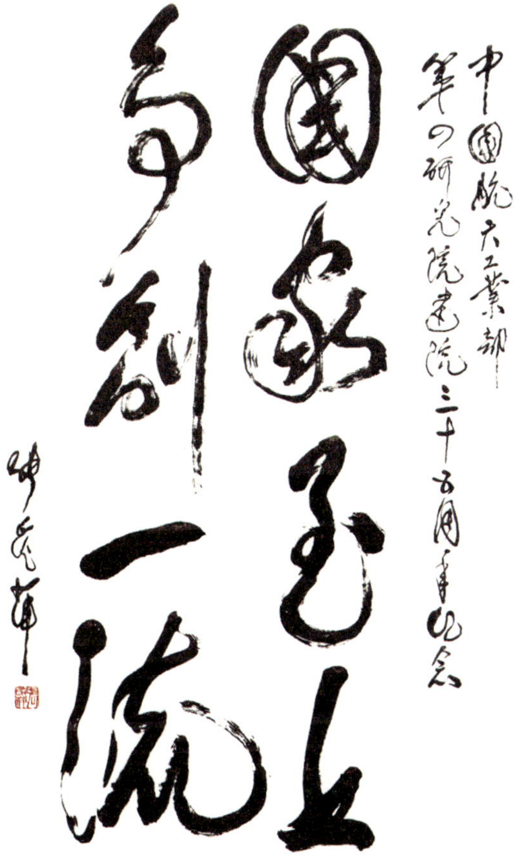
中国航天工业部第四研究院建院三十五周年纪念
国家至上
争创一流

序言一

国家至上，几代航天固体动力人矢志不移的追求

·任全彬[1]　王亚军[2]

在中国共产党建党100周年、中国航天事业创建65周年之际，在中国航天固体动力事业创建60周年，也是中国航天科技集团有限公司第四研究院建院60周年前夕，长篇纪实报告文学《国家至上》在上级机关、各级领导，特别是陕西省委宣传部、陕西新华出版传媒集团和中国航天科技集团的关心指导、鼎力支持下，在航天科技集团四院广大科技工作者的倾心参与下，经过作家赵韦历时几年的精心采写创作和反复打磨，终于和广大读者见面了。这是第一部公开出版、系统反映中国航天固体火箭动力事业奋斗发展历程的纪实文学作品，它的出版既是中国航天文化生活的一件盛事，更是以文学作品形式对航天精神进行的极好展现和高度凝练。在此，谨向为创作本书付出

[1] 任全彬，中国航天固体火箭发动机总体技术专家，研究员，博士生导师，2021 年 7 月起任中国航天科技集团有限公司第四研究院院长、党委副书记。

[2] 王亚军，中国航天运载火箭、战略导弹总体技术专家，研究员，博士生导师，2021 年 10 月起任中国航天科技集团有限公司第四研究院党委书记、副院长。

辛苦努力的上级领导、作者、出版社及工作人员以及全体受访对象致以诚挚感谢和衷心祝贺。

航天事业是党的事业、国家的事业，是亿万人民瞩目的事业。我国航天事业60多年的发展史，就是一部在党的坚强领导下大力弘扬爱国奋斗精神的历史。在60多年的发展历程中，航天人不仅取得了“两弹一星”、载人航天、“嫦娥探月”、北斗导航等为代表的辉煌成就，也铸就了被纳入中国共产党人精神谱系第一批伟大精神的“两弹一星”精神、载人航天精神和新时代北斗精神、探月精神，中国航天人不仅为国家筑牢了战略安全的强大基石，也组成和丰富了中华民族厚重而又宝贵的精神文化财富。

回溯历史长河，寻根初心坐标，探索追梦足迹。本书所反映的只是灿若繁星的以航天报国、航天强国为使命责任的中国航天大军群像的一个缩影。

发展航天，动力先行。固体发动机是火箭和导弹武器的心脏，为火箭导弹全程飞行提供强劲动力。由于固体发动机的特殊用途，国外对相关技术严加封锁，我国工业基础又十分薄弱，在这样异常艰难的条件下，作为我国航天固体动力事业的肇始者和领军者，航天四院人在新中国领导人“我们也要搞固体导弹”的政治感召下，以国家强盛、民族希冀为己任，舍弃城市繁华、不计个人得失，义无反顾投身航天事业，孜孜矻矻迈开了一条中国航天固体动力事业从无到有、白手起家、自力更生、自主创新的艰辛奋斗之路……

幽静的大山不再寂寥，漫天的戈壁不再荒芜，航天固体动力人的光荣与梦想从此启航。寻觅四院人奔腾固体动力“心”的追梦路径，从北京东山沟到四川泸州高坝，从塞外朔漠到秦岭脚下、荆楚要地，他们南征北战、辗转迁徙的奋斗足迹踏遍大半个中国，点亮了“国家至上”的红色地标。回首固体动力事业的自主发展历程，有一穷二白的荆棘路，有一往无前的固体魂，有推举中国首星“东方红”的惊人壮举，有载人航天“生命之塔”的不辱使命，有“长征十一号”火箭的连战连捷，更有无数次让慑战止战的大国长剑一飞冲天的壮志豪情，他们自力更生、矢志创新的铿锵足音跨越两个世纪，奏响了“争创一流”的激情赞歌。

“国家至上，争创一流”，这八字理念是对四院人精神特质的生动提炼和高度概括，是爱国奋斗精神在四院的生动探索和实践。60年来，四院人走过激情年代，越过燃情年代，跨过奔腾年代，用智慧、汗水甚至生命创造了中国航天史上的一个又一个第一，走出了一条极具中国特色的航天固体动力事业从无到有、从小到大、从大到强的发展之路。

长剑不语人不寐，一声怒啸天地惊。60年来，四院人为国铸剑，随令即发，以成功报效祖国，用实力问鼎长天。经过几代人的接续奋斗，四院的固体火箭发动机如今已经形成了覆盖战略、战术导弹武器系统以及宇航运载等全领域、多平台、系列化的产品体系，一大批体现国家意志、民族尊严的先进现代化装备的投入使用，为我国牢牢构筑起了空中、陆上、水下全方位的“钢铁长城”，成为中国人民捍卫国家主权和领土完整的强大力量。

徜徉于60年的时光隧道，触摸四院的肌肤，感知四院的呼吸，探索奋斗的足迹，这是一个难得的过程，也是一次精神上的洗礼。一次次深度展读许多人物，让人不能不再去思考人生的价值和生命的意义。红心向党不褪色，汗水热血铸军工。60年之于浩荡历史，只是须臾之间，但对于一个企业，却有道不尽的沧桑巨变，数不清的风流人物。他们胸怀报国志，满腔强国情，以青春之名铸就光荣与梦想，以青春之躯践行承诺与使命，他们是四院创业、守业、改革时期的擎旗人、开拓者、排头兵……

今天，我们十分欣喜地通过作家赵韦《国家至上》这本书，从普通社会公众的视角，挖掘一个个鲜活的人物，捕捉一个个质朴的瞬间，再现一段段真实的历史，重温一种历经岁月沉淀的精神，品读字里行间的真挚，走近时光雕琢的岁月，随着历史的跌宕，见证航天人的纸短情长——

有杨南生、邢球痕等四院先驱们献身航天、为国争光的无私大爱；

有大国工匠徐立平和他的师傅们钻进发动机人工挖药的惊心动魄；

有王士宝、王庆利和陈立学、陈红斌等四院上阵“父子兵”的薪火相传；

有侯晓、庞爱民、王健儒等接续奋斗的新一代四院脊梁的豪情满怀；

……

他们的故事有波澜、有低沉、有感动、有激情，故事里不仅奔腾着每个个体成长奋斗的浪花，更有几代四院人顽强拼搏、披荆斩棘的身影，有他们在艰难中奋起的坚定，在坚定中前行的平凡，在平凡中奉献的伟大。透过他们，你就能把握到四院发展的脉搏，触摸到四院的精神底色，感悟四院人特有的气质和一贯品格，平实内敛中有一种张力和顽强，那是岁月凝铸的风骨，时光谱就的长歌，是对“国家至上，争创一流”院魂的生动演绎，是对航天三大精神、新时代北斗精神和探月精神的完整诠释。

沧海桑田，面貌一新，初心不改，使命依旧。老一辈航天人艰苦创业、无私奉献的自觉与情怀，自力更生、自主创新的责任和担当，已经融入了四院人的精神血脉，成为生生不息、薪火相传的优秀文化基因。

作为先行者，他们倾情铸剑的事迹、可歌可泣的故事、无上崇高的品格、无限荣耀的勋章，如理想照耀，如灯塔耸立，激励后来者不忘来时路，永续新辉煌。

作为后来者，我们既是故事的阅读者，也是故事的续写者，既是故事外的传播者，也是故事里的弄潮儿。今天我们正阔步行进在实现中华民族伟大复兴的大路上，我们将怀揣同样的愿景，奔向下一站航标，用“国家至上”

的精神创造新的历史，用“争创一流”的行动续写新的辉煌。

用精神，敬不凡；以传承，至未来。

致敬所有的中国航天人，致敬所有的中国军工人，致敬所有伟大的中国人民。

2021年10月8日于西安

序言二

中国航天的动力源

·李炳银[1]

有关中国航天领域活动的纪实作品，我这些年来读过不少，自以为对这个领域的人物有很多了解。可令我意外的是，读了赵韦的这部长篇纪实作品《国家至上》之后，才发现，中国航天领域中还有很多重要的方面、很多重要的人物精神及行动我并不是很了解。这次阅读，是又一次很大的感动与收获。

此前，读到的有关记录反映中国航天领域的作品，大多都是有关火箭发射场建设、使用，以及火箭发射、卫星运转、“神舟”升天等直观表现情景的作品，看到火箭成功发射，将导弹或卫星准确推送到位，就让我感到非常震撼和激动。看到这些情景中的科技内容与神秘存在，对于像我这样身处领域之外的人来说，已经是很大的满足了。但现在看来，是只知其一而不知其二、其三呢！火箭发动机是至今所有航天活动的基础，没有火箭发动机的推

[1] 李炳银，中国报告文学学会常务副会长，全国报告文学理论研究会会长，著名评论家。

送，任何导弹、卫星都无法离地升空。因此，火箭发动机是基础，燃料与发动机的有效结合，才是航天开始的地方。赵韦的这部作品，追踪寻访并动情描绘中国研究火箭固体燃料、固体燃料发动机并制造成功，最终用强大动力将卫星和导弹推送到更高更远空间的人们的生活经历与事迹，内容神秘，目标坚定，经历曲折，成就巨大，大长国威，令人敬佩，是对中国航天领域事业、人物活动范围的文学新开发，是对航天人精神情感在又一个载体上真实形象的再次展示和热情礼赞。

这个激动人心的中国航天故事，是从不忘当年日寇蹂躏中国的仇恨，后来经艰辛学习，很早加入中国固体燃料使用研究，继而直接领导并参与火箭固体燃料发动机研制的邢球痕院士的人生和事业开始的。作品通过对杨南生、邢球痕为代表的中国第一批航天科技工作者的开发经历、领导部署、难题攻关、伟大成功等事迹的记录，真实地再现了中国固体动力火箭筚路蓝缕、艰难开拓、人才成长、成就显赫等方面的发展进程，人物故事生动，令人感慨和振奋。

开国之初，在国际封锁、国防科技压力巨大的环境中，中国的固体火箭技术科研人员，先后在北京云岗、四川泸州、内蒙古呼和浩特、陕西蓝田、湖北襄樊和陕西西安等地的搬迁过程中，定课题，立项目，搞试验，完成任务。半个多世纪以来，他们几乎总是在流动的过程中，既遭受着流离的艰辛，又承受着完成国家重大任务目标的压力，经历了重重磨难。在不少家庭人员分离各地，有的单位需要“下河挑水，上山砍柴”的原始山野般生活日子里，他们从不懈怠，矢志不渝。在国家和相关上级部门及领导的支持下，杨南生、邢球痕、叶定友、阮崇智、侯林法、祝一辰、田维平、侯晓、邓红兵、张小平、庞爱民、王健儒等几代科学研究团队，陈立学、陈红斌，王士宝、王庆利那样的父女兵，在危险时敢于上阵的陈明义、王广仁、王安民等“敢死队”队员，特别是在试验爆炸中不幸牺牲的戴学华、杜品芳等烈士，在“装药”“挖药”“脱黏”等许多稍不小心就会发生剧烈爆炸的工作中超凡表现的人，长久持续地刻苦攻关，牺牲奉献，从第一款实用型300mm直径固体发动机，到直径1000mm、1400mm、2000mm及以上直径的百多种发动机，供各类导弹使用，及时填补中国8000 公里以上固体燃料洲际导弹发动机空白；在1970年将中国第一颗“东方红卫星”送上天，此后又研究制造并实现国家重器——超远距离洲际导弹推送的成功，雄壮国威，增强威慑力量。这么多年默默存在于中国航天事业背后的人们，是优秀的人民子弟、国家栋梁，也是以强力推举中国真正走向世界大国、强国之列的英雄推手！

赵韦的作品，内容本身带有很强的揭秘性，对读者有极强的吸引力与诱惑力。可是，赵韦却不像有些此类作者，刻意着力于传奇渲染，而是在质朴平实的事件和人物故事中，表现崇高无私和坚毅勇敢的人物性格形象，具有发人兴叹的力量。作品很善于在对比描绘中凸显价值，使真正的力点集中生力，使人受到触动。比如，这些从事固体燃料动力开发研制的人们，本是一些高精尖科研人物，是国宝，理应得到特殊的照顾，有良好的生活环境和工作条件。可是，因为各种原因，这些人却多是在各方面条件都非常艰难且动荡不安的状态下工作。再比如，这些人，为国家做出了巨大的贡献，有一些人甚至付出了生命，可他们的事迹和作为却很少为外人所知晓传扬，他们自己也都默默地认可了这样的现象。如张艳还在上幼儿园的时候，妈妈戴学华就与另一个阿姨杜品芳在意外发生的爆炸事故中牺牲了，后来自己艰辛成长，结婚后丈夫又遭遇车祸，头部重伤，日子十分沉重。在全单位的人都知道妈妈事迹的情况下，张艳却说：“长大后很少再想妈妈。‘已经不在了，想也没有用’。”“必须做好自己的工作，不能让别人有看法。”这样的人生际遇，就非常使人感慨和感动。像徐立平、徐凡平弟兄，由普通工人努力成为“大国工匠”的过程，也都令人钦佩和尊敬。这样尊重生活事实并真实表现，采用在落差交叉比较中凸显视点的方法，有力地开掘和彰显了书写对象的精神高度和性格特性。

赵韦十分尊重文学记述的特殊性，作品始终在围绕人的经历、行动故事展开。在这样的展开中，将中国在火箭发动机燃料从液体逐步靠自主研发过渡到固体的跃进发展、固液动力齐头并进的情形给予呈现。结果，人物的伟大创造精神、奉献行动、国家情怀和国家独立自主推动科学事业取得辉煌成就都得到了文学再现。作品生动地再现了一大批不计私利、终身甚至几代奉献国家航天科学事业的英雄楷模群像。可以说，这里人们的行动，几乎没有日常凡事，件件都同火箭相关，同中国的航天事业、国家安全相连。这些丰富独特的人物故事，是现实中国伟大崛起交响乐中一个强劲的声部。

赵韦的这次写作，厚重了文学的价值，与那些只关注私我悲欢、宣泄怨愤的作品存在很大不同，是一种“经世致用”的“经国之大业”的文学书写行为，也是使文学富有力量价值的行动。这样贴近伟大创造者去书写的文学创作态度，是如今需要提倡和赞赏的。为了完成这次写作，赵韦花费多年时间访问当事人，收集消化各种资料，在一次次感动中理解采访对象的精神动力和行动力的来源，最后将这些通过叙写表达出来。在这些高端的科学活动同看似日常的生活表现中，作家看到了沉淀其中丰厚的和平向往和国家使命担当情怀，也是一种循道承负的自觉。因此，其走笔行文都是感动和敬佩的感情流露，是从内心滋生出的真诚动人书写。虽然因科研单位名称、时间地点、各种机械型号过多，读者不易理清而会影响阅读感受，但中国航天固体动力史的轨迹、英雄史的痕迹十分清晰明显。是为祝贺！

2021 年 7 月 3 日于北京

目录

第一章

护国之盾

一

1984 年初春时节，蓝田县城南边那连绵的群山间，背阴处还有尚未融化的积雪。山脚下那条崎岖蜿蜒的柏油路有些地方已经破损，一辆小轿车正疾驰在路上，向西安方向驶去。坐在车上的邢球痕望着车窗外起伏的山峦，沉默不语。他要立刻赶往西安火车站，搭车前往北京，他接到航天部发来的一个重要会议通知，对会议内容却毫不知情。

窗外那片山区，看上去与其他地方的山沟没什么不同，其实里面暗藏玄机。中国最大的固体火箭发动机生产基地便驻扎在此，几条山沟里散布着研究所、试验站和生产厂，近万名航天工程师、技术工人以及他们的家属，在蓝田这片山区里已经工作、生活了十几年。中国航天业内，此处被称为“四院”，又被称为063基地[1]。

邢球痕是四院的院长，上任才一年零几个月，此前，他在四院所辖的发动机研究所担任所长。曾有人跟他开玩笑，“你是坐着火箭升上去的”，因为按照惯例，担任院长之前，都要有几年副院长的任职经历，邢球痕却跳过了这个环节，被直接任命为院长。

连他自己都觉得，这种火箭式的升迁太过突然，以至于当初航天部部长张钧宣布任命决定时，他态度坚决地拒绝担任这一职务。可张钧部长的态度更坚决，“这是中央组织部的命令，你得服从！不要有顾虑，我们支持你”。

这种打破惯例的任命，是为了让邢球痕能够更有效地协调、调动航天四院的力量和资源，尽快研制出大型固体燃料火箭发动机，用于装备制造出中国急需的战略武器——固体燃料远程洲际弹道导弹。

这项任命，与邢球痕此前的工作成就有着密切关联。他在发动机研究所工作多年，担任研究室主任和所长期间，一直从事着中型固体燃料火箭发动机的研制和技术管理工作。

1982年10月12日，中国第一种使用固体燃料的战略弹道导弹进行潜艇水下发射并获得成功。发射试验刚刚结束，在北京坐镇指挥的中央军委副秘书长张爱萍将军便赶到试验基地，点名要见负责导弹发动机设计工作的邢球痕。接到通知的邢球痕却紧张得冒了汗，因为试验虽然取得成功，但发射前的准备期，发动机保险机构发生过一点意外的小问题。他暗自猜测，张将军点名见他，想必是要询问这个情况，见面时他必须向张将军好好解

[1]1969年12月3日，第七机械工业部下发文件，将位于三线正在建设中的航天系统科研生产工业区，统一改称“基地”，按不同研制生产分工，分别组成代号为061、062、063、064、066、067、068等专业研制基地。负责固体火箭发动机研制任务的七机部第四研究院，位于陕西蓝田山区的研制生产区域，被称为063基地。

释一番，并做出深刻检讨。

在中国军工行业里，没人不知道张爱萍将军的大名，他从 1958 年起便担任主管国防科技工作的国防科委[1]副主任之职，1975 年又接替聂荣臻元帅的职务，成为国防科委主任，是中国军工行业的老领导。

潜射弹道导弹发射试验一个月前，张爱萍将军又担任了中央军委副秘书长，依然主管国防科技工作，这次重大发射试验更是由他亲自坐镇指挥。

“这次……这个保险机构的毛病啊……”坐在张爱萍将军身旁，邢球痕准备的检讨刚说了半句，就被张爱萍将军摆手打断了：“我不是来听你们解释保险机构问题的，就是想跟你们随便聊一聊。”

张将军此行就是为了见见发动机的主要研制人员，潜射导弹发射成功，他心中实在是高兴。对于中国战略导弹技术而言，此次成功发射的意义极为重大！

早在 1959 年，新中国屡屡遭受核威胁、核讹诈后，毛主席曾豪迈地说，中国人要自己搞核潜艇，“一万年也要搞出来”。1974 年 8 月 1 日，中国第一艘核潜艇加入海军战斗序列，却仅是个徒有虚名的“空壳子”，因为只有携带装有核弹头的战略导弹，具备二次核反击能力的潜艇，才能称之为战略核潜艇。而那时，中国还没有与之配套的战略导弹。

这次潜射导弹的成功发射，标志着中国核潜艇已经名副其实地拥有二次核反击的威慑力。这种可快速实施发射的中程弹道导弹与核潜艇极强

[1] 国防科委是航天部以及国内所有军工行业的直接领导机构，全称“中国人民解放军国防科学技术委员会”，1958 年由中共中央批准中央军委成立，中央军委副主席、国务院副总理聂荣臻元帅担任主任，张爱萍中将担任副主任。该机构职责为：组织制定国防科学技术研究、武器装备研制及航天技术的发展战略和方针、政策；组织编制军品科研、试验、定型、生产的规划、计划，并组织实施和进行督促、检查、协调等工作。1975 年 3 月，张爱萍将军被中央军委任命为国防科委主任，直至 1982 年与其他部门合并为国防科工委。

的隐蔽性、机动性结合后，中国战略武器的生存能力和突防能力都获得了极大的提升，中国保卫国家安全、维护世界和平的“盾牌”也因此更加坚固。

这是毛泽东主席的遗愿，也是负责国防科技工作数十年的张爱萍将军的夙愿，如今，见到此“大国重器”的成功，他怎能不欣喜！

那天会面的气氛轻松而融洽。邢球痕悬着的心也放了下来。搞国防技术的人聊天，自然离不开技术话题，几句话之后，邢球痕便说：“张秘书长，我们现在的技术条件，已经可以搞大发动机了。”

其实，早在 1975 年，四院已经在主管技术的杨南生 [1] 副院长主持下，开始了“搞大发动机”的技术预研。发动机研究所阮崇智副所长等技术专家已经进行了多年的相关工作。这枚潜射导弹发射试验前一年，四院已经初步构建起一个大发动机组合方案——在两级发动机构成的中程导弹技术基础上，研制出一款三级发动机组成的洲际导弹。

张将军听说已经具备研制大发动机的条件，眼睛一亮，兴奋地说：“搞大发动机？那是我梦寐以求的嘛！”

邢球痕赶忙问：“那就是说，国家同意我们搞大发动机了？”

张爱萍将军意味深长地说了句：“有了这个大发动机，我们就可以搞真正的战略武器了！”

[1] 杨南生（1921—2013），中国探空火箭和固体火箭发动机事业的开拓者和奠基人之一，著名航天专家。1943 年毕业于西南联合大学机械工程系，1947 年赴英国曼彻斯特大学攻读机械专业博士学位，1950 年回国，先后任重工业部北京汽车工业局实验室工程师、长春第一汽车制造厂中央实验室主任、中国科学院力学研究所副研究员、上海机电设计院副院长。1964 年调入国防部五院四分院工作，历任七机部四院副院长、陕西七机局副局长、七机部向阳化工机械公司副经理兼总工程师、七机部四院副院长兼总工程师、七机部总工程师，航天部四院科技委主任、技术顾问，航空航天工业部、航天工业总公司、航天科技集团公司科技委顾问等职。长期从事固体火箭发动机的技术管理工作，领导了多项固体火箭发动机重大型号研制和预先研究工作，为中国航天固体动力事业从无到有、从小到大做出了杰出贡献。1985 年当选国际宇航科学院院士。

其实，那时中国已经拥有一款射程超过 8000 公里的洲际导弹。在这次固体推进剂中程潜射弹道导弹发射试验的两年前，也就是 1980 年 5 月 18 日，中国就成功进行了一次被称为“飞向太平洋”的洲际导弹发射试验。只不过，那款洲际导弹采用的是液体推进剂发动机，与邢球痕他们研制的固体推进剂发动机有着根本性的区别。

采用液体推进剂的洲际导弹，发动机结构复杂，发射前才加注推进剂，准备工作时间长。采用固体推进剂的洲际导弹，发动机结构简单，并且在生产时就完成了推进剂浇注，可在短时间内进行发射。并且机动性非常好，可在陆地上进行车载发射，也可从海面下由潜艇发射。早在 20 世纪 60 年代，美苏两大世界军事强国的洲际导弹都已经普遍采用固体推进剂发动机技术。那时，中国拥有的液体推进剂洲际导弹只是解决了“有没有”的问题，技术实力、实用性和快速反应能力都与国际水平相差甚远。

中国从 20 世纪 50 年代后期开始研制固体发动机，邢球痕他们便负责此项任务。不过，刚刚成功发射的这枚潜射导弹虽然被称为战略武器，却是射程不到 2000 公里的中程弹道导弹，它的发动机是直径仅为 1.4 米的中型发动机。而真正意义上的战略武器，是射程超过 8000 公里的固体推进剂洲际导弹，可那时的中国尚未掌握相关的技术。

这便是听到邢球痕说“可以造大发动机”的话题时，张将军立刻兴奋起来的原因——只要造出大型固体发动机，洲际导弹就基本成型了。对于长期被国际社会孤立排挤，并时常遭受核讹诈威胁的中国而言，太需要这样的战略武器来确立自己的大国地位和话语权了。

在发射基地会面之后一个月，张爱萍将军便担任了国务委员兼国防部部长。没过多久，邢球痕也接到“跳级”担任四院院长的任命书。这样的时间，这样的任命，也同样的意味深长。

二

其实，研制大型固体发动机，又何尝不是邢球痕和四院所有科研人员、技术工人们的夙愿！

为了掌握固体火箭发动机技术，他们已经艰苦探索了20多年。

这项任务是国家最高级别的机密，他们不能与外界接触，给父母的家书中都不能涉及任何与工作相关的内容。伴随着国际国内政治气候的变化，他们从北京郊区秘密前往西安协作，又从西安搬到长江之畔的四川泸州山区，再从温暖湿润的川南盆地转赴寒冷干燥的呼和浩特，又从塞北高原搬进了蓝田县的秦岭山沟。他们几乎走遍了半个中国，驻扎地都专挑城市远郊人烟稀少的荒僻之地。他们从技术简陋的无控火箭弹开始研制，一点一滴地探索、积累、提升技术，经历的艰难与危险难以计数，很多单位都有因公受伤、致残，甚至牺牲的人员。如今终于可以开展大型发动机的研制工作，四院的所有人员都因此满怀欣喜，并热情高涨地投入研制工作中。

得益于前期扎实的预先研制工作，大型固体发动机的研制进展迅速，1983 年年底，邢球痕担任院长不到一年时间，一级、二级发动机论证研制工作就已经基本完成。

那应该是邢球痕职业生涯中最好的时段。这么说，并非因为他担任了四院院长职务并全面主持了这项研制工作，而是因为那时的他们正沐浴在“科学的春天”里，研制工作已经没有来自外界因素的干扰。

1978 年 3 月 18 日至 31 日，中共中央、国务院在北京隆重召开全国科学大会，这是中国科学史上一次空前的盛会，孙家栋、王希季等众多航天科技工作者也参加了大会。

中共中央副主席、国务院副总理邓小平在大会开幕式上发表重要讲话，阐述了“科学技术是生产力”的著名论断，并摘掉了长期扣在知识分子头上的“资产阶级知识分子”的大帽子。

时任七机部[1] 508 所所长王希季在小组发言中说：“粉碎‘四人帮’，使知识分子政治上获得第二次解放，但是精神枷锁还不少。听了邓副主席的讲话，感到思想上也得到了解放……为我们向科学技术现代化进军扫除了一大思想障碍。”

大会闭幕式上，播音员宣读了中科院院长郭沫若的署名发言稿《科学的春天》。那句 “我们民族历史上最灿烂的科学的春天到来了”的宣言，感动了千千万万科技工作者，他们终于迎来了扬眉吐气的日子，陈景润、杨乐、张广厚等科技工作者甚至成为全社会追捧的明星，当时有句流行语：“臭老九”成了香饽饽。

而让邢球痕感触最深的是，结束了旷日持久的“运动”，终于没有了批斗会、大游行和下放劳动的干扰，科技工作者终于可以专心工作，科研和生产的进度随之加快。早在 1965 年就开始研制的液体洲际导弹和潜射导

[1] 七机部全称第七机械工业部，1964 年 11 月 23 日由国务院批准成立，以从事导弹研制任务的国防部第五研究院为基础组建，负责航天工业。

1982 年 5 月 4 日，国务院实施部委机构改革，第七机械工业部改名为航天工业部。1988 年 4 月，航空工业部、航天工业部合并组建为航空航天工业部。1993 年 3 月 22 日，经国务院批准，撤销航空航天工业部，分别成立中国航空工业总公司和中国航天工业总公司（国家航天局）。6 月 6 日，中国航天工业总公司（国家航天局）正式成立。1999 年 7 月 1 日，经国务院批准，撤销中国航天工业总公司，成立中国航天科技集团公司与中国航天机电集团公司（2001 年 7 月更名为中国航天科工集团公司），同时开展航天技术相关研制生产工作。

弹，在长达十年的“文革”中进展缓慢，却在“科学的春天”来临之际，分别于1980年、1982年相继发射成功。而他主持的这个大型固体发动机项目，仅用了不到一年时间，便完成了两级发动机的论证研制，真的是进展迅速。

1983年12月23日、28日，四院分别对这两级发动机进行可行性验证、热试车试验，并全部取得成功。

第二次试车时，航天部部长张钧，总体设计部门的专家、领导，以及军方代表都专程前来观看，并对取得的成果给予高度评价，张钧部长当即拨通国防部部长张爱萍将军的专线电话，报告了发动机试车成功的好消息。

张爱萍将军闻听此讯，兴奋不已，一个月后，便亲临四院的蓝田研制基地进行视察，到山沟里巡视发动机生产、试验环境。在观看发动机试车录像，参观发动机实物后，欣然为四院题词——“攻克险关、才智无穷”。

还处在技术验证阶段的发动机试车，就引得航天部部长、国防部部长先后前来实地查看，可见大型固体火箭发动机的重要性，以及国家需求的急迫性。

一级、二级发动机在短时间内便取得了阶段性研制成果，如此顺利的开局让邢球痕也极为欣喜，他决定将第三级固体火箭发动机的研制也尽快开展起来，争取在四年之内，将固体洲际导弹上三个子级的发动机全部研制成功。

可此时，研制工作却遇到了问题。

在设计方案中，第三级发动机将采用一种新型的高强度有机纤维作为壳体材料，这一方案在业内遭遇了不同意见，并且争论还颇为强烈。因为当时国内的有机纤维材料性能还达不到要求，而外国对高标准的有机纤维实施严格管控措施，很难依靠进口解决。况且在此之前，国内从未采用过这种材料制造大型发动机壳体。第三级发动机的论证研制工作因此搁浅。

更大的问题还在于，四院财务账面上的经费已经不足。近几年来，他们获得的研制经费和生产订单越来越少，莫说没有经费开展第三级发动机的研制，就连已经进行的一级、二级发动机研制，也没有足够的资金来保证后续工作。

正当邢球痕为此焦虑之时，他接到了航天部发来的紧急会议通知。他觉得这是个好机会，可以在会议期间向张钧部长当面反映一下情况，如果能获得上级的支持，多争取到一些拨款，研制工作就可以继续进行了。

他满怀希望地从蓝田山沟里出发，匆匆赶往北京的会场。

三

邢球痕来到航天部的会议现场，发现这次的阵势可真的不小，遍布全国的航天部各基地、研究院、生产厂的党政一把手全都会集于此。他心中暗想：看来是有大动作啊！

邢球痕的猜测没错，那果真是一次非同寻常的会议。只是，他没料到会议上宣布的内容会让他满怀的希望全部落空。

会议召开之时，航天部的主要领导人悉数到场，张钧部长亲自宣布了一个决定——航天部所有单位，必须立刻开展民用产品的开发生产工作，落实“军民结合、平战结合、军品优先、以民养军”的十六字方针。

意思就是：以前那种靠国家拨款单纯地从事军用产品研制的模式已经结束了，从今往后，航天部的各单位要开发和生产民用产品，想办法从市场上挣钱，自己养活自己。

邢球痕听到这个会议主题，立刻着急了——这不仅让他申请追加研制经费的希望落空，关键这还关系到他们研究院今后怎么发展、怎么吃饭、吃什么饭！

四院自1964年成立以来，甚至上推到1956年，四院的前身——国防部五院第十研究室固体推进剂研制组成立以来，他们从事的工作都是制造固体燃料火箭发动机，承担的都是关系到国家需要、国防安全的军品研制任务。这么多年间，他们都在深山野岭间过着与寻常生活迥异的日子，何曾考虑过锅碗瓢盆类的民用产品哪个好卖？

更让邢球痕难以接受的是，四院人耗费近30年时间，付出大量的心血、攻克难以统计的难关，从小型发动机开始，一步步将发动机尺寸扩大，终于迎来大发动机开始研制的时候，却突然没钱了！

这就如同一队奉命攻打遥远城池的士兵，全副武装长途跋涉，一路列阵拼杀，攻克无数关卡，终于杀到目标城墙之下，云梯都搭到城头时，却接到命令，“粮草没了，你们得去那边山坡上自己开荒种粮，收的粮食够吃了再攻城”。他们练的是攻城拔寨的本领，手中握的都是征战的兵器，现在却要用这些本领和兵器去开荒种田，谁会啊？！关键是，城池就在眼前，云梯就在墙上，不攻了吗？！

邢球痕难抑心中激动的情绪，在会议现场就提出了意见：“国家不是需要我们搞军品吗？我们四院那个军品项目刚刚开始，任务很重啊。现在怎么要我们去搞民品……工作应该有重点啊。”

他的意见却被张钧部长当场驳回：“现在全国的重心都在转向经济建设，整个航天部，都要搞民品，要把军品科研成果转到民品领域。必须搞民品！”

张钧部长的这番话，没有任何商量余地，邢球痕心中纵有一万个不情愿，也不便再争辩，可他思想上根本没想通。张爱萍将军一年前说的那句“搞大发动机？那是我梦寐以求的嘛！”犹在耳边……想到这些，他心中百感交集。

会议之后，邢球痕遇到张钧部长，几句交谈后他才意识到，张部长此时的心情何尝不是如此？

张钧部长 1958 年从云南省军区调入国防部五院一分院担任政委，后历任七机部副部长、航天工业部部长，到这次会议召开之时，从事航天工作已整整 26 年，参与的都是“两弹一星”“八年四弹”这类与国家民族利益密切相关、与国防技术现代化紧密相连的宏大事业。他的工作范畴之中，同样没有民用产品这种概念。

在此之前，航天工作者考虑的是如何花费最少的国家经费，研制出国防安全需要的导弹、卫星和运载火箭；而现在，却要他们考虑怎样搞出适合民用市场需求的产品，自己挣到更多的钱，用于国防建设的研制工作。这是两种完全不同的思维和工作方式。

对于一直在部队和航天领域工作的张钧部长来说，这同样是难以适应的转变。但开展民品开发生产工作，是此前张爱萍将军担任科委主任时向他下达的命令，并且这是所有军工行业都必须执行的方针。张爱萍将军还专门郑重地强调：“要从国家利益出发。搞军工的干民品，这是国家需要的，必须搞！”

此时，面对思想上还想不通的邢球痕，张钧部长将张爱萍将军的这句话转述给他。

邢球痕听到“国家需要”这四个字，便不再作声。

他1958年成为一名固体火箭发动机设计员，和同事们一起在简陋的条件下进行工作。他们钻进人烟稀少的山区，住过破庙，睡过草棚。研制过程中，有人为之受伤致残，有人为之献出了生命……这一切，他们都无怨无悔，因为这是他们的使命，因为他们心中怀着同样的信念——国家需要。

正是因为认定大型固体火箭发动机是国家需要，邢球痕才在听到“开展民品开发”的时候，不惮冒犯张钧部长，在会议现场就提出反对意见。直至张钧部长向他转述张爱萍将军“这是国家需要的”那番话时，他才猛然意识到，时代已经变了，国家需要也变了。

1984年的那个春天，中国的改革开放进入第六个年头，国家的战略方向已经全面调整为“以经济建设为中心”。缩减军费开支，减少军品研制项目，并向外界传递“和平发展”的主旋律，已经成为新时期的“国家需要”。

随着百万大裁军、军工项目下马等一系列举措接连施行，从事军用产品研制、生产的各军工单位，都面临着研制任务短缺、资金断供的现状，开发民品“自己养活自己”成为他们唯一的选择。中国的国防军工行业便在此时，进入长达十余年的低投入“寒冬期”。

让邢球痕感到庆幸的是，他们的大型固体发动机项目并没有被取消，这是军品项目“下马”大潮中极少数得以保留的重大任务之一，足见其重要性。不过，研制经费同样被大幅压缩，他们也必须走“以民养军”之路，开拓民用产品市场。他知道，缺乏资金保证的研制工作，必然会面对更多的艰难，但他却坚定地对张钧部长说：“我回去后，就把大家动员起来，开始搞民品开发。”

可是，这样的动员工作谈何容易，对于自成立之时便由国家包管经费开支的国防军工企业而言，这种转变，不亚于一次强烈的大地震……

1997年7月1日，中国共产党建党76周年纪念日，也是航天四院成立35周年的院庆日，张爱萍将军给四院送来一份贺礼。时任院长叶定友赶忙打开那只牛皮纸文件袋，里边是张将军的亲笔题词——“国家至上，争创一流”。

在院庆活动现场，已经退居二线的邢球痕见到这幅题词之时，百感交集，“这是张爱萍将军对我们四院人的勉励和褒奖，也是对航天人奋斗精神特别精准的总结和评价啊！”

张爱萍将军用这幅题词高度赞扬四院的航天人，赞扬他们以国家大局为重、直面困难、不断追赶世界先进水平、为国家研制出好用管用的大型固体火箭发动机的拼搏精神……

这八个字的题词，不仅是航天四院人的精神，也是中国航天人的精神，更是中国数百万投身军工事业科研人员的精神。

2020年5月，已经90岁高龄的邢球痕再度说起他和同事们的往事，目光深邃，神色安详，话语中有感慨，有坚定，也有自豪。

此时的航天四院，已是在职职工规模超过万人、中国最大的固体火箭发动机研制生产基地。他们已为国家研制出百余种型号的固体火箭发动机，应用于各种型号的战略导弹、战术导弹、运载火箭，他们与全体航天人一起殚精竭虑，共同努力，为国家构筑起了一道坚实的钢铁长城……

这些为国家打造护国重器的航天四院人，曾有过什么样的不为人知的生活？又曾有过怎样惊心动魄的经历？

第二章

此去终许国

一

邢球痕在中国固体火箭发动机业内颇为知名，不仅因为他担任过航天四院的院长，更因为他还是中科院院士，一名资深的固体火箭发动机专家。

当年，他从一个旧时代迈进新时代，满怀豪情地投身国家建设的奋斗历程，也是那一代中国知识分子的共同经历。当他进入航天领域开始工作时，正值中国航天事业刚刚起步的艰难岁月。

航天四院人的故事，就从他的经历讲起吧。

邢球痕说，他曾改过两次名字，第一次是 1937 年，第二次是 1949 年，都是中国发生重大社会变革的年份。第一次改名是被动接受，第二次则是他自己有意为之。

没改名之前，他叫邢圣淼，那是 1930 年出生时，爷爷请一位算命先生为他起的名。因为在族谱中他是“圣”字辈，又五行缺水。

他的老家在浙江嵊州长乐镇太平村，家中只有两亩水田，其中一亩还是租的，生活颇为清贫。他的爷爷会做包子，农闲时，便靠卖包子挣钱养家。他的父亲会唱越剧，组了个小戏班，方圆百十里农户办红白喜事时，就去唱上一两天，挣几个零用钱。他一岁那年，父亲带着戏班去浙西山区跑场，不知发生了什么意外，戏班里所有人都再没回来。从那时起，家中只剩下他和爷爷、妈妈三人相依为命。

爷爷觉得，家中的贫苦和不幸，都是因为家中没有识文断字“吃皇粮”的，只能干下苦营生所致。于是下定决心，不管家中多难，也要送孙子去读书，希望将来能出人头地改换门庭。

邢圣淼7岁那年，爷爷带他去小学报名，老师说：“他这‘淼’字笔画太多，改成青苗的‘苗’字吧。”爷爷向来敬重识文断字的人，何况还是教书先生的建议，忙说：“先生说改，那就改！”于是，邢圣淼便改名为邢圣苗。

邢圣苗报名上学的时候，惨烈的淞沪会战已经持续了半个多月。日本人的军舰、飞机、坦克、大炮正在距嵊州仅 300 多公里的上海疯狂咆哮，吞噬着中国军民的生命。那时，全国的学校都实施战时教育，刚入学的邢圣苗和他的同学们连字都不会写几个，就在老师的带领下，每天认读“抗战救亡”“打败日寇”“天下兴亡，匹夫有责”等标语口号。在一次次的齐声呼喊中，“国家”这个概念便植根在那些刚刚开蒙学童的心灵中。

上海抗战前线的中国军人与日军激战三个月，付出近 30 万人伤亡的惨重代价，却最终未能阻挡住具有装备优势的侵略者。1937 年 11 月 11 日，上海沦陷。

仅一个月后的12月13日，中华民国首都南京沦陷，日军在那里实施了惨绝人寰的南京大屠杀。

1937年12月23日，距嵊州只有120多公里的浙江省首府杭州也遭陷落。

那半年多的时间里，在邢圣苗的家乡嵊州各处乡镇的道路上，时常能看见从上海、杭州拖家带口狼狈出逃、向南躲避战火的人们。撤退下来的国民党部队也开始在各乡镇布防，从1938年年底到1942年年初，在浙东地区与日军展开地面拉锯战。日军飞机也对嵊州县城及周边乡镇轰炸了十余次，数千民房、商铺、公共建筑物被炸毁，平民死伤惨重。

邢圣苗家乡长乐镇和太平村附近因为有驻防的国民党部队，也成为日机重点轰炸目标。1942年元旦清晨，7架日军飞机突袭而来，在长乐镇投弹14颗，在太平村投弹11颗，村中的清风公祠被炸毁，中国军民多人受伤，太平村里已经没有了太平。

1942年5月中旬，日军打到长乐镇附近，邢圣苗一家躲到山区外公家。日军撤离后，他跟着爷爷、妈妈返回村中时发现，很多人家的房子都被烧掉，他家的门窗、桌椅也被砸坏，坛坛罐罐几乎全被捣烂，只有阁楼上的米缸是完好的，里面却被拉了一泡屎。打听之后才知道，原来是一队日军进了太平村，撤离时纵火打砸，毁了包括他家在内的很多房子。他还听说，三里外的长乐镇上，日军烧杀劫掠、奸淫妇女，大街上的商铺被烧掉了大半。

1942年7月14日，日军侵占嵊州，不久后，便在长乐镇设立起据点。日军在镇外的西王桥头修筑起碉堡、炮台，又将整个长乐镇用铁丝网和3米高的竹笆团团围住，只留四个门出入。凡走过西王桥和进出长乐镇四门的中国人，必须向日军以及他们身后的“膏药旗”行鞠躬礼。有位年老农民不懂行礼，被日军抡起枪托狠狠砸倒，并强迫他像狗一样爬跪在地上，在桥头爬了三个来回方才饶过。

日军还在镇内下坎头设立慰安所，强征黄家岭头村等地6名青年女子入所，据说，那里还有一名朝鲜女子。其实，驻扎长乐镇的日军只有40余人，可就这区区几十个日寇，就敢在方圆几十公里的中国地面儿上恣意横行。他们隔三岔五就到周边村镇强收粮食、钱物，常有村民妻女被奸污，无辜平民被枪杀。在日寇眼中，中国人就是任由他们奴役欺凌的羔羊。

尚在少年时的邢圣苗亲眼见证了国破山河碎的战乱，亲身经历了“亡国奴”的屈辱，他恨不能立刻长大，参军扛枪去杀鬼子。那时的他并不知道，国力孱弱、科技生产能力低下的中国，仅凭抗战军民满腔怒火的血肉之躯和手中落后于人的武器装备，很难赶走侵略者！

二

邢圣苗的学业并没有因战乱而中断，也没有接受过日本人的殖民教育。他的家乡虽处沦陷区，但日军也只能在城市、县城、交通线等重要位置设立据点，对广大的农村地区控制力较弱。中国人的抵抗一直不曾停止，共产党领导的游击队，以及国民党的部队都在这些区域活动，并伺机攻打据点。不在日军实际控制范围的学校，当然不会采用日本人的殖民教育教材，依然使用中文课本，并更多地对学生们进行抗日救亡的爱国教育。

1943 年，邢圣苗从小学毕业，考上了县里的初级中学。因为县城被日军占据，县中学已经迁到偏僻的山区村镇，并且为躲避日军轰炸，学校搬了几次，每次都是借用当地村庄的祠堂或破庙当作校舍。

邢圣苗靠爷爷和妈妈在家种田、卖包子供他读初中，他的学习成绩颇为优秀，还在学校学会了打篮球，只是，一次打球时磕破了下巴，留下了一块明显的疤痕。

他初二结业那年暑假，日本宣布投降，沦陷的国土回到了国民政府的统管下。所有人都觉得，就要过上好日子了。没承想，前来沦陷区受降的民国大员们只顾抢占金子、票子、房子、车子、女子，为自己“五子登科”大捞好处，无人关心民众的生活，各种名目的捐税也滚滚而来，百姓的日子越来越难过。这一轮“劫收”风暴致使民怨沸腾，老百姓间流传一段民谣：“想中央，盼中央，中央来了更遭殃。”国民政府已与国人离心离德了。

1946 年初夏，邢圣苗初中毕业考上了高中，他妈妈却在此时因病去世。邢家只剩下 16 岁的他和 70 岁的爷爷，经济条件更加糟糕，曾经销路不错的包子那时也不好卖了，国统区繁重的捐税让所有人的日子都过得捉襟见肘，人们哪里还买得起包子吃？高中开学时，爷爷实在无奈，便瞒着邢圣苗卖掉家中那仅有的一亩水田，让他拿卖田所得的钱去交学费，可这也仅仅够一学期的学费。高一下半年，邢圣苗便辍学了。正当陷入人生迷茫时，他看到了一则宁波高级工业职业学校（以下简称“宁波高工”）的招生广告，对录取的学生不仅不收学费，每月还提供二斗三升大米的口粮。这让他喜出望外，如果能上这所学校，将来就能去工厂当一名机械师，可以挣钱孝敬爷爷。于是，他便和一位同样因家庭贫困而辍学的同学一起，怀揣着爷爷借来的路费前往宁波，考入该校。

1949年5月15日，邢圣苗获得了毕业证书。在学校办理各种离校手续的时候，有人悄悄告诉他：“解放军快打过来了，你找相熟的同学告诉他们，这些天不要回家，不要罢课，准备迎接解放军进城。”

当年在宁波高工学习时，邢圣苗便与进步青年多有接触，听说了很多解放区的状况，心中充满了向往。之后他便成为其中的一员，参加进步学生集会，还参与组织过抗议国民党教官的罢课运动。此时获悉解放军即将进城，邢圣苗颇为兴奋，便将这一消息告知同学们。

不知校长如何听说了此事，把他叫到办公室，厉声喝问："你想干什么？！"

邢圣苗见他这副模样，知道无法回避，便实话实说："宁波快要解放了，我们组织同学欢迎解放军进城。"

"你知道我是国民党员吗？！"校长再次喝问。

"不知道啊！这和我一个学生有什么关系？"邢圣苗说道。

校长呵斥一番，将他轰出办公室。邢圣苗暗自担心校长会不会叫军警来抓他，赶忙跟同学们一起商讨对策。那一夜，他在紧张不安中度过，连睡梦中都是被追捕的场景，耳边仿佛总响着呼喊声、脚步声。

第二天早晨，他们听到了消息，解放军占领了市中心，宁波已经获得解放。邢圣苗兴奋得跳了起来，专门跑去校长室看了看，门上挂着铁锁，身为国民党员的校长已经不知去向。

和同学们一起迎接解放军进城时，看到一排排威武雄壮的队列，一个个精神饱满的战士从面前走过，邢圣苗挥舞着小红旗，激动地欢呼。他第一次见到这样纪律严明、对百姓秋毫无犯的军队，他真想参与其中，成为他们的一员。其实，怀有这样愿望的何止邢圣苗一人，这几乎是那时所有进步青年心中的愿望。一个旧世界正在被打碎，一个新时代正在缔造中，他们都是这一历史时刻的见证者，他们更渴望成为参与者。

四天之后，邢圣苗和几位同学便将渴望化为实际行动。他们徒步从宁波赶往杭州，要参加在那里进行的华东军政大学招生考试。路途之中，他们多次遇见向南疾行的解放军队伍，那一眼望不到头的金戈铁马，那气势磅礴的雄壮场面，让他们热血沸腾。他们路过刚刚解放的浙东城乡，那里到处红旗招展，经历改天换地的贫苦百姓喜气洋洋。

对于邢圣苗他们这些刚刚毕业的学生来说，军政大学的招生考试实在没有难度，同去的八个人全都被录取为第一批学员。放榜之后，邢圣苗便向招生处的军官请假，要回家乡看望爷爷。军官说，只要开学前按时回来报到即可。

见到爷爷时，邢圣苗悲伤不已，70多岁的爷爷实在无力耕种土地，家中已经穷得没有隔夜粮。家乡刚刚解放，土地改革以及各项政策还未开始实施，家中的困难只能由他想办法解决。邢圣苗便与村中的小学协商，在那里做代课老师，不要工资，先预支200斤稻谷，暂时解决了祖孙俩的吃饭问题。

因为代课和没有路费，邢圣苗错过了军政大学的报到时间。正为痛失这次机遇而伤感时，在宁波高工比他低一届的同乡俞淦泉来找他，说是要去上海报考一所军校——“华东野战军特纵特科学校”。听邢圣苗说错过了军政大学的报名时间，便鼓动他一起去投考，并决定先去宁波高工把二斗三升大米的口粮换成钱，当作两人的路费。

直到9月底，邢圣苗才接到俞淦泉的来信，约定在绍兴车站会合，一起前往上海。他托付两个舅舅照管爷爷，便再次离开家乡。那天，是1949年10月1日，中华人民共和国正式成立。

10月3日，两人在绍兴见面后，立即乘车赶往上海。车窗外，田野中的稻谷已快成熟，遍地金黄一直延伸到天际。两个青年眼望美景，对未来充满无限的憧憬。

“新中国成立了，咱们应该起个新名字，表示跟旧社会彻底告别！”俞淦泉忽然说出这个提议，眼中闪耀着兴奋的光芒，“同时这也表示，我们要远走高飞，再也不回来了，减少家里人的干扰，从此干一番大事业。”

被他的情绪感染，邢圣苗立刻点头表示赞同。

“咱们互相起名字，”俞淦泉说，“你先给我起一个。”

邢圣苗低头想了想：“远走高飞，再也不回来……不断向前行，不回头……你就叫‘向行’，怎么样？”

“俞向行，好，我就叫这个名字！”

“你给我改个什么名字？”邢圣苗问。

俞向行指指他下巴上的那块疤痕，笑着说：“你打球留下这道疤痕，就叫‘球痕’吧。”

“这叫什么名字！”邢圣苗心中有些不快，“有什么意义呀？”

“有意义啊！”俞向行说，“球痕，谐音是仇恨。我们不能忘记旧社会受过的苦难，尤其是不能忘记日本鬼子、汉奸走狗们的烧杀抢掠，我们不能忘记这样的国仇家恨嘛！不忘过去，才有奋斗的动力！”

邢圣苗听了，觉得蛮有道理，于是“邢球痕”这个听着奇怪却满含家国情怀的名字，便伴随着他走上此后的人生路。

三

邢球痕和俞向行都是优等生，入学考试轻松通过，第二天便和被录取的学生们一起坐上闷罐火车，被送到了南京东郊汤山镇的校园内。邢球痕终于穿上军装，成了解放军的一员。学校开具的军人证明很快寄回了家乡，爷爷成为军属，刚刚实行土改分得的土地，也由村里代耕。年迈的爷爷有了政府的照顾，再也不必为耕种土地而发愁了。

邢球痕所在的“华东野战军特纵特科学校”，是一所炮兵专科学校，专为部队培养炮兵人才。那时南方前线还有战事，计划之中的跨越海峡解放台湾登陆作战，都需要大量的炮火支援。操纵火炮需要进行复杂弹道计算，可当时部队里绝大多数战士都是文盲，根本无法完成计算弹道的任务，于是便招收了这一批有文化的学员进行短期训练，迅速为前线培养出一批高水平的炮兵。对于在宁波高工学习过的邢球痕来说，那些火炮结构、操作、弹道计算等知识根本没有难度，他的成绩一直名列前茅，被评为模范学员。八个月的培训结束后，俞向行被分配到福建某部队，而邢球痕则被留校，担任了文化教员。

1952年12月底，已经在炮兵学校工作了一年多的邢球痕接到领导通知：“去复习几天数理化，准备参加一个考试。”

邢球痕不明就里，忙问：“参加什么考试？”

“一个什么工学院的入学考试。”

“什么工学院？在哪里啊？”

“不要多问，你只管复习，去参加考试就行。”

领导这番话让他更加疑惑，心里甚至有些抵触情绪。因为叫“工学院”的都是地方大学，要是被录取那就得退伍了，他不愿意离开部队啊！可领导的命令他又不能不执行，只能闷闷不乐地去复习，几天后又闷闷不乐地参加了考试。

那次考试分口试和笔试两部分，都是军官主考，负责口试的主考官的最后一个问题是：“你对这个考试有什么想法？”

邢球痕回答：“我不想考。过去学的课程几年不用，很多都忘了。”

主考官却说：“必须参加考试，不许交白卷，会多少答多少。要是敢交白卷，我们要找你们领导给你处分的！”

笔试除了数、理、化，还有一篇命题作文，题目是《第二次世界大战的胜利是否因为美国人扔了原子弹？》。

邢球痕尽力地答完所有题目，从考场出来后，感觉数学考得最好，化学不太行。他反而有些轻松，“没考好也无所谓，反正就没想去上那个工学院”。

1953年春节刚过，邢球痕被炮校领导叫到办公室：“你被103部队录取了，这是录取通知书和火车票，去哈尔滨报到吧。”直到那时候，领导也没对他说，103部队是干什么的，那个工学院又是怎么回事，因为那所大学的机密，炮校的领导也不知道，他只是遵照上级命令执行推选人才的任务。

邢球痕更是一头雾水，可作为军人，必须服从命令，于是他立刻打起背包登上开往哈尔滨的火车。越往北走天气越寒冷，山海关外，大雪覆盖着辽阔的东北平原，邢球痕身上那套南方部队单薄的棉军装，已经抵御不住彻骨的寒气。

在火车上颠簸了两天两夜，终于到达哈尔滨火车站。车刚停稳，就上来几位军官，径直走到他跟前：“你是邢球痕同志吧？欢迎来到哈尔滨，赶快换装吧。”说着，将手中的皮大衣、皮帽子和大头皮鞋递给他。

直到那时邢球痕才知道，这个代号“103 部队”的“工学院”，是一所刚刚成立的解放军规格最高、规模最大的理工科大学——“哈尔滨军事工程学院”，专为各兵种培养高级军事工程师和技术人员。

为了筹建这所军队大学，早在 1952 年 9 月初，中央军委向全国各部队下发一份机密文件，要求调查登记在部队中的大学、专科学校毕业生及各种技术人才，符合条件者很快被登记上报。11 月底，中央军委又向全军下达一份机密文件，要求从上次摸底调查的人员中，推选政治思想合格、家庭出身可靠的人员参加考试，从中为刚组建的哈尔滨军事工程学院选拔出 300 名助教和 1000 名学员。邢球痕就是炮兵学校筛选推送的参考者，只是此事处于保密状态，被派去考试的人都不知情罢了。

草创时的哈尔滨军事工程学院借用哈尔滨医大的原校址，校园中只有四栋楼房，那是日本关东军占领东北时所建。这些从全国部队中选拔出来的1000多名优秀青年学员，成为“哈军工”的第一期学员。他们年龄相仿，都是从贫弱落后的旧中国走来、见证新中国成立的亲历者，他们有着相近的人生轨迹和生活经历，都因自己能被录取而感到兴奋，也极为珍惜这样的学习机会。

那时，鸭绿江对岸的抗美援朝战争还在持续之中，开学典礼上，哈军工院长兼政委陈赓大将对他们说：“帝国主义欺负了我们一百多年，现在还在欺负我们！你们一定要立志改变我军技术装备落后的状况，下决心学好专业，为国防现代化贡献出自己的力量！”

听到陈赓院长的这段话，邢球痕觉得自己忽然“开了窍”，那一刻才真正意识到，来到这里不仅是提高个人能力的学习进修，更是肩负着国家、民族强盛的重大职责，这便是“天降大任于斯人也”的时刻。从此，院长的那段话便牢牢印在他的心中。

三个月后，他的心灵又受到一次更大的震撼。那天，陈赓院长请来了刚从朝鲜战场回国的十五军军长秦基伟，向大家讲述上甘岭战役的战斗经过。

上甘岭战役爆发于1952年10月14日，志愿军三兵团十五军和十二军在那片仅有3.7平方公里的弹丸之地，与武器、兵力占据绝对优势的美韩联军展开了殊死拼杀。那场持续43天的激烈战役中，志愿军击退“联军”900多次冲锋，歼敌2.5万人，牢牢守住了阵地。此役后，被打疼的美军再也没对志愿军发动过营以上规模的进攻。

那场战役中，美军重型武器占据绝对压倒性优势。大小火炮1500多门，仅105毫米口径以上的火炮就有300余门；坦克2个营，170余辆；航空兵 1 个大队，约 100 架飞机。而志愿军的重型武器，只有 541 门火炮，其中大部分是 60 毫米口径的小火炮，共发射炮弹 40 余万发，这是中国战争史上罕见的炮弹消耗量，却也仅相当于美军炮弹消耗量的 1/4。武器装备的巨大差距，使志愿军在上甘岭战役中只能采用坑道战而付出了巨大牺牲。

秦基伟将军的报告进行了四个多小时，他讲述了上甘岭战役中舍身堵枪眼的黄继光烈士、用身体连通电话线赢得三分钟通话时间的牛宝才烈士、为了不暴露隐蔽任务在烈火中牺牲的邱少云烈士的英雄事迹。那撼人心魄的英烈事迹撞击着每个人的心灵，主席台上的陈赓院长站起身，擦去眼中的泪水，高声说："同志们！我提议，大家起立，为志愿军烈士们默哀三分钟！"

学院操场上，一千多名身穿军装的学员默然肃立，每个人心中却已是波澜翻滚：如果志愿军战友们能够拥有充足而先进的武器，他们就不必用血肉之躯去对抗强敌，他们就不用付出那么惨重的牺牲。那天的报告会结束后，邢球痕难过得晚饭都没去吃。他心中已经坚定了信念，一定要在这里学好本事，将来为国家造出最先进的武器装备。

四

邢球痕被分配到炮兵工程系，那是他的老本行，可所学的专业却是他从未听说过的"固体火箭武器科"。这是哈军工里唯一的绝密专业，只设一个班，20 名学员，邢球痕被任命为副班长。后来他才知道，当时中国所有高校中，只有哈军工开设了这一专业。"固体火箭武器科"有专门的教授会进行授课，教授会主任是任新民。固体火箭科只有一个班，教授会主任也就相当于班主任了。

任新民教授是曾经留学美国密歇根大学的博士，后在美国布法罗大学任教，1949 年 7 月他看到新中国即将成立的曙光，立刻起身归国，准备投身国家建设。回到国内后，他与一批军工专家受邀前往南京，组建了华东军区司令部军事科学研究室，成为新中国的第一个国防科研团队。1952 年 8 月，任新民随南京军事科学研究室整建制调往哈尔滨，参与组建哈军工的筹备工作，被任命为教务处副处长。

早在南京工作的时候，任新民就负责“用固体火箭发动机推动鱼雷”的课题。不过，在美国留学时，他学的是机械工程和工程力学专业，没接触过固体火箭发动机相关知识，他和同事们只能通过国外专业杂志上公开发表的一些论文资料，进行相关的研究，并在研制中取得了一定进展。

抗美援朝战争爆发后，中国从苏联购买了一批“喀秋莎”火箭炮，这种炮所用火箭弹的发射动力便来自小型的固体火箭发动机。任新民的研制组通过对“哑火”炮弹的修复，掌握了火箭弹和固体发射药的基本原理，很快仿制出性能相当的火箭弹。

大名鼎鼎的“喀秋莎”火箭炮，是那个年代的“大规模杀伤性武器”，专用的火箭弹其实就是一种没有制导系统的简易固体燃料火箭。一辆发射车上可安装 16 枚直径 132 毫米的火箭弹，四辆发射车一次齐射，就相当于一个炮兵师的齐射火力，仅从这一点就足以看出采用固体火箭作为发射动力的打击效率。

哈军工开设“固体火箭武器科”时，除了有几发用于教学的“喀秋莎”火箭炮弹，包括教授会主任任新民在内的所有教师，都没见过真正的火箭。学员们上专业课时，气体动力学、工程热力学等课程都有成套的教学方案，与火箭发动机直接相关的内容却很少。

邢球痕说：“我们当时的任务是学会使用、维护‘喀秋莎’火箭炮，还要搞清它的工作原理，仿制出火箭炮和火箭弹。”老师们还会讲些火箭的基本结构、工作原理，以及从国外专业杂志上搜集的文章，和几年前摸索着研制发动机、仿制火箭弹过程中的一些经验和心得，都是些不成体系的“皮毛”。

在任新民的建议下，哈军工建立了专门试验室，并在室外用钢材搭建了简易的试验台。任新民带着邢球痕他们用“喀秋莎”火箭弹或者拆解出的推进剂药棒，进行点火试验、比冲试验，研究火箭弹的推力、弹道特性，做些基本原理的探索。那样的条件下，他们能做的研究也只能如此了。

1955 年 11 月 25 日，刚刚回国不久的钱学森前往哈军工参观访问。邢球痕他们听说钱先生正在他们的试验室参观，都兴奋地想一睹这位著名火箭专家的风采。可访问行程中并没有与学员们会面的安排，邢球痕他们几个一期、二期的学员干部凑在一起商议后决定，在不影响学院这次重大活动安排的前提下，站在远处看一看。于是便在试验室十几米外的小路旁，站在刺骨的寒风中默默等待。不知等了多久，他们真的看见了身穿一袭黑色大衣的钱学森，在陈赓院长一行人的陪同下走进了试验室。那就是“一个人能顶五个师”的火箭专家啊！不过是匆匆一瞥，邢球痕便记住了那个稳重潇洒风度翩翩的身影。

就在那天钱学森参观哈军工火箭研究试验室的时候，诞生了中国航天史上一段著名的对话。

任新民指着一个十多米高的铁架子，谦虚地说：“不怕钱先生笑话。我们做试验，方法很原始，另外用火箭弹测曲线，也是笨方法上马。”钱学森却对任新民表达了极高的钦佩和赞赏：“你们的研究工作已经有了相当的深度，尽管条件有限，已经干起来了嘛！迈出这一步实在出乎我的意料！”说完转身对陈赓院长说：“任教授是你们的火箭专家，我今天有幸认识了他！”

陈赓院长问道：“钱先生，您看，我们能不能自己造出火箭来呢？”

钱学森不假思索地说：“怎么不能？外国人能造出来的，我们中国同样能造出来，难道中国人比外国人矮一截不成？”

陈赓笑着握住钱学森的手说：“好啊！钱先生，我就要您这句话！”

钱学森离开试验室前，对任新民说：“我们一见如故，希望不久我们再见面，深入探讨一些问题。”

这次会面，也让任新民颇为兴奋，因为他早已开始考虑应该如何研制可控地对地火箭武器和地对空火箭武器，只是苦于对火箭知识了解不多，不知从何下手。如今，钱学森回到国内，中国已经有了国际一流的火箭专家，这项工作便有了可以实施的条件。与钱学森见面后，他便与金家骏、周曼殊两位教师进行相关问题的讨论，并以联名信的形式向学院提交了一份研制火箭武器和发展火箭技术的建议书。几天后，陈赓院长便将建议书上报中央军委。

1956 年 1 月 20 日，国防部部长彭德怀主持军委会议，讨论通过了这项建议。同年 2 月，钱学森向国务院提交《建立我国国防航空工业的意见》（为保密将“火箭武器”用“国防航空工业”代替）。4 月 13 日，国务院成立了以聂荣臻元帅为主任的航空工业委员会，钱学森被任命为委员。

中国发展火箭技术的大幕徐徐开启。

钱学森对任新民说的那句“希望不久我们再见面”，也很快实现。1956年5月，国务院组织全国数百名专家齐聚北京，在周恩来总理的主持下，共同制定《1956—1967 年科学技术发展远景规划纲要（草案）》。钱学森特别受邀参加这一会议，而任新民也是参与起草纲要的专家之一，两人相见甚欢。

那份纲要（草案）最终确定了 57 项重点任务，其中第 37 项便是“喷气和火箭技术的建立”，开展火箭武器研究的计划正式确立。

任新民主任自从被叫去北京开会之后，就像失踪了一般再也没回哈军工授课。与他同时“失踪”的，还有梁守槃、庄逢甘等9位著名教授。邢球痕和同学们心中疑惑,却没敢打听,因为部队中有保密规定,不能随意探问事情。

此时，固体火箭武器科的专业课程逐渐有了系统性，从古代火箭到二战德军使用的V-1、V-2火箭都有讲述，不过，这也仅是没有实物参照的纸上谈兵。实习课时，他们能接触到的依然只是“喀秋莎”火箭弹，在炮兵靶场上操纵发射过火箭炮，也曾去沈阳724厂学习过火箭弹的生产流程，并在那里认识了谢光选等从事固体火箭弹研究制造的前辈们。

1957年，邢球痕他们即将毕业，可是，从1955年开始的“肃反”运动此时已转变为“反右”运动，哈军工第一期学员全部推迟半年毕业，直至10月下旬至11月中旬才进行毕业设计答辩。他们固体火箭科所有学员的毕业设计，在答辩结束后都被学院列为绝密资料保存起来。

邢球痕的毕业设计题目是“多级火箭设计”，他设计了一个两级火箭系统，推进剂采用硝化甘油和硝化棉，两级燃烧室同时点火，采用环形喷管，在设计中还专门对可能产生的不稳定燃烧现象进行了理论分析。他的毕业设计获得评审专家的一致好评，获得了优等成绩。

那次答辩会时，邢球痕他们固体火箭科的学员发现，任新民老师也是被请来的评审专家之一，一年半不曾见过面，大家都很高兴。但是任新民老师却并未向他们解释，这么久不露面，到底去了哪里。

五

1958年4月10日，邢球痕和数十名各专业的哈军工同学被分配到国防部第五研究院一分院。那时他们才知道，原来中国已经组建了火箭研究机构，并且此时已经成立了两个分院。他们前去报到的一分院，位于北京西南远郊云岗镇，负责导弹总体和各分系统设计工作。二分院在北京西郊的永定路，负责导弹控制系统设计。只是这些机构保密级别极高，外界对此并不知情。

一分院的驻地在群山环抱的云岗镇外一座有着高大红墙的庞大院落里。此处原是中联部所属的马列主义学院第二分院校址，据说越共领导人胡志明曾在这里进修过。更早的时候，曾是抗战胜利后国民政府关押日本战犯的场所。院子里有几座间距很大的工字形楼房，食堂、礼堂、大操场、篮球场、锅炉房、洗澡堂、游泳池等生活娱乐设施一应俱全，偏角处有一片小树林，甚至还有两根铁轨从另一侧的大铁门外伸进来，那是条专线铁路。这完全是个自成一体的封闭小世界，不出院门就能解决生活需求。

邢球痕和五位固体火箭科的同学被分配到院子东侧那栋工字楼内，那三层高的小楼里是一分院第四研究室的办公、住宿地，这里负责液体火箭发动机研究工作。几个人惊喜地发现，四室的室主任竟然是他们的老师任新民。

1956 年 5 月，任新民作为军工领域专家，受邀参加《1956—1967 年科学技术发展远景规划纲要（草案）》的制定，会议结束后就被留在北京，参与中国火箭研制机构的组建工作。

在任新民等专家的积极筹备中，1956 年 10 月 8 日，“国防部第五研究院”正式成立，这是中国第一个从事火箭技术研究的机构。

那天的成立大会规格很高，国务院副总理聂荣臻元帅、中国航天之父钱学森以及七八位高级将领、部长出席会议。会议地址却颇为简陋——北京西郊空军 466 医院的职工食堂。机构成员是从各地抽调的 30 多名专家、科技人员，以及从国内各高校招收的 143 名应届大学毕业生。

国防部五院下设10个研究室，但成立之初，研制工作根本无从谈起。那时，全中国只有钱学森从事过火箭研制工作，任新民、庄逢甘、梁守槃等30多名技术专家中，虽然有十几位接触过火箭弹的研究、制造工作，却都没见过真正的火箭。而那143名应届大学毕业生，更是没有一个人接触过相关知识，很多人甚至还是第一次听说这种“新鲜玩意儿”。因为面临这种状况，所以五院成立之后的主要工作是进行火箭知识的“扫盲”教育。

赵锡良是国防部五院成立时那143名大学生中的一位，他曾在一篇回忆文章中描述当时的状况：

> 钱学森院长每周都要亲自为我们讲两次课。那时国内还没有任何与火箭相关的专业书籍，我们的学习，全靠听课时记笔记，为此，钱老根据自己多年工作经验，亲自编写了一本《导弹概论》的教材。梁守槃、任新民、庄逢甘等专家承担起“空气动力学”“热力学”“制导概论”等理论课程的教学任务。

中国的火箭研制工作，就在这样的条件下开始起步。

邢球痕和他的五位同学在哈军工学的是“固体火箭武器”专业，现在却被分到了负责液体火箭发动机研制的四室，对这方面的技术他们知之甚少，心中忐忑不安。任新民笑着对他们说：“不忙投入实际工作，你们先读书吧。”说完，给他们发了《导弹概论》和《液体火箭发动机过程》两本书。

新人报到之后先看书，是当时五院各单位的标准流程。那时除了哈军工，各高校都没有火箭专业的毕业生，分配到这里就必须先学习新领域的基本知识。那本《导弹概论》，是钱学森亲自撰写的中国航天第一部教科书。《液体火箭发动机过程》是任新民等专家结合国外资料撰写而成。这两本书，就是中国火箭技术领域的第一批文献资料，新来大学生们必读的“秘籍”。

邢球痕他们是国内第一批与火箭发动机设计相关的科班出身的大学生，但学的是固体火箭专业，并且只接触过“喀秋莎”火箭弹，分配到搞液体火箭发动机的四室工作，也得先看这两本“秘籍”。

液体火箭发动机与固体火箭发动机的工作原理不同，两种发动机最重要的区别，就是使用的燃料状态不同，这从它们的名称上就能看出来。在结构、制造和使用上，这两种发动机各有特点。

液体火箭发动机是一套结构复杂的机构，由燃气发生器、涡轮泵系统、燃烧室和喷管等部件组成，每一个部件都有数千个零件，还有这些部件之间以及与推进剂储箱之间连接的复杂管道和阀门。

液体火箭发动机的难度在于，这么多机械构件必须经过精密加工组装，工作时必须在毫秒级的时间内做出响应，并准确完成相应的动作，不能出现任何故障。

采用液体推进剂的优点在于，燃料价格低，获得的比冲量高（比冲量高的意思可以简单理解为推力大）。但是实际应用于火箭武器时，推进剂加注时间较长，还不便于转移发射阵地。

相对而言，固体火箭发动机的结构比液体火箭发动机简单得多，仅有药柱、燃烧室、喷管组件和点火装置等几个主要组成部分。所谓的燃烧室，就是火箭圆柱形的壳体，它既是存储固体推进剂药柱的地方，也是推进剂燃烧的地方——早在一千多年前，我们祖先发明的“蹿天猴”花炮，与之有着同样的结构和工作原理！

但绝不能因此认为，固体火箭发动机是个技术简单的动力机构，其难点在于，如何找到在没有降温措施的状态下依然能够承受高温、高压的材料，并将其加工成火箭壳体和喷管。更难的是，如何找到可以释放出巨大能量的固体推进剂配方，以及如何以这个配方制造出性能稳定的药柱。事实上，固体燃料的制造难度极大，弹道与推力控制也比液体火箭要难很多。

但采用固体推进剂火箭发动机的武器，有着液体火箭发动机不可企及的优点——药柱预装在弹体内，因其稳定性好，便于长期储存备战。而作战时，弹体可以随时转移、随时发射，机动性极强。

不过，在20世纪50年代，美国、苏联的固体推进剂技术同样还不太成熟，特别是苏联，只能用于火箭弹和小型的助推火箭上，大型的火箭发动机依然处于液体推进技术阶段。此时中国开展火箭技术研究，其目标是进行大型火箭的研制工作，液体火箭发动机自然成为主攻方向。邢球痕他们虽然学的是固体火箭发动机的相关技术，但跟那些从没接触过火箭知识的人相比，毕竟是科班出身，自然要优先配置到研制液体发动机的主攻方向。

参加工作不到一个月，邢球痕向上级递交了结婚申请。

那年，他已经28岁，与现在的大学生毕业年龄相比，这样的年龄确实偏大，但在当年，这样的“大龄毕业生”比比皆是。

中华人民共和国成立之初，需要大量高学历人才从事国家建设，也需要培养大量的后备人才。但那时，对于曾经在国统区接受高等教育的年轻人，需要判定其政治倾向，因为当时还有国民党撤往台湾时安排潜伏下来的特务人员。所以，在招干、招工、招生时，对家庭出身和政治面貌要求极严，尤其是军校和军工行业高校，都要进行严格的政审，只有革命干部和未参与过反革命组织的普通工农子弟才会被录取。此前邢球痕参加过几所部队院校的考试都能直接被录取，不仅因为他学习成绩优秀，更因为他出身是贫农家庭，属于最被信任的群体。

生于民国时期的普通工农子弟，其家庭大部分都极为贫困，多数都没上过学，上过几年小学或私塾的已经不简单，能念到中学毕业的就更少了。如果军校仅招收适龄高中毕业生，根本招不够人数。为解决生源不足问题，便从部队战士中选拔有文化的优秀者，送入高校学习。那些人跟随部队转战多年，年龄都不小了，而且人数也不多，文化程度也参差不齐。于是又从已经参加工作几年的具有高中、中专、大专学历的年轻人中选拔了部分学生，这些状况都是造成当时军校大龄毕业生较多的原因。

邢球痕就是参加工作后又被招入哈军工学习的，因为年龄较大，校方同意他们上学期间可以谈恋爱。而他就是在那时，与中学同学的妹妹，在绍兴邮电局工作的周慰君开始靠通信谈恋爱。有一年他在南方某军工厂实习期间，两人约定在杭州匆匆见过一面，见面时商定等他毕业后就结婚，此时便到了兑现婚约的时候。

那时年轻人结婚也需要组织审查批准，尤其五院这样的保密单位，审查更为严格。邢球痕的结婚申请顺利获得了批准，他未婚妻的家庭成分、政治面貌都符合规定。于是他立刻请假，先回家乡看望了九年未见的爷爷，又去绍兴与周慰君举办了婚礼。

1958 年 5 月底，邢球痕返回一分院的大院时，发现单位里的技术人员都在伏案画图，原来苏联提供的 P-2 导弹图纸已经运抵，上级要求尽快完成图纸的绘制和翻译，以便迅速开展仿制工作。

那时，中苏两国正值“蜜月期”，中国的导弹研制工作得到了“苏联老大哥”的支持——

早在 1957 年 9 月，分管军队武器装备建设的聂荣臻元帅亲率代表团赴莫斯科，与苏联方面进行了历时 35 天的谈判，双方于 10 月 15 日在莫斯科签订中苏《国防新技术协定》。

协定条款中约定，苏联将向中国提供P-2近程地对地导弹、C-75地对空导弹、C-2岸舰导弹、K-5M空空导弹的相关技术，即导弹实物和配套发射系统、导弹生产工艺图纸和相关技术资料。

事实上，苏联提供给中国的这几款导弹，都是其国内已经淘汰或落后的型号。比如，苏军战斗序列中P-2地对地导弹早已全部撤换，采用了射程更远、更为先进的P-3中程地对地导弹以及P-5洲际导弹；C-75地对空导弹虽然是他们的在役装备，却是与更先进的C-125地对空导弹、3PK-II中程地对空导弹系统搭配使用，组成高低结合的防空网。而那些新型号的先进导弹，他们绝对不会向中方提供。

主管国防军事技术的聂荣臻元帅曾对科研人员们说：“谁也不可能把最先进的东西交给别人。从科学发展的趋势来看，技术越发展，保密性也就越强。别人即使给我们一些东西，也只能是性能次先进的技术。唯一的出路只有尽可能吸取国外先进成果，走独立自主、自力更生、自己研制的道路，即坚持自力更生为主、争取外援为辅。”

对于中国来说，拥有这些算不上先进的导弹实物和图纸，可以先解决有没有这类武器的问题。更重要的是，可以让研制人员见到导弹的实物，并直接进入火箭武器的制造环节，在仿制过程中获得经验，结合理论知识学习设计思路，为自行研制更先进的型号打下基础。

按照协定中的条款，苏联还负责为中国培训出一批导弹及相关设备的操作、维护人员。1957年12月24日，苏联派遣一个缩编导弹营的官兵，以及两套P-2导弹发射系统，先期抵达五院一分院所在的云岗。中方组建一支570人的“教导大队”，就在这个大院儿里向苏联官兵学习导弹使用、维护技术，并进行多次初级点火演示。

邢球痕分配到这里工作时，苏联官兵已经被撤回本国，他没见过火箭点火的训练状况。不过，这次的 P-2 导弹技术图纸翻译工作他们赶上了，满满十几箱图纸，大院儿里每个技术员平均要绘制、翻译上百张，工作量巨大。可每个人都激情澎湃，希望早点完成翻译，早日开工，尽快为国家制造出导弹。那时没有星期天、休息日，每天都工作到凌晨，有的技术员画着图纸、翻译着工艺文件时就困得睡着了。干部们每天要命令他们回宿舍睡觉，并强行关灯，才能让他们暂停手中的工作。

但有一天，大院儿里的所有人员都没去画图。那天是 1958 年 7 月 1 日建党纪念日，一分院召开了一次全体人员参加的庆祝大会。那次大会上，邢球痕惊喜地看到了一个令他激动的景象。

六

那天的建党纪念日大会上，特别设置了“献礼活动”的环节。

一位女技术员手中捏着一只尖嘴钳，在众人的瞩目下走上主席台。她走到台中央站定，将尖嘴钳钳口上夹着的一根钢笔大小的灰色物体高高举起，朗声说道：“这是我们六室做的复合固体推进剂药芯！”

邢球痕闻听此言，心头一震，“这里也有搞固体火箭的啊！”

在一分院的大院儿里，有着严格的保密规定，不准打听任何与自己工作无关的事。各研究室分别位于不同的小楼内，如非工作需要，不得接触。即便在自己研究室的小楼内，也不准随意进入其他人的办公室。在如此封闭的环境下，邢球痕当然无法知道这里还有一个六室，更不知道那里居然从事着与固体火箭技术相关的研究。

其实，六室就在大院儿中的西工字楼，距他们四室的驻地不到 100 米，负责研制火箭发动机使用的推进剂。

早在 1956 年 10 月国防部五院成立时，就组建了这个研究室，但那时叫第十研究室，其中包括只有三个成员的固体推进剂研究小组。五院设立两个分院时，第十研究室划归一分院，改组为第六研究室，搬迁到东山沟，固体推进剂研制组也扩充到十几个人。

主席台上那位举着药芯的女技术员名叫赵世昭，是 1957 年分配到固体推进剂组的大学生。她划着一根火柴点燃药条，在药条燃烧的耀眼光芒中，大礼堂里爆发出热烈而持久的鼓掌声。

邢球痕的兴奋感更加强烈，他学的就是固体火箭专业，这根剧烈燃烧的固体推进剂药芯，跟他此前上学时见过的固体推进剂状态截然不同，这是新型推进剂啊！

他的判断没错，那根剧烈燃烧的推进剂药芯，确实是一种新型的推进剂。并且，这也是中国开展火箭技术研究以来，取得的第一个具有实质性进展的阶段性研究成果！

当时，中国火箭武器研制的主攻方向是液体火箭，在固体火箭方向只进行了固体推进剂的预研工作。液体火箭研制工作还处于苏联图纸的翻译阶段，尚未进行实质性的研制生产，“非主攻方向”却已经取得了研究成果，这真是出人意料。

中国技术人员开始固体推进剂研制之初，也曾希望能够像液体火箭研制那样，从援助中国的苏联专家那里得到一些技术帮助。六室主任李乃暨曾探询，苏联是否有更先进的固体推进剂技术。苏联专家说：“我们没有研究，如果你们中国研究出来了，我们很愿意购买你们的。”

这番话一度让中国科技人员认为，这是苏联专家嘲讽式的拒绝，但后来才发现，这并非苏联专家在嘲弄中国人，而是他们的真实想法。

苏联提供给中国的C-75地空导弹、K-5M空空导弹，都是采用固体发动机的苏军现役装备，发动机内填装的推进剂也都是与“喀秋莎”火箭弹一样的双基药。他们自己使用的现役装备也是这种技术，足以证明当时苏联固体推进剂水准真的不高。

所谓的“双基药”，是用硝化棉吸收硝化甘油后制作而成的，这种炸药制造技术是瑞典化学家诺贝尔1888年发明出来的。从那以后，各国制造炮弹时几乎都采用了这种双基发射药。固体火箭使用的双基推进剂，只需将硝化棉和硝化甘油的配比稍加改变就可生产出来。

那时，中国自己的兵工厂就能制造双基推进剂，六室主任李乃暨调入国防部五院之前，是沈阳52兵工厂的总工程师。抗美援朝时期，他受命为志愿军研制反坦克火箭弹，很快仿制出双基推进剂，迅速制造出前方急需的反坦克火箭弹并投入使用。苏联援助中国“喀秋莎”火箭炮后，中国兵工厂也开始大量仿制火箭弹，使用的双基推进剂也是国内自行制造的，虽然与苏联生产的相比，品控质量上有一点差距，但已经基本满足使用需求了。李乃暨也正是因为有这样的经验，才作为技术专家调入国防部五院工作的。

火箭弹使用的双基推进剂已经落后于时代需求，美国从20世纪40年代末就开始研制新型固体推进剂，并获得成功，只是由于保密严格，其他国家都不知道这种新型固体推进剂到底是什么状态。中国技术人员只能自己进行探索研制。

在一次固体推进剂讨论会上，钱学森对李乃暨说：“我在美国的时候，跟火箭技术员一起喝啤酒，听到他们议论推进剂，老说一个‘策皮考尔’的词，你去查查是什么意思。”

李乃暨立刻组织固体推进剂组的年轻人行动起来，在国外公开刊物发表的专业论文中仔细查找，终于查到线索，那是美国人在20世纪40年代初合成的一种液态橡胶，固化处理后成为“聚硫橡胶”固态推进剂。随后，他们又在一些资料中，收集到“复合推进剂”“贴壁浇注”“星形内孔”等几个语焉不详的词组。

固体推进剂研制小组就凭着这几个词，分析出新型固体推进剂的研制路径。经过成百上千次的试验，终于配制出复合固体推进剂——聚硫橡胶。女技术员赵世昭“七一”献礼时点燃的那一小条推进剂，就是研制组自己配制合成的聚硫橡胶。虽然还处于验证阶段，但其技术水准与双基药相比已经有了代际的飞跃，那是“苏联老大哥”都尚未掌握的先进技术。

这样的研究成果即使在五院内部也是严格保密的，而此时却在“七一”庆祝大会上高调展示，正是副院长钱学森的授意。此举是为了让大家看到成果，激励大家更快更努力地干好自己的工作。

那年“七一”过后一个多月，一分院大部分研究室从云岗迁到了北京东高地南苑机场旁边。P-2火箭的图纸、工艺文件的翻译工作已经接近尾声，仿制工作即将开始。为配合仿制，原属南苑机场的飞机修配厂被划归一分院，相关的研究室也搬迁到此处，便于开展工作。

邢球痕所在的第四研究室此时改名为第三设计部，他们也搬进了南苑机场旁的“新”办公室。那是一个废弃的飞机库，铁皮制成的墙壁和房顶已经严重锈蚀，四处漏风，到处漏雨，光线却很难透进来，白天也得开着灯才能看清图纸。

搬到此处没多久，邢球痕接到了一项紧急任务，这项任务是钱学森直接下达的。

那时，正值“大跃进”的高潮时期，全国都在大炼钢铁，各行业都要“超英赶美”，负责导弹武器研制的国防部五院，也得紧跟形势搞一次技术“大跃进”，钱学森决定要尽快搞出一个导弹项目。

虽然苏联按协议向中国提供了四款导弹武器的资料和图纸，但那些资料还在翻译中，仿制工作尚未开始，并且即便开始后也不知何时才能成功。远水难解近渴，只有自行设计一个型号，才能尽快拿得出来。

钱学森专为这项任务成立了领导小组，亲自担任组长，屠守锷、谢光选、徐兰如等几位技术专家和研究室主任担任副组长。设计思路也由他确定——采用“543”的技术材料，先研制出一个直径300毫米、射程指标在45—50公里、可携带60公斤弹头的无控固体火箭弹。将来再为它加上制导系统，那就是一枚短程固体地对地导弹了。

那时，苏联已经按照协议向中国提供了C-75地空导弹装备，并培训了一批操作人员，组建起了第一个防空导弹营，代号“543”部队。同时，苏联也提供了C-75地空导弹的生产技术资料，中国开始仿制这一导弹时，便以“543”部队的代号作为这款仿制导弹的代号。

“543”地空导弹是一种固、液结合的两级火箭弹。第一级助推器采用直径654毫米的固体火箭发动机。而这个发动机其实就是“喀秋莎”火箭弹的放大改进版本，连固体推进剂都是直接采用与“喀秋莎”火箭弹相同的药柱材料。

钱学森的设想，其实就是研制出一种纤细版的“543”，或者说是升级版的“喀秋莎”，这是快速拿出成果的研制思路。那时各行各业都在力争上游地“大跃进”，这款无控固体火箭弹便被命名为“上游二号”。这是国防部五院成立以来，正式立项研制的第一个火箭弹型号。

邢球痕受命担任这个型号发动机的主要设计者。“钱老直接跟我们说的这个任务。”多年以后，他依然记得当年的细节，“他知道我和金宏猷、吴一正是任新民的学生，在哈军工就是学固体发动机的，所以调我们三人去搞这事儿。钱老要求我们，一个礼拜拿出发动机设计方案。”

即便他们在哈军工时对“喀秋莎”火箭弹已有深入的学习和了解，但七天之内就设计出一个“加强升级版”也确实太紧张了。“我跟钱老说，这么短时间怎么能拿出来？钱老说，你们使劲地干！你们这个小组可以特别优待，不必参加大炼钢铁。”

钱老这么坚决地要求时间，邢球痕他们就只能遵照执行了。

七

钱老制定这款发动机的设计思路时就已确定，推进剂采用苏联生产的“喀秋莎”火箭弹的双基药。不采用几个月前李乃暨他们研制出的聚硫橡胶推进剂，是因为这种推进剂只是完成了论证阶段的研制，证明研制方向可行，距离真正的成功和实际应用还要经过好几个研制阶段。

推进剂的研制过程跟火箭发动机的研制过程大致相同，分为模样、初样、试样、定型和批量生产等多个研制阶段，每一个阶段都有不同的研制目的和要求，都要经过大量的试验采集数据，对设计方案和加工工艺方法进行验证和调整。并且，研制定型后的批量生产方式也与研制阶段的生产方式不同。这些，都需要摸索制定。这样算下来，一个新型号从前期论证到定型批量生产，少则四五年，多则十几年。

显然，对于邢球痕他们要进行的研制任务来说，是等不了那么久的。前面说过，固体火箭的结构相对简单，其核心技术是固体推进剂。掌握了推进剂制造技术，固体火箭研制就成功了一大半。而采用“喀秋莎”火箭弹的推进剂，可以直接略过推进剂的问题，快速完成设计方案。

“喀秋莎”火箭弹内装有7根推进剂药棒，药棒被压制成中间有圆孔的圆柱形状，每根直径96毫米，中间孔径20毫米，长度1米多。这种推进剂的比冲量不高，所以火箭弹只有8公里射程，要将射程增加到40公里以上，必须增加装药量才能获得足够的推力。可是装药量加大，火箭直径就会随之增大，超出规定的300毫米的要求。不方便运输和使用倒在其次，主要是壳体材料不一定能承受那么大的压力，并且腔体增大会产生不稳定燃烧，其后果是导致壳体爆炸。这真是个难题！

邢球痕和两位同事白天黑夜连续工作了几天，居然在一个星期的期限内拿出了设计方案。

“我们搞了个两级火箭弹。”邢球痕说，“每一级壳体里边装了 7 根推进剂药棒，两级总共 14 根。上面的二级发动机喷口设计成斜向，上下两级发动机同时点火工作，这样推力就大了很多。”其实，这就是他在哈军工毕业设计的改进版本。

这个设计获得了钱学森领导小组和其他专家的一致认可，立刻投入试制，邢球痕也参与了其后的所有工作。

发动机试验件生产出来后，没有用于测试火箭发动机的试车台。“我们就在东山沟的山坡上挖了一个坑，下面埋一个三角铁做成的架子，把发动机喷管朝上固定住，进行试验。”大坑的不远处，摆了节直径 1.5 米的混凝土下水道管，试车进行时，他们就躲在那里面进行观察。草创阶段的中国导弹事业，就是在这样简陋的条件下进行着研制工作。

“我们 4 个月时间完成了设计、试验，到 12 月底就进行发射试验了，发射架也是我们自己设计的。那次准备了三发弹，目标射程 46 公里，第一发就成功了。并且打得很准！实际落点与预定目标只偏差1米。”邢球痕说。

用不带制导系统的火箭弹打出这样的精度，就相当于用一支普通步枪，在1000米外瞄准敌人眉心，结果射中了眼睛，其精度堪比配备了光学瞄准镜的狙击步枪。

“我们立刻打电话向钱学森汇报了，他很高兴，说再试一发。”

不料第二发刚点火，就在发射架上爆炸了。

“我赶忙向钱学森汇报，他决定第三发不打了。从靶场回来后，钱学森问第二发为什么没成功，当时还没找出原因，我就说可能是设计得不合理，也可能是壳体强度不足。”邢球痕认为，搞设计的人，不能出了问题就怨别人，要先找设计方面的原因，此后几十年的工作中，他都是这样的态度。

项目领导小组副组长，时任材料研究室副主任的徐兰如却提供了另一个思路：“应该是推进剂里的气孔太多了。”

徐兰如是位军工专家，1945年赴美国进修时，曾在阿伯丁武器试验场陈列馆见到从德国缴获的V-2火箭和反坦克火箭弹，他是中国开展火箭研制前极少数见过火箭实物的人。抗美援朝时期，他在沈阳兵工厂主持设计出旋转稳定式火箭弹，提供给朝鲜战场的志愿军，在火箭弹研制方面有着丰富的经验。

徐兰如的依据是，如果固体推进剂里的气孔太多，会出现不稳定燃烧，这是发动机工作时最怕出现的现象，会导致发动机爆炸。邢球痕却对这个分析有一些怀疑。当时国内仿制的火箭弹推进剂质量确实存在这样的情况，因为工艺水平不高。但这次，他们为确保试验成功，采用的推进剂药棒都是从苏联原装“喀秋莎”火箭弹上拆出来，直接装填到发动机里的，难道品质更高的苏联原装货也有这样的问题？

为求证此事，他专门拿了一根苏联制造的推进剂药棒，让工人用车床切除表层进行检查。结果，那根推进剂药棒的内部均匀致密，没有发现气孔。

这结果让邢球痕和他的两位同学陷入了更大的疑惑，问题到底出在哪里？几天后，爆炸原因还没查到，他们却接到了取消研制任务的通知。

后来他们才知道，钱学森将这一研制成果向时任国防部部长的彭德怀元帅汇报，彭总摆摆手说："不搞这个了，打过去比手榴弹威力大不了多少，不解决我们的问题。"中国自主研制的第一款固体火箭弹就此匆匆地画上了句号。

"上游二号"固体火箭弹的研制工作被停止，邢球痕实在不甘心，这毕竟是他执行的第一个设计任务，殚精竭虑四个多月的心血就这么毫无结果地白费了。更让他心中放不下的是，第二次发射失败的原因还没找到，这个未解的谜团，压得他实在难受。但上级已经叫停了这个项目，他也只能执行命令，停止研制。

八

1959 年年初，"上游二号"的研制工作被停止时，对苏联导弹的仿制工作已经全面展开。邢球痕所在的第三设计部承担 P-2 近程地对地导弹和 C-75 地对空导弹发动机的仿制任务，代号分别为"1059"和前文提到的"543"。

此时主要任务是加工生产，指导生产加工的苏联技术专家已经来到中国，被分派到各部件的加工工厂去进行技术指导。邢球痕他们这些中方设计人员，也配合苏联专家被分成相应的工作组，携带相关工艺资料和图纸到工厂，在苏联专家的指导下，与工艺员和工人制定加工方案、处理加工中出现的问题。

他们那个破机库办公室旁的211厂本来应该承担加工任务，但这里此前是飞机修配厂，机器设备和工人技术都与制造导弹的要求完全不符，此时正在进行设备更新、工人培训。因此，导弹发动机上大部分仿制部件都无法在此完成，只能由其他工厂协作加工。而这些协作工厂却散布于上海、沈阳、武汉、太原、西安等地，于是，大批设计人员便在此时离开北京，前往外地的工厂配合生产。

邢球痕承担“543”地对空导弹的相关工作，因为那款导弹的第一级助推器就是固体发动机，他是学固体火箭出身的，负责这项工作再合适不过了。

“543”的协作点在太原，那里的几家兵工厂分别负责发动机壳体、推进剂药柱的生产以及发动机装配工作。邢球痕是“543”下厂工作组组长，几家厂的工作协调问题都由他负责，同时，他还是生产导弹壳体的太原743厂定点责任人。他还有另一项职责——作为固体发动机仿制工作的中方代表，与苏联技术专家对接。

来华的苏联专家享有极高的待遇，仅以工资为例，中方给苏联专家的薪酬标准为每月400块钱。现在看起来，百位数的薪酬实在不值一提，但在20世纪五六十年代，那就是一笔巨款。像邢球痕这样在部队工作的技术人员，已是当时国内的高收入群体，每月工资66元。工厂里技术工人的工资只有38元。那是8元钱就够一个月伙食费的年代，工人的38元钱，足够养活一个五口之家。如此相比，便能看出苏联专家们的待遇标准之高了。

事实上，不仅国防部五院的各部门中有大量的苏联专家，那时中国的各行各业，从安全、军事、情报，到工业、交通、金融，再到文化、体育、卫生，苏联专家几乎无所不在。

从中国第一个五年计划（1953—1957）期间，苏联对新中国工业领域的 156 个援助项目开始时，就有大批苏联专家来华工作。苏联档案中记载，1950—1956 年来华的苏联专家有 5092 名。中国档案文献中记载，至 1958 年年底，全国经济、文教、工业各部门从苏联和民主德国等国家聘请 11527 名专家，其中苏联专家 10260 人，占比 89%。1959—1960 年苏联又派遣 1109 名工业技术专家来华工作。

新中国在成立短短几年时间内，便开工为数众多的重点工程，聘请数以万计的专家来华工作，表现出中国对迅速摆脱落后面貌的渴望和决心。抛开那 156 项重点工程的资金投入不说，仅粗略计算一下来华苏联专家人数和专家待遇，就能知道当时的中国为了缩短与发达国家的差距，进行了多大的投入。

而这些投入的回报也是巨大的，那时的苏联和大批来华工作的苏联专家，确实帮助中国在短时期内建立起了基本完备的重工业产业链，为中国从一个农业国家迅速发展为工业国家打下了良好的基础。那 156 项重点工程中的重工业援助项目，后来大都发展成为中国最重要的大型工业企业。

来华苏联专家都受到极高的礼遇和尊重，并且因为中国科技整体水平确实与苏联存在巨大差距，这也让一些苏联专家颇为傲慢，自视为“绝对正确”的化身，不容置疑。可中国的科技人员在工作中发现，这些苏联专家也并非全都正确。

在太原兵工厂里负责与苏联专家对接的邢球痕比较幸运，那位技术专家的态度较为平和，与其沟通比较顺畅。

在“543”发动机的仿制过程中，邢球痕他们发现，有些按照图纸加工出来的零件组装不到一起，跟那位专家沟通后，确认是苏联提供的图纸错误导致。整个试制过程中，中方技术人员发现各种差错 200 多处。

这并不只是在“543”的图纸上出现的状况。另一批在沈阳111厂进行“1059”导弹发动机仿制工作的同事也遇到了同样的问题，那是结构复杂的液体发动机，图纸中的错误更是多达1000多处。而个别苏联专家在中方技术人员指出错误时，还强硬地说：“不要怀疑我们苏联的设计，这没有问题，是你们的加工方法有问题。”

这样的事情发生多次后，邢球痕他们这些技术人员渐渐意识到，苏联提供给中国的图纸，不是最终的产品定型图，而是他们试制阶段使用的图纸。并且苏联专家们并非不知道图纸上有错误，事实上他们对此心知肚明。如果中国技术人员没发现那些错误，他们就不说，直到中方发现了问题，找其商讨时，才点头确认。而有些傲慢的专家，甚至要经过几番争论之后，才肯承认是图纸的错误。

中方技术人员也就此明白了，哪怕“苏联老大哥”提供的是已经退役或落后的技术，他们也不希望中国很快就能造出来。送来那些错误百出的试制阶段图纸，也是延缓中国技术人员研制进度的方式之一。对此情况，聂荣臻元帅曾说：“他们想长期使我国处于仿制阶段，处于依附地位，永远落后他两三步。”

中方技术人员还发现，不仅图纸上有很多错误之处，那些加工工艺文件中，对于原材料的选用还有很多奇特的条件限定。

比如，“1059”发动机部件中有一种用牛皮制成的密封垫片，工艺文件中要求：必须选用苏联某高寒地域特产的牛，必须是三岁的小公牛，必须是位于臀部没有鞭伤痕迹的牛皮，并且必须是在冬季宰杀的才能使用。如此一串限定后，一个小小的牛皮垫片，就比同等重量的黄金还贵。

还有制造发动机上零部件使用的某些普通钢材、发动机使用的液氧推进剂等，苏联专家也要求必须从苏联进口。中方技术人员经过分析验证，认为中国自行生产的材料完全能满足设计要求，但苏联专家依然坚持必须从苏联进口。

其原因在于，苏联向中国提供的援助，无论是抗美援朝时期的武器装备，还是 156 项重点工程，以及后来的导弹、飞机、坦克等装备图纸资料和制造技术，都是中国以贷款形式换来的，这些巨额贷款都要用贵重矿产以及苏联国内需要的各类产品进行偿还。那些中国也能生产的普通材料也要从苏联进口，就意味着苏联可以因此换取更多的资源。

其实，苏联对援助项目的限制和苏联专家们的各种做法，无可厚非。因为站在他们的角度看，那也是他们在维护自己的国家利益。而他们提供给中国的各种设备、图纸和资料，也确实迅速提高了中国各个方面的基础水准，尤其是重工业领域的能力，为中国自行生产制造导弹武器打下了基础。并且，邢球痕他们这些中国科技人员，也确实依靠苏联提供的技术资料，在苏联专家的帮助指导下，对导弹的认识和理解都获得了进一步提高，为此后独立自主进行导弹设计、试验、生产积累了丰富的经验。

与此同时，邢球痕在与苏联专家的接触中发现，中国自己的专家并不比他们差，这一发现也极大地增强了年轻技术人员们的自信心。

邢球痕与苏联专家交谈时听说，苏联研制固体火箭也出现点火时就爆炸的现象。他立刻想起“上游二号”火箭弹第二次试验爆炸时的情形，便询问固体发动机点火时引起爆炸的原因。苏联专家说，双基推进剂在黏稠状态时会析出气体，形成气泡，这是其固有特性。如果固化前不能完全排出，就会在内部造成孔洞，使用时便产生不稳定燃烧。当时苏联的生产工艺也只能达到尽量减少气泡残留的水平，还无法完全排除这种情况，所以有些推进剂中没有，有些就有，质量并不稳定。

这番话让邢球痕想起，那次试验失败后，徐兰如副组长就说，可能是推进剂中有气泡引起的。他还专门拿了一根药棒车掉外表层检查，结果没有发现气泡，当时他还对徐兰如的判断表示怀疑。现在想来，就是因为苏联产的推进剂质量不稳定，他拿的那根正好没有气泡，而发射试验时爆炸的弹体中，可能是一根有气泡的推进剂药棒。

那时，他便感觉到，“中国的专家一点不比外国专家差”。只是受制于当时中国的基础材料研究、工业制造能力和其他众多基础行业都太过薄弱，任何一个方面有短板，都将影响到整体水平。

九

1959 年 10 月，邢球痕在太原的工厂里配合“543”生产时，阮崇智分配到国防部五院一分院，住在云岗镇那座“马列学院”大院里的西工字楼里，开始从事固体火箭发动机研制工作。

那年他 22 岁，是第六研究室里最年轻的技术员，却因为身高 1.83 米，健壮魁梧，被同事们称作“大阮”。他是研究室里明星式的人物，走到哪里都有人多看他两眼，不是因为个子高，而是因为他曾在苏联的莫斯科门捷列夫化工学院留学 5 年，是学习火药工艺学专业的“洋科班”出身，是比宝贝还宝贝的留苏生。

其实他并不是第一个被分到六室的留苏生，在他之前的两年间，就有从莫斯科大学毕业的张守铭等好几位留苏生分到此处。但这并不影响他成为被大家特别关注的人。在那时候，从苏联学成归来的留苏生，就是明星式的人物，是真正的“宝贝疙瘩”，是用在“刀刃上的好钢”，是各个部门争抢的专业技术人才。留苏生的分配去向，就代表着上级对此行业或单位的重视程度。年年都能分来留苏生，说明这里的工作非常重要。

“留苏生”是20世纪五六十年代一个特有名词。那时有段“留苏热潮期”，而这段热潮期也是当时特殊历史背景下形成的独特现象。

共和国成立之初，急需各类人才从事国家建设，而当时全国范围内，科研、教育、工程技术、工业等方面的高级人才还不到7万人。第一个五年计划开始实施的时候，国民经济各部门需要补充100万名专业人才，可当时国内大专院校毕业生总数却仅有28.3万人，并且很多国家建设急需的专业，各高校都没有开设。

获得高级人才最快捷的办法，便是从国外请来专家，以及派遣人员出国留学。而当时，中国正被美国及欧洲各国围堵孤立，可以相助的只有社会主义阵营国家，“老大哥”苏联是其中技术最发达的国家，自然成为中国培养人才的首选之地。

1951年8月，375名中国学生被派往苏联学习，这是新中国成立后第一次大规模派遣留苏学生，此后人数逐年增加。据统计，从1951年开始，到中苏关系恶化后1965年停止“留苏”为止，中国派遣的留苏学生总计2万多名。学科种类主要集中在国家建设急需的国防军事工业、特殊工种、冶金、化学工业、机械制造、地质勘探、交通运输等领域。那时都是国家选派公费留学，留学生的所有费用都由国家承担。因为货币兑换比值的差异，留学生在苏联的生活成本比国内高出许多，20世纪50年代初期，留苏学生的生活津贴比国内部长级干部的还高。为培养出高素质人才，中国不惜花费巨资。

2万多名留学生是个巨大的数字，可对于中国这样人口基数庞大的国家而言，依然是凤毛麟角的比例，能够入选的都是实力极强的幸运儿。但最初几年的幸运儿，绝大部分都来自同一个地方——北京一〇一中学。这所学校每年应届高中毕业班的多数学生都被录取为留苏预备生，接受一年的俄语培训后，派往苏联留学，录取比例之高是其他任何一所中学都不能相比的。

北京一〇一中学是一所特殊的学校，在此就读的学生，大都是中共高级干部的子弟。不过，选派他们去留学，也并非给干部子女的特殊待遇，其中有着当时的历史原因。

新中国成立之初，中国的文盲率高达 80% 以上，其他不到 20% 的人口中，大多只受过三五年的基础教育，高中以上文化程度的比例极低，高中毕业的应届生就更是微乎其微，并且大都集中于曾经的国统区。

新中国选拔派遣留苏生，不仅要求学习成绩好，对家庭出身背景更有着严格的要求。很多此前生活在国统区的学生，往往因家庭出身问题而不能入选。而来自解放区的共产党高级干部子女，在边区就接受了系统的文化教育，考试成绩优异。并且父母投身革命数十年，是最被信赖的那批人，他们自己也是在战争年代成长起来的，对这个新政权有着无比的热爱和忠诚，这些人大量入选自然是顺理成章的事情。

阮崇智就是这批幸运儿中的一位，而他的五哥、六哥也同时被选派苏联留学，这种状况就连一起留学的同学们都觉得惊奇。这种低概率的事情在他家中出现，还真与他的家庭背景有着很大的关系。

如果将阮崇智的祖辈、父辈和他们这一辈的经历串联起来，就是一部完整的中国近代革命史和新中国发展史。三代人投身于救国强国事业之中，这种家庭里的成员自然会成为选派留苏的最佳人选。

阮崇智的家乡在河北省怀安县柴沟堡镇，其曾祖父阮维熊曾是清朝官吏，因支持康、梁变法，被迫辞官回乡，在家乡办起第一所现代学堂，随后又开设一所女子学堂，以践行教育救国的主张。

父亲阮慕韩早年留学日本庆应大学攻读法学，与同学组织“社会主义科学学习会”，研读马克思列宁主义经典著作，探讨中国的前途，寻求变革之路。1931 年毕业归来，先后在中法大学、东北大学和天津法商学院任教授。回国之时，正值中共特科负责人顾顺章叛变，他却在此危急时刻加入中国共产党，成为中共地下党特科成员，开展地下工作。1934 年冬，被国民党特务逮捕，地下党设法将其保释出狱。

1937 年卢沟桥事变爆发后，阮慕韩奉命撤离北平奔赴晋察冀边区，先后担任第二战区战地动员委员会委员兼晋绥游击军政治部长、冀中军区司令部秘书长、华北大学法政研究室主任、北方局通讯联络部部长、晋察冀边区参议会秘书主任等职。抗战胜利后，历任察哈尔省高等法院院长、石家庄市人民法院院长、绥远省人民政府委员、绥远省政法委员会副主任。中华人民共和国成立后，任内蒙古自治区政法委副主任、呼和浩特市市长等职。

阮崇智的母亲张耀湘，是其祖父阮维熊创办的女子学堂第一批学生，后考入保定第二女子师范，并留校任教。21 岁时与阮慕韩结婚，1933 年为协助丈夫的地下工作，带子女迁居北平，家中成为地下党的联络点。抗日战争中，趁国民党军政人员撤出北平时，张耀湘签字保释了十几位革命青年。1938 年，她将大女儿阮若珊送上了抗日前线，1943 年又托人把三女儿阮若琳、长子阮崇武转送到延安学习。1948 年，随丈夫前往石家庄，并在一所高小任教，同年加入中国共产党。1950 年，调任归绥（今呼和浩特市）妇联副主席，后任市文化局副局长。

虽生活在战乱年代，父母却尽其所能让阮崇智姐弟七人都接受良好的教育。

阮崇智 12 岁时，与六哥一起进入晋察冀边区联合中学学习，那是一所实行军事化管理的边区干部子弟寄宿中学。学校经常因战事变化行军转移，却因为有着严格的纪律性和解放区最好的文化课老师，依然保持着极高的教学质量。1949 年 1 月，阮崇智跟随学校进入北平（中华人民共和国成立后改为北京），联合中学改称师大附中二部，再后来改为北京一〇一中学。

1953 年，阮崇智高中毕业时，五哥阮崇武被派往苏联留学，他和六哥阮崇德一起考入了留苏预科班，第二年也去了苏联。更令人惊叹的是，他家姐弟七人，在日后都成为国家的栋梁之材。

大姐阮若珊，1937 年参加八路军，从事多年抗战文艺宣传工作，在众多抗战话剧中出演过重要角色。新中国成立后，任中南军区部队艺术学院戏剧系主任，后担任中央戏剧学院副院长、党委副书记。

二姐阮若琨，1946 年从华北联大政法财经系毕业，后考入医学院学习，新中国成立后在北京积水潭医院工作，后成为著名眼科医生。

三姐阮若琳，1945 年入党，长期从事宣传工作。中华人民共和国成立后相继担任《广州日报》副总编、广东电视台台长、陕西广播电视局局长、中国电视剧制作中心第一任主任、中央电视台副台长、中国电视艺术委员会主任和党组书记、《中国电视》主编。先后监制了《红楼梦》《西游记》《三国演义》《末代皇帝》《寻找回来的世界》《话说长江》等多部被中国观众所熟知的电视剧、纪录片。

四姐阮若瑛，曾在中央党校担任干部。

五哥阮崇武，1953 年被选派莫斯科汽车机械学院留学。多年后历任中共上海市委副书记，上海市常务副市长，公安部部长，劳动部部长，海南省委书记、省长等职。

六哥阮崇德，1947 年在晋察冀边区参加工作，1954 年被选派苏联莫斯科包曼高等工业学院留学，1960 年分配到国防部第五研究院工作。后历任运载火箭研究院控制系统总体室主任、航空航天工业部仿真工程副总工程师、计算机与通信工程副总工程师、运载火箭研究院CAD与通信工程总工程师。

排行老七的阮崇智，1954年9月和六哥阮崇德一起被选派苏联留学，在莫斯科门捷列夫化工学院学习火药工艺学专业。1959年回国后分配到国防部第五研究院一分院六室，后成为中国固体火箭发动机专家、高级工程师，曾任航天四院副院长。

中华人民共和国成立之初，高级干部的子女们确实被给予了特殊的信任和期望。他们的父母都经过了严酷的战争考验，是最值得信任的群体，而他们自己也在接受良好文化教育的同时，经受过战火洗礼，深知这个父辈抛头颅洒热血创建的国家来之不易，都愿意为国家的建设拼尽全力付出自己的才智，他们没有辜负那份特殊的信任和期望。

阮崇智清楚地记得，高三毕业前两个月，周恩来总理曾专门到一〇一中学看望学生们。并告诉他们，以后这所学校将逐步变成一所普通中学。高级干部子女没有任何理由搞特殊，只能更多讲奉献。并告诫他们不能做八旗子弟，要甘为普通一兵，要做到“大公无私，积极努力，克己奉公，埋头苦干”。

1956年后，留苏生中大都是高干子弟的状况开始逐渐改变。因为新中国实行免费教育，所以应届毕业生中成绩优异的普通工农子弟越来越多，被选派去苏联留学的比例也就越来越大。

十

阮崇智到一分院六室报到后，被分配在负责固体发动机技术的第二组，组长名叫舒诚。第二组又分为三个小组：第一小组负责燃烧性能研究，组长袁人锐。第二小组负责推进剂研究，组长王克元。阮崇智所在的第三小组负责发动机研究，组长郭云章。

可阮崇智参加工作没多久，组长郭云章忽然受到批判，被调离了研制组，因为他有些公社食堂办糟了的言论，在那时，这可是严重的思想倾向问题。更让阮崇智没想到的是，自己竟然被任命为第三小组的组长，此时，他参加工作才刚满两个月。这样的工作安排绝非草率之举，阮崇智虽然最年轻，却已经在苏联学习了五年相关专业，而组里那些工作了一两年的同事，在大学或中专学校学习时，都没有学过火箭发动机知识，分到这里之后才边工作边学习，与大阮这种“洋科班”出身的相比，还是有一些差距。

当时，组里正在进行双基药柱的 Φ65 发动机内弹道试验工作，要进行大量的试验。“马列学院”的大院儿里虽然空旷，但毕竟不能作为固体发动机的试验场地。

在大院儿西南方向约2公里处那片不高的山丘间叫作“东山沟”的地方，建起了国防部五院的火箭发动机试验站，那时正在修建大型发动机试车台。阮崇智他们搬到那里，在几栋破旧的土坯房子里办公、住宿，进行试验准备工作。

试验站修建的试车台专为大型液体发动机而设计，小型固体发动机根本就排不上号，阮崇智他们只能像两年前邢球痕他们研制“上游二号”时一样，自己动手搭建一个试车台。于是，这七八个固体发动机研制小组的成员，便推着独轮车，用铁锹、铁镐在山脚下一块平地上挖出个大坑，在坑里浇筑个水泥台子，又竖起几根三角铁，连上传感器、示波器，凑成了一个寒酸简陋的试车台，开始进行试验。

那时，中国的导弹研制工作尚在摸索阶段，国防部五院根据实际工作情况需要，以及苏联相关机构的构架模式，对所属研制机构不断地进行着重组调整。

1960年年初，在东山沟里成立了一个新的机构——发动机热过程研究所。这是一个对发动机相关技术进行预先研究的单位，比如对不同尺寸大小的发动机燃烧室工作状态的试验，对各种类型推进剂进行组合、配比的燃烧试验，等等，这些试验数据可为以后自行研制火箭发动机时对设计路径、应用材料、推进剂类型等方面的选择提供理论支持。

阮崇智所在的六室并入其中，原六室主任李乃暨担任副所长，负责固体发动机研制的第二组，也在此时扩编为该所的第四室。一批从高校提前毕业的大学生被补充进来，其中有后来成为阮崇智妻子的孙诚敏。

1960 年 4 月 9 日，阮崇智他们接到了一项任务——研制一款新型地空导弹。这款导弹与邢球痕正在太原工厂里仿制的“543”地空导弹结构相同，都是固体、液体发动机结合的两级火箭，不过，新型号的弹体直径粗一些，射程自然也远一些。因为将由中苏两国科研人员共同研制，这款导弹被命名为“友谊一号”。二级液体冲压发动机由苏联专家负责指导设计，一级固体发动机由中方人员自行设计，他们将采用中国正在探索的贴壁浇注复合推进剂。阮崇智当然兴奋不已，即便饿着肚子，也是满怀激情，这可是他参与设计的第一台发动机，也是中国第一台复合固体推进剂发动机，意义非凡。

那时正值三年困难时期，粮食、副食都极为短缺，全国实行定量供应，并且城市居民的每月定量不断减少。国防部五院技术人员的粮食供应并未减少，只是，副食品供应短缺让人“肚里没油水”，每顿饭吃完没多久，就会觉得饥饿。

阮崇智记得，有一次同事姬铁汉要去北京市区出差，阮崇智给他塞了些钱，托他捎带买些吃的回来。姬铁汉问他："买什么啊？"他说："只要是固体的就行。"结果姬铁汉回来时又把那些钱递给他说，商店里只有"液体"的了，没有"固体"的。那天，阮崇智满怀饱餐一顿的希望，结果什么也没盼来，就更感觉饿得不行，翻遍自己的抽屉，只有几颗中药丸，便一颗颗吃下去以药充饥。

为了给技术员们增加营养，聂荣臻元帅专门向海军求援，调拨来带鱼等海产品，还向国家特别申请，派人去内蒙古草原捕猎一些野羊。其实，那些带鱼、野羊数量有限，也只有北京留守的技术人员吃到过几次。散布在全国各工厂中进行仿制的技术人员，就采用"机动粮票"的形式补贴一下，如果每月的定量不够吃，可以再去申请领几斤。这些措施让技术人员们感受到了来自国家的关怀，倍加感动。没有经历过三年困难时期，没有经受过饥饿的人，很难理解那种感动之情。

邢球痕在太原兵工厂配合"543"导弹仿制工作时，就在工厂食堂吃饭，他发现每天早餐时间，都没见到在同一办公室的车间主任，于是便问他："你怎么不去吃早饭？"

车间主任笑笑说："能省一顿就省一顿。"

邢球痕说："你的工作强度这么大，每天在车间里到处查看，还跟着工人们干活儿，不吃早饭怎么受得了啊？"

车间主任笑笑说："不敢吃啊！我一个月 24 斤定量，平均一天 8 两粮。早上不吃，才能保证中午和晚上吃到 4 两粮，不至于一天到晚都是饿的感觉。"

邢球痕此时才知道，厂里生产一线的工人们根据岗位不同，粮食定量在 30—32 斤，技术干部们属于二线管理岗，定量只有 24 斤。邢球痕他们这些军队部门的技术人员，此时每月粮食定量 38 斤，即便如此，他都觉得吃不饱，因为副食很少，一顿饭一斤粮都能吃下去。工厂里的干部、技术人员们，只有那么少的粮食定量，根本吃不饱肚子，还要经常到生产一线做辅助工作。这让他心疼得不行，于是，掏出自己的十几斤粮票塞给车间主任。

车间主任坚决不要，那年月，粮票比钱金贵多了，十几斤粮票比几百块钱的价值还高。

邢球痕见他不收，便对他说："我们部队定量高一些，每月还有几斤机动粮票可以用，这些粮票是我自己的，你拿着，得吃早饭。"

车间主任摆摆手："你给我这些粮票不解决问题，我一个人吃饱了不顶事。我们车间那么多人，都饿着肚子干活儿呢。"

这句话让邢球痕无言以对，心疼、感动、敬佩之情同时涌上心头。那时他每天都在车间的生产现场，亲眼看见工人们不停歇地工作，甚至加班到深夜。而那些工人师傅都是在吃不饱的状态下，凭着一股心劲儿硬顶着的。他们也想赶紧把"543"搞出来，因为那是国家急需的先进武器。

多年以后，邢球痕回想起那时的情景，依然感慨："工人们生活那么艰苦，真是拼着命地干啊！那时的人都有一股劲头，为了国家需要，饿着肚子也要干出来。我真是受到了很大的教育。"

其实邢球痕也没领过那几斤"机动粮票"，国家这么困难，给他们的定量已经很高了，他哪里好意思再去领额外的粮票。他要送给车间主任的那十几斤粮票，是他从自己的定量中省出来准备寄给爷爷的。他知道乡村的生活更加艰苦，爷爷的生活肯定艰难，参加工作后他就每月将部分工资寄给爷爷，现在更要从自己的定量中省出一些粮票，给爷爷寄回去，好让爷爷能买些粮食。

邢球痕原本打算送出去后，跟同事们借几斤寄给爷爷，结果车间主任坚决不要，没让他陷入困局，可他心里还是觉得难受。

没过多久，工厂给工人们增加了一个福利，晚上加班到 12 点的人，供应一碗免费的稀饭。每次送来稀饭的时候，排队领取的工人们都是欢声笑语，他们真是高兴，在那个粮食短缺的年代，一碗薄薄的稀饭，就是无与伦比的美味佳肴。

邢球痕他们也每天跟着工人们一起加班，那时候同样饥肠辘辘，但每次稀饭送来时，他们就悄然走开，从来没去喝过稀饭。他们不喝，工人们就能多喝一口。

在物资匮乏的艰苦条件下，中国的技术人员和工人们相互支撑，拼尽全力进行着导弹武器的仿制工作。他们不曾料到的是，更为艰难的困境正悄然来临。

十一

1960 年，应该是新中国成立后最为艰难的低谷时期。此时，中国正遭遇全国性的饥荒，国民经济难以稳定运行。曾经亲如兄弟的中苏两国，也在此时走向决裂。

裂隙早在几年前已经产生。1956 年，因为政治观点的分歧，以及中国批评苏联在波兰和匈牙利事件中的大国沙文主义错误，苏联领导人赫鲁晓夫大为光火。1958 年，中国政府又拒绝了苏联在中国境内设长波电台、组建联合舰队的建议，进一步引起苏联方面的不满。1959 年 6 月，苏联单方面撕毁国防技术协定，拒绝向中国提供原子弹等的重要生产技术资料。1960 年 4 月，中共发表文章，不点名批评了赫鲁晓夫。6 月下旬，赫鲁晓夫派苏联驻华大使契尔年科向中国政府递交照会，将在一个半月内撤走所有在华苏联专家。

苏联方面迅速将这一决定付诸实施，在国防部五院进行技术指导的苏联专家接到通知，必须在 1960 年 8 月返回国内。

苏联专家开始撤离时，阮崇智他们负责的“友谊一号”相关研制工作才刚刚开展四个月，因为苏联专家们的撤离，项目只能暂停。此后没多久，这个中国第一款自行设计研制的导弹型号便被迫“下马”，这让阮崇智颇感惋惜。

在太原制造“543”导弹的邢球痕也接到命令，该型号的相关仿制工作转交二分院，下厂工作组其他成员在那里进行交接，他陪同将要撤离的苏联专家先返回北京。

在开往北京的火车上，苏联专家悄悄对他说，赫鲁晓夫的这种做法是不对的，但他们只能执行命令。事实上，很多苏联专家也都用不同方式向中国同行们表达了同样的观点，甚至有位苏联专家在送别酒会上喝多了，大骂赫鲁晓夫的这一决定是背信弃义的行为。

那些未到协议期的苏联专家也是真不想回国，因为在中国，他们受到极大的尊重，享受极高的生活待遇，并且回国后更拿不到每月 400 块钱的高额工资了。

其实赫鲁晓夫决定撕毁协议撤走苏联专家，本意是借此向中国施压，以巩固自己“老大哥”的地位。但赫鲁晓夫始料未及的是，中国并没有如他所期待的那样被“驯服”，反而被这种咄咄逼人的“大国沙文主义”激发起斗志，中苏关系由此彻底破裂。

苏联撤走专家留下一堆“半拉子工程”，虽然在一定程度上使中国科技发展的速度迟滞，但并未影响中国走向强大的决心和进程。每一位科研人员都怀着“依靠自己力量”的信念，凭着“为国争气”的拼搏精神，全力投入研制工作。那些仿制了一半的各型号导弹、苏联一直拖延不提供资料的原子弹，此时被中国科研人员们称为“争气弹”，他们要靠自己的力量，研制出这些尖端武器。

邢球痕陪同苏联专家回到北京，交接了任务，就立刻请假匆忙赶回老家。自从 1959 年年初被派往山西太原配合发动机仿制，因为责任重大，一年半的时间没有休过假。上次与妻子见面，还是去太原前，过春节时在绍兴团聚了几天。

仿制发动机的那段时间，邢球痕家中出了两件不幸的大事，他却都不能回家处理。

第一件是在 1959 年春末，已有身孕的妻子周慰君参加支农劳动下田插秧，因劳累过度导致流产。下厂工作组在太原的仿制工作开始不久，邢球痕是下厂工作组组长，负责与苏联专家对接，各项工作都要由他协调才能开展，无法请假前去照顾，妻子只能独自回嵊州老家休养几天。爷爷听说孙媳妇回乡，拄着竹杖步行几里山路，送去一小篮鸡蛋给她补身子。三年困难时期，鸡蛋是难得的高级营养品，老人花高价从村里各家一个两个地买回来。邢球痕每月寄回来的钱他舍不得花，为了给孙媳妇买这一小篮鸡蛋，他却毫不吝惜。

那是周慰君第一次也是最后一次见到邢家爷爷，她在绍兴工作，也实在无法照顾老人。那时老人已经 80 多岁高龄，视力和听力都已衰退，行动迟缓，那几里山路，不知是怎么走过来的。

1960 年 6 月，爷爷去世，周慰君赶忙电报告知邢球痕。可当时苏联专家即将撤离，邢球痕负责的下厂组接到命令，必须在专家离开前尽可能多地询问和解决一些技术问题，这样的关键当口，根本无法回乡为爷爷送葬。

邢球痕赶回老家，才从邻居们口中得知，爷爷去世前浮肿得厉害，是长期吃不饱导致营养不良而去世的。这让他大为不解：“我经常给爷爷寄钱寄粮票呀……”邻居们诧异地看着他：“没见他收到过粮票啊！”在那个特殊的年份里，粮票是最为金贵的东西，却从来没有能送到老人手里，没人能说清是哪个环节出了问题。

站在爷爷的坟前，邢球痕泪如雨下。爷爷含辛茹苦将他养大，供他上学，让他有了如今的生活。可他却没让爷爷过上更好的生活，不能在爷爷身边尽孝，他甚至都没能赶回来陪伴爷爷最后的时光，就让爷爷这样孤零零地离开了人世，弥留之际也没能吃上一口饱饭。

爷爷没有多少文化，可他知道自己的孙子在为国家做事，在为国尽忠，这是最让他自豪的事情。屋门上挂着的“革命军属”的小铁牌，被他擦得一尘不染。

站在爷爷坟前，邢球痕才体会到“忠孝不能两全”这句话中深含的悲壮与煎熬。他身着军装，不能在爷爷坟前下跪，只能满面泪水地对着坟头敬了一个标准的军礼。这是他对爷爷的哀思，是一名中国军人对亲人的歉意，更是对那些即便经受诸多苦难，也对国家满怀热爱，并愿意为之奉献、为之付出的普通百姓的敬意。

第三章

西向长安

一

苏联专家的撤离，并没有使中国的导弹研制进度迟滞，反而激励了中国科技人员自立自强的志气。他们经过精密计算，想尽一切办法寻找替代材料、工艺方法，甚至因为没有了苏联专家“必须怎样”“不能如何”的掣肘限制，他们以“土法上马”的手段，解决了很多重大技术难题，液体火箭发动机的仿制很快便取得了成功。

1960 年 11 月 5 日，苏联专家撤离仅三个月后，P-2 导弹的中国仿制版——“1059”导弹便进行了首次发射试验，导弹飞行 550 公里命中目标区，试验获得圆满成功，中国在导弹技术方面迈出了可喜的第一步。

几天后，在一分院的表彰大会上，政委张钧宣布了上级关于建设固体导弹第二研制基地的决定。

1961 年 1 月，阮崇智跟随发动机热过程研究所政委路九牧、副所长李乃暨等人一起登上西去的列车。他们是研究所派出的一支考察小组，成员都是负责固体发动机研制的四室技术骨干，此行目的地是位于中国腹地的古城西安，那里有个被称为“西安三所”的军工单位。

“西安三所”全称二机部[1]第三研究所，1952 年 9 月成立于沈阳，是当时中国唯一的火炸药研究所。他们从 1956 年便开始了固体火箭推进剂的研制，这源于 1955 年 12 月，钱学森到哈尔滨军事工程学院参观后，在沈阳为部队和军工界人士所做的一场报告。时任第三研究所所长的肖淦是与会者之一，那次报告中，他听到钱学森所说的火箭发展状况，敏锐地认识到固体推进剂将是未来的发展方向，于是会议之后便组织人员开始了相关技术的研究工作。

1957 年，三所奉命搬迁到西安南郊丈八沟新址。肖淦安排李志刚、刘国雄等人正式组建起固体推进剂科研组，开始聚硫橡胶的研制工作。1958 年 5 月，便研制出固体推进剂药条。远在北京的国防部五院一分院六室主任李乃暨带领赵世昭等人，也在同一时期研制出了聚硫橡胶药条。

由于当时各单位严格的保密制度，导致这两个分处北京、西安两地且分属不同院、部的单位，都不知道相互的存在，更不知道对方已有的研究成果。

直到 1958 年 10 月，国防部五院一分院推进剂研究室李乃暨主任才与西安三所副所长李志刚在北京有了第一次接触。而促成双方会面的，是空军飞行员用生命代价换来的一枚空空导弹。

---

[1]1952 年成立的二机部，包含兵器、坦克、航空工业。1958 年将一机部、二机部、电机部合并为新的一机部。1963 年重新划分部门时，二机部为核工业和核武器，三机部为航空工业，五机部为兵器工业。

1958年9月24日，中国大陆空军与台湾国民党空军在台湾海峡温州湾上空进行了一场激战，史称“九二四”空战。交战中，台湾国民党空军第44中队队长李叔元驾驶F-86战斗机发射美制AIM-9B“响尾蛇”空空导弹，击落大陆空军的歼-5（苏制米格-17）战斗机，解放军飞行员王自重在战斗中英勇牺牲。这是世界上首例用空空导弹击落飞机的战例。

“九二四”空战后，大陆方面勘查现场时，找到四枚未爆的美制“响尾蛇”空空导弹，其中一枚被送到西安三所进行分解测绘，为开展反向设计进行准备。[1]

颇有意味的是，不仅世界上首例在实战中采用空空导弹击落战机的战例发生在中国，世界上首例使用地空导弹击落飞机的战例也同样发生在中国。

“九二四”空战一年后，1959年10月7日，解放军“543”地空导弹部队用苏制C-75（北约称之为SA-2）地空导弹，在北京上空击落了台湾国民党空军上尉飞行员王英钦驾驶的美制RB-57D侦察机。

但这两个“世界首例”并不值得中国人骄傲，而应该被视为华夏之殇。

中华人民共和国成立之初，海军、空军力量薄弱，尚不具备横渡海峡解放台湾的装备条件，加之朝鲜半岛战争迅速爆发，中国投入抗美援朝之战。国家的统一大业因各种条件所限，被暂时搁置，导致海峡两岸长期处于敌对状态。而这一格局下，海峡两岸便成为美苏两大强国的“武器试验场”。

如今回望那段历史，实在令人唏嘘。科技的落后、经济的薄弱，让两岸中国人都分别受制于别国。

---

[1] 苏联获悉中国大陆方面获得美制“响尾蛇”导弹，先后派出两批专家来华索取有关技术资料和导弹实物。不久，便以此为基础，研制出K-13型（北约代号AA-2“环礁”）空空导弹，并装备于米格-21型飞机。1962年，苏联向中国有偿提供米格-21飞机和K-13型导弹的技术资料及样品。1964年11月，中国仿制该型号导弹的工作全面展开，并命名为“霹雳-2号（PL-2）”。1967年11月，“霹雳-2号”导弹定型，投入批量生产以装备部队。

事实上，新中国的领袖们正是为了寻求中国独立自主的发展之路，摆脱受制于人的困境，才在中华人民共和国成立之初国民经济极端贫弱的状况下，做出多项耗资巨大或影响深远的决策——与世界最强大的美国对抗，投入抗美援朝战争；耗费大量资金聘请苏联专家、引进苏联技术；秘密开展“两弹工程”；开展“超英赶美”的“大跃进”；拒绝苏联在旅顺口建设长波电台、组建联合舰队的请求——都是为了摆脱他国的威胁和控制，为国家的独立自主而做出的努力。不可否认的是，其间，因缺乏经验、急于求成而走了不少弯路，使国家和人民经历了一段艰难岁月。

但中华人民共和国成立后的这一系列重大决策和行动，让世界开始重新认识中国，这里不再是列强们仅凭几艘军舰和几门大炮就可以横行无忌的国度。这些重大决策和行动，更让中国人看到了团结起来的强大力量，开始重新认知自己的国家，意识到自己可以理直气壮地对强权说“不”。中华民族的精神便在这些重大决策和行动中得以重塑。

国防部五院、二机部三所的科技人员，山西太原 743 厂的技术工人，以及各个部委、院所、厂矿企业，无数从事各行各业的普通民众，也是在这样的精神力量支撑下，即便饿着肚子，也要拼尽全力完成自己的任务。因为他们知道自己的工作、自己的付出是“国家需要”，能与国家命运紧密相连，让他们深感自豪。

同样因为“国家需要”，两个原本不属同一系统的研制单位，打破藩篱，合力开展研究工作。

事实上，在此之前，他们就已经开展了合作。1959 年 3 月，国防部第五研究院一分院便派出协作组，由赵世昭带队奔赴西安三所，联合成立代号“502”的推进剂研究组。1960 年 3 月，五院又增派技术人员，前往西安参加502组的工作。同年10月，研制人员探索出溶入稀释剂的真空浇注方法，为此后贴壁浇注药柱的生产工艺奠定了基础。

西安三所的技术力量较为雄厚，还有专门的工厂进行配合生产，随着联合小组研制工作的深入，国防部五院决定，将固体推进剂导弹的研制重心向内地倾斜，在西安开辟第二研制基地。

那时的西安还保留着古城的模样，出了城墙几百米，就是连片的农田。西安三所位于城墙以南四五公里处，是一片人烟稀少的荒凉郊区，距离最近的村庄，也有1公里的路程。在阮崇智的记忆中，被高大围墙圈起来的三所大院儿里，有座漂亮的黄色办公楼，楼顶架着一部警笛，每天上班、下班的时候，呜咽的警笛声便会准时响起，越过围墙，和村庄飘来的炊烟一起，铺散在空旷的田野中。

这里，就是他们即将到来的地方。

阮崇智他们在西安三所考察时，北京那边，五院一分院正在将所有固体发动机研制队伍"合并同类项"。第二设计部的金宏猷、陈德华、王铮、杨俊山等人，第三设计部的邢球痕、朱明、张扬中、易先富、华凤先等人，都被调入发动机热过程研究所四室。

即便由多个部门人员合并而成，这支固体火箭发动机研制队伍也仅有百十号人，虽然人数不多，却拥有独立代号——中国人民解放军0687部队。这百十号人员除少部分留守北京外，将要派去西安第二基地工作的共有99人，邢球痕和阮崇智都在其中。

1961年2月26日，北京远郊的东山沟，正在召开0687部队内迁西安的思想动员会，五院政委刘有光、副院长王诤专程赶来出席会议。

千里之外的固体发动机第二基地即将启用，研制重心将转移到那里。政委刘有光知道，虽然西安是省会城市，但那边的生活条件与北京相比还是相差甚远。他看着台下这些即将离开的研制人员，关切地说道：“你们有什么要求，现在尽管提，院里能解决的一定解决好。”可这话说出来，却半天没人应声。刘政委环视会场，又高声问了一句：“没要求吗？”

“我有一个要求！”人群中伸起一只手臂。

“有要求就大胆地说！”刘政委朗声说道。

“我们以后……再来北京就不容易了……能不能……在离开之前，去参观一下新建成的人民大会堂。”那位举手的年轻人站在人群中，用怯怯的声音说道。

“对，我们都想去参观人民大会堂！”众人也随声附和。

人民大会堂这座代表国家形象的标志性建筑，是向新中国成立 10 周年献礼之作，1958 年 10 月 26 日开工建设，仅用 10 个月时间便全部建成，创造了中国建筑史上的一大奇迹。自建成之日，那里便成为与天安门、人民英雄纪念碑一样，来到北京必定要看的标志性建筑。

身在北京的邢球痕、阮崇智他们这些技术人员，早就想去看一看这个中国第一座万人大礼堂，可单位驻地在偏远郊区，他们又全力投入研制工作，根本没有时间去市内参观。

刘有光政委没想到，这些即将离开北京的技术人员，对生活条件、待遇方面的要求只字不提，唯一的要求就是参观人民大会堂。这让他颇感意外，又深受感动，他当即回复：“这个愿望一定满足！我亲自去申请，要让你们到大会堂里边好好看看，里里外外看个够！”

几天之后，这些从事固体火箭发动机研制的技术人员便登上几辆卡车，来到天安门广场，兴高采烈地参观了人民大会堂，并面向高耸的人民英雄纪念碑，以人民大会堂为背景拍了合影。

天安门广场上，游人来来往往，没人知道，这群挤在人民大会堂前合影的年轻人，都是肩负着国家重大使命的新一代无名英雄。更没人知道，这些年轻人即将离开首都北京，踏上西去的列车，开启一段漫长艰巨的征途——为国家打造“护国神剑”。

二

1961年2月，阮崇智和几十名同事来到西安三所，开始了联合研制工作。多年之后，他在自己的回忆录中，记录了当时的状况：

到达西安后，我们被分编在三所的一室和二室。一室主任李志刚，副主任刘国雄；二室主任刘忠良，副主任周凤春。

我们二室的同志都在一个组，组长是邢球痕和三所的蔡念谦同志，副组长有金宏猷、我和三所一位姓钱的同志。邢球痕同志负责双基药发动机设计工作，蔡念谦和我负责复合推进剂发动机试验工作。

我们采用三所已有的502复合推进剂和试验发动机展开研制。一种是用Φ127无缝钢管制造的Φ108发动机，另一种是用Φ325无缝钢管制造的Φ300发动机。限于三所的装药条件，当时只做了Φ108发动机试验。

当年生活上的最大问题是吃不饱。在北京时，部队上每人每月有38斤定量，依然常觉饥饿难耐。到了西安三所，每月只有30斤定量，路政委还要求我们节约5斤，以示“军民团结”。为防止年轻人控制不住自己，要求饭票每顿只能用一张，每月另有几张饭票“机动”，被视为至宝。有天晚上我们都饿得不行，靠同事项建杏省下的半块发糕，找来些菜根煮了煮，搞了次“会餐”。

这种状况在1963年以后逐渐改善。

阮崇智所说的Φ108发动机和Φ300发动机，分别对应一款空空导弹和一款地空导弹。Φ300发动机，就是邢球痕原来仿制的“543”防空导弹上使用的固体推进剂发动机，此前交给二分院负责，现在固体发动机部分又交由0687部队承担。

这款Φ300发动机采取两种技术途径，一种是复合推进剂的技术途径，另一种则依然采用苏联那种双基火药推进剂的技术途径。此时中苏两国关系已经降至冰点，台湾方面还是不断向大陆派遣侦察机，防空任务依然繁重。苏联原装的C–75导弹已经无法进口，防空导弹用一发就少一发，必须尽快自行制造出替代产品。于是便采用两种技术方案，哪种先研制成功，就先用哪个。

双基推进剂发动机的研制依然由邢球痕负责，他此前就承担过这项任务。因为西安三所承担着大量常规兵器研制任务，有限的场地和设备要优先用于本职工作，无法承担双基药的研制工作。邢球痕他们只好再去太原的兵工厂进行协作，那边有“543”发动机双基药的生产基础和经验，能够快速开展工作。于是，其他同事都在西安的时候，邢球痕大部分时间都是在太原的兵工厂。

0687部队在西安开展联合研制工作近一年时间，已从99人迅速增加到300多人的规模，工作进展却显得缓慢。西安三所自身任务繁重、厂房设备受限，复合固体推进剂和固体火箭发动机的研制都受到了影响。

1962年1月4日，国防部五院第九次扩大会议决定，为固体发动机研究建设一个可以独立开展工作的新基地。经贺龙、聂荣臻两位元帅批准，新基地设立于四川泸州郊区，除0687部队路九牧、李乃暨等304名成员外，再从西安三所抽调肖淦等237名人员，组成独立单位，番号“总字750部队”。

从1956年国防部五院成立之时算起，这个负责研制固体推进剂的机构就一直在不停地搬迁。当年第十研究室的那个三人小组，驻扎于北京近郊466医院内，后来搬到北京远郊云岗镇的“马列学院”，再后来搬到2公里外的东山沟，然后又从东山沟搬到西安郊区的三所驻地。此时，又要从西安郊区搬到泸州郊区，这已经是他们的第四次大迁徙。

750部队的搬迁是从1962年3月开始的，那次搬迁颇费周折。先从西安坐火车到宜宾，再从宜宾乘轮船到泸州，然后换乘汽车在土石公路上颠簸一个多小时，才到达他们的新驻地——那个叫作“高坝”的小镇。

小镇的山坡上有一个依山而建的大院子，站在院内，就可以看见山坡下滚滚东流的长江。这院子以前是川南化学工业学校的校址，此时专门清空转交750部队使用，办公室、宿舍区都是学校的教室、学生宿舍改造而成的。院门设有岗哨，所有人员必须持有证件才能进入。

此处距泸州市区直线距离5公里，却因长江在中间拐了个“几”字形大弯，并且阻隔着几座山头，去趟泸州就得沿着长江北岸的山路绕行十几公里。高坝是个人口密度较小的偏僻之地，将保密单位安置此处，确实具有隐蔽性。

1962年7月1日，完成搬迁任务的750部队在这座院子里召开大会，会议上宣布，固体发动机研究所正式成立，扩大编制为1300人。

这是中国第一个固体火箭发动机专业研究所，共设四个研究室，一室为发动机研究室，二室为发动机设计室，三室为推进剂研究室，四室为材料工艺研究室。同时设立仪器仪表室、试验站以及机加车间。后来，研究所成立的这一天，被定为航天四院的建院纪念日。

那次的成立大会，阮崇智没有参加。当时他还在西安，确切地说，他在距西安市 50 多公里的户县（现为西安市鄠邑区）将军山下，进行 Φ300 发动机的研制工作。那里有个隶属二机部（一年后改为五机部）代号“845”的军工厂，协助研究所进行发动机的研制工作。

固体火箭发动机研究所成立的时候，人员编制为 1300 人，实际只有 706 人，并且分散在相距上千公里的不同地域工作。其中，506 人在泸州，116 人在户县 845 厂协作，还有 84 人分别在北京、上海等地进行协作。

泸州已经有了新基地，阮崇智等人为何还要靠户县的 845 厂协作？原因有两个：其一，泸州那边的基地刚刚成立，还不具备生产条件；其二，也是最主要的原因，到了泸州才发现，那里环境湿度太高，对于制造时需要干燥环境的固体推进剂来说十分不利，尤其是基地所在的高坝大院儿坐落于长江边，空气中的湿度更大。所以，泸州新基地只能进行发动机设计、小剂量推进剂配比试验等研究工作，发动机试验生产工作还是只能放在户县的军工厂里进行。

户县将军山下的 845 厂远离西安，甚至离户县县城都有 5 公里的路程，看起来地处荒僻，其内部却别有洞天。此处是西安三所的配套工厂，当年苏联援建的 156 个重点工程项目之一，拥有国内最先进的设备，甚至有专线铁路和专属发电厂，更难得的是，厂区面积大，闲置厂房很多。阮崇智说，这地方比他当年在苏联留学实习期间见过的工厂都要强得多，这真是搞固体推进剂和发动机的理想之地。

因为有了此前将近一年的技术积累，阮崇智他们来到将军山下几个月后，就采用复合推进剂技术制造出了一台 Φ300 发动机。

生产出来的发动机都必须进行点火试车，测量并记录下各种数据，再用这些试验数据与设计的理论数值进行比对，才能确定是否达到设计标准，哪里需要改进设计。而发动机试车必须有专用的试车台，可 845 厂是生产常规武器装备的，根本没有这样的设备。

阮崇智他们打算在厂区附近找块空地，搭建一个简易试车台，但845厂厂长坚决不同意。军工厂里存储着各种易燃易爆的化学原料，武器弹药的成品、半成品，最怕烟火，更怕爆炸。这台发动机里浇注了100多公斤的固体推进剂，如果试验失败，那就成了一颗威力巨大的炸弹，如果在工厂附近，爆炸冲击波可能会波及库房和厂房，如果引起原料或弹药成品殉爆，那后果根本无法想象。

试车地点只能到更远的地方去寻找。

于是，他们就沿着厂外那条小溪，到将军山上去寻找。终于在距厂区 8 公里的山洼处，发现一个周边无人居住的河湾，那里地势平坦，旁边的山体有段石崖，用几根槽钢、角铁焊接成支架固定上去，就改造成一座简易试车台，不远处还有一座破庙，正好当作测试间。

用了几天时间建好试车台，阮崇智他们向当地农户借来一辆拉土运粪的架子车，将发动机放在车上，设计组的十几个人连拉带推地进了山。那是 1962 年 11 月 9 日。

小溪在山间左扭右拐，山路一会儿在小溪左边，一会儿在溪水右边，所以就得不断地过河。可这一路上所有的桥，就是山民将两根木头绑在一起搭在小溪两岸的简易桥，架子车根本过不去。于是，每到有桥处，阮崇智和同事们就得拿起绳索和木棍，合力将发动机扛在肩头，喊着号子蹚水过河。

100 多公斤的发动机，压在肩膀上生疼生疼的，他们还得时刻注意脚下。

小溪两岸都是乱石滩，得深一脚浅一脚地绕过大石头。已是初冬时节，溪水冰冷刺骨，水里的石面绝对不能踩，上面长满了滑腻的青苔，踩上去就会滑倒，他们只能试探着把脚放进几块石缝间，踩实后才能迈步。

每次过河都是一次生死考验，任何一个人滑倒，都会让发动机倾斜摇摆，钢制的发动机壳体如果撞到河床里的石头上，就可能碰出电火花，引燃里面几十公斤的推进剂，这十几个人连躲避的时间都没有，肯定全都“光荣”了。

万幸的是，他们终于安全地将发动机运送至山崖下，安装到了试车架上。一群苦力挑夫般的设计人员，又挽起袖子调试各种传感仪器，开始试车前的准备工作。

那次山坡上的野外试车获得圆满成功，时任国防科委副主任的张爱萍将军闻讯大喜，决定 12 月份到 845 厂视察固体发动机研制工作。这让研制人员自豪而兴奋，立刻开工赶制一台新的发动机，准备在首长视察时，进行点火试车演示，让他亲眼看到取得的成绩。

但是，谁都没料到，就在这次生产过程中，发生了一场惨烈的事故。

三

那天是 1962 年 12 月 6 日，一大早，几位操作工就在发动机装药工房里忙碌着。他们将推进剂原料称重、调配，小心翼翼地放入混合机内。这次他们要配制出 203 公斤推进剂，可以浇注出两台发动机。

阮崇智站在工人身后，仔细观察每个步骤的操作。推进剂原料大都是高敏感性易燃易爆物，任何闪失都可能造成剧烈爆炸。他是发动机研制组组长，每次进行浇注前的准备工作，都必须在现场跟踪，这是他们的工作惯例，便于立即解决操作时发现的问题。

那天的原料称配和预混工作很顺利，工人将预混后的原料放入混合机，阮崇智一直悬着的心放下许多。因为最危险的工序已经完成，原料混合成稀料浆，敏感度就降低了很多，后边的工序就是在混合机中翻滚搅拌几个小时，将各种组分充分地拌和均匀。以前进入混合工序时，阮崇智会守在混合机旁，时常用铜铲挑起料浆观察混合状态。可那天，混合机开始工作时，他就走出工房，骑上自行车赶往百十米外的办公楼。

原料混合均匀时间还长，他想利用这段时间，跟同事张受禄一起整理上次试车取得的数据。每次试车后，都要对几千组数据进行计算，他们只有手摇计算机，几十分钟才能摇完一组数据，几千组数据，往往需要一两个月的时间进行计算。

阮崇智停好自行车，刚迈进办公室，身后就传来一声爆炸的巨响。冲击波随之而来，办公楼都震颤起来，门窗哗哗作响。阮崇智雕塑一样定在门口，张受禄抬着头一脸惊愕，愣愣地坐在办公桌前，握着钢笔的手在不停地颤抖。爆炸声是从工房那边传来的，即使是不干这个行业的人也知道，这巨响意味着什么。

装药工房发生了爆炸，造成 4 人牺牲、5 人重伤、4 人轻伤。这是固体火箭发动机研制工作开展以来遭遇的第一次重大伤亡事故。

阮崇智在他的回忆录中记载：

这次事故是因为混合机转轴轴瓦里有以前残留的料浆，在常温下固化。当固体物料加入后，启动时摩擦力加大，203 公斤料浆在桨叶转动时瞬时燃烧。

陈素梅、韩玉英、王增孝、刘恩科四位同志牺牲，我组的常平西、朱月恒同志身负重伤，终身残疾。

四院所从事的固体推进技术是一个充满危险的行业，没有英勇战斗、不怕牺牲的精神是不行的。在我们今天的每一项成就中，都渗透着创业者的血汗。

听说 845 厂发生事故，张爱萍上将立即启程赶来，视察装药生产线和事故现场。845 厂厂长心情沉痛，他对张将军说，事故发生在自己负责的厂区，他愿意接受上级组织的任何处罚。

张爱萍面色凝重地望着被炸成残垣断壁的工房遗迹，摆摆手说："我们对研制固体推进剂没有经验，才会出了这么大的伤亡事故。现在的首要任务是，总结经验教训，找出问题所在，采取改进措施，尽快恢复生产，早日研制出安全的产品。"

因为生产线和重要设备在这场惨烈的爆炸中损毁，阮崇智他们在 845 厂进行的固体推进剂相关研制工作，被迫中断了七个月。

此时，远在千里之外的泸州长江岸畔，邢球痕他们的发动机设计室，正进行着另一型号发动机的研制工作。"阮崇智他们搞发动机试制主要在户县那边，我们在泸州这边主要是搞发动机设计工作。"邢球痕说，"泸州气候太潮湿，搞固体发动机不适合，尤其是推进剂研制，原料的湿度无法控制，将来要开展批量生产肯定不行。"

但基地已经搬到了这里，就必须开展研制工作，不过，因气候环境和设备条件所限，只能进行小剂量推进剂的发动机试制。即便进行小型发动机的研制，也必须有试车台用于试验，750 部队为此专门在距离大院儿 5 公里的一片山洼间，修建了一个小型试验场。

试验场所在之处叫“二道溪”，可那里没有小溪，只有连片的山峦，实在名不副实。不过，小型试验场倒是名副其实地小，就连技术员们自己搭建起的那个试车台，也真是名副其实地小——他们在山坡的一块空地上，用红砖修砌三堵矮墙，围出一块双人床大小的空间，里面浇筑了个长70厘米，宽、高各40厘米的水泥墩子，中间留出一个土坑，像是农户家的灶台。发动机点火试车时，将喷口朝上、头朝下埋在“灶台”中间——试验室的技术员们都不好意思把这个简陋的东西称为试车台，因为体量和造型跟土地庙相仿，于是大家都叫它“土地庙”。

搞出个土地庙式的试车台，技术人员也很无奈。他们一没资金二没设备，全靠自己搬砖、和泥、吊线、砌墙，能搭建起这样的“土地庙”，已属不易。

那时候，美国、苏联以及西方技术先进国家都对中国施行严格的技术封锁，国际上的先进技术和设备，中国都无法获得。各行业遇到技术问题，只能靠自己想出“土法上马”的替代品进行解决，固体火箭发动机的研制工作更是如此，“土地庙”就是这样的产物。

“土法上马”的不仅是那个“土地庙”试车台。按照规范要求，发动机试车时使用的引火头、雷管、炸药等火工品，需要专用仓库存储。可研究所依然没有那样的条件，工作人员就在院子里挖出三个大坑，坑底铺一层干沙，再铺上掺了石灰的三合土，靠人工夯实打平，然后将三根粗大的水泥管直立在坑里，将外侧的泥土掺石灰夯实，再给水泥管上面加装一个带锁扣的铁盖，就充作火工品库房。

发动机组装需要专用的装配车间，就在院子里用竹席搭起一个简易棚，棚顶铺上油毛毡再压一层稻草，搞出个草棚装配车间。

试车时要拍摄大量照片资料，需要在暗房将胶卷冲洗出来，他们就在空地上竖起几根木桩，钉上油毛毡当围墙和屋顶，搞出个“岗亭暗房”。

这里没有“高、精、尖”的气派，只有因陋就简的“土八路”作风。而这一切都是为了尽快开展研制工作，争取早日为国家生产出固体火箭发动机。

1963年8月，叶定友来到泸州郊外固体发动机研究所的大院儿，他刚从西北工业大学毕业，没有回家看望父母，就直接赶过来报到。那年研究所从全国招收了近200名毕业生，叶定友是第一个前来报到的。他不是不想回家，而是实在没钱回去。

他的家乡在浙江温岭，地处东南沿海长三角南侧，位于台州和温州之间。如今，那里是台州市所辖的一座县级市，拥有小型机电、摩托车配件、鞋帽加工等诸多民营经济产业群，是个富庶之地。可在叶定友的童年时代，他的家乡温岭却是另一番景象——经济极度落后、交通闭塞，三分之二的人口处于贫困线之下，叶定友家便是其中的贫困户之一。

幸运的是，1940年出生的叶定友，少年时期迎来了中华人民共和国的成立。那时实行的免费教育，让即将失学的他得以继续在学校中学习。他学习成绩优异，“赤贫”的家庭出身又是那个年代最好的成分，也是最可信任的群体，高中毕业时被免试保送西北工业大学，那年全县只有三名保送生。

可叶定友家中贫困得连16块钱路费都拿不出来，还是靠当地政府资助了这笔开支。好在那个年代，上大学也不交学费，每月还发放生活补助，足够吃饭和购买学习用品的开销。

18岁上大学之前，叶定友到过的最远的地方，是步行去过几次的县城。去西安上学是他第一次出远门，就从东南到西北横跨了半个中国，旅程中要几次换乘，汽车、火车、轮船坐了个遍，亲身感受了书上说的“幅员辽阔、山河壮美”是怎样的情形。那时正值“大跃进”如火如荼，途经之地都在大搞建设，处处人声欢腾、彩旗飘扬。这火热的建设场面深深感染了刚刚走出家乡的青年。

他清楚地知道，自己是靠着国家的免费教育政策和政府的资助，走向通往新生活的大路，心中满怀对国家的感激之情。在那时他就暗下决心，大学毕业后要投身国家建设，奉献自己的力量。

与他同龄的那一代青年学生，都有着相似的生活经历，对新中国怀有同样的感激之情，抱有同样的报国之心。

四

来到西北工业大学报到的叶定友，被分配到航空工程系航空发动机专业。

那时上大学免费，还发生活补助，但衣物、被褥需要自理。叶定友带到学校的行李，除了几件衣服，就只有一条被子。褥子他根本没带，只能睡在光床板上，一方面是因为家里实在没钱买，另一方面是因为南方人不知道北方的冷。他本想在每月发放的生活补助中攒下一点钱买条褥子，但购买饭票和日用品后就所剩不多，他还要攒下来做寒暑假时的生活费。因为放假时没有生活补助，回家单程票价就要 16 块钱，他没钱回家，只能在学校靠平常攒下的生活补助生活。

上大学第二年，便遭遇了三年困难时期，生活补助全都用于吃饭，却依然饿着肚子。假期时，学校会为他这样的贫困学生提供勤工俭学的机会，他就在西安勤工俭学挣些生活费。买褥子的计划，就这样一拖再拖，直至毕业也没实现。那时的工科大学是五年学制，“我一直就睡在光床板上，西安冬天很冷，上了五年学，四年半没有暖气，也就这么过来了。”叶定友说，“上大学五年，只回了一次家，还是向学校申请的16块钱路费。”这些他都记在心里，并心存感激。

那时，中国的导弹研制计划已经秘密进行了三年多。按照上级部署，国内几所著名的工科大学，都先后设立了火箭、导弹相关专业。

哈尔滨军事工程学院早在 1953 年成立之时，就在炮兵工程系设立固体火箭武器科，招收了包括邢球痕在内的 20 名学员。此后每年都有招生，到 1956 年，已经增加至每年 60 名学员。1959 年 2 月，固体火箭武器科从炮兵工程系分离，独立为导弹工程系。

北京航空学院（北京航空航天大学前身）也于 1956 年创建火箭设计和火箭发动机教研室，1958 年正式组建火箭系。

北京理工大学于 1957 年设立航空宇航学科，1958 年 10 月设立火箭导弹系。

叶定友所在的西北工业大学，于 1960 年 3 月设立了导弹系（后改名为宇航工程系，校内称八系），从航空工程系挑选了近 30 名二年级学生，改学导弹专业，叶定友便是其中之一。

这些理工院校开设导弹专业之初，大都是从本校相关专业挑选二年级学生转行学习，这是为了尽快培养出导弹研制的专业人才。

1960 年，中国效仿苏联技术进行的“1059”（后称“东风一号”）导弹研制工作正在关键时刻，其他型号的导弹研制工作也在进行之中，苏联却撤走了技术专家。国防部第五研究院急需大量专业人员，根本等不及五年时间。

叶定友他们这些西工大航空工程系大二学生改学导弹专业的时候，同系的一批五年级学生连毕业设计都没做完，就接到命令提前半年毕业，并被分配到北京的国防部第五研究院工作。那年，从全国各高校航空专业提前毕业，分配到国防部五院改行从事导弹技术工作的大学生，有数千人之多。那批从未接触过火箭发动机知识的学生，刚去报到，就参与了中国第一枚导弹的研制，在工作中边干边学，后来很多人成为中国火箭技术领域的知名专家。

西工大新设立的八系，在一幢独立的小楼内，门口设有警卫，非本系人员禁止入内。叶定友他们也只能空手进去上课，书包、笔记本都不许携带，教材、资料、笔记本都是上课前去保密室领出来，上完课立刻交还，一片纸屑都不能带出教学楼。他们使用的教材没有名称，只有50101、50102、50103之类的代号，都是来自苏联的翻译资料。

这如临大敌的保密制度，是其他院系不曾有过的“待遇”，足见这一专业的重要性。可是，从航空发动机专业转来的学生，却在几个月后闹起了情绪，很多学生甚至写申请要求调回原来的专业。因为跟航空发动机相比，火箭发动机的结构实在是太简单了，尤其是固体火箭发动机，在这些学航空发动机的学生看来，只不过是个精致版的“蹿天猴”花炮嘛。

事实上，“蹿天猴”也确实可以说是缩小简易版的固体火箭发动机。目前世界上最先进的固体弹道导弹与早在宋朝之前就已出现的“蹿天猴”，两者在基本原理上是一样的——

“蹿天猴”的纸筒炮身，相当于固体火箭发动机的壳体；纸筒里裹着的黑火药，相当于发动机内的推进剂；花炮的炮捻儿，相当于发动机的点火装置；封堵火药的胶泥上扎出的安放炮捻儿的小眼儿，相当于发动机的喷管喉部；胶泥后多出的那一小段纸筒，相当于发动机的喷管；炮身上捆着的竹签，相当于发动机的姿态控制结构。就连“蹿天猴”里使用的黑火药，也与现代固体火箭推进剂的组成成分一样——“一硫二硝三木炭”，它们分别承担着氧化剂、还原剂、燃烧剂的作用。

叶定友和大多数同学一样，对于这个“蹿天猴”专业颇有些抵触，也想调回航空发动机专业。

为稳定学生们的情绪，八系的党支部书记专门召开了一次大会，请来专业人员给他们做讲座。那位专家讲了一上午，时隔60多年，叶定友依然记得那些话。

“尖端技术不是以复杂程度来判断的。”那位专家说，“雷达里的波导管[1]，只不过是些技术含量不高的金属管子，把管子拼在一起，四四方方也很简单，其实这是很尖端的技术。同样的道理，火箭发动机的结构比飞机发动机的简单，但是火箭比飞机尖端，它的技术难度大得很呢，是真正的尖端技术。”

这番话让叶定友和同学们猛然醒悟。

虽然现代固体火箭发动机与一千多年前的“蹿天猴”原理相同，但绝不能因此认为固体发动机就不在高科技之列。如今日常生活中见过的、使用的绝大多数高科技产品，都与千百年前某种简陋的工具有着相同的基本原理，但技术水平早已是天壤之别。

能够飞行数千公里甚至上万公里的固体导弹，当然不会使用硫黄、硝石、木炭配制成的低能量黑火药。固体火箭发动机的技术难点之一，就是固体推进剂。现代固体发动机的氧化剂、还原剂、燃烧剂都必须采用能量极高的化学品，并且还要加入黏合剂、固化剂、增塑剂、键合剂、防老

[1] 波导管是雷达中的重要部件，是一种内壁十分光洁的空心金属导管，可将超高频电磁波脉冲信号以极小的损耗传送到接收器，显示出清晰的探测结果。

剂、安定剂、工艺助剂、燃速调节剂、固化催化剂等多种组分，使燃烧速度、燃烧状态和燃气释放量更加稳定，并且精确可控，这必须有极高的科技才能实现。

发动机的装药工艺，同样不是将“蹿天猴”那种采用粉末状态黑火药，剂量“随缘”地包裹于炮纸当中。现代推进剂必须将各种组分严格按参数校验合格，均匀拌和制成具有很高力学性能的橡胶状固体，并牢牢黏附于壳体的内壁。

研制人员为控制导弹飞行速度，需要通过调整推进剂各组分的配比量，获得不同的燃烧速度，产生不同燃气量来实现。除了调整配比，还可将推进剂芯孔设计为五角形、六角形、八角形或其他更为复杂的形状，增大或减小燃烧面，以获得需要的燃气量。为严格控制固体推进剂的燃烧速度，必须在推进剂药柱浇注固化过程中，严格控制药柱表面和内部的质量，不能出现毛刺、裂缝、脱黏等瑕疵的状况。如果出现瑕疵，必须找到有效的补救措施。这都需要采用复杂而严格的科技手段才能实现。

与液体发动机一样，耐高温、高强度材料也是固体火箭发动机的技术难点。固体推进剂燃烧时，会产生3000℃以上的高温、几十甚至上百个大气压，即便最好的耐高温钢材，温度超过1700℃时也会开始融化，所以必须在壳体内部涂布一层厚厚的耐热材料。发动机喷管承受着高温和高压的冲击，同样必须使用特殊的材料。这一切都需要大量高科技成果的支撑。

那位专家继续说：“你们这些人，都是精挑细选出来的。你们所学的专业，是国家急需的。八系的教学楼为什么保卫这么严？因为这是高度保密的事业。你们将来要从事的工作保密级别更高，不能公开发表论文、不能宣传、不能登报，可能还要远离城市，隐蔽到人烟稀少的地方去。干这一行，不是要扬名天下，而是要默默无闻地为国家做贡献，要甘当无名英雄……”

专家的这番话，更是让叶定友心中一震。他当年赶来求学的路上，已经暗下决心，要为国家奉献自己的一切。如今这个专业就是国家需要的，自己却挑三拣四闹情绪……想到这些，他便羞愧难当。

那次讲座后，叶定友和他的同学再没为改换专业而闹过情绪。

这些 20 来岁的大学生，共和国成立后培养起来的第一批青年人才，哪怕此时还吃不饱肚子，还睡在光床板上，却依然对这个国家满怀着热爱，一句“国家需要”就足以让他们抛开一切个人利益，为这个国家的强盛付出自己的青春与智慧。何况他们此时也知道了，正在学习的专业将会成为国家强大的支柱，就更是带着责任感和使命感投身其中了。

此后三年的专业课学习，叶定友和他的同学们要掌握液体发动机、固体发动机两类系统的基础知识，直到毕业实习阶段，才分成固体和液体两个专业班，每个班十几个人，叶定友选择了固体发动机专业。

叶定友连褥子都买不起，但没人嘲笑他的困窘。那时生活都不富裕，家庭条件好的同学也不过是比他多条褥子，多两件衣服，有回家的路费。学生宿舍里，睡在光床板上的学生不止他一个。“那时候大家对物质条件要求不高，只要能吃饱，各种艰苦的生活条件都能顶过去。年轻时期经历一些困难，是对人的锻炼，后来再遇到什么也就不觉得苦了。”这是他的亲身体会。

在校五年，品学兼优的叶定友一直担任着团委书记，颇受关注。那个时代的年轻人不看重物质条件，连姑娘们唱的流行曲儿，都是评剧《刘巧儿》里的“我爱他身强力壮能劳动，我爱他下地生产真是有本领。我爱他能写能算他的文化好……”。所以，那时叶定友一无所有，却并不妨碍他拥有爱情，女朋友是比他低一届的西工大校友，同样是学火箭发动机专业的。

叶定友毕业那年，火箭、导弹相关的工作单位有三个地方可以选择——

北京、上海和泸州。他的家乡在浙江温岭，同学们都觉得他会选距离家乡最近的上海，可他却选择了去泸州。全班30人，选择去泸州的只有两个人，他就是其中之一。叶定友觉得，当时国内唯一的固体发动机研究所在那里，去那里专业才对口，才能最大限度地发挥自己的作用。

于是，领到毕业证后，他便告别女友，怀揣着派遣证，直接赶到了泸州郊外750部队所在的那座院子里。

五

叶定友报到后被分配到负责发动机设计的二室，此时他才知道，这个单位竟然也是一年前才从西安搬到泸州的。他在西安上学五年，学习固体火箭发动机专业三年，却从没听说西安就有固体火箭发动机的研究机构，保密工作实在严密。

这里的设计人员都是带军衔的军人，刚入职的叶定友也穿上了军装，不过只能佩戴学员肩章。按规定，新进设计员要跟着老设计员学习一年后，才能转正授衔。

那时，研究所正在进行一款小型发动机的研制，叶定友便在老设计员的指导下，做一些资料查找、数据计算等辅助工作。他还跟着老设计员去二道溪试验站参加发动机试车，见到那座"土地庙"试车台时惊得目瞪口呆。他想起上学时那位专家说"火箭是尖端技术"，在这里，尖端技术竟然是这种搞法？！

那时，研究所的重点工作还处在发动机技术基础研究阶段，不稳定燃烧、内弹道性能、喷管及打开机构、发动机点火、应力分析以及各种材料研究等项目，都要进行大量的试验，有些项目要做多次验证，试车任务特别多。每次试车时设计人员都要到现场参与，叶定友就经常跟着去试验站，对那里的情况也渐渐熟悉起来。

叶定友前去泸州报到的时候，阮崇智他们在陕西户县的研制工作也得以重新开始。845 厂经过七个月的整改和厂房重建，终于恢复了 Φ300 发动机的试制。

可是，研制工作又遇到了新的困难，工厂先后制造出的几台发动机都出现了同样的技术问题——推进剂药柱固化后出现裂纹。对于固体推进剂而言，出现裂纹是严重的缺陷，绝对不能使用。

发动机里的推进剂药柱，要根据导弹飞行弹道，设计成特定的形状：有实心的、有带通孔的，通孔有圆形的、有五角形的、有六角形的……这是为了推进剂点燃后，燃烧方向可沿着特定的型面推进，产生符合设计要求的燃气量。不同的型面对应不同的弹道要求，这些都经过严格的计算。如果推进剂上有裂纹，燃烧面会沿着裂纹方向迅速扩展，这样就会产生过量的高压气体，导致飞行弹道偏离，并且可能造成发动机壳体爆炸。

那时中国的固体推进剂还处在初级摸索阶段，自行研制出的聚硫橡胶推进剂质量并不高。制成一根钢笔粗细的小药条，或者直径较小的实心药柱，不会出现裂纹。但将它制造成一个直径 300 毫米的空心药柱，因自身重力、材料收缩率以及黏合剂性能的影响，裂纹缺陷就会显现出来。

这个问题已经超出了阮崇智他们发动机设计室的专业范畴，必须由推进剂研究室进行处理了。1963年秋，固体发动机研究所召开了成立后的第一次全所技术会议，专门商讨推进剂药剂开裂问题。会议的结论是，必须对推进剂配方进行重新设计，提高力学性能和延展率，才能从根本上解决问题。

这项任务，交由推进剂研究室副主任崔国良[1]率领研制组完成。和阮崇智一样，崔国良也是留苏生，不同的是，他取得了苏联的副博士学位，在固体发动机研究所里是名声响亮的人物。

阮崇智他们心急火燎，这款发动机已经进行过一次成功试车，眼看就要取得阶段性成果，但遭遇了爆炸事故，研制工作被迫停了七个月，如今又因推进剂问题，再度陷入困局。这款发动机能否早点研制成功，推进剂问题成为决定因素，崔国良他们肩上的责任重大。

崔国良率领研制组攻关新型配方的时候，他们所在的这个750部队迎来了一件大事——

1963年12月3日，总参谋部签发批文，固体发动机研究所升级为“国防部第五研究院四分院(固体发动机研究设计院)”，内部简称为“四院”。原研究所的几个专业研究室，也调整升级为专业研究所——邢球痕、阮崇智、叶定友他们所在的发动机研究室升级为41所，崔国良所在的复合固体推进剂研究室升级为42所，此外还有装药工厂、机械加工厂等诸多单位。

总参谋部的这项机构改革文件刚刚下放，总政治部的文件也随之而来——所有新到岗人员必须下放基层单位锻炼一年，否则不能转正，不能授衔。参加工作不到半年时间的叶定友，便在此时与同批分来的年轻人一

[1] 崔国良（1931—2017），固体火箭推进剂与发动机专家，1956 年毕业于北京工业学院化学工程系，1957 年赴苏联莫斯科门捷列夫化工学院，学习固体火箭推进剂专业，1961 年获得技术科学副博士学位（相当于国内博士学位）后归国，分配到国防部五院。曾先后担任国防部五院固体发动机研究所三室副主任，七机部四院 42 所配方研究室主任，四院 46 所所长兼党委副书记，内蒙古七机局副局长兼总工程师，四院驻内蒙古指挥部副主任，四院副院长兼内蒙古指挥部主任，四院科技委主任，航空航天工业部科技委常委、秘书长、科技委副主任，航天科技集团公司科技委常委、科技委副主任。参与和主持了多项固体火箭发动机重大型号的研制，1999 年当选中国工程院院士。

起，被下放到试验站，在那座“土地庙”试车台旁边，跟操作员学习试验前的准备和试验操作技术。

仅仅一年半的时间，固体发动机研制机构就连升两级成为研究院，足见中国高层对于固体火箭的重视和迫切。崔国良不负众望，率领研制团队仅用不到半年时间，便设计出推进剂的新配方，将聚硫橡胶延展率提高了20%以上，有效解决了药柱开裂问题，阮崇智他们的Φ300发动机研制工作终于再度启动。

六

750部队从研究所升级为四分院，人员编制也从1300人扩大为3000人。1964年年初，不断有新员工前来报到，19岁的温荣书就是那时被招进四院参加工作的。

温荣书是泸州本地人，她家距离四院驻地不到5公里，那里有个制造枪炮弹药的兵工厂，她父亲就是兵工厂的职工。被招收到四院的兵工厂子弟有二三十个，还有几十名从天津招来的中学毕业生，他们将成为发动机或推进剂生产车间以及试验站的操作工。

接受入厂安全教育和保密教育后，温荣书成为发动机装药车间的一名学徒工，负责原材料的烘干工序。烘干工段有十几名操作工，其中两位师傅是在黄崖洞兵工厂工作过的老革命，大家提起他们，就说是“太行山下来的”，语气里都带着特别的尊重。

温荣书的工作没有太高的技术难度，就是把用于制造氧化剂的块状化学原料碾轧成粉末状，然后用不同目数的筛子过几遍，筛出符合要求的细颗粒粉末后放入烘箱中烘干。这项工作需要的是小心细致和责任心。

碾碎氧化剂原料就在院子空场上操作，那里有个青石制成的大碾盘，上面带着个小号的碾轮，其实就是农户们碾粮食的石碾子。“太行山下来的”老师傅说，当年他们在黄崖洞造炸药、枪炮火药的时候，就是用这种方法碾碎原料。只不过，那时候是赶着毛驴拉石碾，现在先进了，可以用电动机带动石碾子自己转。

温荣书和“太行山下来的”老师傅不知道，那时候国外的同行们，早已进入了全机械化远程操作阶段，使用的是他们根本不曾见过、更想象不到的大型专用设备。

温荣书在烘干工段的时间不长，就因为工作细致认真，被调去进行推进剂硬度测试工作。这是一项对操作技术要求较高并且具有较大危险性的工作。

在发动机制造过程中，每次配制出的推进剂，除了注入发动机内，还要单独分出一部分注入一个专用容器，跟发动机一起完成固化工序。然后将专用容器中的推进剂药块取出，用特制工具将其长度、宽度、高度修整到规定的尺寸范围，并将各型面修理平整后，放到硬度测试仪上检验是否达到设计要求的标准。这项工作必须是心灵手巧、耐心细致的人才能胜任，因为修整测试药块的过程中，过度用力地摩擦或碰撞都可能引燃药块，造成危险后果。

修整测试药块时切削下来的废药，积攒到拳头大小的一包，就必须进行销毁处理，绝对不能超量，因为推进剂释放出来的能量实在太大，超量的推进剂同时燃烧就可能发生危险。需要销毁的废药都是由操作工拿到山脚下一个土坑里处理。要在坑底铺一张报纸，将废药放在报纸上，再夹上电阻丝。爬上土坑退开几米后，扳下电阻丝通电开关引燃报纸。推进剂废药的燃烧是瞬间完成的，坑底猛然一亮，传出低沉的轰响，一朵白色的蘑菇云便冲天而起，站在几米远的坑外，都能感觉一股热浪扑面打来。温荣书必须等到坑里的白烟散尽才能离开，这是安全守则上规定的。

固体推进剂由几十种化学品混合而成，很多组分都是对人体有害的物质，即便固化后，也会不断挥发刺鼻的气味。自从干了硬度测试，每天与推进剂打交道，温荣书就觉得嗓子里总是甜腻腻的，挺难受。她的头发也比以前掉得多了，每天早上起来梳头，梳子上都能带下一小把。同宿舍的女同事们也都这样。那时，她们都是 20 岁左右的年轻姑娘，还不到大把脱发的年龄。大家都觉得，这跟她们从事的工作有关系，但谁也没向上级提过调离的要求。其实，在车间工作的人都知道，跟推进剂相关的每一道工序，都会接触到有毒物质，都有燃烧爆炸的危险性。

因为知道危险，这里的工人们连说话都小心翼翼，关于危险的话题都不愿提及。有一次，温荣书和同事们在厂房外墙的山坡下挖排水沟，一位正在浇注工段下放锻炼的大学生开玩笑说："这地方挺好，现在挖好坑，要是出了事儿光荣了，正好埋到这儿。"旁边立刻有人制止他："呸呸呸，怎么说这种丧气话！"

这事情过去没多久，浇注工段就发生了一起事故，一台正在生产的小型发动机，推进剂意外引燃，把工房都烧着了。厂区有大量易燃易爆化学品原料，必须迅速灭火，没人下命令，大院儿里所有人员都自发赶去救火。温荣书所在的检测工房距离浇注工段只有两三分钟的路程，她和同事们跑过去的时候，看见工房外的沙坑里躺着一个人，手和脸都被烧黑，耳朵也烧没了。

众人合力扑灭了大火，工房内已经被烧得到处漆黑。万幸的是，那次浇注的是台小型发动机，并且只是燃烧，没有爆炸。

沙坑里躺着的那个人，就是前段时间挖排水沟时说“出了事儿正好埋到这儿”的大学生。那次事故中，只有他被推进剂火焰烧到。同样万幸的是，经过抢救他保住了性命，但因烧伤严重，落下了终身残疾。那次事故后，就再没人以工作危险性的话题开玩笑了，不是因为迷信，而是对这项工作的敬畏。

那段时间，在试验站下放锻炼的叶定友经历了两次危险。

一次是在发动机试车的时候，试验人员把发动机在“土地庙”试车台上固定好，接通电源准备校准试验仪器时，发动机竟然被引燃了。那些试验仪器还没启动，发动机里的推进剂就烧完了，所有的数据都没能采集到，只能算作试验失败。事后检查原因，竟然是上次试车后忘记将试车台的点火电闸复位，所以刚接通总电源就将发动机点着了。这是一个因为小疏忽导致的大问题，所幸当时所有人员已经撤离试车台，没有造成伤亡后果。

另一次危险是在试验站工房里发生的，还有人员被烧成重伤，这同样是因为工作疏忽而导致的事故。

那天，叶定友他们在试验站内的一个推进剂混合工房里工作，一起下放锻炼的一位大学生被安排从混合溶剂中回收苯乙烯。那是一种极易燃烧的化学品，回收方法是用电炉烧一盆开水，将混有杂质的苯乙烯溶剂盛入一个容器里，放进水中进行热水浴蒸馏，苯乙烯受热形成蒸气，导入另一个容器中进行冷却液化，便可提取到高纯度的苯乙烯。

那位操作者因一时疏忽，在苯乙烯已经形成蒸气并逸出容器的时候也没发现。因为苯乙烯蒸气比重比空气大，逸出容器外壁向地面沉降扩散，蔓延到炙热的电炉丝上被引燃，容器中的苯乙烯也随之剧烈燃烧起来。此时，工房的另一边，一台胶化机正在进行推进剂拌和，如果有一颗小火星落到那里，试验站的这片厂区就会变为一片焦土。

叶定友他们发现着火的时候，那位操作者也发现情况不妙，他毕业于中国科技大学化工专业，知道推进剂被引燃的后果，更知道必须将苯乙烯移到空旷的场地才能降温扑灭。他快步冲到电炉前，端起蒸馏容器向工房外的开阔地跑去。蒸馏容器中的苯乙烯已经剧烈燃烧，熊熊烈焰立刻将他包裹起来烧成了火人，他却强忍剧痛没有撒手。如果此时松开容器，跌落的苯乙烯会四处蔓延，火势将无法控制。

操作者在烈火中紧握蒸馏容器，一直跑到空地才放下，短短几秒钟的时间，他的头部、前胸和双臂都已严重烧伤。众人飞奔过去将大火扑灭，并立刻将伤者送到医院抢救。经过长时间的治疗，那位操作者保住了性命，也留下终身残疾。他的一次小小的疏忽险些毁掉工房和十几名同事的性命，危急时刻却又是他拼上性命换回了工房与同事们的安全，但无论哪种结果，代价都过于惨重。

2017年初春，已经退休多年的叶定友说起刚上班时的经历，依然感慨："跟火工品、炸药打交道，必须有很强的安全意识。我们这些经历过危险的人，都养成了安全第一的习惯。干这事情，是必须守规矩的！"

七

1964 年 8 月，上海机电设计院副院长杨南生遵照上级指示，赶往国防部五院报到，担任了四分院主管研制技术工作的副院长。

这位杨南生副院长，颇有些传奇经历。他的祖辈是缅甸华侨，家中有些产业，父亲杨允修曾留学日本，后在缅甸仰光担任一所华侨中学的校长。

1923年，杨南生不满两岁时，父亲携家人返回中国，在国立北平图书馆供职。

杨南生自幼接受良好的教育，中学时却恰逢日本发动侵华战争，于是，随家人前往重庆。1943年从西南联大机械工程系毕业，受聘于昆明中央机器厂。两年后回西南联大任教，后随清华大学回迁北平，成为钱伟长的助教，从事力学研究。1947年赴英国曼彻斯特大学深造，1950年获博士学位，当年10月毅然归国参加新中国建设。

回国后的杨南生谢绝了几所院校的聘请，他认为百废待兴的新中国，要拥有基础工业才能强大起来，而他要用自己所学的力学理论，为国家工业建设贡献力量。于是选择前往重工业部汽车实验室工作，并被任命为汽车材料试验科科长。1953年10月，他被调往长春第一汽车制造厂，任中央实验室主任，为中国汽车工业的创建、为第一台“解放”牌汽车的制造，做出重要贡献。

1956年9月，杨南生受钱学森邀请，调往刚成立的中国科学院力学研究所任副研究员，成为钱学森的学术秘书，协助建立中科院力学所。1958年8月，中科院遵照毛泽东主席“我们也要搞人造卫星”的指示，组建卫星研制机构，成立研究运载火箭技术的1001设计院，杨南生被任命为负责人之一，负责运载火箭的设计。当年11月，该院南迁上海组成中国科学院上海机电设计院，杨南生担任副院长，主持技术工作。与总工程师王希季一起，先后研制成T5探空火箭模样弹和T7M、T7、T7A探空火箭，与导弹研制部门国防部五院并行开创了中国的火箭事业，成为当时国内为数不多的火箭技术专家。

1960年5月28日，毛泽东主席前往上海新技术展览会参观时，见到了杨南生他们研制的T7M火箭。虽然试验发射的高度仅为8公里，远未达到发射卫星的能力，毛主席还是高兴地鼓励大家：“8公里也了不起！

我们就要这样，8 公里、20 公里、200 公里地搞下去。搞他个天翻地覆！”

1964 年 6 月，杨南生接到了周恩来总理签署的任命书，调任他为国防部五院四分院副院长。这一任命，是在钱学森向周总理强力推荐下予以批准的。而此时，杨南生在上海机电设计院主持研制的 T7A 探空火箭，已经可以发射到 115 公里的高空电离层，正准备进行携带白鼠、果蝇等生物的 T7A（S1）火箭的实验发射。他决定完成这次发射试验后再去赴任。

1964 年 7 月 19 日，T7A（S1）火箭发射升空，携带着多种生物的密封舱在高空 70 公里处与火箭脱离，并成功返回地球，搭载生物全部安然无恙，中国第一枚生物试验火箭取得了圆满成功。

杨南生将机电设计院的工作交接完毕，前往四院赴任副院长时，已是 1964 年 8 月，他短暂参访了留守北京的四分院工艺设计室，又奔赴泸州探访了四分院本部所在地，便匆匆前往陕西户县 845 厂，与借驻那里的阮崇智他们一起进行 Φ300 发动机研制。

而这正是杨南生被紧急调来的主要原因。

1962 年年底的那次爆炸事故，让 Φ300 发动机研制工作停滞了一年多，此时重新启动不久，阮崇智他们却又遇到了一个大问题——发动机出现了不稳定燃烧现象。

不稳定燃烧是一种最具破坏性的物理现象，发动机工作时，只要出现这种状况，就会在 0.1 秒之内发生爆炸。发动机设计人员的一项重要工作，就是通过设计方案抑制这种现象的发生，可是偏偏设计这台发动机之初，没考虑这个问题。

那时，中国航天界大都是在工作中学习的年轻人，对火箭发动机的基础研究几乎为零，很多基础理论都是参照国外发表的相关论文为准。比如不稳定燃烧现象，国外的论文中曾断言直径小于某尺寸的发动机中不会发生，中国的设计人员便信以为真。后来在实际工作中发现，小直径的发动机依然会发生不稳定燃烧，而且概率很高，这台 Φ300 的固体发动机就是实证。

有了这样的教训，中国的设计人员结合实际情况，再对国外论断进行分析，才发现，他们所说的“不会发生”是有严格限定条件的，并非在所有情况下都适用。从那以后，中国设计人员对于国外公布的理论研究成果，都采取了审慎的态度，未经自己验证的绝不会直接照搬。

杨南生来到 845 厂后，立即深入研究室、装药工段、试验现场了解情况，与阮崇智他们分析数据，寻找消除不稳定燃烧现象的途径。几个月后，研制人员提出了两种解决不稳定燃烧问题的方案。

一种是杨南生、阮崇智等发动机设计人员提出的设置消振器法。这是用金属板将发动机燃烧室分隔成几个燃烧区域，消除不稳定燃烧现象。但金属板会增加发动机的重量，导致发动机有效质量比大幅降低。

另一种是崔国良、顾星若等推进剂研制人员提出的添加铝粉方案。这是利用铝粉的物理燃烧特性，通过降低推进剂燃速，起到抑制不稳定燃烧的作用。但也有人提出，铝粉极易吸收水分，如果在制造过程或长期存储状态下吸附水分，可能导致发动机点火时就发生爆炸。

两种方案各有利弊，此事关系重大，杨南生以及四院的各位院领导也难以决断。于是决定将所有技术骨干会集 845 厂，再次召开技术会议集体讨论。此事甚至惊动了钱学森，他专程从北京赶来参加会议。

对于固体火箭发动机事业而言，这是一次意义重大的技术工作会。因为召开于 1965 年 1 月 15 日，所以在中国航天固体动力发展史上被专称为“1・15”会议。作为四院主管技术的副院长，杨南生担任了这次会议的主持人。

阮崇智的回忆录中，记录了那次会议的议程：

> 尹创新同志做了关于Φ300发动机试验工作报告……确认这一现象为发动机流场切向振荡引起的不规则燃烧。顾星若同志提出了推进剂中加铝粉不会产生铝水反应的报告。

在泸州进行发动机设计工作的邢球痕等人，也被召集到845厂参加会议。时隔几十年后，年逾九旬的邢球痕依然记得那次会议的许多细节。“那次开会，钱学森很兴奋。他有两次发言，第一次发言是技术分析，他表示支持加铝粉这条技术路径，肯定可行性的时候，在黑板上给大家演算，写了一黑板的方程式。”

“他第二次发言，是表扬我们四院的。”邢球痕说着也兴奋起来，“他说，我们已经搞到直径300毫米的发动机了，这是很了不起的，这是个伟大的成就！”

邢球痕说，他听到这句话心中暗想，才搞了这么个小型发动机，还是没成功的状态呢，这就能叫伟大了？坐在他身边的几位同事还小声地议论起来，他们也有同样的疑惑。

钱学森也看出了大家的疑惑，便讲了一件他刚刚经历的事情。

十几天前，也就是1965年1月4日，北京召开了第三届全国人大一次会议。大会结束后，毛泽东主席在中南海专门宴请几位国内顶尖科学家。席间，毛主席向钱学森询问导弹研制状况，并递给他一支香烟。钱学森伸手去接烟，却不料主席又抽手将香烟收了回去。钱学森伸出的手悬在半空，正诧异时，主席又将香烟递过来，笑着说：“看来，还是要自力更生哟。靠外援，人家不给，你就没有了。”

钱学森讲完这件事，接着说：“在苏联的援助下，我们很多新技术得以从仿制开始；有了仿制的实践，前进到自行设计就有基础。我们的新型固体火箭发动机恰恰是没有经过仿制，白手起家的。这是个从无到有的过程，从开始的试管研究，到今天的直径300毫米发动机，前后也不过五年多的时间，这真是个伟大的成绩！这个成绩完全是自力更生得来的，没有依靠一个外国人，是我们自己干出来的，值得自豪！”

听到这番话，邢球痕才恍然大悟，“嘿！这还真是很了不起呀！”

那次“1·15”技术会上，在钱学森的支持下，确定了以添加铝粉方案作为抑制不稳定燃烧的主攻方向，但金属隔板消振器的方案也同时进行。中国急需防空导弹武器，首先要解决的是有无问题，两种技术方案并行，哪个方案先成功就先用哪个，之后才是提高性能的问题。

几个月后，采用金属隔板消振器技术方案的复合推进剂发动机，便进行了60多次地面试车，全部取得成功。按说，这样的状态已经可以申请飞行试验了，不过，因为当时的复合推进剂力学性能较低，发动机生产过程中，总会出现各种小问题，比如推进剂固化过程中出现裂纹，还出现过推进剂与壳体小面积脱黏的状况。这些小问题没解决，研制人员门都不敢申请进行飞行试验，这毕竟是中国第一台固体复合推进剂火箭发动机的试飞，他们都想做到万无一失。可当时国内的推进剂也只能达到这样的水准，要进一步提高还需时日，只是谁也说不清这时日还需多久，但发动机研制工作不能因此停滞啊！

第62次地面试车时，生产的发动机又发生脱黏问题，杨南生来到装药车间，向操作工询问：“脱黏点在什么位置？这样的情况能不能做试验？”工人说：“脱黏点不在壳体连接位置，应该不会被烧穿。”杨南生点头同意这位工人的分析，因为对于Φ300这种工作时间较短的小型发动机来说，小面积脱黏产生的过量燃气对总体状态影响不大，只要发动机壳体不会被烧穿，就能保证发动机正常工作。

那次依然取得了成功，杨南生对研制人员说：“有了62次成功试验还不敢打试飞？我看没问题，可以打。”有了杨南生的支持，金属隔板消振器方案组的研制人员便信心满满，开始准备固体发动机的首次试飞。

而与此同时，杨南生也运用自己深厚的力学理论功底，指导推进剂研制人员在推进剂力学性能上寻找突破口，不断调整配方比例，将延展率提高到某个数值时，消除了裂纹现象。

1965年7月，发动机设计室主管的金属隔板消振器方案发动机试飞件完成生产，四院派出一支20多人的试验队，由杨南生副院长亲自带队，前往酒泉基地靶场进行飞行试验。担任设计工作的邢球痕也随队出发前往靶场，他是试验队的副队长。

位于茫茫戈壁无人区的酒泉基地，那时的生活条件极为艰苦，连每日的生活用水都是从几十公里外运来，限量供应。试验设施也都是为装备着液体发动机的大型地对地导弹而准备，根本没有为这种小型固体发动机提供试验的设备。无奈之下，杨南生便给试验队队员们分派任务，准备自己在酒泉基地设计制造出一套小型发射架。

此时，邢球痕忽然想起，以前搞“上游二号”试飞时，曾制作过两套发射架，试飞失败时炸毁了一套，作为备份的另一套存放在兰州军区的仓库里。如果能去找到，拉过来稍加改制就可以使用。杨南生闻听此言，立刻派他前去兰州，果然在仓库中找到了尘封的发射架。兰州军区也赶紧安排车辆，将发射架运往发射基地。

与此同时，试飞弹和相关的设备也在户县 845 厂那条专用铁路线上装车，沿陇海线向酒泉基地出发。装载试飞弹的就是最普通的闷罐车厢，与其他货运车厢编组到一起，如此低调都是为了行动保密。与其他车厢唯一不同的是，这节车厢里坐着张庆泰等五名年轻的押运人员，其中两位是携枪的保卫处干事。

货运列车要为客运列车让行，在沿途小站内停靠的时间比在路上行驶的时间长得多。那时正值盛夏，闷罐车里热得像蒸笼，押运员们白天晚上都是大汗淋漓。进了河西走廊，又是白天闷热晚上寒凉，身上的衣服一次次被汗水打湿又烘干，结了几层盐渍。这样走走停停一个星期，才到兰州。路过兰州的那天已是傍晚时分，开出几十公里后，这节闷罐车厢被卸在一个叫作清水的小站，等待另外的货运车转运。这一停又不知何时才能开动，车厢里的押运员们只能躺在地铺上，靠聊天打发时间。

那天晚上 10 点左右，押运员们正准备睡觉，车厢突然猛烈地一震，一声巨响也随之而来，车厢剧烈震颤着窜动起来，车轮与铁轨摩擦发出刺耳的啸叫声。几位押运员被甩得满车厢乱滚，碰得满身是伤，两名保卫处干事顾不得疼痛，迅速调整身姿匍匐在车厢地板上，抽出手枪顶膛上弹对准车门位置。摩擦声和车厢滑动停止的那一瞬间，其他三名押运员也迅速起身，抓起在车厢地板上乱滚的手电筒，快速地照了照那几只装着发动机的包装箱。顺手将包装箱旁的撬杠、木棒攥在手中，然后关闭手电，目光也紧紧盯着车门处。他们不知外面发生了什么事情，却都已经做好了最糟糕的打算，如果有人此时闯入车厢，他们必须拼死保住这些发动机。

一阵可怕的寂静之后，车厢外传来了由远及近的呼喊声和杂沓的脚步声，有人试图打开车厢的大门，被保卫干事厉声呵止。几经确认，外面的是车站工作人员后，保卫干事才打开一条门缝，跳下车厢查看情况。原来这是车站内司机驾驶火车头违章换道导致的一起意外事故，所幸撞上车厢的火车头是慢速行驶，更幸运的是车厢内的包装箱固定得很稳固，里面的发动机和相关设备没有受到损伤，否则后果难以想象。

用于首次试飞的试验弹最终有惊无险地运抵酒泉基地靶场，兰州军区送来的发射架也很快改装完毕，试验得以顺利进行。

“那次有六发试验弹，分两批各打了三发弹，结果全部圆满成功。”多年后说起此事，邢球痕语气中依然透着自豪感，“试飞成功后，就给这款发动机正式排号了，FG-01，这是第一个有型号名称的固体发动机。”

不过，让邢球痕颇感遗憾的是，FG-01 发动机最终没能投入实际应用。因为推进剂中添加铝粉的发动机也紧随其后取得成功，获得正式序列代号 FG-01A，并被应用于中国自主生产的第一代地空导弹上。这款地空导弹与苏联的 C-75 外形极为相似，但固体发动机采用的却是中国自主研制的复合推进剂，比苏联双基推进剂技术高出一个代级，导弹性能也因此获得大幅提高。

这两款 Φ300 发动机的成功，是中国固体火箭技术发展历程的一个重要历史节点。它标志着中国人凭借自己的聪明才智，稳步跨入了固体火箭技术的大门，开始向更高的目标迈进。正如钱学森所说，这是一个伟大成就！

就在取得这一伟大成就的同一时间，这个国内最大的固体火箭发动机专业研究机构，也在经历着一系列的重大变革，同样处于发展历程中的一个关键转折点。杨南生、邢球痕、阮崇智以及同事们的工作和生活状态，都因为这次转折而发生了巨大改变……

第四章

风雪塞上

一

1965 年 1 月 22 日，四分院的“1·15”技术会之后一个星期，院部便接到一份上级下发的文件——中共中央、国务院酝酿已久的“院部合并”正式开始实行。文件中通知，国防部将撤销第五研究院建制，相关人员 6 月 1 日前脱离部队系统，集体转入新成立的第七机械工业部，研制工作不做改变。原属国防部五院的第四分院，将改为七机部第四研究院。林爽担任院长，杨南生为副院长兼 41 所所长，李乃暨任副总工程师兼 42 所所长。

事实上，“院部合并”的设想早在 1962 年就已经提出。那时国防部已经组建了 10 个有关国防尖端技术的研究院，工业主管部门也陆续建立了 6 个与国防尖端技术相关的机械工业部门，不仅出现重复投入现象，科研试制与工业生产的矛盾也不断出现。邢球痕、阮崇智他们在太原兵工厂、西安三所协作时，就因为各部门不相统属，经常出现工厂要完成自己的生产任务，只能将研制任务延后的状况。“院部合并”后，研究院和生产厂都是同一系统内的配套机构，工作任务的部署和进度可以统一安排管理，就能解决不利于协调的问题。

这项措施从1963年9月就开始逐步实施，先期撤销了国防工委，其任务合并到国防工办。同时，将国防部所属研究院与已有的机械工业部门进行合并、归类、重组。到1965年2月，先后完成了八个机械工业部的设置——

一机部主管民用机械；二机部主管核工业和核武器；三机部主管航空；四机部主管电子工业；五机部主管兵器；六机部主管造船；七机部主管洲际导弹（航天）；八机部主管农业机械。

除第一、第八机械工业部外，其他机械工业部都与国防尖端技术相关。其中，仅有主管核工业和核武器的第二机械工业部的研究院依然保留军籍，划归其他机械工业部的研究院不再隶属国防部，全部集体转业。

“院部合并”正式实施的消息在四院引起了不小的波动。虽然今后的工作还是同样的工作，身边的人还是那些老同事，但对于这些曾隶属国防部、身穿军装的技术人员来说，脱离部队建制，心理上实在难以割舍。那个时代，军人具有极高的社会地位，一身军装走到哪里都会被人多看几眼。可这个“院部合并”的决策是由中共中央、国务院下达的，心中纵有万般不舍，他们只能遵照执行。

对于那些刚来四院工作的年轻人，这样的转变更让他们难以接受。他们被分到这里工作时都曾无比兴奋，就是因为可以穿上军装，可刚穿到身上就得脱下来了。因为此前规定下放劳动一年才能正式授衔，叶定友他们那批人在试验站见习了一年半，被授予军衔才四个月。比他们晚一年分来的祝一辰等400多名大学生，他们佩戴着学员领章，被下放到附近农村搞“四清”运动，连正式的军人都不算呢。

四院领导们了解他们的心情，5月初就把祝一辰他们那批下放人员全部召回，进行了一次庄严的授衔仪式，为他们换上了带军衔的领章。虽然20天后就办理了退伍手续，但至少没让这批年轻人带着遗憾离开部队。

事实上，将所有下放锻炼的人员召回驻地，并非仅仅为了给他们授衔，而是四院有项重大行动即将进行——从四川泸州郊区整体迁往内蒙古呼和浩特郊区。

四院的搬迁计划早在1964年1月已经确定。

“要搬迁主要是因为四川的环境气候问题。泸州在长江边，太潮湿，不适合搞固体推进剂生产。”多年之后，邢球痕说出了当年搬迁的原因。

“以前我们没经验，后来才了解到，美国、苏联搞固体推进剂，都是选择在靠近沙漠的地区，或者高寒地区。人家这样做是有原因的，气候环境干燥适合生产嘛。所以，我们也得到那样的地方去干，上级就批准四院搬到气候干燥的地方去了。当时选了几个地方，最后决定搬到内蒙古的呼和浩特。”

内蒙古高原上的呼和浩特，是紧邻400毫米等降水量线的半干旱地区，春季干燥多风，夏季短暂少雨，秋季降温迅速，冬季漫长少雪。干燥的气候环境是进行固体推进剂研制生产的理想条件。

邢球痕说：“当初选定呼和浩特的时候，建设‘三线’的号召还没提出来。等我们开始搬迁的时候，开始搞‘三线’了。”

1964年开始实施的“三线建设”，是一项规模庞大的国家战略计划。其背景是国际局势日趋紧张，中苏交恶以及美国在中国东南沿海的攻势不断升级，实施“三线建设”主要是为了“战备”。20世纪60年代中期，中国的周边国际环境处于极度紧张的状态。

北面，随着中苏在意识形态等方面分歧的不断加深，两国关系已是剑拔弩张的状态，苏联在两国边境陈兵百万，对中国施加军事威胁，并不断策动新疆的分裂分子进行武装叛乱。

西南，1962 年对印度进行了边境自卫反击战，两国虽已停战，但都处于相互防备的状态。

东面，是美国驻扎在韩国、日本、中国台湾等处众多军事基地的战略包围。而蒋介石集团也在美国的支持下，时刻准备“反攻大陆”。

东南，更加令人担忧，美国已经直接介入持续多年的越南内战，并启动“37 号作战方案”，第七舰队的飞机大规模轰炸越南北方，甚至在中越边境地区、海南岛和北部湾沿岸都落下了美国的炸弹和导弹，造成中国军民的死伤。

此时的中国已经面临着严重的战争威胁，毛泽东主席提出：“迟打还是早打，我们准备它早打；小打还是大打，我们准备它大打；打不打核战争，我们准备它打核战争；敌人在一个方向入侵还是他们相互勾结从多个方向入侵，我们准备它从多个方向入侵。总之，我们的准备快一点、好一点，战争就可能推迟。我们要准备它来，争取它不来。”

根据抗日战争的历史经验，如果遭受强敌入侵，必将是一场新的持久战，而进行持久战则必须有稳固的大后方，并且必须有强大的工业体系支撑规模浩大的全面战争。当时国内的重工业、国防工业绝大部分都分布在东北、华北一带的大城市，西北、西南的内陆地区急需部署全套的交通能源、基础工业及国防工业体系。

1964 年 5 月，毛泽东主席在中共中央工作会议中，作出了“集中力量、争取时间建设三线，防备外敌入侵”的战略决策。他将全国划分为前线、中间地带和战略后方三个区域，分别简称为一线、二线和三线。

一线，是位于沿边沿海的前线地区；二线，是一线地区与陇海线以北、京广线以东的地区；三线，是陇海线以南、京广线以西的内陆地区。

毛泽东主席明确提出：一线要搬家，二线要加强，三线要重点建设。在这一号召下，所有国防工业单位都开始在四川、陕西、甘肃、贵州、湖北等三线地区勘测选址，准备实施从一线地区向三线地区的搬迁工作。

四院当时已经在呼和浩特郊区建好了几栋办公楼，属于逆向而行，从三线地区往二线地区搬。被称为“塞外明珠”的呼和浩特，虽然属于陇海线以北的二线地区，但离蒙古国边境的直线距离只有200多公里，苏联在中苏、中蒙边境大量驻军，如果战争发生，那里的处境就很危险。可是处于三线地区范围内的泸州，气候条件不适合进行固体发动机生产。四院已有几项重大任务需要尽快完成，必须立刻开始研制。他们只好决定，先去呼和浩特开展工作，同时，在三线地区另选合适的新址。

1965年8月，杨南生副院长正率领邢球痕等人在酒泉基地靶场进行地对空导弹发射试验的时候，四院所属各研究所和生产厂开始分批行动，从温暖潮湿的四川盆地迁往寒冷干燥的内蒙古高原。在陕西户县将军山下协作的研制人员，也同时分批迁往呼和浩特。这是1956年以来，固体火箭发动机研制机构的第五次大搬迁……

二

1965年年底，四院各单位全部搬迁到了呼和浩特。

搬来之前，邢球痕、叶定友他们还在想象，呼和浩特被称为“塞外明珠”，一望无垠的大草原上，看看“风吹草低见牛羊”的美景也是蛮惬意的。到了此地才发现，根本看不到大草原，只有大片裸露的沙土地，长着些稀稀落落的荒草。

他们的新驻地，是距离市区29公里一个被称为“南地”的荒凉之处，东边几公里外是层层叠叠的蛮汉山，往北能看见远处连绵不断的大青山。周边最繁华的地方，是只有几十户人家的五路村，距南地也有2公里的路程。

四院在南地的新驻地，只有八栋三层高的小楼，南边四栋，北边四栋，中间隔着一块操场大小的空地。南边的是41所和附属工厂的办公楼，北侧的是42所和一个附属工厂的办公楼。小楼的周边有几个打地基挖出的大坑，那是正在修建的厂房。搬到这里是以“先生产、后生活”为原则，旁边那片职工宿舍规划区，连地基都没挖，只有大风掠过时刮起的阵阵沙尘。

仅有的八栋小楼，挤得连走廊都摆放着仪器，却依然要被“综合利用”——白天办公，晚上住宿。能住在楼里的，都是单身汉，一间屋里8个人，办公桌拼起来当床。有家室的职工，只能分散到南地村的农户家中借住。

职工食堂是在楼下的空场上用芦席搭建的棚子，供应的伙食只有窝窝头、稀饭，土豆、萝卜和白菜。棚子太小，开饭时容不下多少人，很多人只能端着饭碗蹲在草棚外的荒地上吃。塞外的寒风阵阵掠过，给饭碗里加些免费的沙土作“调料”，这是刚到内蒙古的四院人尝到的第一口“塞外风味”。

刮大风是这里的常态，并且有风就必有沙。此处流传一个顺口溜：“一年一场风，年头到年终，一天进嘴四两土，白天不够晚上补。”纱巾是此地女性的必备品，不仅是为了做穿搭配饰，更是为了刮风时罩在头上遮挡沙尘。自从搬到此地，这些曾生活在长江边儿的人也养成了一个新的生活习惯，每天进屋先低头，双手前后拂头发，然后再拍拍身上的衣服，脚下就落了一层细沙。如果遇到沙尘暴天气，那就更是黄尘弥漫不见天日，因为能见度太低，有人还曾在风沙中迷了路。

气候干燥的呼和浩特，很适合进行固体推进剂的研制生产，可那些从气候湿润的泸州搬迁而来的研制人员，却一时难以适应这里的干燥。每天早晨，都有人鼻孔里塞着纸团去上班，见面打招呼都是“又流鼻血啦”。

直到入冬时节，食堂才将芦席棚子扩建，职工们终于不必在露天地里吃饭。但棚内外是同样的温度，吃饭时动作稍慢点，饭菜就会被冻硬。塞外的冬天，气温都在零下二三十摄氏度，地上的积雪要等到来年春天才能融化。无论男女，人人都是大棉鞋、大棉裤、棉大衣、厚围巾，还要戴着“雷锋帽”，以及用布绳吊在脖子上的连指棉手套。

那时，八栋综合楼里还没有暖气，必须在办公室里生炉子取暖。炉子要时常添煤掏灰，煤灰四处飘散，图纸都被搞得脏兮兮的。到了晚上，单身职工还要睡在办公桌上，曾有人把一张没画完的图纸碰掉在炉子上，险些引起火灾。

从泸州出发前的搬迁动员大会上，领导们已经说过这里条件艰苦，但谁也没想到会这么艰苦。不过，没人为此抱怨，那个年代讲的是“一不怕苦、二不怕死”，信的是“人定胜天”，生活条件再艰苦，也不能影响研制任务。

一年多后，办公楼旁的单身宿舍和职工食堂建好，单身职工才搬出办公室，住进了新居。

职工生活区里的房子两年后才全部建完，41 所的职工生活区取名“文革村”，42 所的职工宿舍区取名“胜利村”。房子都是像当地农户一样用泥土版筑夯砸成墙壁，这种土墙房子被称为“干打垒”，有家属的职工才能分配到一间。42 所的“干打垒”修建得太矮，远看像一排排鸡舍，职工们就把那片宿舍区称为“鸡窝村”，没人叫它的本名“胜利村”。

阮崇智是“大部队”搬来一年以后才来到呼和浩特的，单位搬迁之前，他被派往宁夏参加“四清”运动，直到1966年才返回四院。他对呼和浩特颇为熟悉，因为他父亲阮慕韩从1949年9月起就担任呼和浩特市市长，他的母亲也在市里担任文化局副局长。每年春节休假回家探亲，阮崇智都是在呼和浩特度过。不幸的是，他父亲于1964年因病去世。

不过，阮崇智熟悉的只是呼和浩特市区，这个距离市区29公里的南地，他从来没有来过，更没在这样的环境中生活过。那时他已经结婚，也分到了一间“干打垒”。他的回忆录中，记载着当时的情景：

冬天生了炉火以后，屋顶掉泥，床下结霜，摞在墙角的书冻在一起，要用斧子劈开。早晨起来，门框结冰，冻得拉不开，须央求外面的人拿脚踩。后来，加了顶棚，盘了炕，安了双层玻璃，修了门斗，铺了三合土地面，总算有所改善。

他在那间土墙房子里住了七八年，孩子也是在那里出生，在南地的风沙中长大。

内蒙古自然条件严酷，家家都要养鸡、种菜，挖地窖储冬菜，吃红薯面黑窝头，吃“钢丝面”，好在孩子们都惯于吃苦，苦中作乐……

徐桂林也是1966年来到呼和浩特的。那年，四院分来一批转业军人，徐桂林就是其中之一。

他是江苏溧阳人，1960年参军，在南京军区某空军机场担任地勤，并在那里学会了汽车驾驶和电工操作。因为工作表现突出，年年被评为“五好战士”。1962年被抽调到导弹学校接受训练。几个月的集训结束后，被派到位于福建的一支防空部队，就是曾用地空导弹击落多架美制 RB-57D 和 U-2 高空侦察机的“543部队”。

在“543”服役期间，部队又用导弹击落了三四架台湾方向飞来的侦察机。徐桂林的主要职责是驾驶雷达车，但部队为确保在战时伤亡减员的情况下仍保持战斗力，要求每位战士必须具备三项操作技能。徐桂林此前就会电工技术，于是又学习了吊车操纵技术，能够承担发电车电路检修以及导弹吊运的任务。因为拥有这几项过硬的技术，并且跟导弹打过交道，1966年从部队转业时，他被专门分配到生产固体导弹发动机的四院，成为四院物资部车队大车班的司机，负责发动机整机以及零部件的转运工作。

徐桂林分配到四院工作时25岁，没过多久，就经人介绍与发动机总装厂的温荣书相识。那年，温荣书21岁，已经不干硬度测试工作了，她被调到流变组，从事推进剂生产过程中的性能测试及数据上报工作。徐桂林和温荣书相识后不久，便确定了恋爱关系。一年后，两人就经组织批准领了结婚证。那段时间，四院大院儿里申请结婚的人特别多。这背后，有着特殊的原因。

虽然那时的四院大都是参加工作时间不长的青年男女，但在1965年以前，没人敢在大院儿里谈恋爱，更没人结婚。因为当时还是国防部直属单位，工作人员大都是带军衔穿军装的军人。部队有明文规定，现役军人不得在内部及驻地附近恋爱结婚。

对于在外地还是家乡找对象，没有进行限制，但因为四院的保密级别极高，恋爱对象的家庭背景和政治表现必须上报，保密部门要到当地进行严格核查，符合政审要求的才能在批准后交往。

但这些年轻人面临的情况是，四院驻扎地选址偏僻，又实行封闭式管理，工作几年后才有一次探亲假，给家中写信都要被严格审查，如果不是在来这里之前就已经有了对象，到了大院儿之后，根本没机会在大院儿以外找对象。

直到 1965 年 6 月，所有人员脱离军籍集体转业后，对不能在单位内部恋爱结婚的限制自然也被取消。四院的光棍青年们很快就“自由结对儿”谈起了恋爱，并且大都在一两年内申请结婚。这导致 1967 年前后四院各单位都出现了“结婚潮”，并导致 1968 年前后的“新生婴儿潮”。那几年，四院那片刚建起来的“干打垒”职工家属区里，几乎每一排房子都能见到贴着红喜字的门窗，也总能听到婴儿的啼哭声。

叶定友也是在“结婚潮”那时申请结婚的，不过，结婚后他却依然住在单身宿舍。他的妻子就是大学时的恋人，晚一年毕业，分配到上海一家地空导弹研究所工作，两人靠着书信来往“修成正果”。可是按照规定，两地分居的已婚职工不能分房，只给单身宿舍的床位。四院的几家单位里，像叶定友这种状况的并非一例，不少两地分居已婚职工，都是这种结了婚的“老单身”状态。

三

刚刚搬迁到呼和浩特的四院人，在生产、生活设施都极为简陋的条件下，边建设边研制。好在，那时的研制任务并不多，全院只有一个单级发动机的研制任务，而且不是用于装备导弹型号，就是为提高设计、生产、试验人员经验技能的一个练兵型号。

还有另一项任务，是尚在总体设计阶段，但四院已经着手准备进行的“640-1”反导弹系统发动机研制工作。所谓“反导系统”，就是可以拦截导弹的武器防御系统。当本土重要目标遭遇敌方导弹袭击时，可将其在半空中拦截摧毁。

早在 1957 年 10 月，毛泽东主席应邀参加苏联十月革命 40 周年庆典，观看苏联原子弹、氢弹等尖端武器研制的纪录片时，便开始思索如何应对核导弹攻击。他对身旁的彭德怀元帅说：“我看，矛和盾总是同时产生的，有矛就会有盾。”

那时的美国和苏联已经秘密地开展了反导系统的研制工作。20世纪50年代初，美国便开始研制“奈基-宙斯”反导弹系统，经多次改进后成为“卫兵”系统，直到1969年3月才正式部署。苏联虽然在1956年才开始研制RZ-25反导弹系统，却于1964年就正式部署了改进后的A-35“橡皮套鞋”反导系统。

如果将导弹比作“制敌之矛”，那么反导系统便是“御敌之盾”，而制造出“盾”的难度，却比制造“矛”的难度大得多。因为在茫茫苍穹，迅速发现一枚高速飞行的弹道导弹，就如同大海捞针。何况还要用导弹将来袭的导弹摧毁，这就像是用三秒时间在海里找到了那根针，还要在半秒之内将一根线穿到那根针的针眼里。这需要千里眼一样的雷达系统和百步穿杨般的精确制导技术。

不过，在那个时候，美国、苏联也没有掌握精确制导技术，在反导方面的技术水平同样不高。所以，他们也只能采取简单粗暴的方法，即在反导导弹上安装一枚热核弹头，无论是外太空拦截还是大气层内拦截，都是飞到对方弹头附近，自行引爆热核弹头。核弹爆炸的巨大冲击波即便没能摧毁对方核弹头，也能导致其偏离预设的飞行弹道，而无法击中预定目标。这种“自杀式”防御手段，是当时技术条件下的无奈之举。

而 1957 年的中国，技术水平就更低，专门成立的导弹研制机构——国防部第五研究院，刚刚组建一年，所有研制人员中，真正了解导弹的只有钱学森一人，连制造出一支最简陋的“矛”的能力都不具备。

直到 1963 年 12 月 16 日，中国已经成功发射“东风一号”近程导弹，“东风二号”中近程导弹成功在望，中程导弹“东风三号”、中远程导弹“东风四”号研制也全面展开之时，毛泽东便向当时主管军事科技工作的聂荣臻元帅提出了开展反导系统研制的想法。

1964 年 1 月 2 日，中国进行第一颗原子弹试爆前，毛泽东再次督促聂荣臻：“还是要从防御上发展，要研究反导弹武器。在（两弹）数量上我们搞不过他，（反导武器）这个问题要抓紧研究一下。要组织一批人，让他们不干别的，专搞这个事。五年不行十年，十年不行十五年。搞不成不要紧，搞成了用不上也不要紧，秦始皇的万里长城，也没有什么用处嘛。”

中国的反导武器系统研制工作由此开始实施，因为该项目是毛泽东主席在 1964 年正式确定的，所以命名代号“640 工程”。

各相关单位旋即开展弹道导弹防御科学讨论会，以及相关技术的论证工作。经过两年的准备，1966 年 2 月 23 日的“640 工程”工作汇报会上，明确制定了三条反导技术途径、五项工程的研制方向：“640-1 工程”为反弹道导弹系统；“640-2 工程”为超级大炮系统；“640-3 工程”为激光炮系统；“640-4 工程”为预警雷达系统；“640-5 工程”为弹头再入物理现象的研究。中国反导系统研制工作，由此进入全面实施阶段。

与七机部相关的反弹道导弹系统，必须采用能够长期值守迅速发射的固体火箭发动机，发动机设计、推进剂药型设计任务便由四院承担。

1965 年 6 月，四院即将从泸州迁往呼和浩特前，叶定友结束了在试验站一年半的下放锻炼，回到 41 所发动机设计室，正赶上“640-1 工程”论证阶段，他便被分派到这一项目研制组。不过，那时总体设计部门尚未下达发动机的相关技术指标，设计工作还没有正式开始。

但搬到呼和浩特半年后，工作状况就发生了变化，四院连续接到两项紧急的重大任务。

第一项紧急任务——研制出“长征一号”运载火箭的第三级固体火箭发动机，用于发射中国第一颗人造卫星“东方红一号”。

早在 1957 年，中国人就有了发射人造卫星的设想。那年的 10 月 4 日，苏联在拜科努尔发射场将人类历史上第一颗人造地球卫星送入太空，轰动了世界。118 天之后，美国也于 1958 年 1 月 31 日在卡纳维拉尔角成功发射人造地球卫星。美、苏两国对太空的探索和竞争，也由这两颗卫星的发射，全面拉开了帷幕。

1957 年年底，中国科学界的一次科研会议上，钱学森、裴丽生、赵九章等几位科学家明确提出，“我们要研制中国的人造地球卫星”。这一议案提交中央后，受到高度重视。1958 年 5 月 17 日，毛泽东在党的八届二中全会上满怀豪情地宣布：“我们也要搞人造卫星！”不过，那时中国的火箭技术才刚刚起步，尚不具备探索外太空的能力，发射卫星的提案只是一个希望实现的远景目标。

直到1965年1月，鉴于我国自行研制的弹道导弹已取得重大进展，钱学森向国防科委提出，国内已经具备发射人造卫星的基本条件。1965年4月，国防科委正式向中央提出了在1970年或1971年发射我国第一颗人造卫星的方案，很快得到中央批准。

因为钱学森提交人造卫星发射计划提案是在 1965 年 1 月，所以中国卫星计划便以“651 任务”为代号。这是一项与导弹、原子弹工程同样意义重大的任务，于是被并称为“两弹一星”工程。

“两弹一星”工程中，卫星发射任务是最晚确定的项目。1960 年 11 月 5 日，中国第一枚近程导弹发射成功。1964 年 10 月 16 日，第一颗原子弹爆炸成功。1966 年 10 月 27 日，“两弹结合”试验取得成功。而卫星发射任务却在 1965 年 10 月还处于总体方案商讨阶段，中国航天界召开的那次论证会长达 40 天。

会议中专门讨论过一个议题——中国第一颗卫星的重量该如何确定。

卫星的重量与航天器的运载能力直接相关，早期发射卫星的运载工具，都是以战略导弹为基础发展起来的，所以从发射卫星的重量便能大致推测出导弹武器的技术水平。20 世纪五六十年代，美苏两国频密地进行太空探索发射，目的之一就是通过“放卫星”向对方展示自己的导弹技术实力，含有炫耀实力的成分。中国用于发射卫星的“长征一号”火箭，同样是由导弹武器改制而成。

“651 任务”与会专家们一致认为，中国卫星工程虽然起步较晚，但起点要高，第一颗卫星在重量、技术上要做到比美、苏第一颗卫星先进。苏联发射的第一颗卫星重 83.6 公斤，美国的第一颗卫星只有 8.2 公斤。最终，会议确定中国第一颗卫星为 100 公斤左右（实际发射的“东方红一号”卫星的重量为 173 公斤），第三级固体火箭发动机必须具备将这一重量的卫星准确送入预定轨道的能力。会议中还确定，中国的第一颗人造卫星将在 1970 年至 1971 年间发射。

主持中国第一枚运载火箭“长征一号”技术方案论证设计工作的，是七机部总工程师王希季。他设计的总体方案是，运载火箭的下面一级直接采用适应性改进“东风四号”中远程导弹，不过，仅用这种两级液体火箭发动机构成的火箭，还无法将卫星送入预定轨道高度，必须再增加一级发动机。但第三级火箭如果继续采用体积、重量都很大的液体发动机并不合适。

而那时，四院已经成功研制出 Φ300 的固体发动机，引起了王希季的关注，这是当时技术条件下，最适合作为第三级火箭动力的发动机。虽然尺寸和推力都比较小，但证明中国已经掌握了固体发动机，应该可以继续扩大，研制出适合运载火箭使用的更大尺寸发动机。更巧的是，王希季是杨南生在西南联大的同学，也是在上海机电设计院时的工作搭档，他与杨南生联系后说出这一设想，两人一拍即合，杨南生当即表示能够承担这项任务。于是，“长征一号”运载火箭的第三级便确定采用固体发动机，代号 GF-02，由四院承担研制任务，而杨南生副院长被指定为这款发动机的负责人。

“杨南生副院长接下这个任务，真是有胆量！”数十年之后，他的秘书廉茂林回忆起当时的状况，感慨地说，“拿到的这任务困难很大啊！比 Φ300 大了 1.5 倍多，Φ770 的。之前的练兵型号刚开始不久，还没取得任何成果，也就没有预研技术储备嘛。这个任务，不光尺寸一下扩大那么多，包括推进剂配方、在真空状态下工作、壳体还要保持匀速自转……这都是要解决的大问题，没有技术储备直接上了型号！那得困难多大？更难的是，发动机必须在五年之内交付，研制周期太紧张了。”

1967 年年初，国防科委正式确定，第一颗人造卫星要播送《东方红》乐曲，让全世界都听到中国的声音。同年年底，国防科委又为这颗卫星正式起名为“东方红一号”。1968 年 1 月，国家正式批准“东方红一号”人造地球卫星的研制任务书，并明确提出，卫星发射取得成功的标志是“上得去、抓得住、听得见、看得见”。只有“上得去”才会有后边的“抓、听、看”，而能否“上得去”，却取决于第三级发动机能否将卫星准确送入预定轨道。负责研制第三级发动机的四院，责任极为重大。

廉茂林停顿了片刻，接着说：“杨南生就是那种人，国家需要他就上。有人评价他是爱国学者，他这样做就是爱国心切嘛。”

而就在同一时期，四院又接到了另一项重大任务——研制用于潜射导弹的发动机 GF-04、GF-05。

潜射导弹，就是以大型潜艇为运载平台，可在水下实施发射的弹道导弹。这一项目，同样是在毛泽东主席的提议下得以上马。

核武器技术中，核潜艇具有极大的威慑力。因为潜艇具有在海洋中神出鬼没的机动性，是极难发现并锁定的军事目标，既可以潜行至距离对方国土很近的海域进行攻击，也能在本方国土遭受核打击时免受攻击，具有极高的存活能力和二次反击能力。所谓核潜艇，就是能够携带装有核弹头的战略导弹并且具有发射功能的大型潜艇，固体推进剂战略导弹是其必不可少的标配。

那时的中国在国际政局中颇为被动，处于苏联、美国等超级大国的遏制、围堵和封锁之中，并常遭受其以先进的核武器作为威胁手段所施加的压力。处于弱势的中国必须拥有高机动性、快速反击能力和极强生存能力的核潜艇，才能具备二次核打击能力，以反制威胁。为此，毛主席发出“核潜艇，一万年也要搞出来”的号召。

而作为战略武器的核潜艇，必须配备能够在水下发射的可携带核弹头的中远程固体导弹，才具备实际意义。因此，1965 年 8 月，周恩来总理在中央专委第 13 次会议上提出研制中远程固体导弹的任务要求，当时成立不久的七机部便受命开始进行相关技术的论证工作。1966 年 10 月，中央专委第16次会议上，周总理再次提出，要尽快完成中远程固体导弹。那时的国际环境更加恶劣，中国近旁的越南战争已经步步升级，战况发展难以预料，中国必须尽快拥有核潜艇这样的战略武器，才可震慑他人窥伺中国之心，换取和平环境。

事实上，潜艇的研制工作进展很快，海军方面着急的是，没有与之配套的潜射导弹。谁都知道，没有导弹的潜艇，不过是个没有任何战斗力的铁壳子。潜射导弹只能使用固体火箭发动机，因为潜艇内的空间狭小，配备的导弹必须尽可能小巧，液体发动机结构复杂、体积庞大、燃料加注麻烦，显然并不适合。而当时国内制造固体发动机的机构，仅有四院一家，海军的军方代表便前来与四院对接。

可偏偏那时正是“文革”爆发之际，造反派们成立了工宣队，发动夺权运动，将四院和下属各单位的行政领导们“赶下台”，让他们“靠边站”，对他们进行批斗，送到农场、关进牛棚进行劳动改造。

不过，主管技术工作的杨南生、邢球痕等人却几乎没有受到冲击。这不仅因为“文革”刚开始，杨南生便成为周总理亲自发文要求保护的人员之一；还因为那些夺权的造反派主要由基层职工组成，后来接管四院院部机关的，也是由包头二机部某厂人员组成的工宣队，以及再后来从部队派来接管院部的军宣队人员，都不懂固体火箭研制技术，但他们也知道这是国家急需的项目，必须得有懂行的人主持工作，杨南生他们才得以继续在原岗位工作。甚至因为其他院领导被打倒，全院的技术工作和生产工作全都交由杨南生负责。此后四院实行“军管会”“革委会”管理时，都因为这样的原因，杨南生一直在原工作岗位，掌管着四院技术和生产工作。但后来，杨南生也因为在工宣队时没被打倒，被认为是替造反派做事。多年后他的秘书廉茂林说起此事，颇为感慨：“他不是为哪个‘派’工作的，就是为了按时完成国家任务，才继续担任技术主管的职务。”

廉茂林说，海军的军方代表前来四院联系的时候，年轻的设计人员们都很激动，“他们说，要急海军所急，我们四院要为国家真做贡献、早做贡献，所以不能再按部就班地干那个练兵的发动机，直接上型号任务。”

那是一项艰巨的任务，导弹需要直径 1.4 米的发动机，而四院只有Φ300 发动机的研制经验。“杨南生副院长做了分析评估，觉得这么干风险是很大的，但可能性也是存在的。” 廉茂林说，“他内心也是爱搞新任务的，就支持了那部分人的要求，就把潜射导弹的研制提上日程。那时，四院是总体研究院，自己可以直接搞导弹型号的总体设计。这个任务提上日程后没多久，在杨南生的领导下，设计部门就把总体论证、总体图都拿出来了。这个时候，上级认为总体设计在内蒙古搞不具备条件，就把那部分业务和人员拆分出来，调回北京了。四院就成了专业研究院，留下发动机设计所和推进剂设计所，集中搞那两个发动机。”

四

那两台潜射导弹发动机，是当时国内最大的固体发动机。“直径有 1.4 米，装药量已经达到几吨，以前没搞过这么大的。”时任 41 所发动机设计室主任的邢球痕，担任这两款发动机的主任设计师，“我们开始研制的时候，呼和浩特南地这边的厂房还正在修建，发动机壳体都生产不了，我们只能到北京 211 厂去协作。当时国内也没有合适的钢材，因为研制的时候每次就造一两台发动机，就先拿以前从苏联进口的不锈钢试制。”

20 世纪 60 年代的中国，工业制造水平与国际水平差距巨大，对各种金属、非金属材料的基础研究更是薄弱。那时中国各行业的科技工作者面临着同样的状况——遇到最多的难关，就是基础材料、加工工艺等技术问题。设计出来的产品，不是没有合适的材料可用，就是没有专用的加工设备。他们必须向上级提出报告，请相关专业的单位针对所需材料开展攻关研制，而等待研制出适合的原材料或专用设备，往往要耗费几年甚至十几年。

邢球痕负责的潜射导弹发动机进展缓慢，其他几项研制任务也处于同样的状态。除过搬迁到此立足未稳、厂房正在建设、设备依然简陋等因素，还有一个最大的影响因素，就是正在席卷全国的“文革”运动。1967 年，工宣队的“一月夺权”行动后，四院的院长、书记，以及肖淦等副院长都已经被打倒“靠边站”，各种批判会、大游行接连不断。四院职工也分成了不同的派别，双方“文攻武卫”地搞起了斗争。一个派别夺了领导权，另一派就以停工停产进行反击，坚决“不给造反派撑台子”。几乎所有的科研生产任务都陷入了瘫痪状态。

此时，科研技术和生产工作由副院长杨南生“一手抓”，虽然有周总理下达的保护令而免受冲击，但他面对因“文革”而导致的工作瘫痪同样无奈。可是发射卫星的“651 任务”时间有限，他必须让 GF-02 发动机的研制工作立刻开展起来。

“那个时候设计工作已经完成了，关键就是生产问题。”廉茂林说，“这个发动机壳体当时四院没生产条件，是送到北京和沈阳去协作的，壳体拿回来后，在我们装药厂里自行装药，然后进行试验。但是，装药厂里一些骨干技术工人因为对造反派和批判运动不满，罢工回家了，一些工位就空着没人。可是，发动机装药的流程中，所有步骤必须连续操作，各岗位都不能中途停止。所以，杨南生副院长就得自己去技术骨干的家里做动员工作。”

杨南生的办公室与装药厂职工家属区有几公里的距离，而负责后勤保障的炊事员、驾驶员、库管员等“八大员”也都搞运动不上班了，单位的汽车也没人开。杨南生只能叫上廉茂林，一人蹬一辆自行车去职工家中作动员。

“不管两派人的观点怎样针锋相对，但是杨南生副院长分别登门交流动员的时候，他们都是很尊重的。”廉茂林说，“他就跟人家说，这是毛主席、周总理给的任务啊。被动员的人对毛主席、周总理也都是崇敬的，这就是国家的任务嘛，两派的人就都凑到一起去干活儿了。但那一场任务干完，就又不去了。下次再干，还得一家一家跑去动员出来。”

完成装药的发动机要进行试验，也面临着同样的问题，杨南生也要去做动员工作。“设计所到装药厂有将近三公里，再去试验站又得四五公里，然后再回到设计所……就这一圈儿下来，十来公里吧。我经常这样跟着他骑自行车去，多的时候一天得跑个两三趟。”

那时的杨南生 40 多岁，因为工作劳累，经常坐骨神经疼。即便如此，他也要去生产、试验现场。廉茂林说让他坐在自行车后座，自己将他带过去，可杨南生疼得坐不成后座，只好继续自己骑自行车，但只能用一条腿蹬车……

非常时期，主管技术和生产的杨南生只能用这样的方式勉强维持研制进行。

事实上，用于发射“东方红一号”卫星的 GF-02 发动机，还遇到过很多技术难题，其中两个技术难题，甚至到了任务期限快要临近的时候，还没找到很好的解决办法。一个是浇注推进剂时，芯孔总是不合格，另一个是如何在真空状态下正常点火启动。

这台发动机当初是为近程导弹设计的，为了保持导弹在飞行过程中压力曲线的一致性，专门把药柱内的芯孔设计成了六角形。芯孔就是在推进剂中预设的燃烧面，推进剂被点燃后，燃烧面会沿着六个边向外扩散，产生的燃气量以及压力曲线变化不大，可以保证飞行平稳。

在发动机壳体内浇注推进剂药柱时，先把六角形的芯模放进去再浇注，待推进剂固化后抽出，就形成了六角形的芯孔。但当时技术条件有限，用六角形芯模浇注出来的推进剂上总是有很多气孔。这样的推进剂根本不能用!

眼看要求的发射卫星截止时间就快来临，发动机的研制进度却在这儿被卡住，军管会的人也急了，不断催促着杨南生和研制人员赶紧想办法。研制人员也只能不断地对模芯进行改进设计，希望能从这里找到问题的突破口。可偏偏此时，机加车间里新加工出来的一套芯模竟然超差报废了，操作者是一位老资格的八级工，以前从来没干出过废品。军管会认定这是一次严重的特务事件——毛主席下达的任务，已经到了万分紧急的关键时候，偏偏在此时把芯模干超差了，这分明是敌对分子搞破坏——为此在四院的大院儿里开了一场公审大会，那位八级工遭到了最严厉的处罚。研制组的设计员也因此倍感压力，此时，导致进度拖延的任何失误，都将是“搞破坏的敌对分子”，实在令人胆战心惊。

为了尽快找到好办法解决气泡问题，研制组成员不断开会讨论改变设计，最终他们将芯孔制作成圆孔状，解决了问题。因为六角形芯孔可让导弹在大气层内飞行时保持压力曲线平衡，但GF-02发动机是在真空环境中工作，压力曲线对飞行状态影响不大。加工成一个圆孔芯子，制作工艺简单多了，并且这种压力曲线是一直上升状态，完全适应真空状态下使用，只要压力在壳体承受范围内就行。

作为运载火箭的第三级发动机，必须进行高空点火试验。因为这台发动机点火启动时，已经处于200公里以上的高空位置，与大气层内的点火状态完全不一样。为了模拟真空环境下的点火状态，四院专门购买了昂贵的真空罐设备，做了很多试验却没有采集到有用的数据，因为在大气环境中，真空罐也难以保持真空状态，稍微有点气体就被破坏了。

后来，研制人员们想出一个简单粗暴却极其有效果的办法——给喷管加个密封盖，把发动机密封起来，地面的空气被带上高空。因为将发动机整体是在地面密封，即便到了真空环境下，发动机内的气压和空气状态也与地面的一样，而大气环境中的点火技术已经很成熟，这样的技术肯定没有问题。发动机高空点火问题就此获得圆满解决，甚至到现在，中国运载火箭发动机的高空点火依然采用这个方法。

不过，从技术难度的角度上来说，真正"缠人"的是潜射导弹那两级发动机，尤其是第一级发动机的摆动喷管技术。其难点在于，这是一种机械结构的摆动喷管。因为当时的条件所限，设计人员们只能用机械结构的方式解决喷管转动难题。

那种结构就如同一个弧形壳体包裹着一个圆球，圆球是可以转动的伺服机构，起到摆动的作用从而控制推力的方向。这两者之间必须有缝隙，还要能够密封。但缝隙太小圆球转不动，缝隙大了又容易漏火。采用怎样的加工工艺，如何将制造出的产品状态保持在符合设计要求的范围，是个大难题。仅为攻克这项技术，设计人员、工艺员和操作工人就进行了好几年的摸索。

这些研制过程中遇到的困难，都与此前没有进行过预研、没有相关技术储备，有着极大的关系。研制人员不仅要解决发动机整体的问题，还要与之同时解决许多单项技术问题。这一状况让杨南生印象深刻，也直接影响到他若干年后对一些事物的判断与决定。

而当时，因为缺少预研工作，加工设备、技术能力也都较差。杨南生在发动机研制过程中，对设计人员要求很严，而尽可能地减轻生产工人的压力。“开技术会时，他总要求设计人员，你一定把你口袋里藏的东西拿出来。”廉茂林说，“因为设计人员在设计图纸的时候，为了保险起见，大都会在设计中给自己留一些余度，但那会给加工制造带来很大困难。所以杨副院长在召开技术协调会的时候，总是强调说，你们搞设计的要考虑到加工的难度……”

五

叶定友他们承担的“640-1”任务，难度更大。

要用己方的导弹在空中拦截到敌方的导弹，飞行速度就必须达到 10 马赫以上的高超声速（时速 1 马赫等于 1 倍的声速，声音的速度是 340 米 / 秒，10 马赫的速度为 3400 米 / 秒）。要让导弹高速飞行，就要在一定的时间内，让更多的推进剂参与燃烧，释放出更多的高压燃气，就必须采用高燃速推进剂。

叶定友说：“以前咱们国内就没有高燃速的推进剂，要搞反导系统，就必须研制出新型的高燃速固体推进剂。一秒钟之内，超过一吨的推进剂就要全部烧完。新型推进剂是我们四院 42 所搞的，后来评上中国工程院院士的崔国良，就是这项工作的主要成员之一。他们在研制过程中，也遇到了很多技术问题。”

其实，不仅推进剂是个难题，叶定友他们发动机设计组也同样遇到了难题。

这款发动机的直径比以前研制过的发动机直径扩大了一倍，壳体内推进剂的容量则相应地增加了四倍，产生的高温燃气压力同样呈几何倍数增长。叶定友说：“以前制造发动机壳体用的钢材，在这上边就用不成了，强度根本不够。”可是，当时国内就没有更高强度的特种钢材。反导系统导弹发动机需要的特种金属材料，也采取同邢球痕他们一样的办法，通过上报，交由冶金工业部钢铁研究院攻关研发。

“新型钢材研制出来后，强度达标了，可是焊接性能不好。”叶定友说，“我们是把板型钢材卷成筒型焊接起来，制作成发动机壳体的。壳体必须能够承受 100 个大气压，测试的方法就是给壳体内注水加压力。结果刚一打水压，焊缝那里就破了，哗哗地往外流水。后来我们请来钢铁学院的教授、研究院的专家和我们一起搞攻关，更改材料和加工工艺。一直到 1970 年后，才解决了壳体结构的大问题，用了五年时间才攻下这一关。”

制作出发动机壳体后，叶定友便和同事蹇泽群匆匆赶往武汉水利研究院，那里有台大型工业离心机，可对壳体进行模拟加压试验，检测出壳体内部及药柱在高压下受力变形的状况。

“我们在那儿干了一个多月，壳体里每个点都进行了测量，数据记录纸就有厚厚的一大摞。”叶定友说，“这还不算完，我们的工作才进行了一小半，重要的工作是用这些数据算出壳体内部受力变化的分布状况。那时候没有电脑，连电子计算器都没有，都是用手摇计算机去算。”

手摇计算机是 1878 年发明的一种机械结构计算器，由数字按键、手摇柄和齿轮机构组成，曾是当时中国各地科研单位中使用率最高的计算工具，直到 20 世纪 80 年代中期依然在广泛使用。

这种计算工具需要不断地摇动摇柄才能完成运算，操作颇为烦琐。例如要计算一个一位数与一个六位数相乘的结果，要移动6次齿轮、摇动手柄21圈才能完成。如果计算中有括号，还要正摇几圈，再反摇几圈。如果涉及三角函数和对数函数，还必须查阅字典一样厚的数表才能获得结果。

叶定友他们在研制过程中，一次试验采集到的数据往往是数千甚至数万组，这些数据都要利用公式进行计算后，才能获得最终结果。而这些计算工作，全靠研制人员一圈一圈地摇出来，耗费一两个月是常有的事。为保证不出差错，第一次计算完成后，还必须由另一组人进行二次验证，将所有的数据再摇一遍，又要耗费一两个月。两次计算的所有数据是一致的，方可采用，如果某处出现差异，那么上述的计算和验证就要从头再来一遍。

中国第一枚导弹、第一颗原子弹、第一颗人造卫星的研制过程中，海量的计算工作都是科技人员这样一次次地摇动手柄完成的。

叶定友和他的同事们靠这样的手段计算数据时，大洋彼岸的美国同行们早就广泛应用了电子计算机，并且，他们拥有大量的研制资金、繁多的备选应用材料、雄厚的重工业生产能力和先进的机器设备，设计、研制过程中根本不必分心考虑应用材料、加工设备和数据计算的问题。而这些，却都是叶定友他们需要考虑的问题，那时在中国当一名工程设计师，要比国外难得太多太多。

因为那么多的条件所限，叶定友他们的研制进度很难加快。

他和妻子依然是两地分居的状况，双方家长都希望叶定友能调去上海工作，但叶定友坚决地要留在四院，他舍不得放弃自己从事的专业。

更何况，那个年代和现在一样，想要解决北京或上海户口，比研制出一款新型火箭发动机还难。不过，从北京、上海把工作和户口调到外地，或者其他城市、地区之间的调动，事情就好办得多。

于是，叶定友便在信中跟妻子商量，能否调到呼和浩特来。毕竟她也是学发动机设计专业的，调到四院41所专业也对口。几番商议，妻子终于在结婚两年后，放弃了上海的生活，调到风沙漫天的呼和浩特。那是1969年，叶定友刚被任命为发动机设计室副主任，同时也因为妻子的到来终于分到了一套住房。

职工家属区里，大都是四户连成一栋的平房，叶定友夫妇的房子在一栋平房的东把头，西把头是徐桂林、温荣书夫妇家。徐桂林爱说话，没几天就跟新来的邻居熟悉起来，他妻子温荣书却话少，遇见了只是礼貌地点头微笑一下，他家的儿子徐立平还不到半岁，偶尔抱出来晒太阳的时候，叶定友还会去逗逗这个小邻居。

没过几个月，小邻居就被送回了老家。因为1969年11月12日四院向职工们发出紧急通知，要求立即将子女家属向内地疏散，投亲靠友寄养老家。几乎一夜之间，家属区里的老人、孩子们都不见了踪影。如此迅速地行动，是因为毛泽东主席向全国发出了“要准备打仗”的号召，全国进入紧急备战状态。

那年年初，也就是1969年3月，中苏两国在黑龙江省珍宝岛爆发武装冲突，同年8月13日又在新疆铁列克提地区发生武装冲突，苏联在中苏、中蒙边界陈兵百万，并宣称要对中国实施“外科手术式”的核打击。

四院所在的呼和浩特早已高度戒备，此处距离中蒙边境200多公里，对面的蒙古国境内，驻扎着数十万苏联军队。中苏两国一旦开战，苏联的坦克装甲集群就会呼啸着越过中蒙边境。中国军队当时缺少装甲武器，在地势平坦的内蒙古高原很难阻挡坦克集群的进攻。能够凭借的天然屏障，只有被当地人称为大青山的阴山山脉，而大青山北坡距呼和浩特的直线距离只有十几公里，在呼和浩特市旁边研制导弹发动机的四院，必然会陷入危险之中。

呼和浩特城里、乡村到处都在挖防空洞、挖反坦克壕沟，周边的公路上，坐满军人的大卡车成队地来来往往。当地居民们传言说："大青山里都掏空了，里面藏满了解放军。"

靠近中苏、中蒙边境地区的部队大院儿、军工大院儿里的孩子们，都在那时被送回内地老家与父母分离。这些孩子是中国第一代留守儿童，他们从出生之时，个人命运便与国家命运紧密地连在一起。

只有家属、老人和孩子才能被送往后方，四院的职工们必须坚守工作岗位不能后撤，导弹发动机还要加紧研制。遵照上级指示，四院实行"劳武结合"，将职工按单位组成半军事化的民兵连，"一手生产，一手拿枪"，并强调"只要没有打烂就在呼市干，坚持生产，在短期内研制出新武器"。国家危急时刻，这些军工人抛家舍命也要坚守岗位，这是他们的职责。

当四院职工都将子女送回老家时，邢球痕家却"逆向而行"，不仅没把刚上小学的女儿邢一红送回老家，还把此前寄养在老家刚满 4 岁的儿子邢一星也接到了呼和浩特。

接到家属后撤通知的时候，他和妻子周慰君商量该怎么办，两人做了最坏的打算。如果真的打起仗来，他们因此离世，送回老家的一双孩子也不会生活得很好。因为那时寄养在老家一个农户家的儿子，就已经穿得破衣烂衫，像个野孩子，因为卫生条件差，还患上了严重的眼疾。于是夫妻二人决定将儿子接回来，"一家人死也要死在一起"。

六

徐桂林、温荣书夫妇一路奔波，将刚满周岁的儿子徐立平送回泸州外婆家，没住两天就匆匆赶回了呼和浩特。

那是1969年11月中旬，用于发射“东方红一号”人造卫星的第三级发动机，正在温荣书她们装药车间加工，她必须赶紧回去参加工作。距离预定的卫星发射期限还有一年时间，各相关单位都在加紧工作进度，北京的火箭总体设计部正在进行运载火箭内弹道计算工作，此事影响到卫星是否能够准确入轨，急需发动机的工作状态数据作为计算参数。四院必须紧急生产出一台发动机，进行全程地面试车，为总体设计部提供相关数据。

温荣书回到呼和浩特上班时，发动机厂装药车间已经完成了推进剂浇注和固化工作，检验过程中却发现，发动机头部的药柱出现裂纹。前文说过，对固体发动机而言，推进剂药柱有裂纹是个致命缺陷——发动机工作时，燃烧方向会沿着裂纹扩展，产生过量燃气，不仅会造成火箭偏离预定飞行轨道，甚至可能导致发动机爆炸。

此前研制Φ300发动机时，就出现过推进剂裂纹、脱黏的状况，在力学专家杨南生副院长的建议下，研制人员们通过改变推进剂配方组分配比增加延展性，解决了这一问题。但GF-02发动机的直径增大了1.5倍多，受力状况发生改变，却还是采用了原来的推进剂配方，结果裂纹现象再度出现。

按规定，推进剂出现裂纹，发动机只能报废销毁。问题是，没有备份发动机可用，重新生产一台周期太长，根本无法在规定的时间节点内交付，完成试验任务。

要知道，卫星发射任务是多部门协作的系统工程，每一个分系统的进展状况，都会影响到其他分系统的进度。各分系统的研制、试验都有时间节点安排，一个节点出现问题，多个协同部门的研制进度都会因此受阻，如果不能及时处理，将引发多米诺骨牌式的连锁反应，导致整个卫星发射计划被拖延。

四院为此召开了技术讨论会，时任发动机设计室主任的崔国良和装药车间工艺员陈明义等人提议，可以将推进剂开裂部位挖掉，用灌浆法重新浇注修补，就能快速解决问题。

不过，这样操作极具危险性，推进剂被业内人称为“火老虎”，稍有闪失，挖药的操作者以及整座厂房，就会在几秒钟内灰飞烟灭。有人坚决反对这一不合规范的冒险之举。万一发生不测，厂房和操作人员都没了，怎么造发动机？怎么保证卫星计划按时完成？

支持与反对的双方争论激烈，技术讨论会开了几轮，依然难以决断。

主管这项研制工作的杨南生副院长是国内著名力学专家，他通过理论分析，已经判断出推进剂开裂原因，认为挖药修补可以弥补缺陷。工艺员陈明义也进一步提出，用“带水钢刀挖药”的工艺方法，可以杜绝摩擦产生静电现象，保证挖药的安全性。于是决定实施挖药。

陈明义闻言站起身说：“我自愿报名，第一个示范挖药！”杨南生接着说：“我陪你一起挖！”那无畏的英勇气概，感动了会场中的每一个人。众多技术员和一线工人也起身报名参加，一支“敢死队”迅速组建起来，挖药行动迅速付诸实施。

温荣书亲眼见证了“敢死队”同事们的英勇之举，挖药行动持续了一个多星期，共挖出 32 公斤推进剂。发动机重新灌浆固化后，取得了试车成功，后续的研制工作也得以顺利进行。

这次挖药行动在温荣书记忆中留下深刻印象，她至今依然记得行动刚刚结束，第一个报名参加挖药的陈明义就被送进了医院。因为长时间与推进剂接触，陈明义吸入过多挥发性化学气体，出现严重的中毒反应，在医院休养了半个多月才康复。

温荣书和她的同事们冒着巨大危险，在黄沙遍野风吹雁的塞外高原，为中国第一颗人造卫星上天、为新型导弹发动机早日研制成功忘我工作的时候，她那刚满周岁的儿子，正在千里之外的长江边，被外婆抱在怀中，听着船工的号子，看着船上的白帆。她心中有万般思念和不舍，却必须选择将孩子送回老家。她也说不出什么大道理，但认定“没有国，哪有家”，只要是国家需要的，她就遵照执行。她们在这里工作，危险而又艰苦，就是为了让家人、让国家不受危险，享受安逸。

那时，她根本不曾想到，20年后，她的儿子徐立平也会从事同样的工作，经历同样的危险，并且面对更加严峻的状况。

挖药行动过后不久，温荣书的丈夫徐桂林忽然接到一项紧急任务，领导通知他驾车将一件大型货物从呼和浩特运往北京。没人告诉他运的货物是什么，他也不打听。在这儿工作，必须遵守保密条例，“不该问的不问、不该看的不看、不该说的不说”。

装车出发那天，徐桂林将加长大卡车开进厂区指定区域，货物装车时，军管会主任和几位院领导都在现场坐镇，周围还站着一圈持枪的军人。光看这阵势，就能判断出这趟出车任务有多重要。车队出发时，有前车引路，有后车压阵，徐桂林驾驶的载货车被夹在中间，驾驶室里还坐着两名挎枪的解放军战士。

那个年代的道路标准很低，呼和浩特到北京600多公里，大都是土石公路，一路坑坑洼洼，时速40公里就颠簸得厉害。每行驶十几二十公里，前面的吉普车就会示意车队停下休息。徐桂林的车一停，后面车上的技术员就跑过来，爬进车厢篷布里捣鼓一阵子。带队领导也总要过来对他说：“车速不要太快，开稳当点儿。”他每次都点头说：“放心，肯定开得稳。”

那段路程车队走了三天两夜，晚上休息时，就开进提前联系好的部队营区内，人住部队招待所，车在部队库房中，门口还加了岗哨。徐桂林将货物安全送达北京南郊的七机部某研究院，交接后的第二天，便驾车返回了呼和浩特，很快就将这次出车忘在了脑后。

1970 年 3 月初的一次吊装作业他却记得清楚，因为他看见那是一台发动机，并且知道那是要运到火箭发射基地，用于“东方红一号”卫星的发射任务。吊装是在发动机生产厂的库房边进行的，那里有条专用铁路线，从库房推出来的发动机，要用吊车吊装到火车车厢里。

那天操作吊车的是另一位司机，因为过于紧张，吊起发动机时没稳住。幸亏周边还有人拉着绳索保护，才没造成磕碰，但司机已经紧张得不敢操作了。徐桂林跳上吊车，拉开车门说了句“让我来”，换下了那位司机。他有吊车操作证，在部队的时候，他就吊运过防空导弹，经验丰富一些。

其实，他心里也很紧张。吊运的那台发动机比他当年吊运的防空导弹粗壮得多，而且，他也见过工厂里销毁推进剂废药的场面，只有拳头那么大一小包，就能释放出巨大的能量。这台发动机里浇注了将近 2 吨的推进剂，出半点闪失就不得了啊！可这种时候，他就得顶上去，这是他的职责。

徐桂林努力让自己平静下来，缓缓推拉操纵杆，将发动机稳稳地吊装进火车车厢。跳下驾驶室的时候，杨南生副院长走过来拍拍他的肩头：“小徐，你这水平真不错！”徐桂林笑着说：“没啥，没啥。”其实他已经出了一身细汗。

“东方红一号”卫星的发射时间，预定在 1970 年 5 月 1 日之前的两个星期内择机发射，作为那年国际劳动节的献礼。而各相关单位的发射试验队，却早在两三个月前就分批进驻发射场，一遍遍地对运载火箭、卫星等各分系统进行发射前的检测。到了4月上旬，所有的发射前准备工作已经就绪，4月14日，钱学森率领任新民、杨南生、戚发轫等15名各分系统技术负责人，乘飞机前往北京，向周恩来等国家领导人汇报准备情况。

“这事儿是杨南生副院长后来跟我讲的。”廉茂林说，“那天他们汇报完，都晚上12点多了，周总理说，需要一份书面报告，第二天提交政治局开会讨论。负责运载火箭第一级、第二级发动机的任新民，负责第三级发动机的杨南生，负责卫星的戚发轫就被带到国防部大楼，连夜起草这个书面报告。”

“他们三个分别写自己负责的那部分，可是当时都很难坐下来写，这是他亲口跟我说的。倒不是技术有多难写，主要是觉得担子重，因为写这个就相当于保证书嘛，向政治局交这个东西，要有把握、要负责任的。他说，一直到天都快亮了，才坐下开始写，写完以后，政治局等着的工作人员立刻就收走了……周总理第二天就召开政治局会议。4月16日通知批准发射，钱学森就马上带着他们回发射基地做发射准备了。”

1970年4月24日，“东方红一号”卫星成功发射，举国欢庆。四院大院儿里的庆祝更加热烈，将卫星准确送入轨道的第三级发动机，就是这里设计、生产的，骄傲和自豪当然更加强烈。

徐桂林、温荣书夫妇跟大家一样兴奋，只是他们没觉得这巨大的成功与自己有什么直接关系。两人从事的都是辅助工作，是单位里最普通的“螺丝钉”，他们是为自己的国家和自己的单位而自豪。

几天后就是“五一”劳动节，一位技术员在院子里遇见徐桂林，突然说：“哎，看见你我就想起来了！现在正统计‘东方红’任务的有功人员呢，也有你一份呀！”

徐桂林没反应过来，“我怎么会有功？……是上次吊运发动机吗？那个也有功？”

“那个也算……我说的是另一次，你开车运一个大箱子去北京……里面就是‘长征一号’第三级火箭的试验发动机！”那次进北京，这位技术员就在后面的车上压阵，“咱们出那趟车，是搞路面测试，检验运输过程中震动对发动机的影响。”

徐桂林这才恍然大悟，难怪那次出车时，走一段就要停一会儿，每次停车这位技术员都要钻到卡车篷布里去捣鼓一番。

“你开车技术好，专门选了让你去，这可是危险差事，当时怕你压力大，就没跟你说。”那位技术员继续说着，“要是运输过程中震动过大，发动机里的部件震落一个，摩擦磕碰产生个电火花，那就得爆炸了！发动机里将近2吨推进剂，你那辆车肯定炸没了，我们前车、后车的这些人，也都跑不了，咱就一块儿去见马克思了。”

“嗨！我啥时候怕过？一不怕苦二不怕死的精神，咱还是有的。”话虽这样说，徐桂林回家想起这事，还是有些后怕。可后怕归后怕，此后再安排类似的出车任务，他同样毫不含糊地执行，因为“咱就是干这个行当的嘛”！

几天后，徐桂林也获得了一张三等功奖状。

1970年的“五一”劳动节，北京天安门广场举行了盛大的集会庆典，为“东方红一号”卫星发射做出贡献的17位航天工作人员受邀登上天安门城楼参加庆典，并受到毛泽东主席、周恩来总理等党和国家领导人的接见，这对他们而言是至高褒奖和荣誉。入晚时分，当卫星飞过北京的时刻，钱学森还专门向毛主席、周总理指出卫星所在的空域，天安门上下瞬间寂静无声，人们都举头凝望那快速划过天际的小小亮点，心中充满着无比的激动和自豪之情。被邀请登上天安门城楼的那些航天科技工作者中，没有杨南生的身影。

“七机部给四院的只有两个名额，四院那个时候实行军管，军管会提出要有研制人员代表，要有工人代表。所以就在设计部门选了陈克明，工人代表选了装药厂女工李德春。”廉茂林说，“别的设计院登上天安门城楼的都有主要技术负责人，杨南生是四院的技术负责人，没去成，他跟试验队的同志们‘五一’当天就坐车回四院了。他可没有为这种事情闹情绪，他就不在乎这些。”

那个时期，各地各单位都办“五七干校”，四院院机关的干部们大都被送去接受思想改造，廉茂林所在的秘书处也不例外。1971年年底，接受了一年再教育的廉茂林回到四院，等待重新分配工作岗位。他的爱人在负责发动机设计的41所工作，让他就去基层研究所，不要再回院机关工作，因为运动中最容易“受冲击”，秘书处好几位秘书都因此选择了基层单位。

杨南生却很需要得力的助手，专门跟干部处说，让廉茂林再回去工作，听说他爱人希望他去基层工作，跟她开玩笑说：“咱们俩拔河，看谁能拔过谁？”廉茂林当然是服从分配，又回了院办秘书处，继续从事此前的工作。

“因为别的人都被弄到学习班去了，领导班子里边除过军管干部以外，就留了杨南生，他办公室里好多事就交给我了，这样的情况下，我们基本上是朝夕相处的，个人之间的关系也更密切一些。”廉茂林说，“杨南生是很随和的一个人，不摆架子，爱开玩笑。尤其是对平民百姓，一副搂肩搭背、说说笑笑、打打闹闹的劲儿，没有领导架子，又没有权威学者架势，他就是这种类型的人。因为他是技术权威，那个时期无论工宣队、军管会、革委会哪个机构来接管四院，他都担任着主管技术、生产的领导。他是书生思维，不站任何派系的队，就是一心想着要为国家把新装备搞出来……”

七

1969 年中国和苏联边境地区爆发的两场武装冲突，导致两国在长达两三年的时间里，都处于高度紧急状态。所幸，最终双方都采取了克制态度，没有让冲突进一步升级，逐渐平息了事态的发展。其实，拥有当时世界最强军事实力的苏联，对中国也颇为忌惮。

让苏联人忌惮的，不仅是数百万枕戈待旦的中国军队，也不仅是中国全民皆兵的战争动员。最让他们忌惮的，是奉命隐蔽于中国各地的数以十万计的“两弹”研制人员。那时，这些军工科研人员已经让中国拥有氢弹、原子弹，拥有中程弹道导弹“东风三号”，其射程可以覆盖苏联位于欧洲的众多工业城市，而射程能够覆盖莫斯科的远程导弹“东风四号”也即将列装。

任何国家都必须考虑，对拥有导弹、核武器制造能力的中国发动一场全面战争，将要承担的严重后果，以和平谈判的方式处理两国关系也就成为最终选择。这便是中国“当了裤子”也要研制出“两弹”的意义所在，也是四院这些国防科技人员的价值所在。

不过，那场一触即发的战争还是向中国传递出了强烈的危险警示，当年提出的“三线建设”更加具有现实意义。此前已经确定向三线内迁的国防工业单位、重工业工厂、重点高等院校、科研机构，经过几年的建设，大多数已经具备基础条件。1970 年年初，毛泽东主席再次号召，必须立即向三线地区转移搬迁，国防工业单位大规模内迁工作由此正式展开。

四院也在此时开始向三线地区搬迁。

其实早在 1965 年 8 月，四院刚从泸州搬到呼和浩特时，就已经派出考察组，开始在三线地区选择新的驻扎地了。考察组奔波了许多省份，一年后，在宁夏银川郊区选定了新点所在地，代号“063 基地”。

可是，新基地开工建设没多久，便被上级叫停，要求另选新址，因为此地还是距离边境较近。

四院的考察组又经过一番周折后，最终将新点选在了陕西蓝田秦岭山区。这里位于中国腹地，是温带半湿润大陆性气候，属于湿润而微显水分不足的区域，气候环境对固体发动机推进剂的影响不大。加之此处地形复杂、山大树密、隐蔽性好，符合“靠山、分散、隐蔽”方针的要求。并且靠近工业中心西安市，距铁路线也比较近，是极好的三线建厂地。

1966 年 7 月 6 日，国防科委批准四院搬迁至蓝田山区的申请。此后，先遣人员分批赶赴蓝田山区，开始筹建新基地。那时候的四院，下辖研究所、生产厂和试验站共 13 个单位，是中国最大的固体火箭发动机研制、生产基地。除负责推进剂研制工作的 42 所外，其他 12 个单位都分布在蓝田县城南部秦岭山区的沟壑之中。

不过，新基地的建设进度却比较缓慢。因为需要建造的设施数量庞大，并且对试验室和工房的建筑标准要求极高，而那时几乎没有大型工程机械，大量的土方作业和基建工作都靠有限的人力完成，加之山区交通不便，连原材料运输都困难重重，以至于开工几年后，也没建好多少。

中苏边境冲突爆发后，四院迅速将技术文件、人事档案以及部分器材、物资向蓝田战备转移。并且按照上级“立即行动，抢建三线，加快速度，准备搬迁”的指示，加派人员前往陕西蓝田县抢建三线生产区。不过，那些高标准试验室和大型工房依然难以快速建成，无法实现整体搬迁。

只有负责推进剂研制工作的42所，在1970年年底迁往了三线地区。不过，他们不是去陕西蓝田，而是去了湖北襄阳，成为远离四院总部的一块“飞地”。

襄阳是历史文化名城。西汉高祖六年（前201）在此地设邑筑城，因处襄河（今南渠）北岸，而古时将山南水北称为阳，故称襄阳。襄阳不大，却自古便是兵家必争之地，历史上有名的战争就有170多次。三国时期，关羽“水淹七军”威震华夏的一战，也发生在这里。

汉江从襄阳中间穿城而过，将城区隔为两块，南边的叫襄阳，北边的叫樊城。1949年新中国成立后，南北城区各取一字，改名襄樊。这名字用了60年，2010年年底，又改回古称襄阳。（为叙述简便，文中提到此地名时，统一采用“襄阳”古称。）

襄阳辖区内，分布着数十家大中型军工科研院所和企业，几乎都是在1965年建设“大三线”的号召下先后迁入的，它们散布在襄阳西部山区南漳、谷城、宜城、老河口等地，行业涵盖航空、航天、兵器制造、核工业、后勤保障等八大部类。

航天四院42所便是这众多奉命搬迁而来的单位之一。同样是要“钻山沟”，他们为什么不跟着四院去陕西蓝田山区，偏偏来到远离总部的襄阳山区？其中，有什么特殊原因呢？

第五章

南赴襄阳

一

1970 年 10 月中旬，呼和浩特已经下过了第一场雪。在开往襄阳的专列上，丁汝昆裹紧大衣缩成一团。那趟专列有十节车厢，算上他也只有三名乘客，确切地说，他们也不算乘客，而是押运员。专列的车厢有两种，一种是闷罐的，一种是平板的。闷罐车厢里大木箱子摞得满满当当，木箱里是各种小型设备和办公用具，平板车厢上固定着大型设备和物资，都用防雨帆布蒙得严严实实。

丁汝昆那年 30 岁，是航天四院 42 所二室的一名设计员，其实他参与研制工作仅一年时间。这样的年龄却只有一年工作经验，实在少见，用他自己的话说，是因为“一步晚，步步晚”。

他1940年出生，因家中贫困，直到新中国成立后才开始上学，22岁那年考入北京工业学院（今北京理工大学），学习固体火箭推进剂专业。1966年毕业时正逢“文革”开始，高校都暂停分配，直到1968年才分配到呼和浩特的四院，却又被派到农场参加一年的劳动锻炼，然后才到42所第二研究室成为一名技术员，从事推进剂原材料——黏合剂的研制工作。工作了一年，刚熟悉环境就接到通知，立刻打包个人物品装车，押运物资开赴襄阳。

“那十节车厢里，都是重要的科研生产物资。”丁汝昆说，“押车的只有我们三个人，生怕有任何闪失。我们白天坐在平板车厢上看着，晚上睡在闷罐车里。冻得不行啊！那个专列是运货的，老得停车给客运车让道，从内蒙古去襄阳那一路，走了好长时间。”

几天前，42 所接到通知，整体搬迁到襄阳市谷城县一个叫作郭峪的山沟里。所内相关人员必须在一周内分批赶赴襄阳，丁汝昆是第一批离开呼和浩特的人员。

42 所紧急搬迁到襄阳，不仅是响应“内迁三线”的号召，最主要的目的是为了立刻开展一项重大的紧急任务——研制高能推进剂。

那时，由邢球痕主导研制的潜射导弹发动机任务进展缓慢，这其中，有着发动机设计难度大，没有适合的壳体材料、喷管材料，“文革”影响工作等诸多原因，但最关键的原因是——没有合适的推进剂。

虽然中国已经研制出技术先进的复合固体推进剂，但在能量级别划分中，还属于低能量范畴。用于小型导弹没问题，用于中程弹道导弹就难以应对了，所以必须研制出一款具有高能量的新型推进剂，才能解决潜射导弹发动机面临的难题。

早在潜射导弹立项时，42 所就开始了高能固体推进剂的研制工作，但以当时的水准和技术条件，仅靠一个研究所，根本无法攻破原材料合成等技术难关，以至于几年的研制都没有任何进展。

对于固体导弹发动机而言，固体推进剂是最为核心的关键技术。不解决这个问题，就造不出发动机，更不会有潜射导弹，此事很快上报国防科委。

为解决高能困局，国防科委在1970年8月的计划会中提出，尖端技术要在三年赶上、五年超过西方先进国家，要求高能固体推进剂在一年半的时间内攻下可以注装全尺寸发动机的任务。代号“325”的攻关项目随之启动，该项目集中42所在内的全国19家科研单位，抽调300多名技术人员，汇聚湖北武汉进行协作攻关。在业内，这次协作攻关被称为“武汉大会战”。

42 所搬迁到湖北襄阳，就是为了距离武汉更近，无论是参与高能推进剂的协作攻关，还是将来定型后的生产工作，都会方便得多。1970 年 10 月，四院军管会下达指令，42 所 80% 的人员要在几天内完成搬迁。

丁汝昆他们将要前往的地方，位于襄阳西部山区一个叫作郭峪的小山沟。那里距襄阳市区 58 公里，原本是中科院大连化物所内迁三线的科研区，试验室、工房、办公楼都已建好，后因搬迁计划更改，此处便按上级指示移交四院 42 所。

其实，大连化物所也分出部分人员搬迁到了这里，只不过他们被调入四院，合并到了 42 所。四院的院史资料中，就有那次搬迁合并的记载：

1970 年 10 月，42 所 228 名科研人员分三批，从内蒙古呼和浩特迁往湖北谷城郭峪山沟。

1971 年 2 月，中科院大连化物所二部划归 42 所的近 200 名人员，迁往郭峪山沟。

1971 年 4 月，150 名转业军人分配至郭峪山沟的 42 所工作。

姜国良就是那时从大连化物所二部调入42所的，当年接到调离通知时，他心中真有些不舍。能分到化物所工作，真不容易。甚至几十年之后，他依然有些不舍，“那是中科院里很有名的研究所。直到现在技术力量都很强，一个所里有13名院士。咱们整个航天系统20多个研究院，近百个研究所，也只有30多名院士”。

大连化物所分为一部和二部，二部主要从事国防科研工作，涉及固体火箭推进剂、液体火箭推进剂以及缓燃火药等研制项目。姜国良在哈军工学习的是空空导弹发动机专业，1966年毕业分配到化物所二部工作。奉命调入42所时，他已经在化物所工作了四年。

“当时通知让我们过来，过来就过来呗，我们也没多想，国防建设需要嘛，自觉服从分配。当然也有不想离开的，大连地方多好啊，海滨城市，这边是山沟。”姜国良的普通话里还带着点东北口音，他的老家在黑龙江佳木斯，在湖北襄阳工作了几十年，退休后也定居于此，与家乡的唯一联系，只有那一点点残存的乡音了。

“还有人想来不准来，我在的那个研究室，有个1960年浙江大学毕业的同事，在化物所工作了十年，因为家庭成分是地主，没让他过来。他哭啊，‘不让去三线，肯定是组织还不信任我’。我们那会儿，也确实对三线啥情况都不了解，就认一条：服从上级安排，南征北战，让上哪儿就上哪儿。这就是那代人的一个特点吧。他们42所的老人手也一样，从内蒙古迁过来，就用了一个礼拜时间，战备搬家嘛。”

他说的“老人手”，是指42所在泸州、呼和浩特参加工作的那部分成员。“新人手”便是大连化物所二部合并进来的人员。跟随他们一起到来的，还有1000多名家属子女。

二

姜国良接到搬迁襄阳通知的时候，是 1971 年 2 月初，通知上说，一周内就要搬迁。他赶忙向领导请了几天假，由大连出发赶往 300 多公里外的辽阳。那年，他 28 岁，一个多月前刚成为父亲。

妻子在辽阳一家大型军工厂，研制火药、炸药。两人是中学同学，又都是学霸，他被保送哈军工时，她考入了清华大学。大学时期分处两地，两人却谈起了恋爱，参加工作后依然两地相隔，但并没妨碍两人感情的发展。1970 年年初，两人结婚，12 月 22 日，孩子降生在辽阳那座军工厂的职工医院，姜国良只在那边陪护了几天，就赶回单位上班了。妻子住进单位借给她的一间 6 平方米的小屋里，孩子的姥姥从老家赶来，照顾母子二人。

那时，化物所二部已经有了要搬到襄阳的传闻，只是具体搬迁时间还未确定。姜国良心中满是欢喜，因为按相关政策，迁往三线的人员可以将家属一起调入，解决夫妻两地分居的问题，他已经办好了妻子的工作调动手续，只等搬迁过去一家三口就团圆了。可他又担心如果很快就搬迁，孩子刚刚出生，搬过去可怎么办?

越担心的事情来得越快。孩子出生才 40 天，搬迁的通知就正式下达了。

1971 年 2 月 10 日，姜国良从大连赶到辽阳，夫妻俩商量了一夜，决定把孩子送回佳木斯老家，让老人帮着带一两年，等襄阳那边安顿好了，再接过去。这决定正中了孩子姥姥的意，她真舍不得跟外孙分开，连忙说：“这没问题，我给你们带着。”

第二天，一家人就抱着孩子，赶往火车站。东北的二月还是冰天雪地，姜国良用大衣裹着孩子抱了一路，生怕他受凉。等公交、买车票，几个小时的周折，刚出满月的孩子裹在厚厚的襁褓和姜国良的大衣中，小脸儿还是被冻得通红。

辽阳没有直达佳木斯的火车，只能去沈阳转乘。那时都是绿皮火车，没有现在列车上的暖气系统，开往沈阳的火车，车厢里，寒气逼人，给孩子换尿布，也只能在冷飕飕的座位上以最快速度换好。

到沈阳换乘开往佳木斯的火车时，姜国良却不能陪着一起回去。单位马上搬迁，给他批准的假期，根本不够到老家打个来回。他将祖孙三人送上火车，俯身亲了亲孩子的小脸，脱下自己的大衣，盖在孩子的襁褓上。他没买到卧铺票，也不能亲自把孩子送回去，只能用这件大衣让孩子暖和些、舒适些。

姜国良匆匆忙忙赶回大连，刚进化物所大门，见到他的军代表（当时军工单位实行军事管制，军方代表主持管理工作）高兴地说："哎，你回来得正好，押车去襄阳吧，现在就到火车站上车。"

运往襄阳的仪器设备、资料、图书以及搬迁人员的行李装了八节车皮，押车的就他一个人。"这么多东西，我一个人看不过来吧？得再派个人来啊。""正找人呢，你先去，随后就派人过去。"搬迁的时间过于紧张，都来不及进行周密安排，就这样在乱纷纷中进行着。

姜国良去辽阳之前就打好了行李，同事们已经帮他装到了火车上，也不知在哪节车皮里，此时他连一件换洗的衣服都没有。衣服不换都可以忍忍，但天寒地冻的时节，他的大衣披在了儿子的身上，此时要去押车，在四处漏风的闷罐车里，仅凭身上这套短袄棉衣非得冻坏不可。他正想着到哪儿去找一件，旁边的严中伟脱下自己的大衣递给他，"你穿这个去吧"。

穿着借来的大衣，在街上买了些蛋糕和苹果，姜国良就进了闷罐车。他等着派人过来跟他一起押车，可不知什么原因，直到开车时也没人再过来。列车轰鸣着离开大连的火车站时，他才想起，自己连要去襄阳什么地方都不知道。

列车一路走走停停，几天后的一个傍晚，到达襄阳北边小站桐树店，停在站里不走了。姜国良听车站调度员说，火车今晚就在这儿停着，便让调度帮他搭了辆开往襄阳火车站的顺路车，那里有单位的接待站，他得问问这些车皮到底该送到哪儿。

找到接待站的同事询问后才得知，要去的地址在襄阳西边 68 公里的黄康站。姜国良又请站上的调度帮忙搭辆顺路车，连夜赶回了桐树店，下车后发现，那八节车皮竟没了踪影，他一下就慌了神。那上面有大量的保密资料，这要是弄丢了，多少颗脑袋也保不住啊！

他赶忙去问车站调度员，原来车皮又被挂到太平店去了。初来乍到的姜国良也搞不清调度员说的是哪里，他报出要去的地址，调度员才知道搞错了地方，赶忙又让他搭上一辆顺路的火车头赶到太平店，一番周折之后终于找到那些车皮，直到运抵黄康站，姜国良悬着的心才落了下来。

单位已经接到消息，派了卡车在站台等着搬运物资，姜国良又在闷罐车上守了三天三夜，直到把物资全部搬完，才坐着卡车进了谷城郭峪山沟。

被群山环抱的那条山沟，最宽的地面也不过 100 多米，狭促幽深，少有人来，是个半封闭的小世界，科研、生活物资都是靠汽车从山外运回。此前的建设规模只够容纳几百人，如今突然来了职工、家属 1000 多人，宿舍区的住房不够，有些职工只能住在“干打垒”房子里，过着“下河挑水，上山砍柴”的山野生活。姜国良暗想，这地方果然艰苦啊。

姜国良在赶赴襄阳的路上颠簸时，他的爱人也奔波在冰封的东北大平原上，她把孩子送回老家佳木斯，又返回辽阳办理调动手续，然后又踏上南下的列车，中转了几次才赶到襄阳。

妻子来到郭峪山沟的时候是3月1日，她带来关于儿子的消息，让姜国良很担心。孩子在沈阳开往佳木斯的火车上就开始发烧，下了火车就进了佳木斯的医院，妻子离开时病情还没有好转。夫妻二人都很焦急，但此处与老家远隔千山万水，只能写信询问情况。

两个多月后，姜国良夫妇收到一封家乡来信，信中说，孩子回去后病情一直反复，几次送进医院治疗，医生和家人尽了最大努力，最终也没能保住孩子，5月4日那天夭折了。

2017年3月，74岁的姜国良讲述那段往事时，尽量地让自己显得平静。他第一个孩子只在世间生活了4个多月，做父亲的他也仅在孩子出生和送回老家时见过两次，总共不到10天。可时隔46年，他依然清楚地记着孩子出生、夭折的日子。

“孩子还那么小，就是在路上受凉得病的……唉！要不是我们赶着来襄阳，这个孩子不一定会有事。那时候，也就这样……”姜国良说。

三

王北海和姜国良一样，也是从大连化物所搬来的。

他祖籍山东，却说一口地道的北京腔。因为童年时就随父母进北平谋生，并在那里生活了十几年。1962年毕业于北京工业学院，分配到大连化物所从事固体火箭推进剂研究。

那时，大连化物所对固体推进剂的相关研制工作并不多，王北海主要从事燃烧理论和燃烧模型的研究工作，偶尔配制些小型固体燃料药柱，用于研究线性热分解速度的试验。时隔不久，这方面的研究工作被暂停，他便开始为液体燃料火箭发动机研制燃气发生器使用的高燃速固体燃烧剂。那是当时国内技术空白领域，王北海和同事们“自己摸着干”，研制出多种型号的固体燃烧剂，并应用于当时多个型号的液体推进剂战略导弹。

王北海的妻子是大连化物所一个小型固体装药厂的分析测试技术员，祖籍沈阳，毕业于抚顺石油化工学校。两人 1969 年结婚，没过多久，便获知部分人员将调往襄阳与 42 所合并的消息，夫妇二人也在名单之中。

这消息让王北海的妻子极为兴奋，因为同事们都传言，那是国防部所属单位，调过去就可以参军。她特别喜欢“50 式”女军装，双排扣小翻领斜纹布的列宁装上衣，配蓝色长裤，扎一条厚帆布武装带，英姿飒爽！特别是收腰款式的布拉吉连衣裙女兵夏装，配上那条宽宽的软布腰带，别提多漂亮了！最关键的，是解放军总政治部监制的那款带着“为人民服务”字样的毛主席像章……这些好东西是那个年代绝对的“限量版时尚精品”，并且花多少钱都买不到，只有参军才能拥有。她梦寐以求的这一切，都会因迁往襄阳而全部拥有。

和姜国良遇到的情况一样，听说搬迁消息的时候，王北海的妻子也有孕在身，并且预产期就在 1971 年 2 月中旬。那年 2 月初，他请假送妻子回沈阳的娘家待产，孩子还没出生，就收到单位发来的电报，说是搬迁已经开始，让他立即返回打包个人家中物品。

王北海赶忙回到大连整理打包，那时家里也没多少东西，放进几只大木箱里，连半个卡车车厢都装不满。将行李送上火车，王北海又向领导请假，说是想等孩子出生，夫妇两人一起带到襄阳去。获得批准再赶到沈阳时，女儿已经降生。

先期到达襄阳的同事写信告诉他，山沟里什么都有，于是夫妻俩只给孩子准备了一点路上使用的生活用品。女儿 2 月 12 日出生，3 月 12 日就跟着他们到了襄阳。

王北海依然记得，那天襄阳正下着小雨，天气寒冷。在火车站坐上单位的卡车，行驶了几个小时，开进郭峪山沟时天已经黑了，天空飘着雪花，周围没有路灯，什么也看不见。到了分给他们的新家，拆开包装箱，翻出铺盖安顿好睡觉的地方后才想起来，今天是女儿满月的日子，这样的情况也没办法搞什么庆祝，就这样匆忙慌乱地过去了。

第二天早晨，王北海推门出屋，看见眼前覆满白雪的连绵群山才想起来，他已经身在襄阳远郊的山沟里了。这条山沟真是狭窄，对面山坡悬崖上的冰溜子都能看得清清楚楚。在北京、大连生活了 20 多年，习惯了平坦笔直的马路和海阔天空的沙滩，突然钻到小路高低曲折，只有头顶那一线天空的山沟里，他憋闷得连呼吸都要多用些力气。

在依山而建的生活区里走了一圈，王北海又发现一个意外情况，同事写信说这边啥都有，其实说的是山沟里办公楼、试验室、宿舍楼之类的基础设施“啥都有”。他却理解成了生活用品，“哎呀，其实什么东西都没有”。想给襁褓中的孩子买点儿衣服、被褥、营养品，必须到十几公里外的县城或者几十公里外的襄阳市去采购。

在大连时跟王北海一起从事燃烧剂研制的人员，调来襄阳的共有 30 多人，都被分配到了 42 所六室，继续进行此前的研制工作。搬到山沟里后，工作效率明显降低了。王北海说：“我在大连制作药型的时候，从看文献到搞出药柱来，一个月时间就够了。可以直接到旁边的化工试剂商店，自己挑原材料，回来就能试验了。在山沟里可不行，必须向器材管理部门提交采购单，人家审批后再派人去外地采购，然后拉回来入库，我们再去库房领用。经常是一个月过去了，原料还没派人去买呢，工作效率低太多了。

而且，不仅仅是化学原料的问题，研制中很多方面都受到山沟封闭环境的影响，导致效率很低。”

王北海的妻子更是觉得难过！到了这里才知道，42所早已在“院部合并”时期就脱离了国防部，不属于部队建制了。她心心念念的“50式”双排扣小翻领女兵冬装、配软布腰带的布拉吉连衣裙女兵夏装，还有总政治部监制款“为人民服务”毛主席像章……全都成了一场梦。

王北海的同事在信中说，郭峪山沟里“什么都有”，也确实没胡说。这里一切基础设施都已完备，甚至还建有一所子弟学校，只是没有配备老师。

居住在这偏远的山沟里，自办的子弟学校是单位职工子女上学的唯一选择，于是，各个研究室的技术人员都要被轮流“派工”，去学校当一年的代课老师。这些技术人员都是著名大学毕业的高才生，小学、中学的知识当然是小菜一碟，尤其是数理化这些科目那就更是没得说，但要让学生听明白搞清楚却需要另一套“功夫”。这些技术人员毕竟没有教课的经验，大都是“肚子里有货倒不出来”的状态，教学效果并不好，并且，老师一年一换，每个人的讲课方式不一样，学生们实在难以适应，也就不能奢望有多好的成绩。

为了解决学校专业教师匮乏状况，42所职工中谁的爱人在外地当教师，就能立刻办理调动手续，解决两地分居问题，过来任教。

这两件事情，丁汝昆都“占全了”。

他的爱人以前在邯郸钢铁厂的学校里教书，因为这条政策，很快就调到42所子弟学校来工作。丁汝昆也去学校教了一年书，带的是初二、初三年级的物理和化学课，“现在我们所里工作的50岁左右的子弟，都是我当年的学生”。

从某种程度上说，那些科研人员的孩子们，在不谙世事的学生时代，就已经为这个国家做出了奉献，这是一种隐形的奉献。他们被父母带到偏远的山沟里，被动地生活在这闭塞的环境中时，已经注定了此后的人生经历，他们献出了所有年华。

最早搬进郭峪山沟的丁汝昆，在子弟学校当了一年的代课老师后，被派往武汉，“去搞 325 高能大会战”。42 所搬迁到这里，最主要的目的就是为了参加这场大会战，尽快研制出高能固体推进剂。

丁汝昆说：“好多家单位参加会战，有我们所的、有中科院的、兰化院的……分散在武汉的各个工厂，搞了几年。我们所去了 80 多个人，主要是年轻的单身汉，能脱开身嘛。”

丁汝昆是前往武汉的人员中为数不多的已婚汉，他的工作是将化学原料以不同配比组合成多种配方，然后加工成推进剂药块，并对每种配方的药块在不同环境状态下进行测试。配制过程中，他必须在现场和技术工人一起对危险的化学原料称重、配比、混料、固化，最终制作成推进剂，工作时的危险性极高。

“大会战”在武汉持续了两年时间，取得的进展却不大。原计划一年半内攻克难关的设想显然无法实现。上级决定，改变“集中会战”的方式，参与人员返回各自单位，以“分散会战”的方法，继续从事高能推进剂的研制。

四

回到郭峪山沟的丁汝昆等人，继续从事着高能推进剂配方的研制。

丁汝昆是个性格拘谨的人，这样的性格，多半来自他几十年跟高危化学品打交道的经历。每天与高危易爆品接触，遭遇过多次危险状态，经历过多次剧烈爆炸，并且曾与死神擦肩而过，谨小慎微便成为一种习惯，他必须保证工作中的一举一动都不能有任何失误，而这样的习惯，也成为他日常生活和待人接物时的常态。

“我们使用的原料，由化工部的研究所负责研制，他们搞出来一些，我们就过去拉回来做配方。”那些化工单位都分散在广袤的西部三线地区，相隔遥远，将易爆的原料运回来，本就是一项危险的任务。

丁汝昆还记得，有一次去甘肃某地，运回特种炸药。“一辆老解放卡车，两个司机轮流开车，我坐旁边押车。载重 4 吨的卡车，拉了 3 吨炸药，加上包装，还有我们三个人，基本就是满负荷，路上遇到个上坡都爬不动，我下来走路都能追上它。装着炸药，也不敢开快，那一路走了好长时间，走到哪个地方住下，就得找当地民兵保护起来。一路上还遇到好几处修路的，路边生着火熬沥青，我们就从那火堆旁边闯过去。车厢里 3 吨炸药，上面就弄了层帆布盖着，要是有个火星飞过来……不敢想。”

1979 年年初，他还去过西宁，“拉了十公斤高感度的易爆原料。这个东西敏感得很，拉回来在胶化机上掉了一点点渣子，胶化机一碰它，就啪啪啪地炸。十公斤原料就装在一个大罐子里运回来的，那个东西真要炸了，车都炸没了”。

为了备战和保密，三线军工单位全都按照“山、散、洞”的建设原则，设置于偏远的山区。与其他单位的协作，要耗费极大的周折。

即便是本单位内部的协作，也面临着同样的状况。

丁汝昆他们在湖北襄阳的山沟里研制推进剂配方，四院的发动机装药厂和试车台却在陕西蓝田的山沟里，中间隔着茫茫苍苍的秦岭山脉，每次进行发动机试车，他们都要赶过去全程配合。

“那时，我们去一趟蓝田真难啊！”丁汝昆轻轻地搓着双手，语调缓慢，“我们先从郭峪山沟里坐汽车到襄阳，然后坐火车到洛阳东站，中途得转一次车才能到西安，再坐汽车去蓝田。那时候火车慢，还老晚点，过去得一天一夜。襄阳、洛阳东都只有过路车，要买卧铺，得提前好几天去排队订票。问题是，那边通知要装药，我们马上就得赶过去，哪儿能等买到卧铺啊。临时买票，能有坐票都是好运气，经常都是一路站着过去。我们所长去院里开会也是这样，那时交通太困难了。”

另一种方式，是坐长途汽车，“有一年，是10月底了，我跟一位同事坐长途车去蓝田。刚进秦岭就开始下大雪，路滑得走不成，汽车一辆接着一辆堵在路上，排成长龙了。司机说，这种大雪封山的情况，可能一两天都走不成了。到了晚上，汽车上冷得不行，我俩就和车上六七个乘客结伴儿下来，在附近找了户老乡家借宿。那么多人也没法住啊，人家就给生了一盆火，我们围着坐了一夜。我的脸在那时冻伤了，到现在，天一凉这儿就红肿”。

第二天一大早，车还堵在雪地里，蓝田那边的准备工作已经完成，就等着他们赶到开始试验。无奈之下，他和同事决定徒步翻越秦岭。“喝了两碗老乡做的面糊糊，我俩就开始赶路。走在雪地里脚底一直在打滑，我平常爱打篮球，协调性好，那个同事就不行，摔了好几跤……这样走了几个小时，翻过山顶往下走了一段，实在走不动了。正好这时候，下山坡道开始通车了，我们赶忙又搭上一辆长途车才到了蓝田。”

运气好的时候，他们可以搭乘所里派往蓝田送产品的顺车。“有一回搭所里的车去西安，也遇到秦岭山里下大雪，下坡的时候刹不住车了，一直往前滑。路的一边儿是深沟，另一边儿是山崖，结果迎面又来了辆大货车。司机把方向盘往边上一打，撞到山崖上才停下来，那回真是太危险了……哎，那时候交通真是不方便啊！”

第六章

入蓝关

一

襄阳那边，高能推进剂的研制工作陷入困境之时，在呼和浩特进行潜射导弹发动机研制的邢球痕他们也举步维艰。“我们搞 GF-04、 GF-05 发动机的时候，正是‘文革’最激烈的时期。”邢球痕说，“研制工作简直就没办法进行。”

在那场席卷全国的运动中，四院的科技人员和国内知识分子经历着相同的遭遇。1969 年，四院实行了军管。大批干部和科研人员被分批下放到设于内蒙古、河南、山西等地的“五七”干校，接受“再教育”，老院长林爽被“打倒”后，也被送到干校去磨豆腐。

不过，在四院这种承担着国家重大任务的特殊单位里，研制工作还是需要由懂技术的科技人员去完成。因此，技术专家虽然也遭遇批判、下放等，但研制方面的工作还是需要他们把关。于是，从干校解除劳动回来的邢球痕，被“结合”进革委会班子，任命为主管技术的副主任。但他们这样挂着职务的技术人员，对于研制的方向和进度，也只有建议权，没有决策权，其实依旧是“靠边站”的状态。

“1971 年 5 月，当时四院革委会领导要做第一级 GF-04 发动机的试车试验。”邢球痕说，“那时候 4 个喷管喉衬的材料还达不到要求，发动机喷出的燃气温度超过 3000℃，喉衬很快就烧坏了。我就说，现在不要搞发动机试验，我估计 30 多秒就会失败的。”

邢球痕这样估算，是建立在对喉衬材料多次试验后得出的结论上。但革委会却坚持必须进行试车，因为他们为了展示“革命成果”，专门请了内蒙古军区首长来参观试验。如果试验取消，岂不是太难看？邢球痕被堵在办公室里，不答应试车就不能回家。他被搞得没办法，只好同意试车。

“结果，试验时跟我前期估计的一样。”邢球痕说，“发动机工作了 39 秒，喷管那里就被烧毁，发动机就爆炸了。”

革委会领导本想在军区首长面前展现业绩，却着实丢了面子。他们当然不愿承担试车失败的责任，可又无法迁怒于技术人员。因为试车前邢球痕就坚决不同意这次试车，断言会失败，并且准确地预判了时间点。此事便悄无声息地不了了之，却实实在在地浪费了一笔资金。

那段时期，这类不尊重科研规律的“瞎指挥、乱决断”事例实在太多，严重干扰着邢球痕他们的研制工作。

科研工作举步维艰时，四院向三线搬迁的工作也推进缓慢。

自从 1966 年国防科委批准四院在蓝田山区的选址申请后，勘察、规划的工作就逐渐展开，因为处于“三线大后方”，这里被四院人称为“后建”基地。

“三线建设”的原则是“靠山、分散、隐蔽”，就是为了避免“一颗原子弹炸掉一大片”。四院的蓝田工业区严格遵照这一要求，所属单位被刻意分散在蓝田山区方圆十几公里的几条山沟里。

那时的四院共有13个单位，职工七八千人，除42所已经搬迁到襄阳，其他单位绝大部分人员都要搬迁到蓝田山区。算上职工家属，足有2万多人要在此生活。

每条山沟都要铺设混凝土公路，架设专用供电、通信线路。分散在几条山沟里的科研生产区，都要建起高标准的试验室、工房、库房和办公楼。分布在各个山脚下的职工生活区，要建大批住宅，还要有医务室、学校、商店、粮站、食堂、锅炉房、理发室等生活设施，每个生活区都是一个独立的“小社会”。

但在勘察人员面前，只有一条条山高林密、交通不便的荒僻山沟，要在此处建成发动机研制基地，将是一项庞大而艰巨的工程。

蓝田山区风景秀丽，唐代大诗人王维曾在此隐居，写下“明月松间照，清泉石上流”等著名诗句，流传千年。那时山中的水系发达，王维从长安城东郊柳絮如雪的灞河边乘船，便能直接到达他隐居的辋川。

千年之后的蓝田，曾经能驶大船的河流都成了涓涓小溪，通往山区的只有狭窄曲折的山间土路。建设之初，车辆无法驶入山沟，几千吨水泥、钢筋、沙石、竹标等建筑材料，只能靠工人们手提肩扛、用架子车，徒步十几公里运到工作现场。跋涉在崎岖难行的山路中，再难生出“随意春芳歇，王孙自可留”的闲情，只有“云横秦岭家何在，雪拥蓝关马不前”的慨叹。

蓝田山沟里建设新基地，依然按照“先工业、后民用”的基建方针，厂房和办公设施优先开建。基建人员住在临时搭建的简易草棚里，或者借住在周边农户家中、废弃的破庙里。一如他们刚搬到呼和浩特时的状况。20多年间，这是他们第六次搬迁，每到一处，都是这样白手起家，一点点将厂房、试验室、办公楼建起来。

二

四院制造发动机金属壳体的7414厂选点在辋川，就是王维当年隐居的“辋川别业”所在地。生产发动机壳体的厂房，就建在王维墓的遗址之上。

辋川是一处绝佳的“隐居”之地。1200多年前，大诗人王维远避俗世，携家眷隐居此处，并长眠于此。如今，四院也将驻地选于此处，众多科研人员、技术工人将携家带口来此“隐居”。相隔千年截然不同的“隐士”，竟心灵相通地选择了同一地点。这如同地质年代层级叠加般的“隐士迭代”，实在是一种奇妙的机缘。不过，他们“归隐”此地的心态和目的，却有着根本性的不同。

王维的归隐遵循内心的召唤，为“明月松间照”而来，为“人闲桂花落”而来，为“漠漠水田飞白鹭”而来，是怀着“晚年唯好静，万事不关心”的避世之情而来。

四院的“隐士”们是遵照国家指令，为“核弹高置昆仑巅”而来，为“五洲震荡风雷激”而来，为“扫除一切害人虫”而来，是怀着“为有牺牲多壮志，敢教日月换新天”的豪情，是为了铸造“全无敌”的大国重器。

四院在辋川勘察地形准备建厂时，此处还有一座遗迹。那是一个叫“鹿苑寺”的三进院落的寺庙，南北长约270米，东西宽约120米，瓦砾堆积厚0.3—1米，地表遗物丰富，有青石莲花柱础、绳纹手印砖、素面筒瓦等。柱础呈六边形，直径1.2米，高0.23米。

据《新唐书》《蓝田县志》记载，王维晚年笃信佛学，母亲去世后，将居住的辋川别业改建捐为佛寺，初名“清源寺”，后更为“鹿苑寺”。

据传该寺在唐末战乱时就曾被毁，后来又多次经历重修被毁。新中国成立时，因战乱年代无人修缮，破败不堪仅剩残迹。但寺庙门前，尚有明清之际刻立的《辋川图》《辋川诗》等石刻 20 余块。

1969 年，四院开始在此修建发动机金属壳体厂时，将王维墓和鹿苑寺遗址推平，寺前石刻被蓝田县文管所收藏。

《蓝田县志》(1994 年 7 月版) 记载：

王维墓，位于辋川乡，白家坪村东 60 米处，墓地前临飞云山下的辋川河岸。原墓地约 13.3 亩，西起四院 14 号储蓄所，东至公路下，前至 8 号车间，现被压在四院 14 号厂房下。墓前遗物有清乾隆四十一年（1776）督邮程兆声和陕西巡抚毕沅竖立碑石两座，“文革”中被毁。其母亦葬在此地，《新唐书·王维列传》：母亡，辋川第为寺，终葬其西。交通部六处修辋川公路时，将王维母坟塔毁坏，发现有三彩陶片、白瓷碗、碟、壶、盂等文物。

保留下来的遗存，只有鹿苑寺前那棵郁郁苍苍的银杏树，据说是王维亲手所栽，树冠高 20 米，树径 1.8 米，每到秋季，一树金黄。还有一块清代修立的《唐右丞王公维墓》碑石也被保留下来，只是被搬到几百米外用于备战隐蔽的水洞里，当作垫平地面的石料了。

20 世纪六七十年代，太多旧时代的东西都面临着同样状况，那些都是“四旧”，都是要被抛弃的“糟粕”。人们将其砸烂抹平，不会有“焚琴煮鹤从来有，惜玉怜香几个知”的痛惜之情，只有“金猴奋起千钧棒，玉宇澄清万里埃”的欢欣鼓舞。

不过，在同一时期，筹建新基地的四院职工们也曾非常负责任地保护了一处极为珍贵的文物——被誉为“中国第二敦煌”的水陆庵。

四院负责研制发动机复合材料壳体和结构件的43所，派出17名先遣队员来到蓝田，进行基建准备工作。43所选址位于蓝田县城东10公里的普化镇王顺山脚下，蓝田县政府便将附近那个称作水陆庵的废弃空庙借给他们，用于办公、住宿。

水陆庵那地方，前不着村，后不着店，从王顺山流出的蓝水河环绕水陆庵而行，将这里围成个三面环水的“孤岛”。通往县城或43所新建区的大路，就在蓝水河的对岸，无论是每天去工地上班还是去县城采购，都要渡过那条河。河面上只有当地农民用两根树干绑在一起架在两岸间的简易“双木桥”，这座简易桥是通往外界、运送物资的唯一通道，被大家称为“生命线”。夏秋两季洪水一来，“生命线”就被冲走了。被困在这边的先遣队员们就得去山边砍两棵树，或在河边守着捞取上游漂下来的独木桥，等洪水消退重新修桥“续命”。

先遣队员们并不在意这些困难，他们都是经历过艰苦的人，住过草棚、睡过光床板，现在能住进大庙里的砖瓦房，条件已经很好了。搬进水陆庵的第二天，他们就在庙门两边贴了一副壮志豪情的对联——“身在大庙胸怀全局，脚踏青山放眼世界”。

水陆庵是一座始建于隋文帝开皇年间（581—600）的寺庙，香火一直延续到20世纪60年代初。“文革”开始后，庙里的僧众都被勒令还俗，只留下河滩地里的空庙。

水陆庵西侧有五间大殿，每间大殿从墙角到房顶的墙壁上，都层层叠叠布满了施彩的浮雕、圆雕泥塑，几乎占满了殿内所有空间，大大小小共有几千尊。大殿内光线不足，昏暗阴沉，彩色塑像长时间无人打扫，落着厚厚的灰尘。

队员们都不愿意去大殿，一来因为塑像占据了大部分空间，里面太狭促；二来因为光线昏暗，独自站在其中，那些密密麻麻的塑像从四面八方怒视着自己，景象着实有些吓人。他们办公和住宿都在南北厢房，即便后来派来的人员越来越多，厢房已经住不下了，他们宁肯将一间厕所填平改造后住进去，也没人愿意住进西侧那几间大殿里。

大殿里的泥塑都属于“四旧”，那时是要被破除的。可先遣队员们没时间干这些事，抢建工厂的任务比破“四旧”重要得多。43 所负责研制的非金属复合材料，是新型固体发动机壳体和喷管急需的关键材料，上级要求他们，必须尽快在蓝田建成研制生产区并投入使用，他们哪还有工夫去理会这些泥塑。

几间大殿办公、住人都不合适，却可以堆放些资料、杂物，于是他们将几十张草席连接竖起，遮住四周落满灰尘的塑像，将大殿“物尽其用”地改成了仓库。

县里的造反派、红卫兵们都是土生土长的本地人，知道水陆庵里有大量的塑像，曾策划前来破“四旧”。但 43 所驻扎此处，“保密单位”岂是他们能够擅入之地，破“四旧”的计划只能搁浅。

多年后，研究所的办公室、厂房、宿舍全部建成，大庙交还当地政府时，打砸风潮早已过去。水陆庵里，那些大大小小 3700 多尊精美的泥塑，幸运地躲过了灭顶之灾，成为现在国内存留数量最多、最完整的泥塑群。

三

四院从 1966 年便开始在蓝田勘测规划新基地，因为三线建设的急迫性，这里的建设采用“规划好一处就先开工一处”的方式。1970 年 10 月，规划布局整体方案获得批准，蓝田新基地的建设便进入全面施工阶段，所有的工地都开始忙碌起来。此时，需要的人手越来越多，四院便逐年增加了派往蓝田的基建人员。

1974 年，小型发动机装药生产线建成，四院抽调出三分之一的人员，作为第一批搬迁者从呼和浩特迁往蓝田。他们不仅要进行发动机生产，还要参加新基地的建设工作。

徐桂林、温荣书夫妇便是第一批搬迁的成员，那边的基建工作有大量的物资需要运输，急缺卡车司机，徐桂林就是很好的人选。为了让他安心工作，上级将温荣书从装药车间调出，跟他一起搬迁蓝田，到院机关资料室负责资料图书保管工作。此时，夫妻俩已经有了三个孩子，全家五口便搬去了蓝田。

早在一年前，他们就听说要搬迁的消息，只是不知道具体搬迁的时间，于是便提前从泸州姥姥家接回了大儿子徐立平，做好随时搬迁的准备。

徐立平被接回呼和浩特南地大院儿时，已经 5 岁多。在他眼中，四年没见过面的父母就是陌生人。以至于回家后长达半年多时间，他都很少说话，也不开口叫爸妈。成年后，他性格较为内向，说话也颇为腼腆，也许跟童年的那段经历有着某些关联。

那时，徐立平的弟弟徐凡平已经 3 岁多，妹妹徐艳平刚出生。弟弟妹妹很幸运，一直跟着父母生活，没有经受分离之苦，也没经历过重新相聚时的那种疏离和陌生。虽然徐立平后来逐渐习惯了与父母相处，但像弟弟妹妹那样可以跟父母随意撒娇耍赖的亲近感却始终未能建立。

徐桂林家的老邻居叶定友此时已是研究室的主任，他所在的设计室也分出部分人员搬迁蓝田，进行“东方红二号”卫星远地点发动机的研制工作。

作为设计室的负责人，叶定友也在那时去了趟蓝田，为的是安顿好内迁人员的工作和生活。事实上，四院将三分之一的人员先期搬到蓝田，就是为了研制这台远地点发动机，已经建成的小型发动机装药生产线，就是这台发动机的配套设施。

叶定友匆匆赶去，又匆匆返回，因为他负责的反弹道导弹发动机依然在呼和浩特的基地进行研制。蓝田那边的大型发动机生产线正在建设中，还不具备搬迁的条件。邢球痕负责的潜射弹道导弹发动机研制任务也同样留在呼和浩特。

其实，那时上级部门已经确定尽快将四院所有单位内迁蓝田的意向。1975 年 6 月，七机部召开科研生产整顿会议，七机部部长向刚刚复出恢复工作的国防科委主任张爱萍将军汇报潜射导弹研制情况时说，可以考虑四院机关先行搬迁到蓝田，研制潜射导弹两级发动机的单位留守内蒙古呼和浩特继续完成任务。副院长杨南生也是这样的意见，因为蓝田基地虽然地处三线山区，生活条件更艰苦些，但科研生产设备却是当时国内最先进的，他希望赶紧搬过去利用那里的设备，开展多种单项技术的预研工作。在前些年的型号研制工作中，因为没有预研技术储备，型号整体和分系统单项技术同时进行，技术难度很大，人力、物力的消耗也很大。杨南生想打破这一局面，提前开展下一代发动机的预研工作，做好技术储备。

列席会议的邢球痕也提出了自己的看法，“我们的潜射导弹发动机正在研制，试车经常失败，许多技术难关还没有突破。这时候搬迁，至少一两年无法正常工作，并且那边的大型发动机生产线也没建好，会对研制带来很多不利影响。所以我们现在不能搬家，院机关也不能搬。就像打仗一样，指挥机关要在前线嘛”。那时，邢球痕不仅是潜射导弹发动机研制负责人，还担任着负责发动机设计的 41 所所长职务，对于研制状况和单位内部状况很清楚。

张爱萍将军恢复工作后，将航天系统中三项重大项目确定为必须尽快完成的重点任务，业内称为“三抓任务”，潜射导弹就是其中一项。他当然担心四院的搬迁会影响到任务的按时完成，听完各方意见后表态：“我同意邢所长的意见，打仗时，指挥机关要蹲在前线！现在，四院不能搬家。”

于是，四院很长一段时期都保持着这样的状态，已经搬迁的少部分和留守的大部分就这样分隔两地各自开展工作。

不过杨南生还是坚持要去蓝田，院机关不能搬，他就自己先搬过去。这一切就是为了尽快将预研工作开展起来，为下一代型号研制做准备。

四院部分人员先行搬迁到蓝田，也让留守呼和浩特的职工们觉得可能很快开始搬迁，他们和徐桂林夫妇一样，纷纷将送回老家寄养的孩子接回身边，提前着手搬迁的准备。没想到现在又不搬了。好处是，很多家庭都因此得以再度团圆。

不过，那些职工们很快又发现，因为几年的分离，孩子跟他们没有亲近感，双方都成了彼此的陌生人。那一代四院职工子弟，大都与父母之间有着或多或少的隔膜和疏离感。尤其是那些到小学、初中毕业后才被接回大院儿的孩子，与父母的隔膜感更加强烈。甚至，还带有一丝怨恨，并且在之后很多年间都难以化解。这是航天四院老一辈人心中的痛，也是他们子女心中的痛。

第七章

留守儿童

一

王庆利是 1968 年四院大院儿里那批“新生婴儿潮”中的一位，她的父亲王士宝在四院科技部计划处负责科研管理工作，母亲蔺桂芳在资料室负责图书管理工作。

她的童年经历跟徐立平几乎一样，刚满一岁时，中苏边境冲突爆发，她就被送回内地外婆家，成为中国第一批“留守儿童”中的一员。那时，对于父母，她没有亲近感，只有满腹怨恨。因为在她的童年记忆里，父母“随时就把我和弟弟送回老家了”，那种不安和无助，在她心中留下了太深的印象。

她的父亲王士宝是 1963 年分配到四院的，那时还是固体发动机研究所，驻扎在泸州。王士宝那年 24 岁，刚从北京航空航天大学毕业，怀着为国家献身的豪情来到此处，立志要当一名工程师，为祖国国防现代化做贡献。

王士宝只在设计室工作了一年，就被调到科技部计划处，负责科研管理工作。在所部机关办公楼里，认识了资料室的蔺桂芳。蔺桂芳性格开朗，爱说爱笑，声音脆亮，她比王士宝小 6 岁，工龄却比他长 2 年。

那是 1961 年固体推进剂研究室在西安三所的时候，在西安周边区县招收了几百名初中、高中毕业生来当试验工。招收的标准很严，学习成绩必须是班级前三名，并且要通过严格的体检和政审。家在渭南县的蔺桂芳便是招来的青工之一，那年她初中毕业，刚满 16 岁。

蔺桂芳被分配到资料室，负责图书管理和借阅工作。“那时候，大家的奋斗精神特别足，都在拼命地学习、工作，一门心思地想赶快拿出成绩来。设计员、工艺员都来借资料拿回去看，我这里就特别忙。”蔺桂芳说，“因为我管资料比较好，工作突出，还立了个三等功。”后来她跟着单位搬到了泸州，又从泸州搬到了呼和浩特。

四院脱离军队体系，不再限制内部人谈恋爱后，王士宝、蔺桂芳在那段时期处成了对象。“我们 1968 年年初结的婚。在一间办公室里办了个简单的仪式，大家吃两块糖，嗑把瓜子，喝杯茶。那时候结婚都那样办。”王士宝说，“两户人住一套房里，两间屋子，一家住一间，厨房是共用的。床和桌子凳子是公家配的，我们只有两个放衣服的箱子。”

他们所在的院机关办公大院儿，位于呼和浩特市区东门，距南地科研生产区 30 公里。“那时候是边建设、边研制、边生产，任务特别重。”每天早晨，机关大院的人都乘坐卡车到生产区参加基建劳动。

1968年年底，王庆利出生，一年后，就因边境冲突事态升级，被疏散回内地的外婆家。“必须得送回去呀，那时候搞战备呢，我们还得在这儿工作，后方安全嘛！”蔺桂芳说，“刚把她送回去的时候想得很，忍着呗，还能咋办？院子里各家都一样，都送回去了。”

王庆利的奶奶家在河北张家口，同样是兵家必争的战略要地，于是她被送回远离边境的外婆家。两年后，外婆因身体原因，实在无力照看她。此时边境局势已经缓和，可以接回大院儿生活，但王士宝、蔺桂芳那时工作忙碌，只好又将她送到张家口奶奶家照看。

虽然都是在亲人间“周转”，可对尚在幼年的王庆利来说，见到的都是陌生的环境、陌生的人。每次“迁徙”她都哭闹得声嘶力竭，内心充满了恐惧感，可是“哭也没用，反正结果就是这样”。

直到要上小学时，王庆利才被接回呼和浩特，内蒙古是年满7岁上小学。那时，家里已经分到一套位于二楼的房子，居住条件改善了许多，但她却从没觉得这是自己的家。从记事起只见过几次的爸爸妈妈，同样是“陌生人”。

王庆利还记得，那时候爸爸的工作特别忙，每天回家很晚。妈妈已经怀上了弟弟，却在准备参加大学的入学考试，每天挺着肚子复习功课。谁都分不出精力照顾王庆利，更没时间陪她玩耍、说话，在这个“陌生”的环境里，她只能自己玩儿自己的，很少主动跟人交流。

多年以后，蔺桂芳说起那段往事时，不停地抹着眼泪：“把女儿接回来没多久，儿子又出生了。儿子还没断奶呢，我又要去上大学。我家老王一个人带不了两个孩子嘛，只能把女儿留下，把儿子又送回老家去。那时候，我们院子里别人都把孩子往回接了，我是把孩子送走。送走的前一晚上，我都没睡着，心揪得呀……但是必须得送走。”

两天前的另一个地点，王庆利也回忆着同样的往事。

“我弟出生才几个月，就被送到张家口我姑姑家，我妈考上大学去进修了，家里就剩我跟我爸。我放学后还要做饭做家务，8 岁就学会发面、蒸馒头了……蒸馒头的次数也不多，那时候粗粮多，主要是玉米面窝头，现在说是健康食品，可当时我看见那些就怕了……”

王庆利说着也掉下了眼泪。

“我觉得，我妈去上大学，是我家最艰难的时候。我那时候小，还不懂什么，后来大一些了，就觉得特别不理解，她已经是两个孩子的妈妈了呀！要是我，就不会抛开两个孩子去……那段时间日子真挺苦的，我妈去上学不管我们，我爸对我很严厉，我特怕他……就是……觉得家里没温暖的感觉。”

王庆利反复地说着那句：“我搞不懂我妈咋想的，当时已经有两个孩子了，一个还是刚出生的，为什么必须去上这个学？”这是她心中最大的疑惑，也是造成此后多年间母女关系紧张的根源之一。

蔺桂芳说：“我那年31岁，不想一辈子当资料管理员，我要干更有价值的工作，必须上学提高。那是大学最后一次在单位职工里招生，如果不去，我就再没机会上学了。”蔺桂芳说着，眼泪又流了下来。“我知道孩子们对我有怨恨，我心里的难受，都没办法说……”

进入大学的蔺桂芳，是班里年龄最大，也是最刻苦的学生。她初中毕业就参加工作了，高中课程都是自学完成的，基础并不好。再加上记忆力也不如年轻时了，就必须付出比别人更多的努力去学习。“我白天上课，晚上看书做题，每天晚上都学习到12点以后。连星期天都没休息过，全是在学习。用的就是笨办法，一遍一遍地学。”

蔺桂芳在学校苦撑时，王士宝带着女儿王庆利也在家中苦撑。

“儿子送回老家了，我一个人带着女儿。”王士宝说，“那时候工作任务很重，很紧张，反导导弹发动机、潜射战略导弹发动机……好几项国家重点任务都在同时进行，加班加点地干呢，我也到各单位去跟着进度走。那都是国防需要的重大项目，任务是第一位的，家庭、孩子只能尽量照顾了。”

实际上，那时候的王士宝反而受着女儿的照顾。“她很能干，才上一年级，那么小就会做饭了。放学回来做好饭，等着我回来吃，吃完自己去写作业，自己去睡觉，都不用我操心。梳头扎辫子，都是她自己做。”

幼小的女儿这么早就开始当家，王士宝很心疼，却没别的办法。“姑娘还瘦瘦小小的，营养不够。那时候生活条件不好，食品都是定量供应，粗粮多细粮少，每月一斤半的肉，内蒙古也没别的菜，就是土豆、萝卜、大白菜。”

王士宝原打算，就这样带着女儿撑过这三四年，直到有一天发生了一场意外，让他改变了主意。

那天他去试验站参加一次发动机试车，回到家已经是晚上 11 点多了。他家住在二楼，“家里灯亮着，敲不开门，喊她也没人答应”。王士宝一下就慌了，“我女儿可能出事了！”家里生着煤炉，会不会是煤气中毒……他慌乱地猜测着，几步跨下楼梯，摸黑在院子里到处找梯子。

敲门声和叫喊声惊醒了邻居，几个人出来一起帮他找到把梯子，架在他家窗沿边。王士宝已经急得手脚发颤，爬梯子都踩不稳，险些摔下去。扶梯子的邻居都叫着：“别慌、别慌！”他爬上窗台，敲碎一块玻璃，开窗跳进去。家里没有煤气味儿，屋里所有的灯都开着，女儿蜷在床边靠墙的角落，紧裹着被子睡着了。

“那次把我吓坏了！当天晚上就想，她得有人照顾啊，还是送回老家吧。上完一年级，就把她送回老家去了。”王士宝说。

王庆利就这样不断地在老家和父母家往返，让她极为苦恼。“每次都是刚有几个玩得好的同学，我就又走了。”于是，王庆利越发不爱与人打交道。她的童年和学生时代，没有发小，没有好朋友，更没有闺蜜。

上初中后，她又被接回呼和浩特，可进入青春期的她甚至跟父母一句话都不愿意说。“心里对他们有怨恨，当时爷爷奶奶还在世，每到放寒暑假，我就想回老家去。”在她心中，爷爷奶奶那里才是自己的家。

在四院大院儿里，这种状况并非个例。与王庆利同龄的那些第一代“留守儿童”，都与父母有着或多或少的心理隔阂。

二

1981 年，蔺桂芳大学毕业回到呼和浩特，姐弟俩也被接回家中。一家人终于团聚，此时王庆利本应能够得到更多关爱，可实际情况却是蔺桂芳和王士宝忙乱得顾不上孩子，13 岁的王庆利还得承担起照顾弟弟的责任。

此时，王士宝被任命为发动机装药厂厂长，全权负责生产工作。发动机厂在南地科研生产区，他家却在东门机关大院，两地相距30公里。“这是关键的生产单位，跟高危化学品打交道，安全第一，很操心。装药生产过程不能中断，工人三班倒，厂长可没人倒班，我就得住在厂里，一个礼拜回一次家。有一次为了赶任务，我三天三夜没睡觉，连轴转。”王士宝说，“在厂里住着，晚上也睡不好，尤其到了冬天，就怕锅炉房出问题。产品生产时不能受冻，冻了就报废了。内蒙古的冬天气温低至−30℃，暖气锅炉就不能出问题，我经常晚上到锅炉房去查看，有一点故障马上安排人员去排除。”

蔺桂芳毕业回来后，被分配到 41 所材料室工作，也在南地办公。每天必须提早一个多小时出门赶班车上班，下班后再坐一个小时的班车才能到家。“儿子刚接回来时 5 岁多，没联系好幼儿园，我只能把他锁在家里。他一个人在家害怕，我去上班时，他抱着我的腿哭着说：妈妈你别走……”

在父母眼中，13 岁的王庆利已经是大孩子了，“后来儿子放到幼儿园了，他姐也能帮着接送一下”。可王庆利的内心也同样渴望关爱，那时却觉得自己是被忽略的人，她便用沉默与父母对抗，感情越发疏离。

“她跟我一句话都没有。我当时想着，不说就不说吧，等她长大了，可能就能理解我们了。”蔺桂芳长叹一口气，“庆利跟我们没话，跟她弟话多，姐弟俩亲得很。有一回姐弟俩在里屋聊天，我听见她说：我觉得咱爸咱妈根本就不爱咱们。我在外面站着，眼泪当时就流下来了。”

蔺桂芳说着，又抬手抹了把眼泪，坐在旁边的王士宝捅捅她的胳膊，“这都过去的事儿了，还说啥！现在不是都好了吗？闺女、儿子都知道关心你了！”

“我想起这些就难过，那些年我心里有多委屈，我还不能说说！”蔺桂芳跟她女儿的性格完全不同，她心直口快嗓音亮，语调高亢并且颇有感染力。说起高兴的事笑声爽朗，说到伤心处泪眼婆娑，毫不掩饰自己的情绪。

大多数家庭中的夫妻，都是有一个爱说话，另一个话不多，蔺桂芳家也是这样。她丈夫王士宝开口说话前会略加思索，条理清晰，语调沉稳，语速平和。在女儿印象中，他是个做事特别严谨的人。

“总的来说，我们对孩子们都挺好的。”王士宝说，“基本生活都有保障，长大后也都在我们身边。现在工作、生活也都很好。”这是那一代人的标准思维模式，他们没有精力去关注孩子会有什么样的心理需求，其实，更主要的是根本没有这方面的意识。他们出生在战乱年代，经历过物质匮乏的时期，在他们看来，让孩子吃饱穿暖就是父母付出了最大的爱，已经尽到了父母最大的责任。

“我们真正亏欠的，是我们的父母。”王士宝说，“十几岁就离开家上学，后来跟着单位天南地北地走，没在他们身边尽过孝，还给他们增添负担帮我们带孩子。老人操劳了一辈子，没跟我们享过一天福……”

说完这番话，王士宝便沉默下来，双眼茫然地看着搭在桌角的右手，两根手指无意识地抠着桌面。蔺桂芳低着头，轻叹了一声，将手中揉成一团的纸巾扭绞得更紧。

特殊的历史时期和特殊的工作环境，造成了四院大院儿里这种带有普遍性的、令人心酸的家庭成员间的关系。但这样的状态和关系的背后，是一大批甘愿为国家、为国防事业忍受一切艰辛，付出自己一切心血的奉献者，映射着老一代军工人“国家第一、国家至上”的精神世界。

第八章

牺牲

一

湖北襄阳42所展览室后部，一个颇为醒目的展柜里，摆着一块比瓶盖略大的圆形金属片。那是一只老式“上海牌”手表的表盘，盘面略微扭曲褶皱，还蒙着一层淡淡的泥色锈迹。那只表盘上，没有指针，却能清晰地看见三根指针的痕迹，时间停在8时34分53秒的位置。旁边的卡片上写着“7・11事故中牺牲的戴学华烈士遗物”。

四院的那些已经退休的老一辈科技人员，都记得那场“7・11”事故，并且也都知道那次事故的惨烈情况。

1979 年 7 月 11 日，襄阳西部山区的郭峪山沟里，42 所六室在进行高能药剂混合操作时，发生严重爆炸事故，戴学华、杜品芳两位女操作员当场牺牲，正在进行的高能推进剂研制工作也因这一事故被迫暂停。

展柜中的那只表盘，是爆炸过后在现场找到的，表盘上的指针印，是冲击波将三根指针嵌进表盘，记录下的爆炸发生时间。展柜上方的墙面上，悬挂着戴学华、杜品芳两位烈士的大幅黑白照片，显然是由一寸工作照翻拍放大而成，模糊得看不清相貌。照片旁，只有一段简短的文字讲述了两位烈士的事迹，她们是为研制用于潜射导弹的高能推进剂而不幸牺牲。

她们正在配制的推进剂，就是42所专门搬到襄阳，参与“武汉大会战”，与十几家研制机构耗费几年时间，都未能攻克的那款高能推进剂。集中会战改为各自返回分头研制后，42所又花费几年时间使研制取得了一些进展，配出了一些小剂量的样品，准备扩大配制剂量，进行更进一步的性能测试工作。

去武汉参加过“会战”的丁汝昆，依然从事着这一任务的研制工作。他是戴学华、杜品芳烈士的同事，事故发生时，丁汝昆就在现场。时隔几十年，他讲起那天的情形时，依然心有余悸：

那天早上上班后，我们就开始配制推进剂。第一步是预混工序，在防爆间里操作。原材料就是我们从青海运回来的那种高敏感度化工品，那天领出来大概三公斤吧。

这种原料很敏感，我们以前进行试验的时候，发生过爆炸，那是在胶化机上炸的，好在没造成事故。不过，干预混这道工序的时候没炸过。之前，0.2升、0.5升做试验都成了，这次进行1升容量的预混。

这1升里面，有600克含能很高的高敏原料，我们要配入其他组分进行预混，让它的敏感度降低些。另外还有两公斤多的待用原料，放在工房的墙角，准备分批预混。

这种原料的吸水性特别强，放一点点在外面，很快就出现水滴，所以预混工序是在一个封闭式的有机玻璃操作箱里进行。操作箱内有干燥剂，相对湿度控制在百分之二三十。箱体上开两个孔，孔上有橡胶手套，操作者把手伸进手套，在操作箱里把原料放在一个搪瓷盘里进行混合。

那天，戴学华在防爆间里，站在操作箱前搞预混，杜品芳负责给她递原料。我在防爆间外面，提前准备下一步工序。

戴学华是操作工，这个人很勤快，做事认真，给她布置什么任务，她很积极，干活比较快。杜品芳是哈军工毕业的，她做事也比较细心的，工作很认真。

杜品芳给戴学华递了原材料，出来跟我说："大丁，马上完了啊，你准备。"因为预混工序完成后，都是我进去拿混合料，不让她们女同志送出来，毕竟是危险的东西嘛。

当时我正在填跟踪表，就是记录每道工序的操作过程什么的。表头上的日期啊、天气情况啊，要提前写好。我说："正填表头，马上就去。"杜品芳就进去了。

我这表头才填了一半，身后就"嗵"的一声，炸了。我听见的声音不是很大，因为防爆间的墙壁有半米多厚，靠我这边的墙上没有窗户，只有一个门洞相通，门洞里两道门，靠外边是铁板门，里边是水泥门。

我听到里边爆炸声都傻了，愣了一下才反应过来，就赶紧过去想看一看。还没到防爆间的铁门前，第二声爆炸又响了。其他人在旁边的楼上，听到爆炸声都跑下来了，我们一起进防爆间去查看。

没进去的时候我还没觉得什么，进去一看到那个场景，才觉得害怕了，真是不由自主地发颤。

防爆间后面的墙开着窗户，就是为了发生爆炸时泄压的，那些玻璃窗连窗框都被炸没了。后来分析，是操作箱里那600克高感度原料先爆炸，三四秒之后，墙角那两公斤多的原料发生殉爆。戴学华、杜品芳两人当场就牺牲了，现场……没法说！太惨烈了……

因为两名现场操作者当场牺牲，没人知道爆炸发生的原因。丁汝昆觉得，不会是操作失误，因为杜品芳在哈军工学的就是推进剂专业，戴学华是有着十多年工作经验的操作工，并且，这个配方此前已经出过事故。0.2 升配方试制时，她们也都见到过胶化机上发生的爆炸。甚至早在“武汉大会战”时，同事杜天德的手也曾在工作中被炸伤。“我们研制组的都知道这事情危险，平常都特别小心。”他认为，就是当时对高能原料的特性了解不足，还不具备进行研制的技术条件，才导致了这次事故。

事实上，这个高能配方刚提出的阶段，就有反对的意见。丁汝昆的校友、同事侯林法就是反对者之一，“这个原料比较危险，它吸水，根本放不住，所以要用其他组分把它包住，这个家伙安全性不高。当时知道危险，但是不知道有那么厉害”。

杜品芳的丈夫严忠伟那时也同样持反对意见。他是毕业于中科大的研究生，42 所的技术骨干之一，曾明确表示“不要搞这个”。反对的原因，就是当时的技术条件还不具备开展研制的能力。

但这个配方的研制工作被批准立项后，无论是支持者还是反对者，都明知危险重重，却依然投身其中，“既然有这个任务，再危险也得干啊！”

只是，研制进行了几年，却发生了这次令人痛心的事故。

杜品芳壮烈牺牲，留下一双儿女，小女儿还不到3岁。戴学华同样留下了两个年幼的孩子，大女儿张敏刚满8岁，小女儿张艳不到6岁。

事故发生后，七机部为抚恤烈士家属，可安排牺牲者的家人调回自己家乡工作，杜品芳的丈夫便带着两个孩子去了北京。张艳的父亲不愿回四川老家，依然带着她们姐妹在山沟里生活，一直在42所工作到退休。姐妹俩长大后也都在航天四院工作，姐姐张敏在院部，张艳分回了42所。

幼年时便失去母亲的经历，是张艳心中不能触碰的伤疤，她甚至都不敢想起妈妈。展览室与她所在的人力资源办公室在同一楼层，相距只有十几米，那里有她母亲的照片，还有那只印着指针痕迹的泛黄的表盘，她却一次也没进去过。甚至平常在楼里办事，她宁愿绕路，也不愿从展厅门口走过。

每年新员工入职，都是张艳心情抑郁的时候。因为“7・11”爆炸事故和牺牲的戴学华、杜品芳烈士，是对新员工进行安全教育和航天精神教育时必讲的内容。无论是那次事故，还是她的妈妈，都是她不愿想起的。

二

爆炸事故发生时，张艳还只是幼儿园大班的孩子，对于妈妈戴学华的记忆，只剩下一些支离破碎的片段。而这些往事，也因为压在心底太久，很多细节都忘了。她只能在交谈过程中，努力回想，东冒一句、西冒一句地说出来。

我记得她手很巧。夏天，给我穿的衬衣绣上花，很普通的白衬衣就变得很好看。冬天，给我和我姐做棉大衣，一人一件，样式都一样，只是大小不一样。后来……就没有人给我们做衣服了……我现在也不会做针线活儿，小时候没有人教。

我妈对家里的付出比较多，她去世前，我爸几乎没干过家务事。我爸是搞科研的，一天到晚扑到工作上，他以前得的奖挺多，我记得家里有一些奖状。后来我妈去世了，我爸好像也没得过什么奖状了。

小时候，我们住在郭峪山沟里，家里很简朴，但是一家人其乐融融的。我记得，晚上在家属院看露天电影，山沟里很冷。看完电影回家，我妈就给每人冲一杯麦乳精，我到现在还记得那个场景，那种温暖，那个味道。妈妈去世后……再也没有那种场景了。

……我还记得，她做的面条很好吃。

小时候我妈还带我到工房去过，就是她上班的地方……好像那儿不应该带小孩去哈，但是我去过，大概是全所的一个什么活动吧。我还记得，到了那个地方非常高兴。

大院儿里的长辈们跟我们提起我妈，都说她性格好，容易接触。

爆炸发生当天的事情，她记得很清楚。

“那天，我听到爆炸声了，幼儿园离我妈上班的地方不远。那时候我不知道发生了什么事，爆炸声过后没过多久，我就被接到我妈一个同事家里去了。在她家玩儿了一天，也没人跟我说为什么接我来这儿。到了晚上，我就要找妈妈，以为她忘了接我。后来，我被送回家以后，看见我爸、我奶奶、我姐在那里哭。我就很害怕，又没看见妈妈，便也开始哭。”

她不记得是如何得知妈妈去世的消息了，但她记得，听到这消息后，她不相信，总觉得妈妈还在，过一会儿就会推门回来。可是过了很久很久，妈妈再也没有回来。她只能大声地哭，希望妈妈能够听见。

“我姐和我不一样，她跟奶奶更亲一些。”姐姐张敏比张艳大两岁，出生不久就被送回四川老家，直到上小学时，才回到父母身边。“当时奶奶也在我们这儿住，所以对她的影响可能小一点，她后来的性格也比我开朗。我是妈妈自己带着的。”

张艳说，长大后很少再想妈妈。“已经不在了，想也没有用。妈妈遗留的东西，现在也没有了，好像……只有一张照片。以前还有我妈的一些衣服，我上初中时还穿过，那会儿小孩都比较简朴。后来，也不知道到哪里去了。有一件小时候的大衣，妈妈给我做的。一直放在柜子里，留了很久。后来我在外地上学，我家搬家的时候我不在，不知道是被扔了，还是丢到哪去了……哎，留着又有什么用呢？看着就是伤心嘛。”

张艳从提起妈妈的那一刻，就开始流泪，此时已经用完了一整包纸巾。

“这些事，基本上我没跟别人说过……这种难过，别人不知道。所以我不愿意提这事……说得差不多了吧……”她擦擦眼泪，决定结束谈话，片刻犹豫后，又提了个问题，“我想问一下，这些会用在什么地方？”

当得知，这是为写一本关于航天四院科研人员经历的纪实类书做准备，将用真实的故事，讲述航天人“献了青春献终身，献了终身献子孙”的奉献精神，她的妈妈和另一位同时牺牲的杜品芳阿姨都会被提及时，张艳忽然改变了主意，讲出了一个深埋在心底的场景。

“那时我还小，但是很多事情都有印象……我记得出事前两天，我妈就说不舒服，她生病了，这个印象很深。”张艳深吸了一口气，“出事的那天早上，她去上班之前……还吐了……就在那个桥那儿。山沟里有一条河，家属区在河这边，厂区在河那边，她上班要过一个小桥到河对面，她在那个桥边上吐的……幼儿园离桥有一段距离……反正……我看到我妈在桥边吐了，印象特别深……看到的就是背影。想起她，就是那个桥上的背影……”

那是她记忆中妈妈最后的样子，那个背影一直在她心中萦绕。她甚至无法断定，那个场景真的是亲眼所见，还是因为思念而将梦境误作真实。但她宁愿相信那是亲眼所见，有那个背影留在心里，她对妈妈戴学华的思念，才有实在的依托。

那座小桥，是山沟里最普通的一座水泥桥，但对张艳而言，却是让她和妈妈阴阳两隔的奈何桥。

张艳还记得，出事后没过几天，所里召开了一场追悼会。

那天，爸爸领着她和姐姐，一起走到家属区路口的班车站。她和姐姐都穿着妈妈为她们绣过花儿的白衬衣，但一朵白色的纸别在衬衣上，挡住了妈妈绣的那朵漂亮的花儿，衬衣右袖筒还套了一截黑纱。

班车停在路口，她还记得，“车里的人很多，连过道都站满了”。车上都是院子里熟悉的叔叔阿姨，所有人都沉默着、注视着上车的他们父女三人。张艳害怕得想哭，紧紧地抱着爸爸的胳膊。最前面的那排座椅却空着，爸爸拉着她和姐姐坐上去，班车便关门启动，向礼堂的方向开去。

对于那场追悼会，张艳只有班车上的这些印象，“在礼堂里面的那些事情……我都想不起来了”。努力回忆往事的她，望着对面的白墙，眼神空洞。

心理学上说，当遭遇重大创伤，无法承受巨大的精神压力时，人的潜意识会启动自我保护机能，选择遗忘这件事，这是“选择性失忆”现象。对于一个当时只有6岁的孩子来说，失去妈妈的痛，也许只能用遗忘去平复。

“后来，我听别人说，那天好像不该她上班，她是替别人去代班的……这事儿，我也没有找人证实过……就算证实了，也没意义了……要是那天她没去，我生活轨迹应该会不一样吧！”

三

张艳还记得和妈妈同时遇难的杜品芳阿姨，“她俩关系比较好，没出事之前，我们两家经常来往，小孩也在一起玩。出事之后，杜阿姨的爱人很快就去北京了，我们两家也就没有联系了”。

张艳说，自己是在妈妈去世后，性格有了变化。曾经爱说爱笑活泼的她，笑容越来越少，渐渐将自己封闭起来。

这场家庭的变故，对于她姐姐张敏的影响似乎小一些，“我姐就是一出生就送回老家了嘛，被我奶奶带大的，所以，她和我爸我妈也不太亲近。后来把她接过来上学，我奶奶也过来跟我们一起住，我妈去世的时候，奶奶还在身边”。

“长大以后，我俩也曾深谈过妈妈去世这事。”张艳说，“她心里也很难过，但是，我觉得不像我的感触那么深。”虽然奶奶对张艳同样悉心呵护，但她从小跟着妈妈生活，这样的心理依赖别人根本无法替代。姐姐张敏幼年时离开父母被送回老家的经历，此时竟成了一种心理保护，她的性格从小到大都很开朗，甚至让张艳觉得有些“心挺粗，大咧咧”的。

妈妈戴学华去世后，骨灰被送回老家四川乐山安葬，家里人几乎不再提起她。只有清明节才拿出照片，立在五斗柜上，摆两盘水果和点心，张艳跟着父亲和姐姐，对着照片祭拜一下。

但这样的祭拜，也只进行了三四年，因为，父亲再婚了。那时，张艳的父亲40岁出头，生活总要继续。继母也是四川人，结婚后调来42所工作。一年多后，张艳又有了一个同父异母的妹妹。

张艳并不喜欢这个重新组建起来的家，“我爸跟继母吵架比较多，工资也是各管各的，没有家的感觉”。并且，在这个家里，她的孤独感更强烈。

父亲对她的照顾，“就是生活上吃饱穿暖就完了，没有谈心啊什么的”，粗线条的父亲没考虑到，敏感的女孩子还需要更多心理上的关怀，“可能，那个时代的人都没这种意识吧”。虽然还有一个比她大两岁多的姐姐，但姐姐有自己同龄的玩伴，与她的交流也不多。“好像每个人生阶段，都很少有人给我提建议，感觉就是自己成长起来的。”

“不过再想想，我爸也不容易。”张艳说道，“现在我照顾一个小孩都很累，他要照顾两个小孩，再后来，要照顾三个小孩，而且再婚后又吵吵闹闹的……他过得不是很好。”

14岁那年，初中毕业的张艳考入华北航空工业学校，学习建筑类相关专业，那是位于河北廊坊的一所中专学校。“我的分数可以上高中，别人家是千方百计让孩子上高中，将来考大学，我们家就想让我早点毕业参加工作。我也想早点离开那个家，因为家庭氛围也不利于学习。唉！现在我觉得，那是个错误的选择……”

1990年，张艳毕业分回42所。那时，42所刚从郭峪山沟里搬到襄阳市郊，还有不少基建项目。张艳被分配到基建处，正好发挥建筑专业的特长。

工作后不久，张艳也按部就班地开始恋爱。男朋友是她姐姐的中学同学，同样是在 42 所工作的子弟。虽然从山沟里搬到了襄阳，但大院儿里的生活状态变化不大，依然是半封闭状态，与周边的“外面人”很少打交道。年轻的第二代职工，可以选择的恋爱对象，也依然是大院儿里的子弟，或分配来的大学生。

张艳的男朋友既是大院儿里的子弟，又是大学生，学的是计算机专业。男朋友的这个专业，也让张艳很满意，因为这工作不必跟危险的化学品打交道。

两人的恋爱进展顺利，双方家人也没有反对意见。对父亲来说，女儿的男朋友是大院儿里的子弟，双方家庭情况知根知底，只要女儿自己满意，他就没有意见。但这却让张艳觉得缺少了关爱，“别人家的父母，会替子女把关呀，我就没有，只能自己判断。恋爱、结婚都是自己做的决定”。这并不是她对自己的男朋友心存疑虑，而是觉得缺少家人关爱，生出“没妈的孩子像根草”的悲凉感。

其实，张艳对这个男朋友很满意，相处了一两年就结婚了。这么快就组建自己的家庭，还有另一个原因，“在那个吵闹的家里待着，也没什么意思。就想赶紧自己成个家，搬出去”。

张艳结婚很早，孩子却生得晚，“这些方面，也没有人提醒……不像别人会有家里人催，趁早生啊什么的……反正没人跟我这样说，也是自己摸着石头过河”。

她的这番话后面，还隐藏着另一段伤痛。

张艳结婚几年后，爱人遭遇了一场严重的车祸，头部重伤。一位 42 所的知情者说：“她爱人长得很帅气，工作也比较出色，已经被列为培养人选，要提拔为部门领导。结果出了这个意外，生活不能自理，那时他们还没小孩，张艳照顾他很多年。后来慢慢恢复，能走路也能从事一些简单工作了，前几年他们才要了小孩。哎……这么多的不幸都落到她一个人身上，真挺难的。”

张艳说，她爱人恢复得相当好，现在行动自如，也能自己驾驶汽车。但也是因此，让张艳很担心。“他开车时，我就总提醒注意安全。有时候弄得他很生气。我也知道这样总说他，不好……”

经历过严重车祸的丈夫，能够康复并重新驾驶车辆，必然要付出超出常人的努力，但在开车时却总被强调安全，会让他觉得是对其尊严的伤害。

而张艳经历过因突发事故失去家人的痛苦，一个突然破碎的家对一个孩子会造成多大的伤害，她有着切身的体会，她本能地对任何可能造成意外的状况都充满恐惧。“……反正，能自己控制避免的，就要尽量去避免。”张艳说完，长叹一口气。

四

张艳的孩子降生于 2013 年，“是个男孩儿”。只有说到孩子时，她才止住了泪水，连目光都柔和起来，仿佛那孩子就在眼前。

“我生小孩时，我姐专门请假回来，她调到四院院部了嘛，在西安那边工作。那段时间她一直在医院照顾我，各方面也考虑得非常周到。”

母亲去世之前，姐妹俩的关系并不是特别亲密，母亲去世后的那几年，两人依然不太亲近，张艳甚至还对大她两岁的姐姐有几分惧怕。随着年龄的逐渐增长，她们才越来越亲密。张艳的儿子出生，姐姐张敏专程赶来照顾月子，这让张艳感到特别温暖，“我觉得，她做得非常好”。

那时，张艳的娘家，也只剩下这个姐姐在身边了。

七八年前，退休的父亲突发脑梗死，又引发脑萎缩，瘫痪在床失去自理能力，需要有人 24 小时在身边照顾。在此之前，吵闹了十几年的第二任妻子跟他离了婚，回了老家。三女儿技校毕业，在 42 所工作没多久，便辞职到南方沿海城市工作。大女儿张敏、二女儿张艳都在上班，根本无法全天照顾父亲。姐妹俩商议之后，只能将父亲送回四川老家，请姑姑照顾他的生活。

送父亲回老家的事情，也是姐姐操办的，她小时候在老家长大，一直与那边的亲戚保持着联系。张艳没有回过老家，那里一切的人和事，对于她来说都是陌生的。更重要的原因是，妈妈就埋葬在那里，她不敢去面对那座坟茔。

直到孩子一岁的时候，张艳才带着他，第一次回了老家。“带孩子回去可能好一些呗，有下一代了，也算是完成了一个任务吧。”她专程去妈妈的墓前祭拜，但没有把孩子抱过去。“跟很多亲戚一起去的。当时把孩子留在下面的车里，因为老人们说小孩儿去墓地不太好。”

让她略感欣慰的是，妈妈的坟墓维护得很好，“因为墓地的工作人员都知道我妈妈这座坟，他们说，我妈是烈士嘛”。

没有人知道，一个人要走出曾经的伤痛，需要多长的时间。有些人可以毫不费力地走出来，但是对另一些人来说，却需要花很长时间，甚至会旧伤添新痛。张艳说到妈妈时，总会加一句“想也没用，没什么意义”，但谁都能感受到，已经逝去多年的妈妈在她心中是多么重要。

张艳担心的是，自己的性格可能会对孩子有影响，“父母对小孩的教育离不开言传身教，身教比言传更重要。我也在调整心态，但是，也确实需要时间，过去的事情对我影响确实很大”。

张艳说，孩子将来的上学、工作、恋爱、婚姻这些人生大事，“我一定给他把关”，她语气坚决。她想把自己成长时期缺失的关爱，都加倍地给予她的孩子。

她很喜欢现在的这份工作，“我也是因为工作的原因，必须跟人打交道了。以前在基建处，只搞专业嘛，和人打交道少，可能更封闭一些。现在调到人力资源处工作，性格也有一些变化，接触的人见的事都多了，眼界和心境也开阔了一些……可能，也会更坚强一点”。

她觉得“现在特别幸福”，因为受过重伤的爱人已经基本恢复，孩子也健康活泼。还有，这份工作也是她喜欢的。

单位里的人都知道，张艳是个工作特别认真的人。张艳却说，单位里的人都知道她妈妈的事迹，她必须做好自己的工作，不能让别人有看法。

其实，牺牲的戴学华并没有离去，她一直活在女儿的心里。她让女儿即便面对那么多不幸遭遇，也依然认真地对待自己的生活和工作；她让女儿感受到她对家人的爱，并以同样的方式爱护自己的家人。

航天四院所属的各单位，在几十年研制生产工作中，牺牲的科研技术人员已有数十位，受伤致残的人数更多。外界并不知道曾有这样一群人，为国家的事业献出了自己的生命，这是一群无名英雄。但对于在四院工作的人来说，这些牺牲者都是曾经一起工作、一起笑谈的活生生的同事，他们有名字、有家庭、有亲人、有孩子……他们依然活在人们的记忆中。

第九章

碧海腾龙

一

“7·11”爆炸事故之后，七机部科研局对持续了九年零四个月的高能推进剂“武汉大会战”重新进行评估。虽然这期间的研究工作取得了一定的成果，但是，在仪器设备缺乏、厂房简陋、人力不足、各方面困难都很大的情况下，高能原材料配方的研制难以取得显著成绩，这种长期会战的方式也不利于项目的完成，于是决定正式结束这场关于高能固体推进剂的“大会战”，待各方面条件成熟之后，再行研制。

高能推进剂是为固体战略导弹所研制，此时尚未成功，却停止了会战，固体战略导弹没有推进剂可用怎么办？

其实，早在1970年高能推进剂“大会战”开始之时，42所还同时进行着一款中等能量推进剂的研制工作，该项目由推进剂配方研究室主任袁人锐带领进行。1971 年就完成了基础配方研究，并得到了比冲数据。

此后的几年间，采用不同配比和参数进行大量的试验，最终选出较好的黏合剂。此后又对做药工艺进行反复调整，添加各种小组分，使药浆的流动性、黏结性都得到了改善，为基础配方奠定了基础。

这款中能推进剂原本是专为“东方红二号”通信卫星上的远地点发动机研制的，后来发现其比冲量应用到战略导弹上也是足够的，于是决定进一步研究，拓展应用领域。

1978 年，袁人锐他们采用中能推进剂初样配方，成功进行了 Φ300 发动机装药，试车圆满成功，充分证明这款中能推进剂能够应用到战略导弹的发动机上。此后不久，发生“7・11”爆炸事故，高能推进剂的研制便被叫停，袁人锐他们主导的中能推进剂被推上前台，开始进行 1.4 米直径发动机的扩大试验，并很快取得成功。

前文曾说过，对于固体导弹而言，其核心技术就是推进剂。42 所研制出中能推进剂，已经解决了最大的难题，中国第一款固体战略导弹成功有望。

中国第一款固体战略导弹，就是核潜艇上使用的潜射导弹，发动机的研制工作由邢球痕主抓。从 1967 年开始研制，直到 1978 年，都没有适合的推进剂。

这是研制中的一个极大困扰因素，总是处在“等米下锅”的状态，他们只能先用低能推进剂进行替代。可那毕竟是代用品，很多情况下都不适用，并且，因为壳体、喷管等其他部件材料也存在问题，发动机燃烧试验的成功率极低。

更大的困扰在于，发动机研制时正值“文革”时期，不断受到激进的“掌权派”的干预，身为41所所长和项目研制负责人的邢球痕，还要分出精力与那些“瞎指挥”的行为对抗。

1976 年 10 月，十年“文革”宣告结束，此前的“掌权派”还主管四院的工作。为了向粉碎“四人帮”献礼，他们要立刻进行潜射导弹 GF-05 发动机的试车。

“但是那台发动机已经出现脱黏状况了，还是贯通性的，灌浆进去都流得不见了。在设计上来说，这种现象是绝对不能出现的，可他们还要试车。”邢球痕说。

前几年，他们不顾邢球痕的反对，强迫他签字同意进行 GF-04 发动机的试车，还请内蒙古军区首长来参观，结果 39 秒发生爆炸。

“这次我就坚决不同意。我掌握一条，脱黏是发动机绝对不允许出现的问题，没有解决就不能试车。我为什么能控制不让试车？因为试车的时候，必须用一个‘电嘴’（电爆管）把点火器点着，没有这个东西就没法点火，试不成。这个东西就是我们 41 所掌握的。”

“电嘴”由 41 所器材科科长郑少强保管，邢球痕此前就专门交代，这东西必须有他的签字才能出库。“他们跑到器材科找郑少强去要‘电嘴’，郑少强不管谁来，就是一句话，必须看到我的签字才能给。那些人没办法，就请来林爽院长做我的工作。”

林爽是邢球痕最为敬重的老领导，他是延安时期参加革命的老干部，无线电专家，中国航天事业的创建者之一。“文革”期间被“夺权”，成天挨批斗，那时刚刚恢复工作不久，迫于“掌权派”的压力，来做说客。邢球痕还是没有答应，“我跟他讲，这个不行，是要失败的”。

那些人不断地施压、催促，甚至找来他最尊敬的林爽做劝服工作，让邢球痕感到压力重重。

此时，邢球痕听说内蒙古军区首长来到四院，正在院部向机关干部传达中央精神，便跑到东门招待所去见首长，跟他反映了面临的情况。“我现在挡不住了，他们一定要干。脱黏这么厉害，肯定会失败，这次发动机如果爆炸，会比上次 GF-04 发动机失败时的动静更大。”军区首长对那次失败印象深刻，立刻对坚持要进行试验的人说，必须慎重对待。于是，试车计划被取消了。

“那次要是试验了，林爽就倒霉了。可是没进行试验，拖延研制进度的责任就怨我了，因为没试就没法证明我说得对不对。”但邢球痕至今也没觉得后悔，如果在明知发动机有缺陷的情况下贸然试验，只会给国家造成损失，这是他不能接受的。作为一名科技工作者，他选择对科学负责，对事业负责，对国家负责。

二

1978 年，袁人锐他们用一系列试验证明，中能推进剂能够满足战略导弹发动机的各项指标要求，推进剂的问题得以解决，邢球痕他们的发动机研制工作也由此进入了加速期。

1980 年，潜射导弹上使用的两级发动机地面试验取得了成功。按照计划，要在靶场进行全弹试飞试验。

“在那以前，中国没搞过大型的固体导弹，搞总体设计的也没这方面经验。”邢球痕说，“所以没人跟我说，发动机进行几次试验成功后可以全弹试飞。只是笼统地说，有八九分的把握就可以做了。第一级 GF-04 发动机，我们总共试验 7 次，只有第一次失败，85% 的成功率了。我自己下决心，可以试了，1980 年年底，我们就把发动机交到发射场去了。”

1981 年 1 月 2 日，中国研制的第一款中程固体导弹进行首次发射试验。导弹升空后不久，进入程序转弯时，本该在空中拉出一条优美的弧线弹道，可却突然出现了不规则的 S 形摆动，这是非程序预设的异常现象，导弹自毁装置随即启动，在空中爆炸。

第一款中程固体导弹首飞遭遇失败，让所有参试人员都很沮丧。邢球痕和负责发动机设计的参试队员的心也都悬起来了。“试飞弹刚在空中爆炸，指挥室里宋健就跟我说，你发动机出毛病了。导弹飞行时出现异常，大家首先怀疑的就是发动机，这是惯例。”

几天后，事故分析结果出来了，不是发动机的问题，而是飞行控制系统上一个小小的设计失误，导致了发射失败。

导弹的飞行状态由一个惯性平台系统进行控制，此系统安装在一个封闭的小舱室中，“那上面有一个盖帽，发射前对平台进行检测时，这个盖帽是打开状态的，测试结果都正常。导弹发射时，这个盖帽是关闭状态的。但控制系统的研制人员从来没有做过盖帽封闭状态的检测，问题就出在这里。那个机构的尺寸设计有问题，打开盖帽不会遮挡，但盖上盖帽后，一个活动件就被卡住了，导弹拐弯时无法完成控制动作。这就是检测状态和飞行状态不一样导致的问题，搞航天，一点点马虎就会导致失败”。

发射失败之后，邢球痕他们的发动机又在试车台上进行了三次试验，全部取得成功，进一步验证了发动机的可靠性。这一切，都是为定于 1982 年进行潜艇发射试验而准备的工作。

“当时我们很紧张啊。我说，发动机的可靠性够不够，总得有个标准吧？因为第一次干，谁都没有这方面经验，总体设计部也没有拿出这个标准。那这个标准只能我自己定了，我搞出来了一个公式，论证我这个发动机是可靠的。这份论证书上报到钱学森那里，请他批示。后来有人告诉我，钱学森看后有个评语：41 所发动机设计入门了！这就是批准了嘛。本来参加潜艇发射的试验队中没有我，当时内蒙古主管航天口的七机局让崔国良去，老崔让我也去，我才参加进去的。”

1982 年 10 月 1 日，经国务院、中央军委批准，授权新华社向全世界发布公告：

> 中华人民共和国将于 1982 年 10 月 7 日至 26 日，向北纬 28 度 13 分、东经 123 度 53 分为中心，半径 35 海里的圆形海域范围内的公海上发射运载火箭。

那次发射试验总共准备了三发导弹。

1982 年 10 月 7 日，发射的第一枚导弹就遭遇了失败。导弹跃出海面点火启动后，仅飞行了几秒钟就失控偏离预设弹道，自毁装置及时启动，引爆了弹体。

这对发射试验是一个沉重的打击，海禁期只有 19 天，必须在此期限内找到并排除问题，将后两发导弹的试验顺利完成。否则，这来自全国 109 家单位、3 万多人参与，涉及全国 19 个省市、10 个工业部门，耗费 17 年辛劳的成果，不知又要等待多久才能验证。

更重要的是，自从“海禁”消息发布后，世界强国都在密切关注着这一海域的状况，如果不能将导弹成功发射，将会成为各国轻视中国科技能力的一个“国际笑话”。

参试人员连续工作几天，终于查找到了原因，这依然是一次小问题造成的大事故——导弹弹体某处分离插头提前脱落，导致发射失败。技术人员迅速采取措施，提高了分离插头的可靠性，准备好进行第二次发射。

1982年10月12日，第二枚试验弹在爆鸣声中跃出碧波荡漾的海面，如同一条出水巨龙，在天空中画出一道优美的曲线烟迹，准确落入预定海域。

中国第一款固体战略弹道导弹、第一款潜射导弹的水下发射飞行试验获得圆满成功。这是中国导弹技术一个里程碑式的重要节点！这标志着中国成为世界上第五个拥有潜艇水下发射核导弹能力的国家，也标志着中国具备了“二次核打击”的能力。

同时也标志着，从那时起，中国对火箭发动机技术的应用，才真正得以明确分工——液体火箭发动机主要应用于发射卫星的运载火箭，固体火箭发动机则主要应用于战略、战术导弹。

“发射成功后，大家都很兴奋啊！”邢球痕说，“我们立刻开始准备第三发的试验。”

军港内，第三枚导弹已经装入潜艇，最后一项安全工作检查完毕后，潜艇就要出海发射。可就在这时候，邢球痕他们又发现一个问题：

我们在检查测试中发现，发动机点火保险机构的一个销子拔不出来，这就没办法点火。我赶快让测试人员加大电流，加到最大时，销子拔出来了。我不放心，让他们又放回去再试一次，结果又拔不出来了。

当时我判断，里面有多余物。那个点火保险机构，是某仪表厂负责给我们配套生产的。为了这次试验，我带了20多台备用。去靶场之前，我在办公室里逐台进行过检查，任何一台都是好的，怎么到这里就不行了？！这让我很难为情啊！这么多部门、这么多人的心血搞出的导弹，张爱萍将军坐镇北京指挥这次试验，党和国家领导人都等着消息呢，居然在我们这里出问题了！我以前从来没脸红过啊，这次真是……

但出现问题了，只能向上级汇报。张爱萍的电话马上就打过来了：送回基地检查。同时下令，这发弹不打了，发射试验结束。

试验队的一位技术员急得直抹眼泪，邢球痕心中同样焦急，却安慰他：“别急、别急，有问题也是我这个所长负责。”

他们从潜艇上拆下保险机构带回技术阵地，很快就查出了问题产生的原因。这又是一个检测状态跟工作状态不一致造成的低级错误。

“我真是懊悔得不行啊！我们做了那么多预想和测试，唯独没有想到潜艇里环境温度的问题。”邢球痕说，“点火保险机构的销孔里有一点点润滑脂，我们在办公室里进行测试的时候是8月，夏天气温高，润滑脂是融化状态。发射试验在10月份进行，军港所在的海边纬度比较高，又是早晨，气温很低，销孔里的润滑脂凝结成了固态，就把销子黏住了。长时间大功率通电，再用外力来回活动，润滑脂融化了，销子就能拔出来，再放进去时，润滑脂再次凝固，所以又拔不出来了。哎呀！这个事情太让我难为情了！”

三

那次试验任务结束后，邢球痕和崔国良准备从试验场直接赶往哈尔滨出差，飞机票都买好了，“丁衡高[1]忽然通知我说，张副秘书长马上到，点名要见你们呢”。

丁衡高所说的“张副秘书长”，是主管国防科研工作的最高领导——国防科委主任张爱萍将军，一个月前，刚被任命为中央军委副秘书长。

听到这个消息时，邢球痕心中也不免紧张起来，“我当时想，这是让我去做检讨啊”。点火保险机构的问题导致第三次发射被取消，看来这次是少不了挨一顿批评了。他跟丁衡高提了个要求：“这个保险机构是仪表厂搞的，我想请他们的厂长一起去，解释一下问题，但是希望张主任不要批评他们。”

丁衡高却摆摆手：“这事情还是你自己去说吧。赶紧把票退了，哪儿都别去。”

10 月 21 日下午，邢球痕和崔国良一起走进一间小会议室，国防科工委主任陈彬、航天部部长张钧、总师黄纬禄、局长丁衡高等人都在会场。邢球痕找个座位坐下后，就从随身的包里掏出那套保险机构，放在了座位旁的茶几上。他想拿着实物，向张爱萍将军解释问题发生的原因。

“张爱萍进来后，就让我坐到他旁边去。我心里真是很紧张啊，坐过去就开始检讨了。我说，这次这个毛病啊……张爱萍立刻打断我：不是来听你们保险机构问题的，就是想跟你们随便聊一聊。”

邢球痕说着就笑了起来，“嘿嘿，我没想到会是这样，一下就放心了。那次试验发射，其实是成功的，他很高兴，马上就从北京赶到这边来了。

[1] 丁衡高，1961 年毕业于苏联列宁格勒（今圣彼得堡）精密机械光学学院，获副博士学位。长期从事导弹自动控制系统及惯性器件的研究、设计、试制生产等技术领导工作，中国战略导弹惯性技术奠基人之一。1977 年 9 月至 1985 年 3 月，在国防科工委科技部先后担任副局长、副部长，其间于 1982 年 1 月至 1985 年 3 月代理国防科工委副主任工作。1985 年 3 月，担任国防科工委主任。1994 年当选为中国工程院院士，同年 6 月 8 日晋升为上将军衔。

总体设计部的人他都没见，就接见我们四院的人，这实际上就是在表扬我们啊！”

他清楚地记得张爱萍将军随后说出的那番话：“这次试验成功，在技术上是一个飞跃。你们在内蒙古艰苦创业，流血流汗，敢想敢干，成功地研制出我们国家自己的固体发动机，我向你们表示感谢！”

张爱萍将军与邢球痕颇为熟悉，多年的工作中，两人打过很多次交道。张将军对四院的状况也很熟悉，知道那里的艰苦，知道研制人员的不易。

那时的四院分处两地办公，建设资金重点向蓝田基地倾斜，对呼和浩特基地的投入已经很少。在呼和浩特留守的邢球痕他们，研究设备和工作环境还停滞在 20 世纪 60 年代的状况，“设计条件很糟糕，办公室里烧炉子取暖，图纸上都是煤灰。那种地方，连牛都不愿意进来”。

七机部部长宋任穷曾于 1978 年 2 月 6 日前往呼和浩特四院驻地视察，那天是农历除夕，他去四院 41 所职工家属中慰问，看到职工们依旧生活在十多年前建成的低矮“干打垒”土房里，过年时吃的竟然还是窝窝头、大烩菜，连顿白面饺子都没有……宋部长没想到，这些为国家研制镇国重器的部下们，竟然还过着如此艰苦的生活，他一句话都说不出来，心情沉重地离开了职工生活区。

离开内蒙古前，他便与自治区领导商定，对四院内蒙古基地全部职工给予粮油特供待遇，细粮供应比例由原先的 40% 提高到 80%，食油由每人每月 4 两提高到 1 斤，逢年过节用专列送来大米、带鱼，给职工改善生活。为保证职工正常生活用水，还下拨专项款，在家属区增建了一座高位水塔。

宋部长还做出另一个重要决定，批款盖房，他要给这些为国奉献的部下们盖房。两年后，呼和浩特南地建起了一批楼房，四院各单位多年住房紧张的状况缓解了不少。

1980 年，邢球痕也搬进了新楼房。其实，此前单位里也扩建过几次，盖了不少砖瓦房。一些以前两家住一套“干打垒”土房的职工搬进了新房，留下来的终于可以一家住一套。再后来，单位里人员逐渐增多，扩建的新房子依然不够分，身为所长的邢球痕将换房的机会让给了别人，一直住在那套“干打垒”土房里。

此时他家终于搬进新楼，腾出来的小土房就分给了所里一对新婚夫妇。两个年轻人觉得，所长家一直住着的房子，肯定是好房，满心欢喜地去收房准备入住。结果去了才发现，所长旧居的土墙上，竟然裂着一条大缝，呼呼地往里灌风，看样子已经裂开有些年头了。他们惊异于所长家竟然一直住的都是破房子！并且墙都透风了也没时间补一下！年轻人去单位后勤请来泥瓦师父，将墙缝填补好，又修整了破损的顶棚，才搬了进去。他们也没觉得有什么不好，所长家都能在这儿住十几年，自己住几年也算不上委屈。

外界的人们根本不会知道，四院的科研人员就是在这样的居住条件下，在“牛都不愿意进来”的办公室里，将国家急需的潜射导弹发动机研制成功的。

邢球痕在那次潜射导弹发射成功后，与张爱萍将军会面时，提出了已经具备研制大发动机的技术条件，于是便有了本书开篇时张将军兴奋不已的那段场景。

其实，在与张爱萍将军会面之前，航天部部长张钧就特意嘱咐邢球痕：“见到张副秘书长的时候，必须要提提战略性的问题。”邢球痕说：“张部长，我就是个小所长，战略性的问题，得您来提呀！”张钧部长却回答：“就是你提！”

邢球痕便是带着部长交给的这项任务，向张将军说起大发动机已经具备研制条件的状况。

事实上，早在 1975 年，杨南生副院长抵达蓝田基地后，就在那里开始了相关技术的预研工作。他是带着“东方红二号”远地点发动机项目、“反击三号”导弹的三个发动机的研制项目，以及第二代潜射导弹的技术预研工作前往蓝田基地的。发动机研究所副所长阮崇智也是先行搬迁到蓝田基地的那部分人员之一，在杨南生副院长的带领下，进行着相关的研制工作。

1978 年 8 月 17 日至 31 日，国防科委召开规划工作会议，讨论潜射导弹“上岸”计划，决定以潜射导弹技术为基础，开展陆基固体战略导弹的研制工作。而短短几年间，在杨南生、阮崇智等人的努力下，四院蓝田基地已经先后取得了发动机柔性喷管、推进剂新型芯孔设计、玻璃钢复合材料壳体等十多项新技术预研成果。并且为“反击三号”导弹研制的三个试验型号发动机，都达到了 2 米直径。虽然该型号遭遇“下马”，但相关技术后来都被应用于大型固体发动机上。

邢球痕是在潜射导弹发射前一年，去蓝田基地与杨南生、阮崇智等人会面时，全面了解到这些可喜的进展。他们一致认为，四院具备了研制大型固体发动机的能力。这才有他见到张爱萍将军时，坦然报告“已经具备研制大发动机的技术条件”那番话。多年后，曾主持战略武器型号研制工作的邢球痕回忆说：“如果没有前面杨南生副院长打下这一基础，我们凭什么搞出大发动机来啊？”

老一辈革命家、军工人的心间，都埋藏着固体洲际导弹之梦，他们默默地为之筹备、奋斗数十年，终于拉开了付诸实施的序幕。

第十章

国之重器

一

在潜射导弹靶场与张爱萍将军会面过后两个多月，担任41所所长的邢球痕被直接“跳级”任命为四院院长，开始主持全院的工作。这种任命方式四院此前从未有过，甚至整个航天部各单位中都没有过，其目的，就是为了让他有足够的资源调配权限，尽快研制出三种型号大型发动机。

中国急需拥有采用固体推进剂技术的洲际导弹，这是保卫国家安全的重要装备，是维护领土主权完整、反对国际霸权、树立民族自信心的国之重器。而固体洲际导弹又急需这三种大型发动机。

1983年2月，邢球痕只身一人从呼和浩特来到蓝田基地，赴任四院院长，带领全体职工开始了大型发动机的攻坚之战。

这款固体洲际导弹的初步方案是：以海基发射的中程导弹技术为基

础，研制出用于陆基发射的洲际导弹，由原来的两级导弹，增加为三级导弹，加粗壳体直径增加装药量，以达到洲际导弹的射程指标。为尽可能减轻导弹自重，三个子级上使用的发动机，分别采用不同的壳体材料——第一级用钢制壳体，第二级用玻璃纤维壳体，第三级用有机纤维壳体。

玻璃纤维和有机纤维被统称为“复合纤维材料”，那时欧美国家在制造大型导弹壳体中，早已大量采用此类高新技术材料。而中国此前制造壳体只采用过玻璃纤维材料，从未使用过有机纤维材料。

即便是玻璃纤维材料，此前也仅用于制造发动机喷管，从未用于导弹壳体的制造中，更不用说还是直径达到 2 米的巨型壳体。邢球痕向负责复合纤维材料研制的 43 所下达了“限期令”，必须在要求时间内快速改造出一条生产线，解决玻璃纤维壳体缠绕的设备和工艺方法。

这要求真是让 43 所的设计、技术人员直挠头，那时国内没有厂家能够生产专用的大型复合纤维缠绕设备，他们只能继续“土法上马”，拆装了 50 多台设备，改装出能够满足大型复合纤维材料壳体缠绕作业的中国第一代机械式缠绕机。

可是，改造出的大型缠绕机比现有厂房的高度还要高，如果将厂房顶部拆除加盖，工期实在太长。另外，从保密角度考虑，掀开屋顶，会被卫星从高空俯拍到厂房施工状况和内部结构。从这两方面考虑，都不能采取掀顶加盖的方式，为保证在短时间内投入使用，设计、技术人员反其道而行之，砸开厂房的地面，向下挖地两米，拓展了厂房内的空间高度。

随后，技术人员对设备进行安装调试，并对玻璃纤维的配方、张力测试、排纱等工艺技术问题进行反复研究，短时间内便生产出了合格的玻璃纤维发动机壳体。

钢制壳体和玻璃纤维壳体发动机都具备了研制条件，后续的研制迅速跟进，邢球痕他们的目标是，年底就进行第一级、第二级发动机的地面热试车，完成这两型发动机的模样研制阶段。

导弹发动机的研制过程分为六个阶段——方案可行性论证、模样研制阶段、初样研制阶段、试样研制阶段、定型研制阶段、批量生产阶段。除方案可行性论证和批量生产阶段外，其他各阶段都要经过多次的试车试验，达到该阶段指标要求，并保证极高的成功率，才能进入下一阶段的研制。

1983 年 7 月，钢制壳体发动机便开始生产第一台试验件，研制工作从 2 月份开始，此时就进入试制，进度非常之快。钢制壳体的发动机是此前研制潜射导弹时就已经掌握的成熟技术，只是将直径进行了扩大，大家对此颇有信心。

但发动机即将完成制造之时，竟然出现了大问题——壳体内的推进剂与壳体脱黏了。

推进剂必须牢牢地黏贴在发动机内壁中，如果发生脱黏现象，发动机燃烧工作时，就会导致爆炸。出现脱黏的发动机，要么报废，要么补救。这台大型发动机光是推进剂就有几吨重，价值超过百万元，那时职工们的平均工资还不到一百元，实在报废不起啊。眼看预定的试车时间即将到达，再造一台新的也来不及了。邢球痕便要求发动机生产厂尽快拿出解决方案。

脱黏部分出现在发动机靠近喷管的后部位置，有人提议钻进壳体内，用刀切下脱黏部分的推进剂药块，然后对切除的区域重新灌浆修补。也有人反对这一方案，当时壳体内已装入几吨推进剂，万一因摩擦引起爆炸，那后果……

四院的职工们都知道这么多推进剂爆炸会是怎样的惨状。早在 1971 年，四院呼和浩特南地的一间工房曾发生过一次大爆炸，那是 1 月 14 日上午，一台大型混合机内正在预混的推进剂发生爆炸。那间工房顷刻间变成了一片废墟，现场只剩下一个大坑和几道残破的防爆墙，厂房屋顶被整个掀飞，一根2吨重的水泥柱子飞出500多米外，周围方圆数百米的地面上，到处是破碎的钢筋、混凝土和设备残骸。所幸那次是远距离操作，没有造成人员伤亡，但直接经济损失达250万元。之后花了将近半年时间才重新建好厂房，严重影响了生产任务的完成。

这次“挖药”却是让人钻进发动机里操作，如果发生意外，推进剂会在十几毫秒的时间内燃烧起来，操作者连做出反应的机会都没有，更别提撤离了。

可是，“挖药”却是解决脱黏现象最为直接有效的方法，邢球痕和几位院领导在工厂里，跟一线工艺技术人员探讨其可行性。工艺员小熊说，按操作规定，切割推进剂药块时，必须使用不会产生静电的特制铍铜材料刀具，但这种材料较软，刃口很容易磨损，切割时与推进剂的摩擦力大，产生热量大。他曾尝试用钢刀切过推进剂药块，因钢刀锋利、坚硬，摩擦反而小，不容易出事故。

邢球痕果断拍板，批准了钢刀切药的方案，并亲自钻进壳体查看内部情况后，才让工人开始挖药。

发动机内推进剂挥发出的化学品气味刺鼻，进去切割的操作工每15分钟换一班。好在脱黏位置在发动机后部端口附近，工人们连续工作一天一夜，顺利地挖除了脱黏部位的药剂，并对脱黏部位进行修补后，达到设计要求。

时至1983年年底，钢制壳体和玻璃纤维壳体的发动机都已制造完毕，邢球痕决定，在12月25日和28日，分别进行两台发动机热试车。

25日，钢制壳体发动机首先进行试车，“点火”命令下达后，烈焰从喷管尾部喷薄而出，轰鸣声震撼大地，各种测试仪器显示正常，试车获得圆满成功。

三天后，就要进行玻璃纤维壳体发动机的试车，7416 厂总装车间开始对其进行试验前的逐项检查工作。但在试车前一天，进行最后一项充气检查时，发现前封头处有漏气。很显然，此处也发生了脱黏现象。

“你准备怎么解决？以前用过的常温灌浆法能修补吗？”邢球痕向谢丰沛厂长询问道。

谢厂长点头说：“没问题，我们立刻组织人进行修补。”

“一定要保证明天试车成功！”邢球痕叮嘱道。

因为明天，专程从北京赶来的张钧部长、黄纬禄总师、国防科工委及军队相关领导都要到现场观看试车，这种关键时刻，不能掉了链子啊！

谢厂长在总装车间守了一个通宵，看着车间主任和操作工一起完成灌浆修补。第二天一早，将修补好的发动机送往试车台时，他还特意带了一小团灌浆时留下的推进剂，放在试车操作间的墙角，发动机吊装到试车台进行各种试验前测试的那段时间，他不时地去墙角捏捏那团推进剂。

试车前的准备工作完成的时候，谢厂长又捏了捏那团推进剂，兴奋地跑到邢球痕身边说道：“可以了，可以点火了。”原来，他一直带着那一小团推进剂，是为了查看昨晚补灌的那些推进剂的固化状态，此时的固化状态已经能够进行点火试车了。

这次试车，也获得了圆满成功。两种不同的发动机，从年初开始研制，年底就双双取得阶段性成功，这进度绝对令人惊喜。张钧部长兴奋地对四院参试人员说：“你们获得了伟大的成功！”

邢球痕说：“张钧部长对那次试车的评价很高，并且马上给张爱萍主任打电话汇报了好消息。没到一个月，张爱萍就来我们四院视察了……”

二

邢球痕清楚地记得，那天是 1984 年 1 月 15 日，星期天。四院院史中记载着当时的情形：

> 军委秘书长张爱萍[1]专程来到四院，观看了试车录像和试车后的发动机部件，高兴地说："一级二级试验成功了，这是固体火箭技术一个新的重大突破，使我国的运载火箭技术进入了新的一代。"他指示说："还有第三级也要抓紧搞。战略武器现在已经发展到中远程，要由液体转向固体。"

按照行程安排，张爱萍将军将与四院相关人员一起在职工食堂共进午餐。邢球痕却趁着张将军参观生产厂区和听取厂长介绍情况的时候，提前回家吃了一大碗面条，还边吃边跟家人说："今天中午肯定吃不了东西，我得说很多话呢。"

他跟张爱萍将军很熟悉，在多次重要场合中都有交流，但那都是谈导弹型号、汇报研制进展方面的话题。这次张将军来四院实在难得，一起吃饭，就不是为了吃饭，而是为了争取机会反映四院所面临的更多困难。

四院虽然握有国家重点项目，但在那个军工事业的"低潮期"，研制经费已被压缩到最低限度，多做几次试验的钱都不够。他们必须抓住一切

[1]1982 年 11 月，张爱萍已担任国务委员兼国防部长。

机会，向上级领导反映这些困难，以期得到支持。作为研究院的院长，邢球痕有太多的实际困难需要解决。即便在视察结束，邢球痕跟在张爱萍将军身后一起坐进面包车为其送行时也没浪费时间，他还有个重要的问题需要反映。

“我们四院分散在蓝田山沟里，这个地方太闭塞，不利于发展。职工的生活状况不用说了，孩子们上学都困难，后顾之忧太多。真正要搞大事情，这里不好开展工作，可不可以让我们搬出山沟啊？”

邢球痕并非贸然提出这样的请求。那时，党中央、国务院已经制定了对“三线建设”进行“调整改造、发挥作用”的决策。1983 年 12 月，国务院成立“三线建设”调整改造规划办公室，开始对受自然灾害影响较重的三线军工单位进行调迁工作。而四院的状况，是符合调迁条件的三线单位。

那时，蓝田山区的环境状况，已经严重制约了四院的研制工作。当年，四院在这里修建固体火箭发动机研制基地时，按照国家“三线建设”要求，必须遵循“山（工厂进山）、散（分散布局）、洞（设备进洞）”的建设原则。事实上，这种沟深路窄、厂区分散的布局，给发动机研制工作带来了很多麻烦，光是在各加工工序之间的周转运输，就要耗费很多的时间和众多的人力物力。

蓝田山区又是洪水、泥石流多发地，四院搬迁到此处的十多年间，生产区多次遭受山洪、泥石流的侵袭，多处厂房和研制设施被冲毁，还有多名职工在抗洪抢险时壮烈牺牲。

20 世纪 80 年代，军工企业按照“以民养军”的工作方针，开始从事民用产品的开发生产。但四院处于大山深处的封闭环境，很难寻找到适合市场需求的产品。即便找到个别适合的产品项目，也因为在山区内周转运输等消耗，成本高居不下，缺少市场竞争力。

那时候，搬出山沟成为四院职工们最大的心愿，邢球痕便在张爱萍视察结束时，提出了搬迁的请求。张爱萍转头对前来陪同的陕西省副省长说："四院要迁到西安市，希望你们多支持啊！"

1984 年 1 月 20 日，四院接到了党中央、国务院、中央军委发来的一封联名贺信。贺信中对直径 2 米发动机试车成功表示热烈祝贺，并对四院干部、职工致以亲切问候，同时还对这一成绩给予了高度赞扬：

> 这次试车成功，表明我国战略固体火箭发动机技术又取得了可喜的新突破，标志着我国战略武器研制工作进入了新的阶段……

中央党政军最高机关联名给一个研究院直接发来贺信，这是中国航天界从未有过的事情，这份特殊的奖励和荣誉，让四院上下兴奋而自豪！邢球痕这才想起来，张爱萍将军在面包车里曾对他说了句："过段时间，我会给你们一个惊喜。"当时他猜不到这句话的意思，原来，这封贺信就是"惊喜"啊！对于这些为国奉献者而言，再也没有什么能比来自国家最高机关的慰问和赞扬更好的奖励了！

接到那封贺信后不久，邢球痕便出差去了内蒙古基地。"我 3 月 8 日从内蒙古回来，我们院书记张杰就很高兴地告诉我，上面已经发来文件，批准我们搬迁西安了！"就在他出差的那段时间，国家三线调整办主任来到四院考察，并很快批准了搬迁申请。

邢球痕闻听此讯，喜出望外，"嗨呀！张爱萍将军真是处处为我们着想，给了我们一连串的惊喜啊！"

从 1956 年 10 月国防部五院固体燃料研制组成立之时，到 1984 年 3

月四院接到搬迁到西安的批文之际，已经整整28年，中国这支最重要的固体导弹发动机研制力量，已从三人小组发展到近万人的规模。为了中国的固体导弹技术发展，这些科技人员、技术工人和干部职工在28年间，跨长江、过黄河、上高原、进深山，已经六次南渡北迁，他们身居偏远之地，心中只有“服从国家安排”“坚决克服困难”的信念。他们在艰苦条件下默默奉献与牺牲，取得了巨大的成就，让中国拥有了更为先进的战略战术武器，成为撑起民族自信心的最坚强的脊梁。

如今，他们即将迎来第七次搬迁。而这次，与以前那六次越搬越偏僻的搬迁不同，他们将会从闭塞的山沟里搬到城市的郊区，条件会好很多。

其实，张爱萍将军那次前来四院视察的时候，还送给四院另一个“惊喜”。视察期间，他专门询问了第三级发动机什么时候能够研制出来。邢球痕回答说：“我们半年内一定试车。”

而当时的情况却是，第三级发动机迟迟未能开始研制。

在发动机设计方案中，第三级发动机将采用一种新型的高强度有机纤维作为壳体材料，这一方案却在业内遭遇了不同意见，并且反对之声还颇为强烈。因为当时国内生产的有机纤维材料性能还达不到要求，而国外对高标准的有机纤维实施严格管控措施，很难依靠进口解决，同时国内也从未采用过这种材料制造发动机壳体。所以，第三级发动机的研制工作一直处于搁浅状态。

张将军的这次询问，推动了开启第三级发动机研制的进程。为保证在半年内试车，邢球痕带领全院职工开始了艰难的模样研制。如约在1984年6月30日进行了第三级发动机试车，并取得了成功，使中国固体火箭发动机技术又向前迈出了一大步。

三

第三级发动机取得阶段性成功之时，在呼和浩特担任四院41所所长的叶定友接到院部调令，来到陕西蓝田基地，他被任命为四院副院长，分管科研生产工作。

叶定友是邢球痕的老部下。他1963年8月被分配到泸州固体发动机研究所二室工作时，邢球痕是二室的副主任。1965年四院成立，二室划归41所，叶定友成为研制组组长时，邢球痕为研究室主任。后来搬到呼和浩特后，叶定友成为二室主任，而邢球痕则担任了41所所长。叶定友担任41所所长时，邢球痕已任职四院院长。

此时，邢球痕因长期紧张工作，患上低血压、美尼尔氏综合征等疾病，工作期间时常出现头晕、呕吐的状况。叶定友便被调来担任副院长，配合老领导的工作，承担起研制管理的主要事务。

让叶定友深感遗憾的是，此前他负责的反导系统导弹发动机的研制工作没能完成。那个被称为“640工程”的国家重点研制项目，是一套技术复杂的“御敌之盾”。

作为分系统的“640-1”固体导弹发动机分项研制较为顺利，1979年便成功地进行了多次导弹系统的试飞试验。正当叶定友和同事们满怀欣喜地准备开始定型研制工作时，却在不久后接到“640工程”暂停实施的命令。

受当时国内科技水平所限，该工程中的雷达系统、激光系统、核弹小型化等分系统的研制，都遇到了难以突破的技术瓶颈。没有高灵敏度雷达和小型化核弹的“加持”，导弹系统飞得再快也是个“瞎子”，根本无法承担拦截任务。

其实在1979年之前，中国反导系统的研制进度已经放缓。一方面，因为当时国家的经济状况难以承受长期的巨额资金投入；另一方面，国际形势也已经发生了巨大变化。

自1972年美国总统尼克松访华后，中美关系日益缓和，中国的外部安全环境极大改善。同年，美苏两国签署了《限制反弹道导弹系统条约》，并于当年10月3日正式生效。

1978年中美建交，中国的外部安全环境进一步得到缓解。1980年国家战略重心开始向经济建设转移，3月19日，时任国务院总理邓小平下令，终止“640工程”相关研发工作。1982年，国家航天部正式宣布“640工程”下马。

事实上，反导系统只是20世纪80年代众多被终止的军工项目中的一个，那个时期，几乎所有的军工单位都面临着同样的窘境，众多大型军工项目纷纷“下马”，中国军工行业也由此进入了长达20年的“寒冬期”。

研制项目大批“下马”，直接影响到军工行业的生存状况，很多单位因为缺少经费，连职工们的工资都发不出来。那个时期曾有句广为流传的顺口溜，“搞导弹的不如卖茶叶蛋的”，正是当时军工行业的真实写照。

多年以后回望那段岁月，老军工们也大都理解了当年国家制定这项方针时的无奈。“那时候，国家也真是没钱了。搞科研要真金白银地花钱啊，经济问题不解决，低投入地搞科研，也搞不上去。”

但对于当年正经历那个困难时期的军工人而言，无论是工作、生活，还是思想、心理，都遭受着巨大的冲击。

因为遭遇“下马”大潮，叶定友参与的“御敌之盾”没能最终完成，但他幸运地参加了“攻敌之矛”的研制工作。因为四院研制的三种型号大型固体发动机接连取得阶段性成功，1986 年 5 月，固体燃料地地洲际弹道导弹获准正式立项，这是中国的第一个固体洲际导弹型号。在中国军工行业遭遇“熊市”、众多重点项目纷纷被叫停“下马”的时候，这一项目却“逆市上扬”，足见其分量之重。而四院承担的发动机系统研制工作，是这一项目的重中之重。

“正式立项后一年多，第一级发动机完成模样设计了，我们就组织进行试车，结果出了一次大问题。”叶定友说。

那是 1987 年 12 月 10 日，模样设计阶段的首次发动机试车。四院蓝田基地各厂所研制人员都汇集在试车现场，焦急又兴奋地期待着试车赶快进行。

不料，发动机刚刚点火启动，就爆出一声巨响，发动机在试车台上炸得粉碎，试车失败。“点火后 0.38 秒就爆炸了。整个试车台都被炸得不成样子，那场面真是惨烈。”

观看试车的人们从远处的山坡下来，看着试车台上被炸得弯曲变形的挂架、熏黑的水泥墙，以及满地狼藉的发动机残骸，他们面色凝重，沉默不语。几年的努力和希望，不到半秒钟的时间就被炸得粉碎，那心情可想而知。

此时，邢球痕院长已经查出患有肾癌，必须尽快接受手术。但发动机研制遭遇如此重大问题，他根本不考虑治病，只想尽快把问题解决。这让叶定友和同事们深受感动，也觉得压力重重。“我们的研制队伍做了十几次各种试验，模拟试车故障状况。终于发现，主要问题是药型流场不匹配。”

直到 1988 年 3 月找到问题所在后，邢球痕才去医院进行手术。所幸手术极为成功，癌细胞被彻底清除。

邢球痕住院后，由副院长叶定友代行主持研制任务。那段时间，他往设计室、生产厂跑得更勤，他要及时掌握解决方案的进度。

深入一线是四院干部们的传统，“当年我刚参加工作，还是设计员的时候，有一次参加大会，当时的国防工办主任罗瑞卿大将在会上说，有出息的科技工作者必须到第一线去。他讲的这个很对啊！”叶定友说，“后来我就一直坚持这样做，担任副院长、院长后，也必须到一线去查看，不能坐着听报告。做好这一条，真的是受益终身。”

四院在研制大型发动机任务的同时，还在研制某战术型号发动机。一次试车中发现，发动机头部有一处不停往外冒烟。虽然试车成功，但这一异常现象必须要搞清，于是在整个生产流程中排查原因。

叶定友带队到隔热层贴片车间检查，从工艺员汇报的加工过程、工人们展示的操作工具看，各方面都在规范之中。排查到这种程度，大家都觉得不会是这儿的问题，但叶定友还是决定去工位查看工人现场贴片操作的状况。

这一去，果然发现了问题。“他们给我们展示的刀具是钝形的，但操作时用的刀却很尖利。问题就出在这里了！”这个看似区别不大的细节，在制造工艺上却至关重要。

隔热层是一种特殊的耐热橡胶，涂布时会有气泡产生，要用刀具将气泡挑破压紧。操作工艺规定，挑气泡时绝对不能将隔热层割透，所以刀具尖部必须磨成圆钝形。但用这样的刀尖挑破气泡比较费力，操作工人自作主张换用了尖刀，这样就很容易刺穿隔热层，导致这一破损点位的隔热失效，发动机壳体便因此被烧穿，形成冒烟点。

“这个细节上的小差错，不到现场根本发现不了。”叶定友说，“限令他们立即整改后，那个发动机试车再没发生过壳体冒烟的问题。”

对于大型发动机的研制，叶定友当然更为用心，当然更加依赖他“深入一线”的“工作法宝”。半年之后，终于解决药型流场不匹配的问题，并在1988年12月10日，上次试车爆炸一周年之际，进行了发动机短程试车，并取得了圆满成功。

四

从四院开展大型固体发动机预研工作之时，采用哪种推进剂的问题就摆在了他们面前。

前面说过，固体发动机最核心的技术就是推进剂。此前潜射战略导弹的成功，就是因为成功研制出了中能推进剂，而此时，要研制洲际导弹使用的大型发动机，中能推进剂已经不能满足需求。于是，已经暂停几年的高能推进剂研制工作再度被提出来。

1983 年，国防科工委固体推进剂专业组召集相关单位，召开关于重启高能推进剂研制的协调会。会议中，兵器工业部某单位提出了一个新的研制思路，采用一种敏感度极高的烈性爆炸物“A 组分”（因涉及保密技术，这一物质在文中以 A 组分代称）为主要原料，进行高能推进剂的研制。此提议获得多数与会专家的赞同，认为可行性极强。国防科工委便决定，各相关单位分头开展这一项目的研制工作，哪家单位先成功，今后的批量生产任务便定点在哪家单位。

那次会议，王北海没有参加。他是四院42所六室主任，固体推进剂专家，曾是多项国家重大研制项目的骨干研制人员。按说这样的会议，都少不了他。

那时，正是改革开放后第一轮“出国热”的时候，王北海已经获得前往美国做访问学者的批准，正在南京参加七机部教育司开办的英语培训班学习。“我当时非常想出国，主要是想去看看他们美国研究机构的管理机制跟我们有什么不同，有没有可以借鉴的。那时已经通过考试，只等着外派通知了。”

恰巧，四院院长邢球痕到南京出差，顺路来看望四院参加培训的人员。见到王北海，便将他拉到一旁：“你还打算出国？”

王北海一脸诧异：“是啊，花了这么多时间了，当然得去啊。”

邢球痕说：“我建议你不要去了。”

“为什么？”

邢球痕压低声音：“要上一个大型号，正在论证高能重新上马，一辈子赶上个大型号不容易，你自己再掂量一下。”

这话一下就抓到了王北海的心，对于一个科研工作者而言，没有什么比参加重大型号的研制更有吸引力。他当即就决定留下来参加研制工作。那届培训班里，只有他一个没有出国。

另一个原因是，他心里赌着一口气，一定要把高能推进剂拿下来！

因为 1979 年导致高能推进剂研制被叫暂停的“7・11”事故，发生在 42 所六室的工房，而他当时是六室的副主任，因主任袁人锐在外进修，正由他代理主任工作。

事故发生后，王北海第一个冲出办公室，赶到事故现场，并派人向所里报告、通知遇难者家人，同时还不忘派几名女同事到托儿所把遇难者的孩子接出去安顿照顾。“工房里的状况太惨烈了，两位牺牲者的丈夫都在外面，一直到处理完了也没让他们看。那些天处理这事情，一天最多睡两三个小时，几天时间，我的头发就全白了。”那次爆炸事件让 42 所六室停工将近一年，并导致高能推进剂研制工作全都暂停。

放弃了出国进修机会的王北海，被任命为 42 所新型高能推进剂项目的第一任主任设计师，几个研究室凡涉及高能推进剂项目的研制工作都由他主管。可是他上任将近两年，高能推进剂的相关工作却一直没有启动。

四院主管推进剂工作的崔国良[1]主任已经催促了几次，却依然没有动作。

崔国良专门找王北海谈话："你是不是害怕啊？！"他苦笑着回答："我不怕，可这事情我一个人不怕也没用，我找不到愿意来干的人啊！"

王北海的长处在搞技术，最不擅长组织管理和处理人际关系。"7·11"事故过去没几年，大家对高能原料的威力都心有余悸，这种状况下拉队伍组团队，动员职工参与这项工作难度实在太高，"我实在干不了这样的事"。

此时，正巧侯林法从国外交流回来，他也是42所参与过高能推进剂"武汉大会战"的主要技术人员之一，回来后便被任命为副所长，承担起拉队伍的重担。

"老侯是42所的大功臣，要是没有他，高能项目就开展不了。"王北海说道，"侯林法跟我说，你别管这么多项目了。后来，我就只负责一个研制项目组的工作了。"

这倒正合了王北海的意，"我就喜欢搞技术，就连在这个组里，管理的事我也交给了副组长，我就专心管技术。因为我还是主任设计师嘛，所以院里的人都叫我'王总'，其实，我就是这么一个啥都不是的'总'。我是真不在乎这些，尤其是经历过那次'7·11'爆炸事故以后，很多事我就看得很淡了。人家把命都搭进去了，你还计较什么职位啊、名次啊、待遇啊，这些都算啥？"

---

[1] 崔国良（1931—2017），1951年考入华北大学工学院化学工程系。1957年在苏联莫斯科门捷列夫化工学院专攻固体火箭推进剂专业，获得技术科学副博士学位。1961年回国分配到国防部五院一分院从事复合固体推进剂研究。1963年任固体发动机研究所推进剂配方研究室副主任，1965年后担任主任。1970年42所迁往襄阳郭峪沟攻关高能推进剂时，崔国良与100余名技术人员留守呼和浩特，进行低、中能推进剂的研制。1975年，以四院42所呼和浩特留守人员为班底，成立46所，崔国良担任所长。1978年，46所技术人员研制的中能推进剂获得成功。1981年担任四院驻内蒙古指挥部主任兼型号副总设计师。1985年调任航天部科技委常委、秘书长，并兼任国防科工委固体推进剂专业组组长。

侯林法接手“拉队伍”的工作后，情况同样没有什么起色。职工们对高感度易爆品的畏惧心依然难以消除，不愿参与这项工作。另一方面是，业内专家们还在为 A 组分的问题辩论不休，研制方向都犹豫不定，拉队伍的事情就更不好办了。

“1985 年，崔国良不是调到部里担任固体推进剂专业组组长了嘛。他就根据当时的情况，给航天部科技委写了个报告，请求采用这个研制途径，重新开启高能推进剂的研制工作，科技委领导任新民、钱维松他们都签字批了。然后我们就在崔国良的主持领导下，进行高能推进剂研究。”

1986 年，高能推进剂项目便被列入“863”计划，获得立项批准，并入列急需攻克的项目之一。但是，航天界依然有人对此持有异议，因为兵器部门提出的高能方案里，那个重要的 A 组分极易发生危险。并且，航天领域此前研制的固体推进剂配方中，从未采用过这种化学品。因为这些争议以及其他原因，高能推进剂项目便长时间停滞在方案讨论阶段，没有实质性的进展。

这一状况让崔国良心急如焚。1989年3月，他调任航天部科技委副主任。上任后的第一件大事，便是召集各相关单位，召开了一次高能推进剂专题会议。会议地点，就选在了42所驻扎的襄阳。42所是当时航天部确定的固体推进剂专业中心研究所，研制高能推进剂就是这里的主要任务。

时隔 30 年左右，侯林法还记得开会时的情景。“那次会议上，崔国良给我发狠话了。他说，你干不干？你不干，我就让 46 所干。”

侯林法当然不能接受这样的结果，“按照四院的任务职能分工，我们 42 所是主管高能研制的，46 所是分管低能和中能的。把我们的任务交给 46 所，这不是将我的军吗？我硬着头皮也要开始干啊！”

“我回到所里，就开始动员年轻人参加这事儿，可人家父母不愿意啊。那时候所里绝大多数年轻职工都是‘子弟兵’，老职工很多都是著名工科大学化工专业毕业的，上学时都学过 A 组分啊，知道它的厉害。父母就找来了，别让我孩子干这事啊。前后动员三次，没人来干，连一个合成专家也打退堂鼓了。就我们几个老家伙，有将无兵，光杆司令也没办法啊。”

侯林法说着就苦笑地摇了摇头。

“后来，本老头儿想出了个‘坏点子’。我不找子弟，找外面分配来的人。分到研究室的罗耀辉，那时干得也不太如意。我说，要不你到这儿试试？这个东西呢，反应原理简单，操作也简单，关键就是危险，但是只要严格操作，就不会出问题，你干不干？他说，我干！好，这就有了第一个兵。有了第一个，就带动了好几个人也愿意来。我就让他当头，后来还在经济上给了一些倾斜政策，那是 1990 年，我们工资不高……多少钱记不清了。”

“140 块左右吧。”姜国良在旁边补充。

“嗯，好像是。就给他们浮动一级工资，保健费提高一等。当时一级工资就是 6 块钱，但那时候还是很值钱的，大家很开心，觉得比较来劲。”

说到此处，侯林法显然也来了劲。“我亲自带队开始配制 A 组分，第一次没干成，第二次才配出来了。我当时就吹牛嘛，叫中国航天界的第一克 A 组分。其实也不算吹牛，这东西我们航天界以前确实没用过。这一弄之后啊，送子参军、送夫参军的局面都有了，你知道吗？所里的职工……不是技术人员，是老工人来找我，说，让我儿子到这来干吧。”

“后来我们又引进了一个专业人才，把配制 A 组分的问题解决了。后面的技术攻关工作基本上可以开展起来了。”

侯林法想方设法拉队伍的时候，祝一辰被袁人锐所长点将，担任了高能配方研制的负责人，承担了技术攻关的具体工作。

他是四院驻扎泸州时参加工作的老人手，也是此前“武汉大会战”的主要参与者之一。崔国良提交重启高能研制报告之前，曾召集业内专家共同论证，他也是主要成员之一。

对新型高能推进剂中使用的A组分，祝一辰非常熟悉，“我上大学时就在试验室配制过，没有太大的技术难度，就是敏感度太高，很危险”。他亲身体验过A组分的威力，试管中一点点肉眼不可见的残留，就将清洗试管的清洗液全都炸到了天花板上。他们老师说过，如果有一滴A组分滴在地面，就会炸毁一个房间。此时，他被任命为配方研制的负责人，每天都要跟这种组分打交道，心中虽然紧张，但依然接受了任务。

祝一辰也是研究室的主任，配制A组分的合成小组就在他负责的研究室里，“合成组的工人们刚开始干，对A组分了解不多，不知道它的危险性”。这种高感度的液态化学品，在容器中晃动就会导致剧烈爆炸。

有一天，祝一辰去工房查看合成进度，看见两个工人取东西时一路小跑，他赶忙拉住他们，“你们不能这样毛毛躁躁的！多危险啊！”在工房里小跑并不危险，但可能会因躲闪不及误撞到端着A组分的人，那后果就无法设想了。

祝一辰立刻召集合成组所有人员开了一个现场会，当即列出规定，进入工房内严禁跑动，进出门口和转弯时，连快步行走都被禁止，必须缓步慢行，以此杜绝一切引发意外的可能。

对于A组分的转运过程，他更是立下两条必须执行的死令。第一，必须由两个人共同转运，一个人持红旗或戴红帽，在前方开道，持送A组分的人员在后边缓步慢行。在门口和过道转弯处，开道者必须高声提醒，并进行防护。第二，持送A组分时，必须用左手托在量杯底部，右手紧握量杯，并以小步慢行的方式行走，将晃动减小到最低限度。

祝一辰说，当年进行配方研制时，都是他亲自上手进行配比。“做各种配方配比实验，就是摸脾气的过程，爆炸的概率最高。”那时，他还带着两名研究生张小平和王世英，“他们两个人扶着容器，我把 A 组分慢慢倒进去……我们是一心想把高能推进剂搞成，就得冒着危险这么干啦”。

20 多年后，张小平担任了 42 所的所长，王世英也担任了所领导，他们都是跟着祝一辰从最基础、最危险的工作一步步干起来的。“最早面对危险的，就是我们这些研究人员。”祝一辰说，“那没办法啊，我们搞这个东西，就是把脑袋挂在裤腰带上搞。”

五

1989 年，21 岁的池新连被调入 42 所高能推进剂制造的装药生产线。他知道这条生产线很危险，但这次工作调动，还是让他满心欢喜。

池新连是四院 42 所的子弟，他在郭峪沟生活的时间，甚至比绝大部分 42 所的老职工还要长。他父亲跟徐立平的父亲曾是同事，两人都是 1966 年从部队转业到四院呼和浩特工区，一同分配在车队当司机。不过，池新连的父亲 1967 年就被派往蓝田，参加那里新建工区的任务。第二年又接到调令，被派往湖北襄阳郭峪沟，为 42 所搬迁做前期的建设工作，出生刚满百天的池新连就跟着父母，从陕西的蓝田山沟进了湖北的郭峪山沟。

在偏僻的山沟里生活、工作，汽车是维持这个“独立小社会”正常运转的核心。当年，42 所的设备、人员和生活物资，都是由汽车班的司机们一趟趟拉进山沟里。后来，山沟里每天上下班的职工班车，研制中使用的易燃易爆化学原料，日常生活必需的米、面、菜、鱼、肉和煤炭等，也全靠单位车队大小车辆的运输。那时，汽车司机是山沟里人人都敬重三分的“知名人士”，大家见了都会打招呼，说几句客气话。因为父亲“知名”，池新连也顺带成了“名人之后”。

其实，单位车队用于运输的就那十几辆卡车，而且主要是用于生产运输，能派去外地采购蔬菜、副食的车辆有限，运回来的蔬菜每户也分不到多少，司机们就得不断轮班外出跑车采购。池新连记得，小时候父亲就经常跑车不在家，一去几天才回来，即便那样，运回来的蔬菜、副食还是供不应求。

在山沟里居住，最怕大雨连绵山洪暴发。那洪水滔天而来在家属区旁奔涌咆哮的景象，泥石流裹挟着巨石冲进家属院的场面，弥漫在空气中那种潮湿的腐殖泥土腥气的味道，那种无助、绝望和恐惧的生命体验，经历过的人一辈子都不会忘。那个年代，在三线山区的军工单位，几乎都经历过这样的状况。每次遇到山洪暴发，山沟里的交通就必定中断，父亲和他司机班的同事们无法出车，粮食、蔬菜也就供应不上了。

池新连还记得，1975 年夏天经历过的那场特大洪水。郭峪山沟里的路基、桥梁被冲毁大半，42 所多处厂房、住宅被洪水和泥石流冲垮、冲毁，水、电、通信、道路全部中断半个多月。两千多职工、家属被困山中，生活必需品极度短缺，很多家的粮袋子都快空了，蔬菜更是早就吃完了。幸亏暴雨之前，所里派父亲他们出车运回一批西瓜分给职工，受困之时，西瓜皮也成了珍贵的食材，各家都留着当菜吃。

住在山沟里的孩子们，上学的唯一选择，就是单位自办的子弟学校。不过，由于缺少专业的教师，教学质量都不高。即便像姜国良夫妇、刘国雄、袁人锐、王北海这样当年毕业于名校的“学霸”，也因为工作繁忙，无法分身辅导孩子的功课，“我们这一批人的孩子，考上本科的凤毛麟角，少数能考上电大、襄大之类的学校。能考上技校，那就谢天谢地，就是学习成绩很好的了”。

池新连 18 岁那年高中毕业，考入四院自办的陕西第一航天技校，“在蓝田上了两年学，学的化工”。1988 年毕业分配到 42 所六室，王北海是室主任。“那时，所里各单位都要从事民用产品开发，搞创收嘛。六室接到了为东风汽车生产发动机减震橡胶圈的订单，我就在橡胶生产线上干活儿，干的是民品。”而他参加工作时，42 所也即将搬出郭峪山沟。

20 世纪 80 年代初，三线国防科技单位进山太深、远离中心城市，经营发展困难的状况日渐凸显，中央开始实施“三线调迁”政策。

1980 年 2 月 9 日，七机部部长郑天翔、副部长段毅等领导冒着风雪前往郭峪山沟视察时，看到 42 所科研人员在艰苦的环境中进行科研生产，曾感慨地说：“42 所是航天三线建设最苦的点，如果国家允许，应该首先安排他们搬迁。”1982 年 8 月 23 日，国家计委、国防科工委联合发文批准 42 所迁往襄阳市。

1989 年 5 月，42 所位于襄阳市郊的科研生产区和职工住宅区全部建成。科研人员和他们的家人终于走出了驻留 18 年的郭峪山沟，搬进城市边缘的这座单位大院儿里生活。

恰在此时，高能推进剂研制工作已经全面启动，需要大量制造各种配方的推进剂进行试验，42 所建立了一条为各研究室承担制造和装药任务的生产线。“我记得是 9 月份，有一天下班回家，路上遇到我们所的总工程师杜磊。他问了我一句，小池啊，想不想去装药线？”

刚参加工作一年的池新连没干过装药工作，但从小生活在大院儿里，他早就听说过各种事故，也见过在事故中受伤或牺牲的人，知道装药是个危险的事情。可他却一点儿都没犹豫，立刻回答："想去啊！"因为他知道，装药线上干的都是军品活儿，他太想去干军品岗了。

那时候，航天领域的各单位都实行了"军民品分线"的管理模式，国家下达的研制生产任务被称为"军品"；各单位面向市场自行寻找、开发的研制生产任务被称为"民品"。"军品"依靠国家经费拨款，旱涝保收；"民品"就是市场行为，自负盈亏。"军品线"和"民品线"的收支分开、人员分开，工作不同，待遇不同。当然，待遇是向军品线倾斜，因为开发民品也是为了"以民养军"。军工大院儿里的人，都以在"军品线"工作为荣。

新组建的装药线，就属于军品岗位。听说能去装药线，池新连当然不会放过机会。那天过后没到一个星期，他就调到了装药线。

"一起报到的还有三个人，我们都是才参加工作一两年的，没干过这事儿。室主任给我们几个人做了一上午的安全培训，讲这个地方工作的注意事项，讲它的危险性，讲怎么防护。当天下午，就给我们分了师父。"

池新连的师父叫张海生，是位八级工，工人中的最高技术级别。当年从呼和浩特调到这里，从事装药工作 20 多年。"其实我们以前就认识，大院儿里就这些人，都见过面，我跟他女儿还是同班同学。他看看我说，行，你就跟着我干吧。"

42 所刚刚建立的这条装药线上，操作人员必须掌握从原材料称量到发动机整形的全部装药生产技术。"我就跟着师父一步一步地学。既觉得新奇，又觉得害怕，每到一步工序，我就问师父，这个危险不危险？我师父被问得不耐烦了，跟我说，什么叫危险？它炸了叫危险，伤人了叫危险。没炸、没伤到人，就不危险！干任何事情，你都要找它的规律、摸它的脾气，找准了、摸对了，它就不会出事。"

学了一个多月后，池新连在师父的指导下，第一次动手修整装填进发动机壳体内的推进剂端面。面对着蕴含巨大能量的“真家伙”，他一整天都处于高度紧张的状态中。“那天下班回家，两边太阳穴突突地跳个不停，一晚上都没有睡好觉，精神压力真是特别大……”

42 所高能推进剂的研制工作，有了池新连这样一批年轻工人的参与，才得以进入全面实施阶段。

提起航天人为国奉献的精神，人们会说那句“献了青春献终身，献了终身献子孙”。其实，很多人并不一定领会这句话的含义，只有亲身经历过的人才知道，这其中真正的滋味。

20 世纪 80 年代中后期，第一代三线单位职工的子女们已经慢慢长大，为了解决这些生活在大山深处的年轻人升学、就业问题，上级部门制定了许多政策，如，高校“定向委培”、单位自办技校、子女接班。

包括池新连在内的四院职工子女们，也在这些措施中获得学习和工作的机会，他们进入自己父母所在的单位，成为第二代航天工作者，并为之做出极大贡献。

就在池新连调入装药线，开始从事高度危险的高能推进剂生产时，他的技校校友徐立平也在陕西蓝田山沟里，从事着危险的发动机推进剂药面修整工作，并且，正在执行一项可能随时遭遇灭顶之灾的极度危险任务。

第十一章

砺刀锋

一

徐立平和池新连分别生活在陕西蓝田、湖北襄阳，但两人青少年时代的生活经历却如出一辙。事实上，几乎所有在三线地区军工单位中长大的第二代，都有着相似的生活状态。

那些广布在三线地区不同地域的军工单位，虽然从事的行业各不相同，却都同样驻扎在偏僻的山沟里，有着同样的组织架构、同样的运营管理模式、同样的物资供应体系，连办公区、家属区里的房屋建筑，采用的都是同样的图纸。如果随机抽取几家军工单位进行比较，会惊异地发现，即便远隔千里之遥，他们的思维模式、行为准则、生活习惯、说话方式和生活经历，却都有着高度的相似性。

这些各方面都高度相似的军工单位，形成了一种独特的“三线大院儿文化”，在山沟大院儿里长大的“第二代”，身上都带着这种独特的“大院儿气质”。即便两个来自不同大院儿的第二代初次见面，也能从对方身上“嗅出相同的味道”。更何况，徐立平和池新连这两个来自“本是同根生”的四院子弟。

徐立平比池新连小一岁，但在四院自办的航天第一技工学校上学时，却比池新连高一届。原因大概是池新连第一次没考上，又复习了一两年才考入技校。

那时，三线地区几乎所有大型军工单位中，都有自办的技工学校，这是山沟里的“最高学府”，生源主要是本单位职工子女。那是无缘进入大学的孩子们成为单位正式职工的最主要途径。但每年的招生名额有限，报考和招收的比例通常是６：１，最高时甚至达到８：１，比当时高考录取率还低，竞争极为激烈。能考入技校的，也都是子弟学校中名列前茅的学生。

这些单位自办的技校，起初只招收高中毕业生，后来也招收初中毕业生，高中班学制两年，初中班学制三年。学生进校就按工种分班，机械加工等普通工种每月两周理论课、两周实习课。理论课是学习本专业工种的基础知识，实习课就在校内实习工厂中学习本工种的操作技术。一些特殊专业工种校内没有实习厂，便采取集中学完文化课，联系到校外相关工厂实习操作技术的方法。

校内实习工厂里的实习老师，大都是从工厂车间里调来的高水平技术工人，甚至有个别是六级工七级工的老师傅，相当于现在的技师。这种环境里培养出的技校学生，都具备很好的专业技术能力。如今各大型军工单位中的高级技师、技术能手、“大师工作室”带头人，大都是那一时期的技校毕业生。

四院的航天第一技校开设在蓝田，42 所池新连他们这些住在襄阳山沟里的学生，就得过来住校上学。徐立平的班里也有 42 所的同学，在学校的相互来往中，两人自然就认识了。在池新连的印象里，徐立平说话不多，虽然跟同学们在一起也能笑闹，但性格还是属于比较内向的。

徐立平高中毕业时，因为对自己的语文和英语成绩实在没把握，便放弃了高考，参加了技校的考试，被录取到化工班。1987 年，他以专业第三名的成绩从技校毕业，分配回四院工作。那年，他 19 岁。

和徐立平他们一起分配到四院的，还有一些高校毕业生，但比例很少。那个年代，大学招生人数少，大学生是稀缺的社会精英群体，被视为“天之骄子”，每到毕业分配时，都被各地争抢。

四院每年能“抢”来的不过三四十人，对于这个国内规模最大的固体发动机研究院而言，实在是少得可怜。曾经的“国字头”“铁饭碗”已经在年轻人心中失去了吸引力，当时国家的重点在于经济建设，开放程度高、经济发达的南方沿海地区，才是人们的向往之地。对于高校毕业生来说，那里拥有着更多的发展机会、更高的经济收入、更好的生活条件。与之相比，深处中国腹地偏僻山沟里的军工单位，环境闭塞经济落后，没有多少工作任务，也拿不到多少工资，实在没有什么优势可言。即便是来到此处比例很小的大学生，也有不少在一两年后选择离开，能留下来的，真是对这份工作有着极度的热爱，多年后都成为中国航天领域中的技术骨干和业务主管。

对徐立平这样的四院“第二代”来说，回到那几条山沟里工作是唯一的选择。他们从小跟随父母“隐居”在此，不知道外面的世界是什么模样，这几条山沟和大院儿就是他们生活中的一切，他们对这里有着一种天然的依赖和忠诚。

不过，老一辈的职工们，对自己的孩子也到四院工作充满了矛盾的情感。“这儿就没什么好工作，要么是跟易燃易爆的推进剂打交道，要么是跟各种有毒性的化工原料打交道。”但真要让子女去外单位工作，他们还真不愿意，因为“这里各方面情况都熟悉，都能照应一下”。更关键的在于，“这是个好单位，国家需要啊，不会倒闭”。

徐立平被分配到负责发动机装药总装生产的7416厂，工作岗位是在三车间的称量组。那是一个重要的军品任务车间，在四院这种军工单位里，干军品任务的地方才是好地方，待遇好、名头响、有面子。但称量组到底干什么具体工作，徐立平却根本不了解，这个工作好不好，他得问问父母的意见。

偏巧，这个三车间，就是他妈妈温荣书当年工作过的那个装药车间。

这种一家两代人在一个单位工作的情况，在当时的航天四院各单位，乃至全国的企事业单位中，都不是奇特的事情。那时毕业生都是国家分配制，尤其这种军工单位里的技校毕业生，分配的原则是“从哪儿来回哪儿去”，就是回到父母所在的单位工作。这种情况下，两代人同在一个设计室、一个车间甚至一个班组中工作的情况比比皆是。

作为三车间的“老人手”，温荣书当然知道称量组的工作，就是负责在发动机装填推进剂之前，几个人一起在专用量具上称量出所需的推进剂重量。她对儿子的这个工作岗位并不满意，因为这是给原料称重的工作，没太高的技术含量。

就在他们为此犯愁时，又听说三车间的整形组空出了一个名额，因为徐立平的毕业成绩名列前茅，他可以在这两个岗位中选择，温荣书便让徐立平选择了整形组。徐立平问妈妈，这整形组是干什么工作的，温荣书却说不清楚。

当年温荣书在车间里工作时，还没有整形组，调离了十几年，也没机会回去看看那儿的工作状况。但她听别人说过，现在生产发动机，整形组“是缺不了的岗位，能学到技术”。在生产一线工作过的人，都会有种近乎条件反射式的朴素认知——能学到技术的岗位，才是好岗位。因为在车间里，专业技术好的人才会被尊重、才有价值。于是，她便毫不犹豫地帮儿子选了这个工作。

和所有母亲一样，温荣书叮嘱即将参加工作的儿子，一定要“好好干工作”。他们那一代人就是这样，无论什么状况，都会认认真真干好本职工作。

和其他母亲不一样的是，温荣书一遍遍地对儿子强调，一定要“注意安全”。她知道那里的状况，当年在车间工作时，她曾目睹过一次推进剂燃烧事故。那位不幸的同事，瞬间就被烧掉了手指和耳朵，那还只是一次小剂量的试制装药。四院老一辈的人都知道，危险任何时候都会有，脑子里必须时刻有着安全意识，严格遵守操作规程，才能把发生危险的概率降到最低。

其实，刚从技校毕业的徐立平并不清楚妈妈所说的“危险”意味着什么，没干过那样的工作，根本想象不到。他对自己的工作充满了期待，自己的人生即将揭开新的一页，这让他觉得紧张而又兴奋，虽然他还不知道整形组到底是干什么的。

二

去 7416 厂报到的新员工，接受了整整一个月的安全培训。

很多年以后徐立平都记得，“第一节课第一个问题，就是问我们，推进剂发生燃烧怎么办？我们刚来的哪儿知道啊！有的说去救火，有的说打

119，结果都不对。正确答案是——赶紧逃！为什么？因为推进剂里边自带氧化剂，根本扑不灭。所以每个工房都有逃逸通道，那是标配。推进剂燃速特别快，要是真着了，能跑出来都是万幸。”

结束培训后，徐立平才去了三车间整形组。那时发动机生产任务不多，不需要太多人手，组里算上他这个新来的学徒工，只有 7 个人。到了整形组后，徐立平才知道，这儿的工作是进行“药面整形”。

药面整形是固体火箭发动机制造过程中一个极为重要的加工环节——推进剂药柱浇注进壳体，完成固化工序后，必须将药柱端面多余的推进剂切除，并用专用的刀具修整成设计要求的形状和尺寸的工序。那时全都靠工人手持刀具直接在推进剂药面上切除操作。甚至直到 2020 年众多自动化整形设备投入应用后，依然有部分发动机的药面整形还要由工人手工完成。在固体火箭发动机生产环节中，这是操作者与推进剂距离最近的工序，也是最危险的工序之一。

新进车间的工人必须有一年的学徒期，对于一个学徒工而言，能跟一位高水平的师父，是最值得庆幸的事情。师父要教徒弟操作技术，告诉徒弟车间里必须遵守的各种规矩。这一年当中，徒弟干活儿的工时都归师父，干出了废品，处罚也都落在师父头上。

在车间里，见到年长的人都称“师傅”，但跟着学技术的得叫“师父”。虽然两种称呼发音相同，意思却完全不同。“师傅”前面要加上对方的姓氏，而“师父”只能叫“师父”。“一日为师，终身为父”的传统在工厂里一直保留着，出徒后，徒弟遇到技术难题，师父依然帮着解决。

徐立平的师父王广仁，是三车间整形组组长，其实，他干这个工作也只有三年时间。王广仁此前是一名灌浆工。他 1970 年进厂工作时，制造发动机还没有端面修整工序，但经常需要进行灌浆修补工作。因为那时的推进剂物理性能不好，浇注进发动机壳体后，总是出现开裂、脱黏现象，必须进行灌浆修补。而灌浆之前必须用铲刀将推进剂开裂部分挖除，这与后来的药面整形的方法有些接近，虽然没有精度要求，但也练出了切割的手法和手感，为后来进行整形打下了技术基础。

端面整形是 1979 年中能推进剂开始应用后，才成为发动机生产时的必备工序的，这项工作就由灌浆工兼任，王广仁等人便开始摸索整形技术。他们借鉴鞋匠修鞋刀和木工刨刀的样式，自制出修整刀具，边干边改进总结，终于发明了用于药面整形的专用刀具，并摸索出一套药面整形的标准工艺方法。1984 年，“药面整形工”被正式列入国家职业工种设置，王广仁便成为中国第一批药面整形工的一员。因为有之前灌浆切药时练就的基本功，几年时间，他就成了全厂有名气的药面整形高手，人称“一把刀”。

徐立平到整形组干的第一件事，不是跟师父干活儿学技术，而是跟着师父上了一趟山。那时，他们的工房还在蓝田山区的一条山沟里。

师父从工具柜里拿出个圆形的东西递给他，徐立平接过一看，是用 8 号铁丝盘成的托架，下面有三个铁丝做成的支腿。师父又从一个特制的柜子里取出个小纸包，自己捏在手里，示意他跟着走出工房的大门。

两人顺着一条山间小路，走上对面的山坡。那里可以俯视他们的工房，还能看到远处其他车间的工房。四院 7416 厂的厂区分布在附近五条山沟里，每条山沟都建有三四个工房，各自负责固体火箭发动机制造时的一道工序。每个工房相隔两三公里，全都建在山坡下的拐角处，这是为了避免某座工房发生意外时，波及其他工房。拐来拐去的山梁，是阻挡冲击波的天然防爆墙。

师徒俩站着的这处山坡一侧，有块寸草不生的平地，地面儿的乱石全都黑乎乎的，像个巨大的锅底。师父从他手里拿过那只铁丝做成的托架，走到平地中间，将托架的三条支腿深深插入土中，然后将手中的纸包摆上去，轻轻地打开。

纸包里是一堆青灰色的像木工刨花一样的东西，“这是整形铲下的推进剂废药。”师父说，“攒到几百克就要销毁，不能多留，要不然一出事就是大麻达（麻烦）。”1970 年四院在蓝田本地招收了一批工人，徐立平的师父王广仁就是其中之一。他在本地生、本地长，又在本地工作，所以还是满口的蓝田乡音。

“在咱整形组弄事，首先要知道危险性。到这达第一件事，就是看一次销毁废药。你一看，就知道啥叫个危险咧！”师父边说，边把一团长长的纸制引线展开，一端压在那些废药里，一端远远地拉到十几米外。然后摸出火柴，点燃了引线，拉着徐立平又向后退了十几米。

废药被引燃的那一瞬间，徐立平只觉眼前猛然闪出一片白光，蘑菇云腾空而起，炙热的气浪轰的一下打过来，像被人重重推了一把，险些站立不稳。燃烧过程在零点几秒钟就已经结束，等烟雾散去，师父带他上前查看时发现，那个 8 号铁丝做成的托架已经消失不见，只剩下三根插在土里做支架的铁丝，头部已经被烧融，像用过的蜡烛。

此时，徐立平才知道了妈妈叮嘱他“注意安全”的含义，还有新员工安全培训课上说的“发生危险赶紧逃，能跑出来就是万幸”的含义。他见到的燃烧场面，只是几百克废药产生的效果，而他此后将要面对的，是装满几百公斤甚至几千公斤推进剂的发动机。他将要从事的药面整形工作，是个危险的事情，对操作者的要求是心细、手巧、胆子大。

徐立平参加工作时，正是国内军工行业最困难的时期，众多重点型号研制工作被延缓或取消，项目研制资金投入大幅缩减，军队装备采购量也被极度压缩，工厂里各车间都处于任务严重不足的半停工状态。虽然厂里活儿不多，但厂里对学徒工的培训却从来没有松懈。

那天从山坡上回到工房，师父递给徐立平一把一尺多长的“Z”字形切割推进剂专用刀。在工房里，切割推进剂的专用刀被称为“铲刀”，刀型是根据药面形状由操作工自行磨制出来，但用途最广的，是刀头类似木工刨刀那样的“基本型”。师父讲解了磨刀要领后，就让他自己去砂轮间练习。端面整形这工作，跟车工一样，讲究的是“三分技术七分刀”。只有磨出一把符合要求的好刀，才能干出合格的产品。

徐立平在砂轮间泡了几天，终于磨出一把合格的“基本型”铲刀。师父拿过刀翻来覆去地看了看，点头表示还不错。然后从架上取下一块颜色、形状和大小都像磨刀石的东西递给他，“你去练铲药吧”。徐立平接过那块青灰色的长方形固体，压在手里沉甸甸的，看着像砂轮，捏着却如同橡胶。那是一块模拟药。

在工厂里，固体复合推进剂被简称为“药”，而模拟药专用于学徒工练习和对外展示，其外形和质感跟真药一样，只是里边不含燃烧剂，用火点都点不着。真药根本不能随意摆放在外面，因为一丁点儿火星就能将其引燃，磨刀石大小的一块，就足以将一间房子夷为平地。

如果修整发动机内推进剂端面，每一刀切下的厚度必须小于0.5毫米，也必须保持快慢适中的推刀速度。切得太厚或推得太快，都可能造成刀面与药面摩擦产生静电，一颗小小的电火花，就能将发动机壳体内的推进剂全部引燃。所以操作者要控制每刀切下的药条薄而均匀，这样既有利于安全，也利于保证型面的外形尺寸精度。但切割的厚度也不能太薄，如果每刀厚度低于0.1毫米，不仅操作难度大增，工作效率也会大大降低。

端面整形有三项基本功——磨刀、铲药、手找平，全靠操作者精细入微的手感。自制的整形铲刀必须精确控制刀型和开刃角度，凭磨刀人的手感掌握；用整形刀铲药时，进刀速度、力度，以及0.2—0.5毫米之间的切削厚度都需要手感控制；修整过的药面必须保证平整度要求，要练出用手轻拂药面就能判断0.2毫米高度差变化的能力。这都要在模拟药上进行反复的切割练习。最复杂的操作，都是在基本功的基础上进行的。

一名合格的整形工不仅要练出精细的手感，还要练习铲药时手指、手掌、手腕、小臂、大臂、肩部的协同动作，任何一个微小的动作变形，都会影响刀具的运行轨迹，在端面上留下刀痕、不平整等缺陷。整形工要在几百公斤甚至十几吨的推进剂上动刀，修整时稍有不慎造成缺陷，将影响到推进剂燃烧时的状态。如果控制不好推刀走向，刀尖碰到壳体产生电火花，甚至会导致推进剂燃烧或爆炸。

师父说："干咱们这行儿，不能出一点差错，技术必须练好。"

徐立平苦练了半年，铲平了几十块模拟药块，才渐渐体会到那种精细入微的手感。每一刀下去，铲下的药面都均匀地控制在 0.2 毫米，相当于一本杂志封面的厚度，拎起来都能透光。

直到练出了这样的水准，徐立平才被师父允许第一次参与真正的发动机整形。"不过，刚上手的时候也只能干粗加工，师父就站在旁边看着。"徐立平说，"快到尺寸时，师父接过来干。发动机制造到我们这道工序，已经接近完成状态，前边那么多人的工作，各种原材料的使用，价值已经非常高了，如果整形超差，发动机就报废了，所以责任特别重大，必须到技术非常熟练后才能独立操作。"

徐立平参加工作刚满两年的时候，也就是襄阳 42 所他的校友池新连从民品岗调到装药生产线的那年，他也从 7416 厂三车间被借调到负责发动机装配的五车间，参加一项特别重大、特别危险的工作任务。那项工作的成败，甚至会决定四院此后几年研制固体洲际导弹发动机的技术走向。

三

1989年9月，四院承担的固体洲际导弹发动机任务，已经进行到初样研制阶段，此时又制造出两台用于试车的第一级全尺寸发动机，如果取得成功，就能进入下一阶段的研制。

五车间已经完成了发动机总装，检验时却发现，一台发动机出现了明显的脱黏现象，另一台发动机也有疑似问题。这一状况让四院所有单位都倍感紧张。副院长阮崇智和设计人员赶往现场，用检验的小木槌轻敲发动机壳体，果然传出空腔声，这是推进剂与壳体脱黏才会发出的声音。

前面说过，在固体发动机生产中，脱黏是一种严重的产品缺陷，出现这一状况的发动机绝对不能进行点火试验。

对于绝大多数对固体发动机并不了解的“局外人”而言，“脱黏”是个令人费解的概念。只有对固体火箭发动机的内部构造稍做了解，才能大致明白脱黏的严重危害性。

固体导弹无论体积大小，弹体都是圆柱形，这个圆柱形弹体既是存放固体推进剂的容器，也是发动机的燃烧室，推进剂的燃烧过程就在这个圆柱形壳体里进行。燃烧产生的高温高压燃气从壳体下部喷管喷出，使导弹获得飞行动力。

固体发动机壳体内是多层结构，从外到内由壳体、隔热层和一圈厚厚的固体推进剂药柱组成。这样的结构，跟大柚子的结构有着相同之处——柚子黄色的外果皮，相当于发动机的壳体；柚子外果皮下那层颇有韧性的白色海绵质，如同发动机内的隔热层；柚子的果肉与白色的海绵质相连，就像发动机内推进剂与隔热层紧密相连——并且，固体推进剂中间的芯孔结构，也与柚子的果肉瓣围成一圈、中间形成空腔的状态一模一样。

柚子的果皮、海绵质和果肉在生物基因的作用下，可以自然生长结合为一体。但发动机的金属壳体、耐高温橡胶材料的隔热层和高燃速的橡胶状推进剂药柱，只能靠人工黏合的方式结合为整体。

发动机有三个黏合层面——壳体与隔热层的层面、隔热层与隔热层的层面、隔热层与推进剂的层面。而每一个层面的材料、黏合工艺都不相同。如果黏合剂或黏合工艺出现了问题，被黏合的层面就会相互脱离，这就是“脱黏”现象。

如果壳体与隔热层发生脱黏，会导致发动机壳体被烧穿损毁。如果推进剂与隔热层发生脱黏，发动机工作时产生超过 3000℃的高温，会将脱黏处的推进剂提前引燃，释放过量燃气，导致发动机爆炸。

无论发生哪种情况都是不可接受的，所以，如果无法有效地解决脱黏问题，发动机只能做报废处理。但四院根本无法承受发动机报废带来的后果。

而此时，老院长邢球痕因身体健康原因退居二线，新任院长袁人锐是位固体推进剂专家，副院长叶定友主持发动机研制工作。

而四院正处于自成立以来最困难的时期。由于研制经费的大幅缩减，四院的正常运转都已出现困难，“型号不多，军贸也停了，经济很困难。财务账面上只有 400 多万，发工资都不够。”身为常务副院长的叶定友不仅要管理研制工作、技术问题，更要为怎么弄到钱而操心。“四院已经一万多职工了，都得有饭吃啊。”

那时中国南方沿海地区的民营经济已经高度发达，对高技术人才给予极高的待遇，工资收入比内陆国有企业高出一二十倍，这极具吸引力的条件，形成了“孔雀东南飞”的社会现象。三线军工单位都面临着难以招到新毕业的大学生且单位原有科研人员辞职南下的局面。叶定友也很着急，四院多年培养出的这批专业人才不能在他的管理期间被荒废，更不能散了。“这些人，对国家都是有大用处的，早晚会需要他们，不能走啊。要让他们留下来安心工作，就必须有研制项目。”可他手里的研制经费却捉襟见肘，万般无奈，只能依靠借款维持。“我们就自筹经费呗，咬紧牙关都得搞研制。那几年，我去二炮（原第二炮兵部队的简称，现为火箭军）借过两次钱，一次 4000 万，一次 6000 万。”

1989 年，叶定友第一次借款后不久，接连搞了几次试车。“那一年，情况不断啊！第三级发动机进行了两次热试车，都爆了。两次都是在壳体前封头的地方出了问题，但爆炸前表现出的状况却不一样。”叶定友挠挠头说，“紧接着，要进行试车的两台第一级发动机，又发现了脱黏现象。那时候我们还没有探伤设备，就是在现场用铜锤敲外壳，听声音分辨，根本无法知道‘病灶’的准确位置。有一台明显脱黏了，另外一台也觉得有问题。我们资金那么紧张，造出一台发动机，光是推进剂的价值就几百万，不能让它们报废啊。”查明问题原因，对问题发动机进行修复，成为唯一的选择。

刚刚担任这个型号发动机主管设计师的田维平，是位 25 岁的年轻设计员。他工作还不满两年，参与这台大发动机的研制，是他职业生涯中的第一项工作任务，产品出现严重的脱黏缺陷，也是他遇到的第一个大难题。

“当时我们面对两个问题。一个是从设计角度考虑，发动机能不能补救，因为造价非常昂贵嘛。另一个就是要搞清脱黏的成因，这比补救一台发动机更重要，因为关系到整套设计方案还能不能继续往下走。”

关系如此重大的问题，已经不是研制小组的几个设计员就能解决的事情了。主管研制工作的叶定友、阮崇智副院长紧急召开技术会议，汇集四院所有技术专家和各单位负责人共同商议解决方案。

要解决两个问题，都必须先搞清脱黏发生在哪个层面，才能做出判断。可那时，四院负责发动机生产的7416厂里，检测脱黏的方法却还是采用铜锤轻轻敲击发动机壳体，靠人工听声辨识的“原始”手段。这虽然可以判断出是否脱黏以及脱黏的大致位置，但无法判定缺陷发生在哪个层面。

要在不损伤发动机的状况下进行缺陷位置的准确判定，就必须使用大型工业探伤设备进行 X 光透视。当时国内唯一能对大型产品进行透视探伤的“直线加速器”，却远在内蒙古呼和浩特。那原本是四院的设备，1970年四院开始向陕西蓝田搬迁时，大发动机的研制工作暂留在那里继续，探伤设备也就留在了那里。后来，大发动机生产线在蓝田建成，大部分人员也迁往此处，但呼和浩特还留下部分人员，并组建成一个新的单位，探伤设备也划归他们使用了。

此时，四院派田维平等人坐汽车，紧急赶往呼和浩特，联系发动机探伤检测协作。他们同时还承担着另一项任务，测量查看沿途经过的每座桥梁、涵洞的状况，以评估能否满足发动机的运输条件。

那一趟跑回来，结果却令人失望，发动机的重量和直径都太大，几个必经之处的路宽、涵洞高度和桥梁承重能力都不能达到要求，根本运不过去。

四

无损探伤无法进行，航天四院的领导和技术专家们商议决定，立即组织“突击队”，直接采用人工挖药的方式，钻进发动机内，将脱黏部位的推进剂挖出，直观地查看各层面的状况进行技术分析。然后再将各层面重新修补，完成发动机修复工作。

其实，无论有没有无损探伤的检测，最终都要进行人工挖药。这是消除脱黏缺陷花费资金最少、最直接有效的办法，也是当时唯一的方法。

无损探伤手段只是能在开挖之前，就看到脱黏层状况，设计人员能够立即进行技术分析，同时也能为挖药人员精确标定挖药位置。而没有无损探伤手段，就只能凭借铜锤的敲击判断出大致的挖药位置，设计人员要等挖药全部结束后，才能找到脱黏到底出现在哪里。

“突击队”当天就成立了，叶定友和阮崇智两位副院长分别担任队长、副队长。这是四院的传统，每次组织“敢死队”“突击队”，正副队长必然由院领导担任，并第一个进入危险区查看。突击队的成员，从各车间抽调。三车间整形组的青年工人徐立平和他的师父王广仁名列其中。

这情节实在太熟悉了！

20 年前，不到一岁的徐立平被送回姥姥家时，四院正组织“敢死队”，为出现缺陷的发动机进行“挖药”补救。20 年后，徐立平被选入突击队，依然是为出现缺陷的发动机进行“挖药”补救。除了“敢死队”换作了“突击队”，其他的情节几乎一模一样。

这不变的场景背后，正是中国航天人一直面临的窘境——经历两代人的更迭，技术手段落后的局面却没有多少改观。

中国航天面临的局面是长期遭受技术封锁，研制经费极为有限，无法开展全方位的基础研究，科研条件远远落后于世界先进国家。而他们却必须用落后于时代的科研设备和制造设备，设计制造出达到世界先进水平的运载火箭、战略导弹。

1969 年，徐立平母亲所在的装药车间，对“长征一号”第三级火箭发动机推进剂固化状况检验时，主要靠人工目测的方法。而那时，国外早已采用了大型探伤机透视检测技术，可以直观准确地检测发动机内部的具体状况。

1970 年，徐立平的父亲奉命驾车在运输途中进行发动机震动试验，也是因为国内没有大型震动测试仪，只能派他和技术人员一起，冒险完成这样的任务。

1979 年，研制潜射型固体战略导弹时，同样采用“人工挖药”的方法修复发动机脱黏现象。

时至 1989 年，徐立平参加这次行动，工厂里依然是 20 年前的落后手段——用木槌轻敲发动机壳体，靠人耳听声判断。出现脱黏缺陷，依然靠工人冒险手工挖药，露出缺陷部位，才能观察到缺陷状况，这是风险极高的“土”办法。

“土法上马”从 20 世纪 50 年代一直沿用到 90 年代，这都是在无法获得先进高端设备的状况下，用自制的简陋装置完成任务的无奈之举。尤其在军工行业中，这成了极端落后的技术条件下，解决科研难题的“制胜法宝”。事实上，直到 2000 年，中国在航天技术的研究探索中，很多地方依然需要依靠“土法上马”解决问题，这样的例子不胜枚举。

中国航天人，就是在这样落后的艰苦研制条件下，用“土法上马”、用牺牲精神，完成了“两弹一星”的艰巨任务，研制出对空、对地、对海等品类齐全的战术、战略导弹武器，让中国拥有了探索太空的能力，拥有了强大的国防。很难统计，在这样的过程中，航天人为之付出了多少血汗，付出了多大牺牲。徐立平即将参加的这次“挖药”行动，就是典型的“土法上马”，工作仅两年的年轻人就要参与到如此危险的事情中，那些工作多年的老师傅们又会有多少次这样的经历呢?

发动机脱黏一直是困扰四院的技术难题。推进剂从黏稠状降温固化为固体状态时便会发生收缩，这是固有的物理特性。制造小型发动机时，收缩产生的拉力小于黏结力，几乎没有出现过脱黏现象。但随着发动机尺寸越来越大，推进剂装药量越来越多，收缩拉力便远大于黏结力，脱黏的现象便越来越突出。这一问题最早出现在用于发射“东方红一号”卫星的“长征一号”第三级发动机头部。当时采取的措施是让药柱“自由脱黏”，然后灌浆修复。这一方法沿用了 20 年，只有灌浆也无法修复的发动机，才使用“人工挖药”修补的方法。

在研制固体火箭发动机的过程中，航天四院敢于多次使用“人工挖药”的方法对发动机进行补救，是因为推进剂虽是高危化学品，但只要掌握了其特性，也能够安全操作。

他们研制出的每一种推进剂，都要有极高的“适应性”和“可用性”。必须在各种极端状况下，经过多频次的安全检测，包括用步枪射击发动机、将发动机从高处抛向地面等极限撞击测试项目。只有在各种严格测试条件下都不会引发爆炸或燃烧发动机里的推进剂，才会被应用。

固体发动机不怕撞击，甚至不怕步枪子弹射击，但钻进发动机内进行挖药，却依然是件极度危险的工作。因为固体推进剂还有一个显著的特点——不能与明火接触。哪怕是一颗小小的静电火花儿，都能将其引燃。固体火箭发动机采用电火花发生器作为点火装置，就是利用了这一特点。

静电几乎无所不在——身上的衣物相互摩擦就会产生静电。刀具切割推进剂，进刀过快或切下的推进剂厚度过大，都会因摩擦产生热量和静电。在发动机内挖药的危险性，也正在于此。

1969 年的那次推进剂开裂，是在发动机头部位置；1979 年的那次推进剂脱黏，是在发动机尾部靠近喷管位置。在这两个部位挖药，操作者只需站在发动机外就能操作。而 1989 年的这次脱黏，却发生在发动机头部靠近中间的位置，并且发动机体积也增大了十几倍，操作者必须从推进剂药柱芯孔钻进 发动机内，半趴在推进剂中进行操作。推进剂芯孔内空间狭小，操作难度极大，发生意外的概率比 20 年前的任务高出许多倍。

推进剂药柱芯孔内的空间狭小，光线昏暗，在里面挖药，衣物、推进剂之间必然会有摩擦。并且上下左右都被推进剂包围，空气不流通，操作者的精神压力极大，无数次的进刀切药也很可能会出现操作失误。任何一次小失误，都可能导致发动机内的推进剂瞬间被引燃或爆炸。

四院的那些老人手们都曾亲眼见过推进剂爆炸后的惨状，他们无法忘记1971年1月14日四院呼和浩特工区发生的那次爆炸，混合工房被炸成一个巨大的深坑，钢筋混凝土和设备残骸的碎片飞到了几百米外。那只是混合机内1000升推进剂爆炸造成的破坏。而这次将要挖药修补的发动机内，推进剂的剂量比那次爆炸的剂量高出十几倍，况且，人员还在发动机内操作。如果发生意外，其后果无法估量。但钻进去挖药，是修补这台脱黏发动机的唯一方法。

1989 年“十一”国庆之后没过几天，徐立平就和他的师父王广仁以及三车间另外两名经验丰富的老师傅一起，被借调到五车间。“突击队”有 20 多人，大都是 7416 厂各车间抽调来的会整形、懂灌浆技术的“老人手”。年轻工人只有四五个，都是四院子弟，徐立平是其中年龄最小的一个，他 21 岁的生日，就是在发动机的推进剂药堆里度过的。

突击队里的年轻人只选子弟，并非照顾“自己人”，而是因为这项任务危险性太大。这几名年轻人的父母都是本单位职工，知道这里的工作性质，如果任务中发生不测造成伤亡，也能理智地对待。

能够入选突击队让徐立平特别激动，因为参与这种任务的人，必须技术水平过硬。从三车间整形组借调去五车间的只有四个人，一个是他师父，另外两位也是老师傅，只有他一个是年轻人，这说明他的技术已经获得认可。

他的激动，还不仅如此。他是看着“小人儿书”长大的那一代人，那时的小人儿书里，画的讲的都是董存瑞、黄继光、邱少云那样的英雄故事，那些画面和故事，在无数少年心中种下了英雄梦。

这次将要执行的任务，唤起了他压在心底的英雄梦，“突击队员”“高度危险”“国家利益”这些关键词，让他真切感受到个人与国家紧密相连的使命感和荣誉感，让他热血澎湃。

徐立平知道这项任务风险极大，怕父母担心，在家里只字不提入选突击队的事情。他父母也知道院里挖药的决定，那是当时四院最重大的新闻，但他们不知道儿子也是成员之一。因为挖药在五车间，而徐立平在三车间工作，他们没想到，儿子已经被借调到了那里。

五

虽然怀着满腔英雄气概，并且有着充分的思想准备，可真的走进厂房，面对发动机时，徐立平还是难以抑制地紧张起来。

徐立平对这台发动机并不陌生，一个多月前，它停在三车间的厂房里，徐立平曾跟着师父一起为它做过端面整形。如今，再度面对它时，却必须钻进内部，在十几吨推进剂的包围中工作，那是与端面整形完全不同的感觉。

那台五六米长的巨大圆柱形发动机横陈在工房中间，直径比一个站立的成年人还高，里面填充着十几吨富含巨大能量的固体推进剂。推进剂药柱的中心位置，有一个仅比肩膀略宽的多角星形芯孔，从发动机这端一直通向另一端。芯孔黑洞洞的，如同一张巨兽之口，环绕的星角如同一圈利齿。芯孔内已经铺设了几层纯棉帆布，一截布头搭在芯孔外，像巨兽吐出的舌头。

他和身边这些老师傅们要轮流从这个小小的芯孔钻进发动机内，爬到脱黏部位，一刀一刀地将厚达几十厘米的推进剂挖穿，直至露出脱黏部分。

老师傅们看起来没那么紧张，还开着玩笑相互提醒，“干活儿都小心点儿啊。要不然，这就是豪华棺材，火葬场都不用去了”。这话一点儿都不夸张，因为只需一颗小小的电火花，发动机内十几吨推进剂就会被全部引燃，并在十几秒内就全部转化为3000℃的高温燃气，身在其中的操作者将被烧得灰都不剩。

突击队员们每人领到一套崭新的工作服，从里到外都是纯棉制品，脚上是布面羊皮底的舞蹈鞋。操作者进入发动机内时，脚腕上要系一根静电导线，慢慢爬到工作位置后，站在发动机外另一端的辅助人员会迅速递进另一根静电导线，操作者必须将其在手腕上绑好，再接过同样连接着静电导线的铲刀，才能开始铲药。这一切，都是为了防止摩擦产生出静电。

进行挖药工作时，工房里只能留下两个人，一个钻进发动机内进行切药，一个站在发动机外负责递导线、工具，接出铲下的废药等辅助工作。其他人员都撤到厂房几十米外的山坡拐角处等候换班，这是为预防发生意外、降低伤亡人数的安全措施。

徐立平记得，第一个进入发动机内的是他师父王广仁，作为厂里的“一把刀”，自然要承担发动机内判别划定挖药范围的任务。师父很快划定脱黏范围后，迅速退了出来，壳体内推进剂挥发出的化学品气味浓烈刺鼻，能坚持十几分钟已是极限。

时任 7416 厂副厂长的郝增海第二个钻进了发动机内，他体态较胖，钻进那狭窄的药柱芯孔实在不容易，可他坚持要去铲下第一刀。事实上，他也曾是一名推进剂灌浆工，因为工作出色，从班组长成为车间主任，后来又被任命为副厂长。

十几分钟后，郝增海费力地退出来，指着自己挖出的那些推进剂，对突击队员们说：“就以我铲出的这些药量为标准，你们每次都不少于这些。”那堆像刨花般卷着的推进剂薄片只有几十克。为减少摩擦热量，铲除推进剂时，都必须慢慢推刀，并且每一刀切割的厚度都必须小于0.5毫米。郝增海能挖出这么多，已经算是高手了。即便是技术最高的“一把刀”王广仁，十几分钟的时间里，最多也只能铲下100克左右的废药。

叶定友和阮崇智两位副院长也先后钻进发动机内查看情况，两人很早就赶到了现场，他们是突击队正、副队长，都要带头进去挖药。

老师傅们轮流进去了几次后，才将徐立平他们那几个年轻人排进换班顺序表中进去挖药。

轮到徐立平的时候，他“心跳不由自主就加快了，手心也不停地往外渗汗”。发动机里浓烈的化学品气味呛得人呼吸困难，“尤其是刚进去时，眼睛被刺得不停流泪”。推进剂中含有数十种化学物质，会不断挥发出有毒的刺激性气体。他们不能使用面罩式防毒面具，因为视野太窄，还容易磕碰周围的推进剂，只能用两层棉口罩做简单防护。但推进剂芯孔内挥发气体浓度极高，那样的护具只是一种心理安慰，根本不起防护作用。

虽然徐立平脚腕拴着静电导线，但往里爬的时候还是“特别小心，生怕摩擦出静电”。每次爬进发动机，都像在“鬼门关”前走了一遭，“里面就像另一个世界，安静得让人恐惧。能听见自己的呼吸和心跳声，感觉太阳穴的血管也跟着一起跳，声音特别大，‘嗵嗵嗵’的，震得耳膜疼。挖药时，能听见衣服的摩擦声、刀刃切下药面时的沙沙声。平常在外面干活儿，根本听不到这些声音”。

在发动机芯孔狭小的空间里，他只能侧身半躺半坐在推进剂上。如此别扭的姿态，眼睛也被熏得酸胀难忍，还必须保持切割厚度小于 0.5 毫米、推刀匀速平稳不变形，这难度绝非平常修整药面时的状况可比。他必须努力让自己迅速平静下来，尽快开始工作。因为芯孔内的化学气体过于浓烈，根本无法长时间工作，每人不能超过 15 分钟。操作工每一次出刀都要仔细谨慎，不能有丝毫的闪失，精神压力巨大，完成十几分钟的班次出来时，徐立平都感觉浑身发软。

每天钻进发动机中挖药，并没有让徐立平习惯那种环境，紧张感反而越来越强烈。即便到了 11 月份，山沟里已经天寒地冻，他还是在钻进发动机的那一刻就开始出汗。

挖药行动开始后没几天，徐立平就觉得腰部和右腿隐隐作痛，随着挖药工作的持续进行，那种痛感也越来越明显。他却没跟师父说起这事，因为担心被误会是惧怕危险而找的借口。他宁可忍受身体上的痛苦，也不愿被误认为是“胆小鬼”。他为自己能参加这次任务，颇感自豪和兴奋，少年时的“英雄梦”在此时得以实现。虽然外界并不知道他有这样的壮烈之举，甚至连他的父母都不知道他参加了这项任务。

发动机主管设计师田维平也要经常守在挖药现场，因为挖药时有什么技术问题，必须由设计员、工艺员、操作人员一起商议处理。他也多次钻进发动机里查看进度情况。“都知道这是危险的事情。可我们必须解决发动机的问题，还要尽快了解脱黏的状况，确定设计方案是不是有问题。顾不上再想危险不危险，就得进去观察。”

对于挖药的工人，田维平印象最深的是老师傅王广仁——四院有名的“一把刀”。“这种重要的任务，经验丰富的老师傅必然担纲主力。徐立平那时工作时间不长，我也刚参加工作不久，相互都不熟悉。”

任突击队队长的叶定友却记得徐立平，但不记得他的名字，只知道他是“徐桂林家的大儿子”。当年在呼和浩特大院儿里，叶定友家跟徐桂林家是住在同一栋平房的邻居。徐立平十几年前就跟着父母搬到了蓝田，叶定友却是五年前刚从呼和浩特调来。十多年没见过面，如果不是别人介绍，叶定友也认不出这瘦高的小伙子就是当年的小邻居。

其他几名年轻的突击队队员，叶定友同样叫不出名字，却知道他们父母是谁。大院儿里面就是这样，晚辈们不知长者的名字，却可能知道他的外号；长辈不知道晚辈的名字，却知道他是谁家的孩子。

“我们带着一群‘子弟兵’，干了这件危险的事情。”叶定友说。

挖药行动持续了将近两个月，突击队队员们冒着生命危险，一刀一刀挖出 302.75 公斤推进剂，脱黏部分才全部显露出来。

田维平他们这些设计人员迅速查看脱黏部位，“我们很快分析出了脱黏成因，确认不是设计问题。”

工厂里的工艺员们也立即根据脱黏状况，迅速制订发动机修补方案。灌浆修补的工作也随即展开，依然由突击队队员们钻进壳体中进行操作。贴敷隔热层和推进剂灌浆工作必须一次性连续完成，并且只能由操作者钻进发动机内操作。浆料挥发出的化学物质更多，对眼睛的刺激更为强烈。突击队队员们除了轮班操作，别无他法。

300 多公斤推进剂浆料的连续回填，需要 20 多个小时。徐立平跟着老师傅们一起倒班操作，连续工作一天一夜，“完成修补走出厂房时，眼前像蒙着一层雾，看不清东西，两三天后才慢慢恢复”。

参加挖药的突击队队员们获得了四院颁发的集体二等功，时任航天部部长林宗棠也发来贺电，向突击队表达敬意。但多年之后，就连叶定友、田维平、徐立平这些亲历者，都无法说清突击队的具体人数。在四院人的眼中，那不过是又完成了一件危险性较高的本职工作而已，事情解决了也就过去了，留不下太多的印象。不过，那次冒险挖药时，院长、厂长和老师傅们的行动，却在徐立平这样的年轻人心中留下了深深的印象。

军工人、航天人国家至上，不畏艰险，无私奉献的精神，不是写在横幅上的口号，而是以实际行动进行着传递和传承。

田维平说：“1990 年 3 月 29 日修复后的发动机试车成功，证明了这个设计方案是可行的。这种发动机技术的应用，让中国战略武器装备水平上了很大的一个台阶，直到现在，很多新型号的发动机，也是以这种技术为基础进行的提升。”

发动机制造过程中，脱黏现象屡屡发生，必然会影响到交付使用时的安全性，“总不能交付发动机后，还派人提着罐子跟着灌浆吧”。这样的问题必须尽快解决。

此事便由副院长阮崇智率领研制组进行解决，经反复研究试验，也没有找到好的方法。山穷水尽之时，阮崇智想到铁路为了应对热胀冷缩，在两段铁轨之间人为地留出伸缩缝，那也可以让推进剂自行收缩，在其接触面黏附一层伸缩率较大的人工脱黏层，即可让药柱在降温收缩时保持结构完整。这一方法果然有效，极大地降低了脱黏出现的概率，发动机质量也因此稳步提高。

六

经历过那次危机四伏的挖药历练，徐立平的技术水平和心理素质获得了飞跃式的提升。这就如同一把钢刀的刀口，只有经过烈焰与冰水的淬火，才能磨砺出斩金断玉的坚硬锋刃。

但挖药任务结束后，徐立平腰部和右腿部疼痛已经非常严重，走路都开始一瘸一拐，并且痛感还在一天天加重。他去医院检查过几次，却查不出病因，医生只能采用封闭疗法给他镇痛。这样的治疗根本不起作用，几个月后，他已经无法自主行走，被同事们抬进了医院。

徐立平的心情灰暗到了极点，他刚刚跟随老师傅们完成了一项壮举，还未来得及品味那种英雄的豪迈感，却要面对如此沉痛的人生挫折。作为一个刚刚 21 岁的年轻人，他无法想象也无法承受，此后的大半生都将瘫痪在床的命运安排，那该怎么生活？还怎么工作？

那段时间里，女友梁远珍每天守在医院里陪护，让徐立平感到温暖。她也是四院的二代子弟，在徐立平参加挖药前的两个月，刚从技校毕业，分配到 7416 厂机加车间工作，经朋友牵线相识相恋。四院驻扎在蓝田县山沟的那些年间，二代子弟们的恋爱对象，无论是自己追求，还是媒人介绍，选择范围都在这个半封闭的大院儿里。

徐立平住院时，两人恋爱不到一年，正是热恋期。梁远珍刚考入西安市的一所职工大学，得知徐立平住院，立刻请了长假赶回蓝田山沟里的职工医院陪护照顾。她知道徐立平可能会瘫痪，却根本没考虑将来会面对怎样的状况。“那时还年轻，什么都不会想太多，就是一心要照顾好他，一辈子这样都无所谓。”她说。

徐立平的母亲温荣书却考虑得很多，自从儿子住进医院，温荣书每天晚上都难以入睡，她怕儿子后半辈子就这样瘫在床上，也怕因此耽误了梁远珍。

在医院住了一个多月，徐立平的病情也不见任何好转，甚至有些恶化，连上厕所都要由两个人架过去。医生依然查不出病因，只是推断病情这样发展下去，他可能会终身瘫痪。

可是，母亲温荣书却认为，儿子的这种状况是挖药时吸入大量毒性气体所致。因为她记得，当年生产“长征一号”第三级火箭时那次推进剂开裂的挖药行动结束后，同事陈明义就因长时间接触推进剂导致中毒住院半个月。陈明义他们的挖药行动是站在发动机外面操作，持续了一个多星期。而徐立平参与的这次挖药，是钻进不通风的发动机内，并且持续了近两个月，所以“肯定是中毒反应”。

徐桂林觉得奇怪，那么多人参加挖药，为什么其他人没事，偏偏徐立平就不行了？温荣书的回答是：每个人对化学品的抗敏性不一样，20 年前参加挖药的“敢死队”队员中，也只有陈明义出现了严重的中毒反应。

那时的医院还没有技术手段排查出这些有毒物质，更没法验明徐立平丧失行走能力与中毒有关，病因不明的状况下只能采取保守治疗方案，相当于在医院休养。

温荣书觉得，在医院休养单位每天要安排两名职工照顾，还要报销那么多医疗费，作为一名老职工，她心里实在过不去。于是决定将儿子接回家中休养，由她亲自照顾。

徐桂林将儿子接回家，看着他卧床不起的样子，心里说不出的难受。“唉！当年分配时，如果不去搞整形，随便把你弄到哪个单位去都行啊！我是真后悔啊！”

徐立平那时的情绪极为低落，但父亲的自责难过让他心中不忍，他低沉着声音劝慰父亲：“……危险的事儿总得有人干。你跟我妈都干过危险的工作，你们后悔过吗？”

儿子的反问，让能说会道的徐桂林顿时没了词儿，他也执行过高度危险的任务，并且以此为荣，成为跟同事聊天时的谈资。其实，蓝田山沟沟里四院家属院中那些左邻右舍，家家都有在危险岗位工作的人，都曾参与过最危险的任务。“咱干的就是这样的行当。”这是四院职工们挂在嘴边的一句话。

温荣书理解儿子的心情，“我们工作的时候，都是争着去干危险的工作，就是觉得，能为国家做奉献是最光荣的事。我想，他们年轻人，肯定和我们当年是一样的。”但是，看着自己的孩子在工作中遭遇意外，甚至后半生都可能被病痛折磨，她心里实在难过，也不甘坐视这样的现实。

她决定，用自己的康复计划，帮助儿子重新站起来，生龙活虎地过好今后的日子。

徐立平被接回家时，梁远珍也跟到家里来照顾，这个姑娘对儿子的尽心，温荣书全都看在眼里，“照顾得太好了，连袜子都是她帮着穿。”她打心底里喜欢这个姑娘，可这样的照顾，只能让徐立平更依赖于别人的帮助，作为长者，她必须考虑长远。更何况，如果儿子不能重新站起来，必然会拖累这个好姑娘。

温荣书便硬起心肠，对梁远珍说：“你的学业不能再耽误了，我来管他，你回去继续上学。”说完便将姑娘连劝带推地送出了家门。

劝走梁远珍，温荣书便开始实施自己为儿子制订的康复计划：“从现在开始，所有的事情我们都不帮了，你自己做。”饭菜不再端到面前，要吃饭就得自己走到餐桌旁，上厕所也不再有人搀扶，必须自己走过去。

徐立平知道妈妈的苦心，他心中也比任何人都着急，谁会愿意在病榻上度过余生？

在病床上躺了一个多月后，他搬动双腿慢慢下床，开始尝试自己行走。长时间不曾运动，他的双腿已经毫无力气，并且不受控制。他必须强忍疼痛抓紧床头摇摇晃晃地站稳，扶着桌角、墙壁、门框，一步一步缓缓地挪动。每一步，他都迈得艰难，挣扎几分钟，只挪出四五米的距离，急得满头大汗。弟弟妹妹想上前扶他一把，被温荣书用严厉的眼神制止。

当年徐立平还不会走路就被送回老家，蹒跚学步时妈妈没能陪在他身边。如今上天仿佛给了母子俩弥补那段缺失时光的机会，21 岁的徐立平在妈妈的督促下再次学习走路，但这样的“弥补”，实在令人伤感。

家中的康复训练进行了两个多月，不知是体内的毒素被逐渐排出，还是每天的行走锻炼强行“激活”了身体机能，徐立平腰腿部的疼痛居然渐渐减轻，不需要辅助也能自己行走了。不过，这次原因不明的病还是给他留下了后遗症，右腿肌肉明显萎缩，比左腿细了一圈。并且，腿疼的状况还是会时常出现。“疼得受不了时，就吃点芬必得。”徐立平说，“后来我又去过医院，还是查不出原因。有大夫说是梨状肌综合征，但也不能确诊，我也就不去检查了，反正这么多年也就这样了。”

1990 年 8 月，徐立平终于康复回到了自己的岗位。不过，他的岗位已经不是三车间，而是前段时间执行发动机挖药任务的五车间。那次挖药后，五车间也成立了整形组，徐立平和师父王广仁被留在那里，他师父担任了整形组组长。

徐立平重返工作岗位半年后，师父因为老花眼无法继续进行整形工作，调任车间安全员，老师傅王安民接任了组长。徐立平也在此时被任命为副组长，配合王师傅的工作。

王安民也是当时参加挖药的主力人员之一，他工作特别勤恳，外号“老黄牛”。不过，徐立平觉得，王师傅的这个外号并不贴切，因为他不光干活儿肯出力，还特别心灵手巧爱动脑，发明了不少专用工装和工具，也制作过很多特型整形刀具。

对发动机进行端面整形，没有现成的制式刀具、工具，全靠操作工根据发动机的形状、大小等条件自行设计制造。

设置端面整形工序之初，生产型号较为单一，整形操作也仅是简单的平面整形。即便在那时，他们也很难找到称手的刀具，整形工们曾去西安市内各种工具店中寻找，甚至试用过木匠的刨刀、鞋匠的修鞋刀，却都不合用。一位老家在上海的整形工回家探亲时，上街购物偶然发现了一把平刀，刚性、锋利度都非常符合工作的需要，于是买了一把带回来。经过试用，切削效果真是不错，但刀刃与刀柄在同一平面上，影响操作。大家商议后决定，把刀的头部打弯，与刀柄形成一定的角度，这样一改果然好用！这把经过改制的平刀，就成为整形组第一把正式编制在册的刀具。而那位家住上海的同事也就成为义务采购员，每年回家探亲时都要买几把刀带回来。

但这种刀型也只适用于当时工作中简单的平面整形，随着发动机型号的增加，端面整形型面的复杂化，整形工们便开始自制各种刀具，进行特殊型面的整形工作，各种形状的刀具越做越多。

此前两年多的工作中，徐立平只是使用老师傅们以前制造好的刀具，跟着王安民一起工作的那段时期，他学到了很多搞小发明、小创造的思路和方法，也开始尝试自行设计适合不同型号发动机整形的专用刀具、工具。王安民也很喜欢徐立平在技术方面的钻劲儿，只要他来问，就知无不言、言无不尽地教他。

“王师傅相当于我的半个师父。”徐立平说，“有一些发明，就是王师傅提出改进思路，我再完善加工出来的。上报成果的时候，王师傅坚决不提他自己，就说是我们搞出来的，努力地把年轻人往上推。”

那段共事的经历，让徐立平获益匪浅。不仅让他对整形技术有了更深入的理解和体会，发明出许多提高生产效率的专用刀具、工具，还让他学到了老一辈航天人对后来者“传帮带”的责任心。

不过，徐立平和“半个师父”共事的时间并不长。1994 年，王安民因为年龄原因，调往检验组工作。26 岁的徐立平，被任命为五车间整形组组长，成为厂里最年轻的班组长。

四院大院儿里的许多子弟，和徐立平一样，生于此长于此，在此完成学业，并在此参加工作，成为具有血缘和师承双重关联的“第二代”航天人。此时，他们已经可以独当一面，和父辈们一起承担起制造“国之重器”的职责。

还有一批大院儿之外的年轻人，也在此时来到四院，跟随老一辈航天人从事固体火箭发动机研制。他们和第一代创业者一样，远离家乡父老，在依旧落后的条件下开展工作，他们传承了艰苦奋斗的精神，在前辈打下的基础上，向更高的技术攀登，成为代际更迭意义上的“第二代”。

第十二章

传承者

一

20 世纪 80 年代末 90 年代初，中国军工领域曾一度出现严重的人才断档现象。其主要原因之一，是 1965 年军工行业向三线地区搬迁后，因地处山区规模受限，以及其他一些原因，十多年时间极少招收新人。

进入 20 世纪 80 年代中期，各单位中的研制人员年龄都已在 50 岁上下，才发现后备人才严重短缺，再过几年就将面临重要任务无人接手的窘境。此时正值三线单位调迁政策开始实施，各军工单位也开始了招收新人的相关工作，尤其急需高校毕业生。

参加挖药行动的田维平，就是那个时期进入四院的。

田维平也是三线军工厂子弟，父母的单位生产军用飞机电子设备，距离西安 100 多公里。他 1980 年考入西北工业大学，没选父母从事的航空专业，而是选择了学习火箭发动机。

1985 年大学毕业时，航天四院与北航联办的硕士学位授权点开始自培招生，田维平成为四院招收的第一批研究生。“我们那批招了 7 个人，那时研究生很少，西工大每年招收名额才 100 人左右。”

田维平便在那时来到蓝田山沟里的四院学习。他觉得，这地方除了交通更困难些，环境更封闭些，其他方面跟他生活过的那个航空单位大院儿没什么区别。“我来的时候，年轻设计员比较少，在我们前头，只有 1981 年到 1985 年这四届毕业分来的大学生。本来人数就不多，那时不是‘出国热’嘛，这些人中还有不少争取到公派留学或访问学者的名额，出去留学了。”

继 20 世纪 50 年代的“留苏热”之后，80 年代初随着改革开放，中国又开启了新一轮的“留学热”。不过，这一轮的留学目的地，大都指向了科技和经济最为发达的美国。

1988 年研究生毕业后，田维平被分配到 41 所 101 室，开始从事发动机设计工作。“我们室里前面分来的年轻人本来就没几个，还有五六个都办出国了。所以，我们来四院的时候，实际上是一个人才断档期。后来，那些出国的人，基本上都留在了美国没有回来。”

那时，很多留学生没有选择回国，是因为中美关系由短暂的“蜜月期”迅速恶化后，时任美国总统的乔治・布什签署了一项总统令，让 4 万多名在美国留学的中国学生，都有机会免费获得永久居留权。那时，中美之间经济、科技等各方面的差距都极为悬殊，于是大部分中国留学生选择了留在美国。

那些由国家公费派遣赴美的中国留学生，都是国内急需的高学历专业人才，美国这招“釜底抽薪”，不仅将大批中国高技术人才留下服务于本国，更是在一定程度上，抑制了中国科技水平的发展速度。

事实上，中国高知阶层外流的状况持续了多年。有资料显示，曾有一段时期，在美国硅谷工作的华人中，清华、北大的优秀毕业生占有极高的比例，其中仅清华校友就有 2 万多人，以至于清华校庆时，美国的校友比在中国的还多。

与那些移民硅谷获得个人发展空间和丰厚报酬的“精英”相比，留在国内参加祖国建设、投身国防事业的人，无论是经济收入还是社会知名度，都与其相差甚远。但对于中国来说，这些留下的人，却比那些离去的“精英”杰出太多。正是这些留在国内参加国家建设、为自己祖国付出智慧和汗水的人，才让中国各领域的科技水平在短短20年间取得了飞跃式发展。

当年人才紧缺的状况，也让田维平他们那一代人很快拥有了崭露头角的机会。他研究生毕业才一年，便被委以重任，成为中国第一代固体洲际导弹战略武器发动机的型号主管设计师。

不过，那时的技术设备和研制手段，依然是与老一辈研制人员差不多的“全手动”状态。“我们做发动机装药设计，要在方格纸上手工画图，拿积分仪计算燃面。”田维平说，“方格纸就是那种整张都有小方格的图纸，一毫米一格，我们在那上面画出每个时刻药柱燃烧面铺展开的形状，然后计算它的燃面。燃烧面是不规则形面，就得用积分仪进行测量。积分仪是一种像圆规的工具，在方格纸某个点定位以后，沿着燃面边界走一圈，计算出燃烧面的面积有多大。这样的一张图，测量就要很长时间。”

画一幅燃烧型面图，要将很多张方格纸粘贴起来形成一张大拼图才能看出全貌，这就需要一两天时间。那仅是一个燃烧瞬间的图形，而他们要画的，是发动机工作时的整个燃烧过程。将那些精确到毫秒的每一时刻的燃烧面都画出来，就是厚厚一摞大拼图。然后还要用积分仪对每张大拼图进行测量、计算，得到相应的数据。“全都是手工画图，手摇计算机计算，那是很麻烦的事情。这种工作量和工作方法，效率很低。”

他工作几年后，四院为设计室配备了286、386计算机[1]，田维平他们自行设计研发出专用软件，计算燃烧面的效率百倍地提高。“现在就更快了，都换成高性能计算机了，用的也是高水平的通用设计软件。”田维平说，“从设计工具效率和水平能力来讲，就完全不是一个量级了，设计人员的水平也因此提高很多。现在都没有方格纸了。”

当年他参加突击队进行的那次挖药行动，更是让他记忆深刻。用小木槌轻敲发动机壳体进行内部探伤，这近乎“原始状态”的手段，让他感到震惊。工人们钻进发动机内挖药的场面，更令他感到钦佩。

“我刚参加工作的时候，就在大院儿里见到过肢体损伤、脸部烧伤的职工。”田维平说，“那些还只是受伤的。后来我看所史、院史，从建院到现在，研究、生产、试验过程中，20 多人付出了生命。四院人在探索固体火箭发动机技术的过程中付出了很高的代价，不仅面对技术问题，还有安全问题。这一定是靠信念和意志，靠我们航天人的精神支撑才走到了今天。”

那时正年轻的田维平，同样凭着心中的信念，留在山沟里埋头研制，开启了自己为国奉献的工作生涯，很快成为型号主管设计师，并在短短几年内被任命为设计室主任。

二

1990 年 6 月，27 岁的侯晓取得博士学位后被分配到四院。他是中国

[1]20世纪80年代中期到90年代中期的IBM PC兼容机中，应用英特尔（Intel）公司生产的两款处理器，官方名称为iAPX 286和iAPX 386，这些PC兼容机便被称为“286电脑”或“386电脑”。

第一个固体火箭发动机专业的博士，他自己却说，进入这个行当，完全是“误打误撞”。

侯晓家在陕西岐山县农村，父母都是普通农民，从小就要求他好好学习，他们不想让孩子在农村“受罪”，希望孩子将来通过考学“跳出农门”，成为吃商品粮的城里人。“当年，从农业户口转成城镇户口，可是不得了的事情。”

数十年“城乡二元结构”的户籍制度，严格地限制着农村人口向城市流动。即便在侯晓上高中的时候，中国的改革开放已经开始实施，这种“二元结构”形成的城市、乡村差别依然巨大，医疗、教育、社会保障和公共设施的投入方面完全是天壤之别。

就连驻扎在偏远山区，像四院这样的三线军工单位，虽然与当地农户生活在同一地域，却因为拥有不同的户口，生活方式因此有着巨大的“二元结构”差别。

军工单位里的职工、家属都吃“商品粮”，有车队从各地采购应季食品，大院儿里的学校、食堂、锅炉房、医务室等各种基础设施一应俱全，但只对内部职工提供服务。厂区、家属区的水、电、通信、供暖，都是专用管线。上述的一切，都与当地“农业户口”的居民无关，他们只有自己耕种的土地和自建的土房。

大院儿围墙内的厂房里，正用现代化的机器制造用于发射卫星的火箭发动机。大院儿围墙外的农田中，当地农户们还驱赶着黄牛，用汉朝时就已使用的直辕犁耕种土地。

一墙之隔，是一千多年的代差。

那时的农村青年，要想“跳出农门”“吃商品粮”，只有两条路——考上大学分配工作，报名参军提干转业。

侯晓的学习成绩一直优异，考学便是他“跳出农门”的最佳选择。

“我 1980 年参加高考，那时还是高考前填报志愿，每个班都发一张四开的彩印画报，上面有各个学校的专业信息。”以侯晓的学习成绩，考上大学没有丝毫问题，但他不知该选哪个学校、选什么专业，父母更不懂这些。

侯晓只选西安的大学，因为家里太穷，连去远地方的火车票都买不起。他根据往年的录取分数判断，自己的成绩能考上西安交大，于是第一志愿就填报了那所学校。他所在的那所中学，汇集了附近几个县的尖子生，学习成绩都不错，结果班里有四个人填了西安交大。班主任说：“一个班能录取两个就不错了，两个人改一下吧。”侯晓便成了其中一个更改志愿的。

班主任毕业于陕师大，当年在西安上学时，觉得西工大特别神秘，便建议侯晓填这个。“那有搞军工的专业，毕业后进军工厂，待遇也好。”侯晓听从了班主任的建议，开始寻找西工大有什么专业。

填报志愿之前两个多月，1980 年 5 月 18 日《人民日报》专发一份号外，“我国向太平洋预定海域发射的第一枚运载火箭获得圆满成功”。那是中国以液体发动机为动力，研制出的第一枚洲际导弹的发射试验。由于保密原因，新闻中将洲际导弹称为运载火箭，但这种“保密”只是针对专业以外的人，对国外业内人士而言，这是在高调地宣示，中国已经具备了远程反击的能力。

这条引发全世界关注的消息，在国内更是引起轰动，中国航天成就一时间引得万众瞩目。侯晓也背诵过这则新闻，因为这样的具有轰动性的大事，很可能入选高考时政题。

此时，侯晓在那张报考指南上查看专业时，看到了西工大当时的导弹系。他觉得这专业很神秘、很尖端的样子，于是决定填报这个。班主任也说：“导弹系！这好！这好！”其实，师生两人都不知道，那时的中国军工行业，已经逐渐步入“寒冬期”，大批重点型号被裁撤下马，科研经费被大幅压缩，此后的几年甚至一度陷入困境。

侯晓便这样误打误撞选择了西工大导弹专业，并以高出一本线 60 多分的成绩被录取。“家里卖了一头猪，凑了 50 块钱，让我拿着去上学。”侯晓怀揣卖猪款，踏上开往西安的火车，开始了与导弹相关的人生旅途。

“到了学校就好过了，每月发 22 块 5 毛钱的助学金，那时物价也低。”侯晓对“知识改变命运”的真实体验，是从大学食堂里的第一顿饭开始的。“一份土豆丝 5 分钱，一份红烧肉 3 毛 5，一天 5 毛钱，就能吃得很好。我每个月吃饭花销 15 块左右，还能剩 7 块钱，足够买一些日用品、学习用品了。”改革开放初期考入大学的农村学生，后来不乏各行各业的成功人士。但他们几乎都跟侯晓一样，对当年学校里的饭菜有着深刻的印象，尤其是分量颇足的肉菜，那是他们进入大学前很少能吃到的食物。

“放寒暑假时助学金照发，可以买衣服，一条涤卡料的裤子 7 块钱。我上大学时，不需要家里出钱。”侯晓对那时的高校教育制度充满了感激之情，国家的免费教育制度，让他这样家境贫寒的农家子弟，不必面对经济压力便可完成学业。

侯晓被分到导弹系固体发动机专业，其实大学的前两年，他都不知道什么是导弹发动机，因为学的都是数理化基础课程。直到大三开始学专业课，才在课本上看到火箭发动机的结构图。也是在那个时候，他才听一位年轻讲师说，本科毕业后还可以考研究生。“以前根本不知道还有硕士、博士学位，于是，我就从那时开始准备考研。当时也没钱买资料，就是在图书馆借阅习题集，然后抄下来做题。”

他本科毕业后顺利考上研究生，继续攻读固体火箭发动机专业。研究生即将毕业时，西工大又在国内率先设立了发动机专业博士招生点，他又顺利通过考试，获得了唯一的录取名额。三年后他完成学业，成为中国第一个固体火箭发动机专业的博士。1990年6月30日，他被分配到四院41所。

其实，侯晓在大学四年级时就曾到四院实习，他记得从西安市区开进四院所在的蓝田山沟里，学校的那辆大轿车足足跑了两三个小时，因为路况实在不好。不过，对那次实习他也没多少印象，“其实就是参观了一下，当天就回去了，走马观花看了个热闹。”

这次前来报到，41所正从蓝田山里往西安东郊搬迁。“他们跟我说，你不用到这边来了，于是，就在西安东郊的新点儿给我找了间房子先住下。那是新盖的家属楼，二楼一个54平方米的两室一厅套间，后来那房子就分给我了。”

虽然只是套54平方米的房子，却也是当时的高标准。这样的房子是工龄20年的技术员才能分到的。那些工作30多年的总师、研究员，分到的也不过是70平方米的住房。

那时，中国航天界正处于新老两代交替的时期，却出现了严重的人才断层局面。为吸引并留住高素质年轻人才，军工科研单位都出台了一系列优待政策。那时的研究生都是稀有的宝贝，博士更是难得一见的“大熊猫”，分给侯晓的那套54平方米的房子，就是对博士生的特别优待政策。

侯晓所在的41所105室，刚成立一年多，负责发动机技术预先研究工作。说是研究室，其实只有五六名老技术员，人丁稀少得像是个小组。那年，侯晓和另外四名高校毕业生分配到这里，才勉强称得上是个研究室。

“我来报到后干的第一项工作，就是建立国防重点实验室。这是原国防科工局要求西工大和四院41所联合筹建的，我们105室承担具体任务。”

当时全国只设立了6个国防重点实验室，41所、西工大联建的这个便是其中之一，承担固体火箭发动机燃烧热结构与流程的研究任务。

“这是做基础研究工作的，搞发动机不能仅靠经验，更要有基础原理研究做支持。我们的实验室经过了四次评估，这种评估，能得一次优秀都是非常难的，我们四次都是优秀。1994 年，我们完成了国家验收，正式投入使用。”

侯晓显然对这项工作颇为得意，他的职业生涯，便从建立这座实验室正式开始，并从此与固体火箭发动机密不可分。

三

庞爱民去四院 42 所的时候是 1990 年，那时 42 所刚搬到襄阳才一年多。“从那年开始，我就到那儿读研究生了。”

庞爱民本科在国防科技大学化学系，毕业后考上了 42 所与科大联办的硕士研究生，“第一年在国防科技大学上基础课，后面两年在 42 所，跟着导师王北海搞课题研究、准备毕业论文。研究生毕业就留在那儿工作。”

他说，从没想过自己会搞推进剂这个专业，因为高中时，曾看到一篇文章说——“二十一世纪是生物科学的世纪”。于是，作为一名“学霸”，生物科学便成了他的理想。如果不是 1985 年参加高考时发挥失常，他应该会考入武汉大学生物系，“可惜只差了 3 分”。

但学霸失常状态下取得的成绩，也足以选择众多名校。最终，他被国防科技大学化学系录取，分配到固体推进剂专业。“刚开始的时候，对这个行业一点都不了解，学了之后就喜欢上了。”

能被国防科大录取的，都是拔尖儿的学生，是来自全国各地的“学霸”，而庞爱民是“学霸”中的“学霸”。几年的学习期间，他一直担任班长，并且成绩始终排名第一。“上大二的时候，我就准备考研究生，去问老师，这个专业哪个单位最好？老师推荐了四院 42 所，他说，这是国内重点固体研究所。”

当时，42 研究所还在郭峪山沟里，那地方距襄阳市有几十公里，离庞爱民的家乡老河口，却只有十几公里。不过，因为严格的保密措施，庞爱民在家乡生活了十几年，都没听说过近旁有这样一个单位，从事着这样的工作。

“正好我们班有同学家里就是这个所的，放暑假的时候，我就跟他一起回去看了看。”庞爱民说，“到了之后一了解，哎呀！这个行业真是伟大！心里就生出一股英雄气，铁了心就要在这儿干了。”

·

1990 年，庞爱民再度来到 42 所，开始完成研究生实习阶段的学习，那时研究所已经搬到了襄阳市的郊区。他刚去报到的第一天，42 所的导师王北海就给他“约法三章”，其中着重强调了“学习期间，不准谈恋爱”。

20 世纪 80 年代中期，42 所被批准为硕士学位授予单位，王北海便是老设计员中具有招生资格的专家之一。庞爱民是他招收的第二名研究生，这个学生将在他的指导下研究课题、撰写论文。

王北海在 42 所工作了 20 年，对这个大院儿里的状况了然于心。他很清楚新来的高校毕业生将会面临怎样的状况，必须立刻给自己的学生打“预防针”，让这小伙子心无旁骛地专注学业。

新来大院儿里的高校毕业生们都将面临的状况——从报到第一天起，就有无数双眼睛暗中观察。一两个星期后，他们都会被所在科室的老设计员们盘问“有没有对象”。大院儿里家有适龄女孩的父母，都希望自己的女儿找到一个好女婿，新分配来的大学生具有学历高、工作岗位好、未来发展前途广阔等优势，是老一辈人眼中最优质的女婿人选。尤其是庞爱民这样的，在当时还很少有的硕士研究生，那更是“优质稀缺资源”，必将受到媒人们的重点关注。

老一辈儿的设计员们对当媒人这件事情颇为热衷，一来因为促成好事成人之美；二来因为各家都有女儿渐次长大，总有需要别人帮忙介绍的时候。

可对于从小在大院儿里长大并工作的第二代子弟，尤其是未婚男青年，对于“外面”分配来的大学生都有着一份“天然”的敌意。他们从小跟着父母在山沟里生活，因为环境闭塞、教学质量不高，只有少数人考入大学，大多数人都毕业于中专、技校，在单位里也大都是生产车间或二线辅助岗位，与分配来的大学生相比，未来发展的竞争力不足。可他们在大院儿封闭的环境中生活，婚恋对象也只能在大院儿里面寻找，一起长大的适龄女青年却总是被新分来的大学生“掐走”一部分，心中自然会生出许多不满。

庞爱民到 42 所学习时，大院儿虽然已经搬到了襄阳郊区，但在郭峪山沟里驻扎了 18 年，这里的人们依然处于少与外界交往的封闭状态，第二代的婚恋人选还是要在大院儿里面选择。新来大学生被“热捧”、大院儿二代男青年被冷落的状况依然明显。

所以，庞爱民前来报到的第一天，王北海就给他下了禁令。其实，王北海对自己的每个学生都提出过这样的告诫，因为他觉得，学习期间绝不能为儿女情长分了心。

王北海的预料果然没错，庞爱民来到 42 所没多久，就有人给他介绍了一位大院儿里的姑娘。王北海没料到的是，介绍人居然不是老设计员，而是自己招收的第一个学生，庞爱民的师兄鲁国林。

被介绍给庞爱民的那个姑娘，出生不久就跟着父母一起从大连来到襄阳，到郭峪山沟那天才刚满月。她在山沟里生活了18年，如今刚满20岁，也是才在42所参加工作。

姑娘对庞爱民很是满意，庞爱民也对那姑娘颇为心仪，两人接触几次后，便确定了恋爱关系。但也是在确定关系后，庞爱民才知道，有一个重要信息师兄鲁国林此前没告诉他，那姑娘居然是他导师王北海的大女儿！

这情况真是让庞爱民始料未及，他违反导师的禁令偷偷谈起了恋爱，找的居然还是导师的女儿！这要是被发现了，真是吃不了兜着走啊！他见过导师发脾气的样子。

他的导师王北海平时说话语调柔和、语速缓慢，看上去性情温和、持重和蔼；其实，是个“认死理儿”的倔脾气，跟同事讨论业务，“动不动就能吵起来”。

庞爱民刚到42所没几天，就在一次业务讨论中见识过导师的脾气。因为对研制项目中某环节的方案持不同意见，王北海跟另一位老专家争执起来。“他上来就要证明人家的说法是错误的，双方吵得不可开交。其实不必那么尖锐，人家的意见也有可取之处，融合一下也可以，但他绝不让步。”

王北海却有自己的原则，“技术上的问题，黑就是黑，白就是白，绕不过去，该发脾气就得发脾气，不怕得罪人！反正他们都知道，我要求比较严。”

那次讨论会上激烈争吵后，王北海就要拿出翔实的实验数据来证明自己的观点，新来的学生庞爱民自然也要参与到这项工作中。一系列的实验中，王北海也将从事课题研究的方法论，以及应对高危品操作规程等诸多经验，都悉心传授给了庞爱民，“那真是手把手地教啊，我学到很多东西。有段时间，我们的验证进展得很好，的确拿出来很多证据。”

王北海带着庞爱民他们进行验证试验时，那位老专家也同样进行着验证寻找理论依据，两人的争吵和执拗，都是因为搞科研必须要“求真求实”。那次讨论会的经历，让庞爱民见识了导师的脾气，也学到了老一辈科研工作者严谨的治学态度和研究方法。

庞爱民跟导师的女儿确定恋爱关系的时候，正跟着导师进行那项验证工作，每天在实验室进行大量试验工作。

知道这层关系后，他左右为难。他真怕导师知道此事，对他大加斥责，以后导师会怎么看待他？又该如何跟导师相处？可他已经确定了恋爱关系，又是师兄介绍的，如果此时又忽然说断绝来往，导师的女儿会怎么看他？以后跟导师一家人又该怎么相处？！

那段时间，他满心慌乱，每天下午吃完饭后，都跟单身的同事们去踢一场足球。那是他在两难之间的一种无奈之举，只能用每天一场足球，减少跟女朋友相处的时间，保持若即若离的关系。

有一天，他和往常一样去踢球，却突然浑身无力瘫倒在球场上。被同事们抬到医院，检查后发现是急性中毒性肝炎。那时他每天在实验室做验证试验，使用的化学品毒性较强，却没有注意防护，导致中毒。

导师的女儿听说他住院了，就偷偷跑到医院来看他。“整整两个星期，每天下班就过来照顾我，一直到治愈肝炎出院。无微不至啊，真是把我感动了。”庞爱民便决定，无论将来会不会被责骂，也要偷偷地跟导师女儿“把爱情进行到底”。

庞爱民的“地下工作”只成功了一半。他还没毕业，导师就知道了这情况。“嗨，说起这事儿，闹笑话呢。”王北海说，“全所的人都知道他跟我女儿谈呢，就我还蒙在鼓里，上课的时候，还时常跟他说，毕业之前别谈恋爱。后来，我老伴也是听别人跟她说了这事儿，然后告诉了我，那时俩人已经偷偷谈了一年多了。”

不过，王北海并没有因此事生气，也没批评庞爱民，毕竟“这是好事嘛”。事实上，他也很欣赏这个学生，“我一共带过六个研究生，各有优点，庞爱民属于科研型的。”而王北海自己就是属于科研型的，从这个学生身上，他能看到自己年轻时候的影子。对他来说，学生成了女婿，自己的科研思路和工作方法也算有了家族内的“传承人”。

庞爱民 1992 年毕业后就分配到 42 所工作，那时候，正好有一个新型号研制任务上马，他很想参与那项工作。“可是领导却说，你们年轻人应该挑难的，就给我分了另一个新型推进剂的研究课题。为什么说这个难呢？因为使用什么原材料还在探索，我要从三种材料中选出一种材料，再把这种推进剂的能量提升。”

事实上，庞爱民的任务是延续老一辈研制人员的工作，完成一款高能推进剂的升级攻关。“这个推进剂型号的重点问题在于黏合剂，就是把燃烧剂、氧化剂、还原剂等诸多组分黏合在一起的化学组分。”

黏合剂本身也是可参与燃烧的含能化合物，其燃烧产生的能量大小，会影响到推进剂以及发动机性能的优劣。那时，技术先进国家使用的固体推进剂中，这类黏合剂的含能水平已经很高，与之相比，当时的中国还有不小的差距。庞爱民的任务目标，就是将黏合剂的比冲“达到或超过世界先进水平”。

“我们想到了一个方法，但只是理论上梳理清楚了，可是该用什么样的工艺方法操作，才能把一种敏感度极高的组分添加进去，让黏合剂达到理论要求的状态，这需要进行大量的试验。”

庞爱民他们采用的主要原料，依然是高危的 A 组分。因为这种液态物质敏感性太强，晃动稍大就会爆炸，不能长时间储存，只能现用现配。所以，每天早晨，庞爱民都要和课题组成员一起去工房，接收一烧杯头天晚上工人们合成出来的 A 组分，转运到实验室操作间，通过钝化处理后，再进行黏合剂配制试验。

“转运都是我们自己用手端着烧杯，慢慢走过去。那过程最危险，要是在转运的路上有晃动，就会爆炸。”庞爱民说，“A 组分这个东西敏感度很高，威力也很大，一滴掉在地上就能炸一片，要是这一烧杯的量爆了，能把我们周围一大片工房都炸飞。那时候也没多想，老一辈以前就是这样干的，我们跟着他们学嘛，为了这个事业，大家都是拼了命地上。事情过去后，再回想起来的时候，才觉得后怕，天天端一烧杯的 A 组分啊，出一点闪失，那真是灰飞烟灭了，连骨灰都找不到……现在技术先进了，不用人工转运，已经可以远程操作自动传输了，安全性要好得多。”

四

1991 年，毕业于国防科技大学的邓红兵，来到了四院 43 所，这是主要研制复合材料及加工工艺的研究所，是中国固体火箭发动机复合材料壳体、喷管和大型复合材料导弹发射筒的主要承制单位。邓红兵本科时学的就是材料工程专业，此时他被四院 43 所招收为硕士研究生。

邓红兵出生于1969年，那个年代给男孩取名字，最流行的就是“伟”“东”“红”“军”“强”“兵”等字。他的名字里就占了两个热门字，他笑称：“这是时代给我留下的烙印。”而他那带有湖南邵阳口音的普通话，则是故乡给他留下的烙印。

他来到四院读研究生时，依然是中国航天业不景气的时期。

“那时候，去南方沿海城市是大趋势。我的大学同学大都南下了，那边生活条件好，经济条件好，个人发展机会也多。”邓红兵说，“北方城市确实落后，我刚来的时候，四院才从山沟里搬到西安市东郊，晚上大院儿里黑灯瞎火的，连路灯都没有。我研究生毕业拿三四百块钱，那些去南方的同学，他们的工资比我高几倍，甚至十几倍。”

但邓红兵还是选择在航天四院继续深造，并留在这里工作，因为这跟个人的追求和志向有关。“我对物质要求不高，内心有追求事业的愿望。航天这个行业，跟国家重大的战略任务直接相关，跟国家利益直接相关。我这样一个普普通通的人，有机会为这个国家、为这个行业贡献一份力量，多大的幸运啊！当时中国航天确实不景气，但国家给我们的待遇很好了，我的收入虽然跟去南方的同学没法比，但比西安市公务员工资高啊。这世上的物质和金钱，你能享受多少？如果没有一种事业在吸引你，没有一个更大的人生目标为之奋斗的时候，你的心是居无定所的。所以我进了航天这个行当，觉得很骄傲。”

邓红兵来到 43 所时，正是中国航天人才断层最为严重的时期，第二代科技工作者大都刚刚入职，缺乏经验，第一代科技工作者却已经渐次步入退休年龄，一些重要岗位上已经退休的人员，因无人能接手工作，而被返聘在岗继续工作。那些白发苍苍的科技人员，为中国的航天事业着急，也恨不得将自己所学所知尽快传授给新来的这些年轻人。

承担复合材料研制任务的 43 所，对于四院来说极为重要。无论是发动机的设计、制造，还是试验，首先要解决的都是材料问题。航天领域应用的材料，要求重量轻，性能高，最需要高新技术的复合材料。而中国高新复合材料的发展，从 1990 年代后才真正开始，邓红兵正好赶上了这个时代。

“当时我们跟国外水平起码有两代的技术差距。国外已经广泛使用芳纶、碳纤维材料了，我们的复合材料还主要是玻璃纤维、钨渗铜、高强度石墨。”

邓红兵来到四院工作时，43 所探索碳 / 碳复合材料的工作才刚开始，这是为某重点型号发动机研制出急需的喉衬新材料。“我们搞的碳 / 碳复合材料喉衬，是比较落后的短纤维毡基技术，但当时在国内还是填补空白的状态。国外航天、航空领域已经使用多维编织碳纤维做基底了。当时我们只能从国外的文献上看到人家的研究方向，具体的工艺和设备技术，都是对我们实行封锁的。”

参与这项研制工作的，有 20 多人，“单位里四五位年龄已经 50 多岁的老同志，带着我们十几个 20 岁出头的研究生、本科生开始搞碳 / 碳复合材料。我们在高校学了很多理论知识，但真正走向科研、走向实践的时候，他们是真正的引路人。”

几位引路人带着他们迈向实践的第一步，不是研究碳纤维材料的成分构成，而是去试验室拆卸机器。

“先给一大摞生产设备的图纸，我们去认真看。看完后，搬来一台炭化炉，带着我们把炉子一步步拆卸开，讲解水、电、气各部分系统结构和工作原理。然后一步步装配复原，再调试好。然后，他们在旁边看着，让我们自己动手把炉子拆开，再装回去、调试好，完成后再谈理解和感受。这是手把手地教啊！”

反复拆卸安装设备的时候，邓红兵他们也不理解，搞材料研究设计的人，干这些设备拆装有什么用。直到他们真正开始进行设计的时候才理解，这是老师们在为他们此后的设计工作打基础。

“因为碳 / 碳复合材料有个特点，不同的材料性质需要不同的复合工艺。参数的调整，要控制在设备的适应范围内，所以必须知道设备极限，明白加工手段，才能知道自己的设计在加工工艺上能不能实现。”

老设计员们不仅交给这些年轻人许多实际经验，还提供给他们很多发展机会，“他们带着我们跑课题、参加全国学术会议，尽可能地把我们往前推，在排名时他们就把自己放在第三位、第四位。其实，那时候无论从能力还是声望上讲，这些老同志都比我们强。”邓红兵能看出，老一辈的心中有种急切之情，想尽快将他们这些毛头小子“扶上马”。

“在咱们航天界，‘传帮带’的文化做得很好。中国那句老话，‘教会徒弟饿死师傅，关键之处留一手’，在航天界却看不到。从我工作到现在，无论是技术上还是管理上，老领导、老师傅都恨不得把他的经验全部告诉你，真是希望一代更比一代强。他们是从航天事业的角度、国家需要的角度考虑问题，就是想让这个事业更好。”

仅仅三五年的时间，邓红兵他们这批年轻科研人员便成熟起来，纷纷在国家重大研制任务中担当主力，成为中国航天界的中坚力量。“我们这批人，为什么出来得这么快？一方面是自身努力，另一方面确实是老同志带得好。我们是在很好的环境里成长起来的。”

田维平、侯晓、庞爱民、邓红兵分别代表着发动机设计、推进剂药型设计和材料研制的第二代技术人员，这些在航天事业的“寒冬期”先后进入四院工作的年轻一代，极大缓解了四院人才断层的窘境，成为此后中国固体导弹发动机技术进一步升级发展的后备军。

五

20 世纪 90 年代初，四院在研制新型固体洲际导弹发动机的同时，还进行着另一项重大任务——“神舟”飞船逃逸塔发动机的研制工作。

那是新老两代人即将交替的时期，为培养年轻一代迅速成长，这项重大任务同样采用“以老带新”的方式开展研制工作。研制过程中，有两对“父子兵”——确切地说，应该是两对“父女兵”——的经历，特别具有代表性。

1990 年，王庆利从西工大毕业回到四院参加工作。那一年，因为工作的原因，她跟父亲王士宝更加疏远了。

前文曾说过，王庆利出生在呼和浩特四院的大院儿里，幼年和少年时期，因战备以及父母无暇照顾等原因，被两次送回老家生活，导致与父母关系极为淡漠。

1984 年，她和弟弟跟着父母搬到了蓝田山沟里。那时她已经升入高中，因为子弟学校教育质量不高，父亲帮她联系到西安市内的重点中学西工大附中就读。因为离家太远，她只能选择住校。

性格内向的王庆利没有家人、朋友在身边陪伴，只能用沉默应对这陌生的环境。更大的问题是，她在内蒙古上学时，成绩挺好，但那边的教学质量与西安有差别，连教材都不一样。转到西工大附中跟不上进度，她拼命地苦学，但基础不同，成绩总是上不去。心中的慌张和失落无人诉说，也没人帮她排解，“那时候我特别自卑，心理素质也不好，性格越来越内向。”在巨大的心理压力下，她孤独地度过了高中时代。

高考成绩公布后，她大哭了一场。如果在内蒙古参加高考，她可以考上本科，但在陕西参加高考，同样的成绩她只能填报西工大的定向委培大专班。“我爸帮我选的复合材料专业，他说这是以后主要的发展方向。”

在西工大上学的那几年，王庆利也没有要好的朋友，她独来独往地度过了大学里的岁月。从高中到大学，她宁愿独自在学校消磨时间也不想回家，边家村周围的店铺、小餐馆她都了如指掌。寒暑假时她不得不回到蓝田山沟，在那个只有几十栋房子的家属区里，她都会时常迷路。

她毕业分配到四院的时候，父亲王士宝已是四院副院长。不过，她却并未因此“沾光”，反而觉得受此所累。

“我那时也不懂什么工作好。我妈本来希望把我分到轻松一点的管理岗位，我爸不同意。他跟我说：你到基层去吧，干实际的技术工作。”于是，按照父亲的意见，她被分到了43所的车间里，成为一名工艺员。“就是他这句话，我就一直在基层工作……怎么说呢？……可以学到很多东西吧。”王庆利的语气中，显然是将心中对父亲的埋怨强压了下去。

像这样内心中对父母充满抗拒和生活中被动地接受父母“安排”，贯穿了她的童年、少年和青年的整个成长阶段。她觉得父母像是地球，而自己就像一颗人造卫星，她以最快的速度飞离地球，却被地球的引力牢牢地抓住，只能围着那条设定的轨道运转。拥有向心力的地球拉不回卫星，蓄积离心力的卫星也甩不脱地球，双方只能这样别别扭扭的，保持着一段离不开又近不了的距离。

四院43所的复合材料生产车间，主要负责用化学纤维材料生产导弹壳体、喷管、喉衬等部件。作为车间工艺员的王庆利，负责编写加工方法和加工工序，并在生产过程中出现各种技术问题时，去现场进行分析处理。她的工作地点，就在车间里的工艺室。

车间内的空间庞大，地面到房顶的距离足有四层楼高。事实上车间的一面内墙，就是由一栋四层的办公室楼的墙体组成，王庆利所在的工艺室，就在那栋楼上，站在工艺室门外的走廊窗口，就能俯视整座车间的内部。

车间内排列着几台几乎与屋顶同高的巨大缠绕机，让那个宽大的空间也显得昏暗压抑。缠绕机是生产复合材料导弹壳体的专用设备，可以用不同的化学纤维生产出直径比房门还高、长达十几米的导弹壳体。这里使用的复合纤维材料，已经有玻璃钢、芳纶、碳纤维等几代技术的更迭，其共同特点是强度与钢材相当或更高，重量却轻得多。

制造复合材料壳体的过程，类似缠线轴。先将一个壳体基础模具固定在缠绕机上，让它缓慢地旋转，然后启动几只不同方向的布线“梭子”，每只“梭子”都能扯出一排细密的高强度化学纤维，以相同的速度、不同的角度围绕模具上下移动，将纤维缠绕在模具表面。同时还有部件不断地在这些纤维表面涂布溶剂、黏合剂，将那些经纬交错的纤维牢牢地黏结在一起。厂房里，也因此充斥着浓烈的化学品气味。

王庆利必须在生产之前，制订出模具旋转的速度、“梭子”宽度、移动角度和速度，涂布溶剂、黏合剂用量等一系列技术方案。还要在加工过程中，不断去现场查看状况。即便在她的办公室里，化学品味道依然很浓。“我闻不出来。”王庆利说，“这种环境里工作时间长了，对味道不敏感了。”在这里工作的人都知道，加工时使用的溶剂等化学品，对人体有微量的损害。

参加工作一年后，王庆利和大院儿里的年轻人一样，经人介绍与一位设计员相识恋爱。“他比我早几年分配来，我们认识以后，对我挺好的，很关心我。”她心里很喜欢这个小伙子，但对方的关心，却让自认缺少关爱的她有些不适应，甚至疑虑重重，怀疑对方是不是真的爱她。因为“那时候我爸还是院领导”。

其实，小伙子也同样因为她父亲是副院长而犹豫不决，他担心别人觉得他是在“攀高枝”，周围人的议论真的会压死人，在这一点儿上，大院儿里跟外面的世界没什么区别。并且，因为王庆利的内向和犹疑的态度，也让小伙子误认为她态度傲慢，看不上自己。

“我这人，就是脑子反应慢。”王庆利说，“后来我们接触多了，都觉得对方还行，就继续谈下去了。”

在迎来自己爱情的时候，王庆利也迎来了自己事业的发展期。“我赶的时机比较好，刚工作两年多，正好‘921 工程’逃逸发动机开始研制，被选进这个课题攻关组。”

“921 工程”，是中国载人航天工程的代号，取自 1992 年 9 月 21 日中共中央常委会批准实施载人航天项目的月份和日期。发展战略分为“三步走”：

第一步，发射载人飞船，建成初步配套的试验性载人飞船工程，开展空间应用实验。

第二步，在第一艘载人飞船发射成功后，突破载人飞船和空间飞行器的交会对接技术，并利用载人飞船技术改装、发射一个空间实验室，解决有一定规模的、短期有人照料的空间应用问题。

第三步，建造载人空间站，解决有较大规模的、长期有人照料的空间应用问题。

载人航天事业中，确保航天员生命安全是第一重要任务。“921 工程”以此前用于发射卫星的“长征二号 E”火箭为基础，进行多项适应性改造，升级为“长征二号 F”火箭用于发射搭乘宇航员的“神舟”飞船。其中一项重大改进，就是取消了火箭发生故障时的自毁功能，添加可自动操作亦可手动操作的安全逃逸系统。

逃逸系统因为像一个多层宝塔，所以又被称为逃逸塔，可在发射过程出现故障时，将飞船轨道舱和返回舱迅速拽离火箭，帮助航天员脱离险境，被视为航天员的“守护神”。

逃逸系统必须启动响应迅疾，只有固体发动机才能适用。研制这个“保护神”的任务，就自然落在了航天四院的肩头。1992 年 10 月，“921 工程”立项不到一个月，四院便接到了上级下达的研制任务。

这是令所有人振奋的事情，大家都知道，“921”的意义足以和“两弹一星”比肩而论。针对这一重大任务，四院立即组织专项研制团队，各单位都抽调人员参与其中。王庆利便在那时被选入 43 所的项目攻关组，负责发动机壳体内绝热层成型工艺编制任务。“那时候大家决心都很大，热血沸腾。我刚参加工作不久，也想证明自己的能力。”

王庆利的父亲王士宝，也在此时被任命为逃逸发动机项目总指挥，四院各单位的相关研制工作都由他全权负责。

在“921”载人航天工程中，被公认为最难啃的一块骨头，就是逃逸系统。它安装在运载火箭的顶端，看上去像一根细细长长的避雷针。其实，那是与全长 58.34 米、直径 3.35 米的巨型火箭相比之下产生的错觉。逃逸塔并不纤细，而是高达 8 米、直径超过 0.6 米的大家伙。那是个结构极为复杂的动力系统，由五种型号十几台固体发动机组成，从上至下分别为：偏航俯仰发动机、逃逸分离发动机、逃逸主发动机、高空逃逸发动机和高空分离发动机。[1] 四院负责研制生产前四种共 10 台发动机 [2]。

这样一套精密复杂的结构，是四院研制人员在没有任何技术借鉴的状况下，耗费 6 年时间设计制造出来的。

不过，在 1992 年 10 月刚接到任务的时候，他们根本不知该如何下手。

---

[1] 偏航俯仰发动机的任务，是在 39 公里高度以下实施逃逸时，将逃逸塔向水平方向推离，避开火箭的上升轨道以及危险区，为返回舱着陆提供安全条件；逃逸分离发动机的任务，是在 39 公里高度以下，为返回舱与逃逸塔分离，以及逃逸塔和运载火箭的分离提供动力；逃逸主发动机的任务，是在 39 公里高度以下，为逃逸塔迅速远离故障运载火箭脱离危险区提供动力；高空逃逸发动机，是在 39—110 公里高度内，为逃逸飞行器迅速离开故障火箭提供动力；高空分离发动机，是在 110 公里高度时，为返回舱与逃逸飞行器实施分离提供动力。

[2] 航天四院负责研制 1 台逃逸主发动机、1 台分离发动机、4 台偏航俯仰发动机、4 台高空逃逸发动机。

因为中国此前的运载火箭上，从来没有这样的部件，也没有进行过任何相关技术的研究工作。

中国“921”载人航天计划开始以前，仅有美国和苏联掌握相关技术，并实施过多次载人航天发射，但相关技术被严格保密，根本找不到逃逸系统的资料信息。

中国开展载人航天工程时，苏联刚刚解体，新成立的俄罗斯联邦正陷于经济瘫痪的窘迫时期，正向世界各国兜售其航天产品、军事装备及相关的制造技术，以换取资金摆脱困境。中国航天界便派出专家团前往俄罗斯，洽谈“逃逸塔”相关技术的转让，四院发动机设计专家刘霓生、陈立学等人便在其中。

俄罗斯方面热情接待了中方代表团，但对这项技术却依然严格保密，仅让中国专家站在发动机前看了看发动机壳体的外形，连走近细看都不允许，更不要说观看发动机内部结构和工艺制造方面的情况了。不过，俄罗斯方面却表示，如果中国载人航天工程需要，今后可以由他们进行生产，长期给中国供货。但要价高得离谱，仅一个钢制的主发动机壳体就要近百万美元。要知道，一套逃逸系统需要大大小小十几台发动机，这样的价格贵得惊人。

刘霓生、陈立学等中国航天专家们的自尊心被深深刺痛，莫说当时的中国经济条件根本承担不起这样的价格，即便能够承担，也不能当这样受制于人的“冤大头”啊！前去洽谈的专家们一致决定，自己干出这个逃逸塔！

这任务实在艰巨，论证和设计工作就用了两年时间。因为逃逸塔要在三秒钟内将轨道舱和返回舱拽离火箭 1500 米开外，并降落在安全地带。这需要专门研制一种高燃速推进剂，使用高强度壳体材料等一系列工作。发动机奇特的造型更为设计和制造增加了极大的困难。

因为逃逸塔下部直接与宇航员所在的轨道舱和返回舱连接，其四台主发动机就不能采用那种直筒式喷管在下的传统结构，而要设计成像一根弯折的吸管形状，喷管也要设计在“吸管”的上弯头处，其实就是将发动机倒置，但喷管要向斜下方弯折 150° 。这样的发动机壳体比常规壳体制造难度增大了数倍，并且弯曲部位将承受高温燃气巨大的冲击力，对壳体材料的耐冲击强度、耐高温性都有着极高要求。

王庆利所在的43所攻关组负责研制生产发动机内使用的绝热层材料，保证发动机的正常工作。“材料、加工工艺都是从零开始。我们只能摸索着干，特别难。”

六

1995 年 4 月 19 日，四院各单位历时近三年完成主逃逸发动机的方案设计，制造出的样机即将进行第一次试车。

试车台上，那套四台发动机组合在一起的发动机组造型怪异，喷口从壳体上方伸出，向四面斜张开。站在对面的山坡上观看试车的职工们议论纷纷，有人说那发动机像“八爪鱼”，有人说它是“四眼怪”。

站在人群边的王庆利没有说话，她性格内向，平时说话就少，这种人多的场合，更加不愿开口。她刻意地站在人少的地方，双手放在微微隆起的腹部。一年前，她跟男友领证结婚，如今已经有孕在身。按说，这样的身体状况并不适合来看试车，可那时，她已是绝热层工艺组组长，喷管 150° 大弯处的绝热层是她的小组负责生产，而这次试验，关键之处就在于喷口的拐弯处能不能扛住。她想第一时间知道结果，也就跟着同事们一起来看了。

逃逸发动机设定工作时间只有3.2秒，在四院研制过的发动机中，是工作时间最短的。如果发动机能挺过这短暂的时间，研制工作就可以提前半年结束方案设计阶段，进入初样设计阶段。但这种发动机毕竟是四院第一次设计制造，情况到底会怎样，谁的心里都没底，大家都心中忐忑地等待着点火的那一刻。

发动机巨大的轰鸣声猛然在山谷里响起，发动机点火启动，试车台瞬间被白烟和水汽包围，山坡上的人只能靠喷射的声音进行判断，听上去很正常。可眨眼工夫，白烟中又传出一声异响，众人心中暗叫不好，肯定出意外了！

待发动机中的推进剂烧完，笼罩着试车台的白烟和水汽慢慢散去，人们才发现，果然出事了！试车台已经烧成了一片火海，连旁边山坡上的草木也烧着了，发动机组还在试车台上挂着，已经被烧成黑乎乎一团。“试车台现场特别惨，连装在角落里的监控摄像头都被烧炸了。好多老同志，当场就难过得掉眼泪。”王庆利说。

发动机仅工作了1.6秒。四个前置喷管的弯管处就被全部烧毁，第一次试车就遭遇了灾难性的失败，让所有人都感到压力巨大。逃逸发动机项目总指挥王士宝和总设计师陈立学立即召集各项目组长、业务骨干，针对这次失败进行技术分析。距总体设计部要求完成方案设计的时间节点只剩半年，必须尽快解决问题。试车失败的原因显而易见——四只喷管的拐弯处都被烧穿，就是因为绝热层的强度不够——为绝热层制定生产程序的，正是王庆利负责的工艺组。

不过，工艺组是按照图纸的要求确定绝热层的材料和加工程序，而设计人员则是按照传统发动机的结构方式设计的绝热层，事先考虑到此处的烧蚀和冲刷环境会很恶劣，还专门进行了加厚。但试车结果证明，喷管拐弯处不间断地遭受超过 3000℃的燃气以每秒 700 多米速度的强力冲击，这样的设计方案作用并不明显。

会议讨论的焦点，是继续使用以前的绝热材料，通过增加厚度和改变工艺方法延长使用时间，还是从新的技术途径去攻关，研制新的绝热材料。

作为生产绝热层主管的工艺师王庆利，此时必须表态发言。“我觉得，航天员的生命安全是最重要的，逃逸发动机必须具备最高的可靠性。既然单一材料绝热层的性能达不到要求，那就攻关新的技术路径，采用复合材料，用最先进的工艺制造。”项目总指挥王士宝看着发言时目光温和但态度坚决的女儿，轻轻地点点头。

会议中决定，寻找新的技术途径，各技术攻关组分别从设计、材料、工艺等多方改进，提高发动机绝热性能。同时下达了开展“百日攻关”的动员令。在航天单位中，只要见到“百天”“百日”这种词儿，大家就知道，这段时间就必须不分白天黑夜地拼命加班了。

王庆利虽然有孕在身，可她是绝热层主管工艺师，问题焦点又出在这里，她便顾不得身体状况，挺着日渐隆起的肚子，与其他工艺员和工人们一起开始了各种加工试验。

探索新技术路径谈何容易，数十种材料需要遴选，配方组合试验需要进行上千次，数以万计的测试数据需要计算比对。攻关的关键时候，她和同事们一起吃住在车间，连续几天回不了家。每次试制新配方、试验新工艺方法，她也必到操作现场。化学溶剂挥发出浓烈刺鼻的气体，连身强力壮的小伙子都忍不住呕吐。有孕在身的她更是每天都要经历几次剧烈的呕吐。

王庆利当然知道，挥发气体中含有微量有害物质，可能会对腹中的胎儿造成不利影响，“我就戴着防毒面具进去做试验，那时候没想那么多。因为责任特别大，绝热层不过关，这个发动机就用不成啊。第一轮试车失败之后，很短的时间新方案就得拿出来，还必须成功，没有别的选择，就是一心想着攻关，其他的都顾不上考虑。”

只有工作间隙，拖着疲惫的身体趴在办公桌上片刻休息时，她才会想起肚子里的孩子，心里默默地对孩子说几声对不起。

那时，她才体会到父母当年的无奈。

航天工作从来如此——这里的任务，都是关系到国家利益与国防安全的要事。任务交付日期一天天临近，技术难题亟待解决，全厂数百人在为此鏖战，全院上万人在为此奔忙，全系统十几万人在为此奋进，任何一个点位的进度拖延，都会影响整个载人航天计划向前推进的节奏。参与其中的每个人，都肩负着重大的责任。“工作第一”是他们必然也是唯一的选择，家长里短、儿女情长的事情只能往后排。

当年，她的父母是这样选择的，如今，她也是这样选择的。

“百日攻关”的那段日子里，王庆利每天在车间里攻关复合材料绝热层时，她的父亲王士宝也忙得不可开交。作为逃逸发动机项目总指挥，他每天都在各个设计室、试验室、生产车间之间来回巡查，现场协调解决各研制环节中出现的问题。

王庆利虽然与父母的关系并不亲密，但也和四院大院儿里其他子弟们一样，每到周末都要回父母家，兄弟姐妹一起吃顿团圆饭。“百日攻关”开始后，因为连续的加班工作，王庆利已经很久没回过父母家了。

她和同事们又试制出一个新的绝热层配方那天，父亲王士宝闻讯来到车间查看状况。在设备旁观看了生产过程，又询问了相关情况后，王士宝又要赶往另一个单位巡查。临走前，他拍拍王庆利的肩膀，小声说：“你来，我跟你说句话。”

王庆利跟着父亲，走到车间的一个角落，正要摘下防毒面具，王士宝伸手拦住了她。“别摘！这里边味儿大。”车间里，弥漫着浓重的化学品气味。

“你现在身体怎么样？撑得住不？”王士宝关切地问。

“还行，没什么问题。”王庆利戴着防毒面具回答。

“你现在情况特殊，工作间隙要注意休息。”王士宝边说边从提包里摸出一只红彤彤的苹果，递到王庆利面前，“你妈专门给你买了一大兜苹果，说是要给你多补充些维生素，你这段时间一直没回去，就在家放着呢。我跟她说今天要来你们车间，她非让我给你送来。我说上着班呢，拎着一兜子苹果像什么样子，就给你带了一个。”

王庆利愣住了，喉头忽然像被什么堵住似的，什么话也说不出来。

王士宝将苹果塞进女儿手中，“你忙吧，我走了。”

王庆利木然地捏着那只苹果，望着父亲转身而去的背影，防毒面具的镜片上忽然起了一层雾气。

父亲走出几步，又回头嘱咐：“一会儿休息的时候，记着吃了啊！”王庆利双手捧紧那只苹果使劲地点点头。

父女两代人，27 年情感隔阂的坚冰，终于因为从事同样工作的共同情感和那只苹果带来的温暖，而融化消解。“那次我爸给我那个苹果的时候，我才真的感觉到，我爸妈是爱我的！”多年之后，王庆利依然记得在弥漫着刺鼻化学品气味的车间里,她戴着防毒面具,接过父亲递来那只苹果时的幸福感。

除了女儿所在的车间，总指挥王士宝去的最多的地方就是装药车间。

为改善发动机绝热性能，工艺人员对推进剂装药工艺也进行了改变，采用此前从未使用过的插芯技术——先将推进剂药浆注入壳体内，再将一根芯模棒插进药浆内，然后固化成型。这是一种危险性极高的工艺，操作失误产生摩擦热量或静电，就会引燃推进剂。

第一次插芯操作时，装药组老组长田新华主动请缨，执行操作任务。院领导和总指挥王士宝、总设计师陈立学全都来到现场，不过，按照安全规定，他们只能跟所有的职工一样，在远处通过监控画面观察，偌大的工房内只留下田新华一人。

工房里，田新华正将芯模慢慢送入药浆内，安全区的监控屏幕前，所有人都情不自禁地攥紧手心，像是在帮他控制力度。即便远离操作工房，大家也都屏息凝神、鸦雀无声，仿佛害怕发出任何声音会让他分神。时间一分一秒地过去，却如同静止一样的漫长。

当田新华抬起双手，向摄像头做出操作完成的手势时，监控屏幕前的人们情不自禁地鼓起掌来，虽然大家都知道，田新华根本听不见。

1995 年 8 月 31 日，更改绝热层工艺的发动机再次竖在试车台上。

这次，3.2 秒全程试验顺利完成，喷管的弯管处没有被烧穿，却有高温烧灼发蓝的状况。解剖后发现，两厘米厚的绝热层已经被烧蚀得仅剩一点儿余量。

这并非理想的状态，但表明新的绝热材料和成型工艺行之有效！这次试车的成功，意味着方案设计阶段的研制工作已经完成，并且比要求的时间节点提前一个多月。弯管处绝热层进一步完善的问题，是此后研制阶段中继续攻关的任务。

七

1996 年，陈红斌调入逃逸系统发动机设计组，开始从事发动机壳体设计工作。

她的父亲陈立学此时担任着逃逸系统发动机总设计师，单位里的同事们都知道这层关系，但谁也没觉得这有什么问题。“这种情况在我们这儿很平常，跟我年龄相仿的子弟大多都在四院工作，父子、母女在同一个单位工作的情况是常态。那时候，我们这儿就是上阵父子兵。”陈红斌说。

并且同事们也都知道，她也和四院年龄相仿的子弟们一样，跟父母的感情颇为淡漠。

1967 年，陈红斌出生在呼和浩特的四院大院儿里，那时，她家和老院长邢球痕家共用一套“干打垒”的土房子，一家住一间小屋，共用厨房。她还不到两岁的时候，就因为 1969 年那次全国备战，被送回湖北老家。直到五年后才被接回来上小学，父母在她眼里已经成了陌生人。

五年制小学毕业后，她又被送回老家湖北上中学。在她记忆里，在呼和浩特生活的那几年里，印象深刻的事情，都跟吃有关。“一星期才吃一次米饭”，这让从小在湖北吃米饭长大的她很难适应。“一个月就一两斤肉，很少能吃到。过年时，能吃到油炸蚕豆和花生米，就觉得特别开心。”记忆最深的，是父亲出差带回来的酒心巧克力。“以前从来没吃过，我把每一张糖纸都夹在一个厚本子里面，一直到上了高中还在留着。”

回湖北老家上中学时，陈红斌住在伯父家。“我小时候就跟他们住在一起，感情上跟我伯家的人更亲近。”对于父母，陈红斌却并没有多少眷恋，甚至很少想起他们。直到上了高中后的某一天班会上，班主任给他们布置了一个作业，才让她想起父母和他们的职业。

“那天，班主任给我们发了张表，不知道他从哪儿弄来的通讯录。对大家说：这是咱们国家各行业的科技工作者，你们可以选其中的一个，给他写信谈谈自己的理想，应该会给你们不错的建议。然后还补充了一句，这是作业。”

陈红斌在通讯录上看到一位从事航天工作的专家时，才在那一瞬间想起了父母。她知道父母所在的四院，也是“造火箭”的，至于父母从事什么工作，她却不知道，因为“从来没问过，也不关心那些事”。

她与自己的父母没有亲近感，却因为通讯录上这个远在北京、从未谋面过的航天专家，与父母从事着相同的行业，让她觉得有种特别的亲切感。“我就决定给那位航天专家写信，在信里说：我立志长大要干航天。”这样的话，她对父母都不曾说过。

让陈红斌意外的是，那位北京的航天专家给她写了回信，她记得其中有一句：“航天事业是一条艰苦而孤独的路，耐不住寂寞是不能在这条路上走远的。”她兴奋而骄傲地拿着那封信，给同学们传看，“这可是航天专家的回信啊！”

那时的陈红斌还不知道，她的父亲陈立学同样是位航天专家。只是因为从事着高度保密的战略导弹发动机研制工作，外界根本无从知晓，连她这个做女儿的，都毫不知情。

其实，对于一个十几岁的少女而言，未来和理想，都是她不曾认真思考也无力掌控的事情。那封写给航天专家的信，也不过是为了完成作业，多年以后，除了那句立志的话，她已经忘记当年给专家的信上写了什么，甚至连那位航天专家的名字都已经想不起来了。

几年过后，她真的回到父母工作的地方，成了第二代航天人。“居然实现了我中学时确立的理想，那时候，我觉得这就是机缘巧合，冥冥中注定我就得干这行。”

其实，注定她从事航天工作的，并不是她曾与航天专家通信确立过理想，而是因为她的父母就在这个行业里工作。虽然她在湖北老家上学，户口却在父母工作的航天四院所在地。高中毕业考入哈尔滨工业大学，因为享受边疆、三线地区考生加分政策，毕业后必须回到航天四院工作。

1989年陈红斌毕业，被分配到已经搬迁至蓝田山沟里的四院41所工作，成为一名发动机设计员。她实现了高中时的理想，却没觉得兴奋，对她来说，这只不过是在家门口参加了工作。并且，她对这个家，以及家里的父母，并没有多少感情。

在41所，她结识了同年分配来的一个小伙子，按部就班地恋爱、结婚、生子。“那时都这样，在大院儿里找对象、成家，不会考虑在外面找。大院儿里的年轻人，子弟占多数，这样相互联姻，很多家都成了亲戚关系。”

1996年，陈红斌调入逃逸系统发动机设计组的时候，已经是参加工作的第七个年头。此前，她从事着另一项研制工作，那时刚刚结束，便被调来参加逃逸发动机的研制。

逃逸发动机的研制进行到了初样阶段，发动机壳体各部分细节还有大量改进设计工作。此前她没有接触这项工作，实在不知从何入手。父亲陈立学就是这一项目的总设计师，但她不可能去问父亲。因为一个是兵，一个是帅，“我们之间还隔着主任设计师、设计组组长好几级，工作上没有直接交流的机会。”其实，也并非没有直接交流机会，主要是她在心理上跟父亲有着疏离感，不愿意去问父亲什么。

“遇到问题，就向老设计员们请教，自己查资料，勤学多问多思考呗。主要跟我们组长或者主任刘霓生交流比较多，工作上有什么不足他们会直接说。”

她在短时间内就进入了状态，掌握了这种发动机设计的基本思路和方法。对前后壳体连接结构及整流罩部件进行改进设计，并顺利通过内压爆破试验，发动机整机的可靠性进一步提高。

为及时发现设计状况与加工状况能否完全契合，设计人员每周都要去两三次生产车间，与一线工人、工艺员交流加工状况。“那时候我们设计室已经搬到了西安东郊，发动机厂的壳体生产车间还在蓝田山里。我们一大早就得赶班车过去，晚上天都黑了才能回来，挺辛苦的。室主任刘霓生是发动机项目的直接负责人，50 多岁了。每次都跟着我们这些年轻人一起下厂，每一个细节都不落，我在他们身上学到了很多东西。”

陈红斌的父亲陈立学那时已年近六旬，作为发动机总设计师，必须亲自前往设计室、生产车间和试验室了解情况。即便在腰椎间盘突出旧疾复发，站立时都疼痛难忍的时候，也不愿在办公室里听汇报，非得系着护腰去一线单位查看进展。这是老一代设计人员的工作习惯。

耳濡目染间，陈红斌继承了老设计员勤勉尽责的工作态度，并凭借自己的才智和努力，很快成长为逃逸系统发动机的骨干设计师。经过一年半的攻关，她和同事们一起完成了对绝热层设计结构的大幅度修改。

1997 年 4 月下旬，主逃逸发动机进行第五次试车，喷管弯曲部绝热层已经应用了新型复合材料。

陈红斌和同事们站在对面的山坡上观看试车，3.2 秒的全程试车，发动机工作正常。当试车台上的烟尘刚刚散去，她看到有个身影冲出控制室，快步走到试车架前，不知在干什么。

那身影是陈红斌的父亲陈立学，他在试车架前站定，伸出右手搭在发动机喷口弯管处，随即转头对身后跟过来的试验人员高声说：“很好！不烫手！”

后面的几个人也挤到跟前，伸手去摸弯管处。“就不烫啊！”众人看着试车架上的发动机，脸上都洋溢出笑容。总设计师陈立学难掩心中的喜悦，兴奋地说："第二次试车的时候，我就想摸一下，上来一看，弯管都烧得发蓝，没敢碰。这回上来一看，壳体上没变化，我就直接摸上来了，哈哈哈……我觉得这次应该成了！"

这只是他凭着几十年工作经验的推测，是否成功，必须以试验检测数据和发动机分解后的检验结果为准。

几天后呈报的检测结果证明，陈立学的判断完全正确，逃逸发动机绝热层的难题终于彻底解决。

八

1998 年 9 月，陈红斌坐上开往酒泉卫星发射中心的专列。此时，她已经担任逃逸系统发动机总体设计组组长，这是她第一次去靶场参加试验，心情紧张又激动。

试验队一行 20 人，领队是她父亲陈立学，队员都是从设计、装配、试验等各环节精挑细选出的专家。他们去靶场参加逃逸系统零高度逃逸飞行试验，这是"长征二号 F"火箭首次飞行前，最重要的分系统试验之一。

每位参试队员都带了两三个大行李包，出发前，陈红斌就听经验丰富的老设计员说，"在靶场得住四五十天，那边什么都没有，多准备些生活用品"。

靶场位于茫茫荒原戈壁间，除了基地内的守卫部队、工作人员和职工家属，周围数百公里都荒无人烟。参试人员都住在靶场旁边的宾馆，2000 年之前，那里除了提供住宿和一日三餐，再无其他供应，"没有超市，连小卖部都没有，各种生活用品都得自己带过去。"陈红斌说，"刚去时真是不习惯，时间长了就适应了。”

去过靶场参试的人员都觉得，那是一场煎熬，“去一次少活三年”。因为在试验正式开始之前，要进行“双想复查”，就是对发动机可能出现的问题、可能发生的意外进行推想罗列，做出各种紧急预案。同时还要对发动机各部件进行反复的调整测试，直到所有项目都显示正常。在靶场的每一天都在计算、分析、论证、检查，就如同即将参加考试的学生，不知道考卷里会出什么题，只能把所有知识点都从头到尾复习一遍再复习一遍。

陈红斌和父亲一起去的靶场，却因各自负责的事务不同，大多时候只能在每晚的全体成员沟通例会上见到。见面时也是跟大家一起讨论些技术上的事情。

父女俩每周有一次单独交流的机会，那时，所住宾馆里没有洗衣机，参试人员都得自己去水房手洗衣服。陈立学的工作能力极强，并且追求完美一丝不苟，但日常生活能力却很糟糕，家务事得过且过几乎不会做，于是他换下的衣服都是女儿陈红斌拿去清洗，女儿去拿换洗衣服时，两人才说几句家常话。

那时的陈立学已经明显地苍老了，陈红斌眼见父亲花白的头发在半年间变成全白，她能理解父亲心中的压力，因为她自己也是如此。从事了与父母同样的工作后，她才渐渐理解了当年父母将她送回老家的苦衷，研制任务紧张的周期，昼夜连班的工作状态，实在难以照顾好孩子的生活，将子女送回老家，是他们能给孩子提供的最好的照顾。

那次靶场之行，虽然父女俩见面说话的机会不多，但陈红斌心中对父母的隔阂已经开始渐渐消除。

1998 年 10 月 19 日上午 9 点，逃逸系统零高度试验获得了圆满成功。

1999 年 11 月 20 日，“长征二号 F”火箭将“神舟一号”飞船成功送入太空，逃逸系统工作正常。

2001年1月10日，“神舟二号”飞船顺利送入太空，逃逸系统工作正常。

时任四院院长周为民接受媒体采访时满怀自信：“我们可以自豪地说，四院参与研制的逃逸系统，是目前国际上性能最完善的逃逸救生方式之一，达到了世界同类产品的先进水准。”

那两次“神舟”飞船的发射任务，陈红斌和父亲都全程参与其中，每次在靶场的工作状态都差不多，但生活状态却变化很大，“生活区里超市什么的都有了，宿舍区也配洗衣机了，日常生活很方便了。”

陈红斌回父母家的次数也多了起来，每周回去一两次，给他们做顿饭，陪他们说些油盐酱醋、天气冷暖的闲话。“我父母不善于表达，心里有什么话也不会说出来。”陈红斌也同样因为多年的习惯，无法对父母表达亲昵的情感，毕竟，他们错过了容易建立亲密感情的“最佳时间”。两代人只能在不咸不淡的家常话里，体味着“失而复得”的寻常亲情。

因为有着这样的前车之鉴，陈红斌有了自己的孩子后，无论工作多忙，都要坚持自己带。“跟孩子相处的时间就这十几年，特别短暂。他长大之后，就没机会了。四院大院儿里，我们这个年龄段的子弟，都跟父母的关系不那么亲密，就是错过了建立感情的时间段……历史原因造成的吧，我们现在的条件比父母那一代好太多了，孩子小的时候可以请保姆带，父母退休了也可以帮着带。他们那时候，在偏远地区、山沟里，也真是没办法……”

四院大院儿里，跟陈红斌经历相同的二代子弟，都是这样执着地坚持自己带孩子。

1995年年初，王庆利带着身孕完成复合材料绝热层的生产工艺后，儿子降生了。她恨不得将所有的爱都给这个小生命，甚至改变了自己的沉默寡言，“从小到大，我跟他的交流都特别多，就害怕跟他有隔阂。再苦再累我也要自己带孩子，他一两岁的时候，我们工作特别忙，就把他爷爷奶奶接过来，白天帮忙照看，晚上下班回来，还是我自己带。我绝对不会把他送回老家，我小时候的那些缺失，绝不会让我的孩子再经历。现在他就要大学毕业了，我们之间没有隔阂。”

九

2001年年底，已经担任逃逸系统发动机副主任设计师的陈红斌，开始准备去靶场参试的资料，三个月后，逃逸发动机又要执行“神舟三号”飞船的发射任务。一天上午刚上班不久，她接到了父亲陈立学打来的电话：“你到我办公室来一下。”

父亲的办公室在院部大楼，她所在的41所也在院部大楼内。虽然楼上楼下，但她很少去父亲的办公室，父亲也几乎没有叫她去过。今天却突然打电话让她上去，这让她有点紧张，暗暗猜测是不是父亲情绪不好？因为，这几天他正在办理退休手续。

办公室的门敞开着，父亲正靠在高背椅子里，左手压在桌面的一本书上，望着对面的书柜出神。陈红斌站在门口，轻轻敲了敲身侧的门板。

父亲听见敲门声，转头说：“来，进来！”

“你身体不舒服？还是……”陈红斌几步走到父亲办公桌前。

“没有，好着呢。叫你来是给你这些东西，今天清理柜子准备交接。”陈立学边说边将桌上的一摞书向女儿身边推了推，“这几本书跟发动机设计有关，你以后工作中可能还用得着，拿去吧。”

陈红斌正要伸手去拿书，父亲从椅子上站起身，将左手下一直压着的那本书轻轻拿起，郑重地递过来，“还有这个！”

此时陈红斌才注意到，那不是书，而是一本老式的硬皮笔记本，封皮已经磨损破旧。“这个……是我工作几十年积累的一些工作笔记。有当年搞发动机设计时的心得，也有型号管理时的一些体会。你拿去看看，有些思路、经验什么的，搞设计的时候可以作为参考。”

陈红斌接过那本老式的硬皮笔记本，觉得沉甸甸的，那里边是父亲为研制固体发动机付出的点点心血，承载着父亲从青年到老年的过往岁月，那也是她幼年和青少年时期不能与父母相聚的原因。对她而言，父亲递来的笔记本，不仅是将自己的工作经验与心得传给了她，更是将那段没有父母相伴的岁月重新交还给她。那些岁月，就在这笔记本的字里行间。

那一瞬间，陈红斌被一种难以名状的感觉包围。是幸福？是悲伤？是感慨？她自己也说不清。

逃逸系统发动机的老总师陈立学退休了，女儿陈红斌担任了主任设计师，参与了“神舟”飞船从一号到十三号的所有发射任务，成为中国航天界固体发动机总体设计的资深专家。

陈红斌办公室书柜的中间位置，一直摆放着父亲送给她的那本破旧笔记本，这是两代主任设计师的工作交接传承，也是父女两代人的亲情弥补对接。她说：“每次看到它，心里就有安稳和踏实的感觉。”

第十三章

祖国知道我

一

1992 年，已经担任八年副院长的叶定友被任命为四院院长。那时，中国航天界依然处于困窘的“寒冬期”，军工产品订货量和科研经费依然处于大幅紧缩状态。而他面临的两大任务——研制固体洲际导弹大型发动机和四院整体搬迁出蓝田山沟，都是需要花费大笔资金的事情。

1984 年，他从呼和浩特来到蓝田担任副院长的时候，四院就已获得上级的搬迁批复，但时间已经过去八年，除 42 所于 1988 年从郭峪山沟整体搬迁到襄阳郊区外，四院其他所属单位大部分还在蓝田山沟里办公。因为缺少资金，基建进度极为缓慢。

这是四院历史上七次搬迁中，最为艰难的一次。

前几次的搬迁，虽然所到之处条件艰苦，但建设资金都由国家足额拨付。这次迁出蓝田山沟，下拨的资金却极为有限，那些款项只够建几座厂房、试验室。“三线调迁”的实施，涉及所有军工行业，有数以千计的军工单位，以当时的国家经济状况，根本无法解决如此巨大的资金缺口。待迁的军工企业数量众多，但手心手背都是肉，只能撒胡椒面式地各家给一点儿，其实家家都吃不饱。于是各单位都要自己想办法，用东挪西借来的款项建造厂房，靠职工们集资筹款解决住宅建设资金。

四院从1984年获得搬迁批复，到1989年才开始第一批单位的搬迁，而绝大部分厂区还在山沟里，他们只能“用蚂蚁啃骨头的办法，有一点儿钱就投一点儿,就这么搞新区建设”。刚当上院长的叶定友也只能沿用这种策略。

而他更大的压力，则来自研制固体洲际导弹大型发动机的工作，那是国家重点项目，四院获得的国家拨款，绝大部分都用于这项研制工作，但对于研制而言，这些资金投入实在有限，总是处于捉襟见肘的状态中。

那时的发动机设计和壳体、喷管等的制造工作进展还算顺利，虽然过程中依然不断出现各种问题，但都是研制过程中会遇到的状态。只是，最为关键的高能推进剂问题还没有得到解决，此前的研制工作，都是采用中能推进剂进行替代。

承担推进剂研制任务的42所压力极大。

前面说过，在高能推进剂被列入“863”计划后不久，其他的兄弟单位便开始研制。而42所在1990年才重新开启这项工作，祝一辰受命率领研制组探寻配方路径时，已经比别人晚了两年多。他们的推进剂配方还处于“八字还没一撇”的状态时，兄弟单位却已凭借先发优势，配制出推进剂样品开始进行装弹测试了。

此时，刚刚被任命为42所所长的侯林法着急得不行，每次见到祝一辰就只有一句话，“你什么时间能把小发动机给我装上？”因为总装备部在这一项目上实行了竞争机制，“谁先搞出来就用谁的”。

这支研制队伍就是侯林法一手组建起来的，如今他又担任了42所所长，攻下这个高能推进剂配方，是他必须要干成的事情。因为他们当年搬到襄阳，就是为了攻克这个难关，如果被别的单位抢先研制出来，以后高能推进剂的研制任务，42所就再也沾不上边儿了，作为国内排名第一的固体推进剂重点研究所颜面何在？存在的价值又何在？！

侯林法说：“我们要攻克基础配方的好几道关，赶紧从实验室向工程应用转化。我已经跟领导吹牛了，我说1993年年底，我们就能搞发动机试车。”其实，那时的侯林法心中也没有多少底气，因为祝一辰他们的研制团队还在不断地进行各种配比试验，尚未找到最佳配方。

兄弟单位的进度很快，他们已经完成了样品测试。不过，结果并不理想，因为在低温环境下推进剂出现了“相分离”现象，就是推进剂中析出液态物质形成了结晶，这种状态的推进剂不能被采用。兄弟单位研制受挫，给祝一辰的研制团队留出了一线机会，他们抓住这个时间差加紧研制，终于合成出了一点点小胶团。

“当时我们也不知道这团东西是不是可以用的推进剂组分，只能进行试验检测。”祝一辰说，“把这个东西拿去分析测试，计算参加固化的配比后加入推进剂，居然固化做成药了！这是我们搞了几年试验，第一次固化成功。我就和侯林法说，搞成了！然后就装了一台小发动机，上试车台搞试验。”

侯林法说：“我跟领导吹牛说1993年年底试车，实际上真正开始试车是1994年年初……不过是在春节前，也勉强算一个农历年的年底吧。那次试车很成功，证明这个配型的推进剂，能量发挥和力学性能都不错，确实比中能推进剂的能量高。”

这个新配方的比冲虽然比中能推进剂的高，但比理想中的高能推进剂还有一点差距，属于“准高能”推进剂。不过，这样的比冲已经能够满足大型发动机的使用要求，并且是几家研制单位的基础配方中比冲最高的。在世界范围内，具有这一比冲的固体推进剂也极少。

侯林法说到此处，难掩兴奋之情，“这就把中国推进剂技术提高了一个代级！跟当时的国际水平相比，水平相当。据我所知，当时我们是第二个拥有这种水准的国家”。

在当时依然简陋的研制条件下，取得这样的成就，确实值得他们兴奋和骄傲。不过，这还仅是完成了基础配型的研制，应用到大型发动机上，还有很多的技术难题要攻关。

总装备部获悉 42 所的配方研制取得重大进展，不断要求他们加快研制进度。祝一辰说：“总装备部年年派参谋过来，对我们提出进度要求，明年要达到什么技术指标，后年要达到什么技术指标……每次提出的指标，我都觉得那么短时间，很难爬上去，压力特别大……因为推进剂的研制过程是，发动机的装填尺寸必须逐次增大，小发动机和大发动机用的推进剂不一样，装药量增大后力学性能就不一样了，每次都要对推进剂配比进行调整。还有，工艺上的问题也不一样，推进剂性能也不一样，这都得摸索调整……但是我们也知道，这是国家急需的东西，等不及慢慢吞吞地搞，就得拼尽全力地搞。”

祝一辰的压力还来自其他兄弟单位，他们的配方虽然存在晶体析出的问题，但也在积极地寻找解决途径，如果很快找到解决方案，那最终谁会摘得桂冠还说不定呢。所以祝一辰也很清楚，自己必须快马加鞭。

当推进剂药型研制进行到中等尺寸发动机阶段时，出现了一个奇怪的问题——浇注进发动机壳体内的推进剂，力学性能不达标！

这情况实在意外，让祝一辰也一时摸不到头脑，他们制作的测试药坯，各项指标都合格，为什么灌进发动机里就不行了？

所长侯林法急了，召集全所技术专家开了个专题会。他们对每个步骤进行分析后，有人推断，可能是配方中的黏合剂原料不对，导致力学性能不达标，这一观点获得了很多人的认同。祝一辰当即表态，“我确信不是这个胶造成的”。因为此前制作的测试药坯，使用了同样的原料。同事认为，这恰恰说明原料状态不稳定。祝一辰当然不同意这个观点，却拿不出证据反驳。

这件棘手之事很快汇报给固体推进剂专家崔国良，那时，他已担任航天部科技委副主任。几天后，崔国良便专程从北京赶到襄阳，查看情况，并再次召开技术会议。

会议刚开始，祝一辰便起身说道：“我要发表一个声明，原因已经找到了，是因为烘房里的固化温度不够。”说着，拿出一沓检测报告放在桌上。

上次会议结束后，他坚信不是推进剂配方原料选材的问题，于是就在加工工艺上寻找纰漏。他将测试药坯和发动机装填的两次工艺过程进行对比后发现，唯一的变化是最后的固化过程。测试药坯固化时使用的是烘箱，中型发动机浇注完成后，因为体积太大，必须在烘房里进行固化工序。问题可能就出在这个环节！

祝一辰便吩咐课题组成员丁礼平：“辛苦你去烘房测一下温度。一个点一个点地测。”

丁礼平测量之后回来报告：“烘房里各个点的温度都不一样，发动机所在的中间位置比四周的温度低了 20℃。”

祝一辰立刻安排做出两个药坯，分别放到烘房的边角和中间位置，固化后取出测试，边角位置的药坯性能与合格的推进剂力学性能相同，中间位置的药坯与中型发动机内不合格的推进剂性能一样。

问题原因终于找到，研制工作继续向前推进。

此后的几年间，祝一辰率领着课题组里张小平、王世英等年轻研制人员，逐一攻克了推进剂力学性能、燃速压力指数、流变性能等难关。

1998 年，可应用于全尺寸大型发动机的准高能固体推进剂终于研制了出来。多年之后，祝一辰依然记得第一台全尺寸发动机装药时的场景。

二

第一台全尺寸发动机装药后，将进行一次全程试车，这次试车意义极为重大。

如果各项指标符合设计要求，中国便从此拥有了第一款高能固体推进剂，并且中国的洲际导弹也将因此进入全面的更新换代时期，将由固体发动机技术取代此前的液体发动机技术。

因为这一重大意义，崔国良也专门从北京赶来，全程跟踪装药试车的过程。

祝一辰说，发动机在 7416 厂装药那天，“我们把胶料全部倒进去，正在清理时。崔国良就来现场了，第一句话就问我：装成了吗？我跟他说：装成了！”

两人没有客套话，心中都急切地盼着发动机能快点装出来，快点进行试车，快点获得结果……自 1970 年开始，先后上万人、近百家单位参与协作，造成多位研制人员受伤、牺牲，其间中断若干年，又重新启动……崔国良、侯林法、祝一辰以及众多研制人员，为了这一天已经付出了 28 年的时间。

此时，他们距离成功仅一步之遥，每个人都迫不及待。推进剂固化需要几天时间，崔国良每天都要去现场查看，还必定要问祝一辰，“会不会有问题？”祝一辰每次都回答：“我敢拍胸脯打包票，没问题的。”可心里也被问得有些七上八下。

几天之后，已经固化的药坯所有检测指标都符合设计要求。此时，祝一辰却开始担心，试车结果会是怎样？因为这才是验证推进剂是否达标的最终判定。

试车是在蓝田山沟里的试验站进行，那天，试车台的检测室和会议室里，坐满了技术专家以及来自北京和地方的各级领导，试车台对面的山坡上，也站满了四院各单位赶来的职工。大家都热切而焦急地等待着试车开始。祝一辰正和同事们一起挤在山坡上，遥望着对面那台已经安装在试车台上的全尺寸发动机，等待试车的开始。其实，在山坡上看试车，仅在开始的第一秒能够看到喷管处喷射出的火焰，随后整个试车台就会被浓烟和水雾笼罩，只能听到轰然的巨响了。

祝一辰想往山坡的侧面走走，找个更好的角度能避开水汽和浓烟多看两秒火焰，因为有着多年的研制经验，他们凭喷射出的火焰形状、颜色和抖动状态，就能大致判断出发动机工作是否正常。

他正在山坡上慢慢侧移时，有人分开人群一把拉住他：“院领导邀请你去观测室看试车。”

观测室就在试车台上，那个带有观察窗的混凝土建筑里，有试验控制台和各种传感仪器的显示终端，那里空间很小，坐下几位试验操作员，已经满满当当，一般情况下，不会有非必要人员在此处观看试车。但这次试车的意义实在重大，技术专家、上级领导、四院领导及各相关单位技术负责人也都挤进观测室，在试验员们身后侧肩站成一排。

其实，观测室的窗口很小，只能在特定角度看到外面的发动机，不如在山坡上看得清楚。但这里可以看到仪器显示的数值，比在外面观看发动机喷出的火焰要直观准确得多。其中一台显示屏上，已经标示出理论曲线，试车开始后，发动机实时输出的压力曲线也会在那里显现，从两个曲线数值图像叠加的状况，可以直观地看出试验状况。

那次试车取得了圆满成功，传感器记录下的实际曲线与计算出的理论曲线几乎完全一致，堪称完美！祝一辰满怀成功的喜悦从西安回到襄阳，重启高能推进剂研制工作后，他已有 10 年时间一直处于高度紧张状态，如今任务完成，需要好好休息一段时间。

祝一辰在家休息了几天，却越发感到疲惫，他觉得这大概是此前透支太多，此时猛然放松后产生的不适反应，并没有在意。

一天傍晚，他和小女儿一起吃过晚饭后，靠在躺椅上看新闻联播。大女儿下班回来，他抬手指指厨房说："里面留着饭，你自己再煎个鸡蛋……"话没说完，手忽然垂了下来，人也瘫倒在躺椅上。

女儿赶忙跑去医务室叫来医生，祝一辰被诊断为突发脑出血，紧急送往襄阳市医院。经过抢救后脱离生命危险，却丧失了行走能力瘫痪在床。此时，距准高能推进剂试车成功还不到一个星期。

1999 年 4 月，新型固体远程洲际导弹运抵靶场，导弹上装备着的大型发动机，便是四院科技人员历经 13 年研制生产的心血之作。他们终于在上级要求的期限内交付了发动机，即将于当年的 8 月进行首次飞行试验。

这次飞行试验，不仅是对固体远程洲际导弹的一次技术验证试验，还将决定其能否参加一场具有重大意义的政治活动。

"那年是新中国成立 50 周年，10 月 1 日要在天安门广场举行阅兵式。如果新型导弹试射成功，就能列入检阅方队参加阅兵式。"四院院长叶定友说，“当时的预案是，首飞试验中，第一级发动机点火飞行成功，并且第二级发动机点火正常工作，就算导弹发射基本成功，可以参加阅兵式。如果第二级没能正常点火工作，就不能参加阅兵式。”

就在四院的参试队员们即将奔赴靶场，参加固体远程洲际导弹首发试验任务之时，发生了一件令国人震惊的重大事件——中国驻南联盟大使馆于当地时间 5 月 7 日夜间，遭到美军导弹袭击，3 名中国记者不幸遇难，大使馆建筑严重损毁。中国政府向美国政府提出强烈抗议，中国民众群情激愤，全国多地爆发大规模反美示威活动。

这一事件深深地刺痛了四院人的心。

此时，他们的心中和所有中国人一样充满了愤怒之情，但他们却不能用游行示威去发泄对美国的愤懑情绪，去表达对中国的深爱之情。他们知道那样的示威无济于事，国家的尊严和强盛，只能用自己的努力工作去换取，这才是最好的示威。

他们是为国家研制、生产各类战略、战术导弹发动机的专业技术人员，他们的产品，就是捍卫祖国主权、保障国家安全的“矛与盾”，他们本该为国家制造出更多足以震慑四方、使他人不敢窥视华夏的镇国重器。可代表着国家象征的大使馆却被别国肆意轰炸，这说明中国拥有的“矛与盾”还不足以令他人忌惮，还没有强大到让对手敬畏的程度。

他们即将参加的固体远程洲际导弹试射，就是可以直刺来犯之敌心脏的“镇国之矛”。为了打造这款利器，他们付出了 13 年的心血，此时，他们一刻也不能再等，只想拼尽全力立刻将它完成。

中国驻南联盟大使馆被美军轰炸的事件，发生在欧洲东南部巴尔干半岛上的科索沃战争期间。大战从 1999 年 3 月 24 日开始，以美国为首的北约凭借绝对优势的空中力量和高技术武器，对南斯拉夫联盟的军事目标和基础设施进行了连续78天的轰炸。

那场运用高技术手段取得压倒性优势的局部战争，已经与传统的战争形式完全不同。美国和北约参战国依靠巡航导弹、隐身轰炸机、精确制导炸弹等大量新式武器进行的高饱和空袭战，让南联盟军队在连对手影子都看不见的状况下，便遭受了巨大的打击，米洛舍维奇苦撑78天后只能签署撤出科索沃的停战协议。

现代高科技条件下，战争形式已经发生了根本性的变化。中国领导层和军方人士都开始思考如何在现代高科技条件下赢得战争这个重大问题。

巴尔干半岛上的那场战争和炸毁中国大使馆的那几枚精确制导炸弹，让四院的科技人员和所有国内军工行业的从业者们都清楚地意识到与世界先进水平的差距。但那时他们还没意识到，也正是那场战争和那几枚炸弹，震裂了封冻中国军工领域的寒冰，长达20年低投入的“漫漫寒冬”即将过去，他们即将迎来重新复苏的破冰之时。

那时的四院技术人员们，一心只想着好好完成即将到来的固体远程洲际导弹的首次发射任务，那是他们的当务之急。

三

1999年8月2日，中国首型固体燃料陆基远程洲际导弹首发试验即将进行。

四院院长叶定友早已坐在发射场指挥大厅内，他是四院参试队的队长，必须在现场以备应对各种突发状况。第一排座位上，端坐着解放军总装备部部长曹刚川上将、副部长王统业中将，他们是这次发射的现场指挥，“中央关心得很，都在等这里的消息。发射准备过程中，江泽民总书记就打来两次电话，询问准备情况”。

叶定友挺直腰板端坐在王统业中将身后的工位上，双手却止不住地微微颤抖。那年他已经 59 岁，经历过太多试验场面，早已处变不惊，可那天他实在难以平静，十几年来，他和四院上万名职工钻在大山深处，耗尽心血研制发动机，为的就是今天这个时刻。

指挥大厅外，发射场的山坡上，王北海、姜国良、陶自成等七八名 42 所的参试队员正打着手电，跟其他单位参试人员一起向山坡上走去，他们要前往距离导弹发射架 1.5 公里的安全区观看发射。

预定发射时间是凌晨时分，他们在宿舍里坐卧不宁，10 点多就动身出发，在昏暗的月光和星空下，赶往指定的安全区。

那天的发射很不顺利，发射时间一再拖延，“我们在山上看着导弹两次竖起来，又落下去。”王北海说，“后来听说，第一次是因为发现了一个小状况，处理完后，第二次竖起时，又有别国侦察卫星从上空过境，不能让他们看到，所以两次都没打成。我们大半夜站在山上，很冷啊！穿着军大衣都冻得不行，可是谁也不愿意走。”

王北海他们在山坡上站了几乎一整夜，直到东方的天空已经放亮，导弹才第三次竖起来，终于点火发射。导弹随着一声脆响腾跃而起，喷管中射出耀眼的强光，巨大的轰鸣声随着长长的烟迹在天空中越升越高，迅速消失在远处。

指挥大厅内，巨大的电子屏幕上，一个小亮点正快速地移动，那是测控中心发来的导弹飞行的实时检测数据。叶定友紧盯着那个移动的亮点，其轨迹与预设的飞行轨迹几乎完全重合。

第一级发动机点火、发射、飞行过程顺利完成，当播报员报出“第二级点火正常”时，指挥大厅里随即响起了热烈的掌声和欢呼声。

王统业中将迅速从座位上转过身，兴奋地对叶定友说：“老叶！可以参加阅兵啦！”

叶定友已经激动得不知该说什么，只是一迭声地说着：“好！好！好！”

电子屏幕上的那个亮点还在快速地移动着，依然保持着良好的状况。“第三级发动机启动正常，飞行平稳。”“模拟弹头准确命中预定弹着点。”播报员的每一次播报，都会引发一阵热烈的掌声和欢呼。

“固体远程洲际导弹首次飞行试验圆满成功！”发射总指挥曹刚川上将宣布的这一结果，也由扩音器放送到整个发射场中，那激昂的声音，在空旷的山谷中久久回荡。山坡上，那些站在安全观测区的参试队员们，也忘情地欢呼雀跃起来，整个山谷都沸腾了。

王北海没有呼喊，他面色平稳地抬头望着靶场上空还未散尽的烟迹，可心中已是波涛汹涌。1983 年，他放弃出国进修的机会留下来，就是想干成这件大事，他花费了 16 年的时间，终于亲眼看到了这枚导弹腾空而起的景象。靶场上空的那道烟迹，在清晨阳光的照耀下，如同一条光芒炫目的金色蟠龙，刺得他眼眶湿热，他赶忙抬手擦了擦双眼。

这枚固体远程洲际导弹首飞成功，不仅标志着中国的固体导弹技术已经进入第二代，也标志着中国固体推进剂技术的又一次上台阶式进步，“这个技术水平，能跟外国较劲了！”王北海说，“那天靶场的餐厅专门准备了庆功宴，吃得真好！大伙都兴奋得不行，当然要喝庆功酒啊！那天喝醉的人可是不少。”

固体远程洲际导弹首飞成功的当天，中央人民广播电台、新华社、《人民日报》等媒体纷纷进行报道，举国振奋欢腾。国务院、中央军委的领导亲自发来贺电，表示热烈的祝贺。这款新型导弹参加50周年国庆阅兵，已是板上钉钉的事了。

1999年10月1日，新中国成立50周年之际，北京天安门广场上举行了盛大的国庆阅兵式。

在那场被称为“世纪大阅兵”的盛典中，新型固体远程洲际导弹方阵压轴出场，接受全国人民的检阅。新型固体远程洲际导弹在体积、打击精度、生存性能和突防能力等方面均有明显突破，性能已经达到世界先进水平。这一“镇国重器”的亮相，标志着中国战略导弹技术实现了历史性的跨越，是中国科技实力、军事实力进一步增强的重要象征。

阅兵进行之时，那些为新型战略武器生产发动机的四院职工们，正在距离天安门广场千里之遥的西安郊外、襄阳郊区的大院儿里，守在各自家中的电视屏幕前，欣喜地观看他们亲手制造出的“镇国重器”接受万众瞩目。

电视画面中，运载着固体洲际导弹的一列列加长车辆正缓缓通过天安门前，徐立平兴奋地站起来，兴奋地指着屏幕说：“这个发动机是我整形的！”他已是有12年工龄的“老师傅”，大发动机的端面修整任务几乎全由他亲自掌刀。

妻子梁远珍给了他一个白眼儿说：“那里边还有我们贴的绝热层呢！”妻子的工作，是给发动机壳体内部粘贴特制的隔热材料，这是发动机中必不可少的工序，也是化学品挥发特别严重的工作，离她所在的工房很远，就能闻到浓烈刺鼻的化学品味道。

确如梁远珍所说，这款发动机的成功，凝结着每一位四院职工的辛劳和智慧。只是，徐立平对这款发动机有着更加特殊的情感，十年前，他曾冒着巨大危险钻进发动机内，挖出脱黏的推进剂。这样的经历并不是每个人都有的，这种对发动机的情感也不是谁都能体会的。

襄阳郊区 42 所的大院里，祝一辰家的电视机也播放着同样的画面，他半靠在床头，沉默地望着电视屏幕，内心却激动万分。因为试验成功后的那次脑出血后遗症，导致他瘫痪在床无法自由行动，甚至连话都说不清楚。

作为这款远程洲际导弹推进剂药型设计的主要成员，他没能参与 8 月 2 日的那次首次发射试验，只能瘫在床上观看阅兵式。

经过几年持续的恢复性训练，他才再度站立起来，说话也逐渐清晰。多年后再度回忆起那年国庆日，看到固体洲际导弹出场时的感受时，他说："看到那些装备出现时，我觉得……应该是……有我们的一份功劳吧！"说罢，他将头轻轻靠在沙发背上，眼望对面的白墙，目光深邃，仿佛那里正在回放"世纪大阅兵"的场景。

片刻之后，他又语气淡然地补充了一句："我们为国家做出了贡献，外面人肯定不会知道，但是国家……知道我们！"

当威武雄壮的战略武器缓缓通过天安门前时，那是中国的高光时刻。天安门广场上、亿万台电视机前，全中国人民都为之激动、骄傲和自豪。但没有人知道，有一群默默无闻的航天人，隐姓埋名身居偏远，为此付出过多少的智慧、心血和汗水，经历过怎样的危险、伤痛和牺牲。而他们，却并不在意自己的"籍籍无名"，就像阎维文《什么也不说》中所唱——"什么也不说，祖国知道我"。

四

1999 年，新型固体远程洲际导弹研制成功之时，病榻上的祝一辰办理了退休手续。那时候，中国航天界第一代研制人员都先后到了退休的年龄，无论他们心中对那份事业有多少不舍，都要面对这场告别。

侯林法是和祝一辰同一年办理的退休手续，在此之前，他已经退任 42 所所长。“高能推进剂成功后，我就退下来了，所里给我弄个顾问当当，我的职业发展到这儿就结束了……我们 42 所研制高能推进剂，做了很大的牺牲……现在我们已经 OUT（网络流行语，落伍的意思）了，讲这些事情，也没什么太大的意义。我建议啊，多让现在的年轻人露露面，我们只是打了些基础，现在年轻人已经搞得千变万化了，多给他们鼓鼓劲……我们露面已经没用了。”侯林法平摊双手，做了个结束的动作。

事实上，侯林法心里也很清楚，他们这些肩负着特殊使命的人，无论年迈还是年轻，都注定不会有多少露面的机会。

丁汝昆也在 2000 年办理了退休手续。“退休之前，所里给了我一个福利，跟着试验队去靶场观看了一次导弹发射试验。”

他所说的靶场，是航天界对火箭、导弹试验发射场的业内称谓。那些靶场地处偏远，并且严格限制参试人数，只有必要的技术人员才能参加发射试验。数以十万计的航天从业人员中，真正亲眼见过导弹、火箭发射的，也不过几千人。航天界有个通行的做法，单位里的技术骨干如果没去靶场参加过发射，会在退休前，将他编入试验队，去靶场观看一次。这个做法颇有人情味儿。

“干了一辈子发动机推进剂，从来没见过导弹发射是什么样，这下就心满意足，没遗憾了！”丁汝昆说。

姜国良 2003 年退休后，就一直生活在襄阳。“我们户口在这儿，家人也都在这儿，还能去哪儿呢？退休后，我们哈军工的同学搞过聚会，我发现过去没有分配在北京、上海的同学，现在怎么都回北京、回上海了？孩子也基本都出国了，有些同学还跟着孩子到国外定居了。只有个别的，像我这样的，还在这种小城市生活。跟同学们相比，心里多少还是会有一点……不过，每个人走的路不一样嘛。”

2001 年，叶定友卸任院长时，四院从蓝田山沟迁往西安市东郊基地的工作已基本完成，长达 17 年的第七次搬迁终于接近尾声。四院的两件大事——搬迁任务和新型洲际导弹发动机研制任务，都是在他的任期内有了结果。

“其实，这两件事都是我们邢球痕老院长开启的，我接手的时候，已经进行好些年了。我只需要延续老院长的这些工作，不出差错地继续完成就行。任何工作，开创时才是最难的，所以说，老邢院长真是了不起啊！”

那时，叶定友已经 61 岁。按照规定，他已经到了退休年龄，卸任了行政职务，但作为技术专家，他被任命为航天科技集团公司科技委副主任、四院科技委主任，继续为固体火箭发动机研制工作出谋划策。

2006 年，叶定友正式退休。他 43 年的职业生涯，是一个“矛盾体”组合。前一半的时间，都在研制反导弹系统的发动机，为国家制造一面“盾”；后一半的岁月，都在研制固体洲际导弹的发动机，为国家打造一支“矛”。

让叶定友感到惋惜的是，他们研制的发动机都成功了，反导弹系统的“640 工程”却下马了，让他们费尽心血的那面“盾”，没能造出来。

不过，他们的心血也没有白白浪费，研制过程中取得的重要经验和技术成果都得以保留。据公开资料显示，在随后的“863 计划”中，反导项目再度被列为重点研究课题，此后多年间，密切跟踪国际先进导弹防御系统技术发展。

2000 年后，相关技术研制工作再度启动，多个型号的反导拦截系统立项，四院也再度为反导系统研制提供多型高性能的发动机。

2021 年 2 月 4 日深夜，中国国防部官网发文宣布，中国在境内完成了一次陆基中段反导拦截技术试验，试验达到预期目的。国防部还特别强调，这次试验是防御性的，不针对任何国家。

这是中国军方第五次对外公开宣布进行陆基反导技术试验，前四次分别是：2010 年 1 月 11 日、2013 年 1 月 27 日、2014 年 7 月 23 日、2018 年 2 月 5 日。

据称，该系统可防御中远程甚至洲际弹道导弹，目前全世界只有中国、美国和日本进行过类似的中段反导拦截试验。有评论认为：中国陆基反导试验的成功，其战略意义绝不亚于当年的“两弹一星”！

这一防御性武器的试验成功，使中国的导弹防御系统再次上了一个新台阶，已经构建起中段拦截、大气层拦截和末段拦截三层导弹防御网。中国的军工科技人员已经打造出一面巨大的“盾牌”，护卫着国家的安全。

中国反导技术发展如此迅速，当然离不开叶定友和他的同事们此前的付出，第一代科研人员曾用 20 年艰苦探索取得的成果和经验，为新一代反导系统的研制打下了坚实的基础。正如叶定友评价邢球痕时所说的：“任何工作，开创时才是最难的。”

老院长邢球痕是唯一退休之后，再度返回工作岗位的特例。他 1988 年卸任四院院长，那年他做了肾癌手术，因身体原因，改任四院科技委主任。作为技术专家，1998 年正式办理退休手续时，他已是 68 岁。邢球痕原以为，自己的职业生涯就此画上了句号。但时至 2003 年 11 月，他成功当选了中国科学院院士！那时，中国的院士制度还是终身制，没有退休年龄限制。邢球痕被任命为四院高级技术顾问，又和从前一样，每天去四院办公楼里他的院士办公室上班工作，继续为他挚爱了一生的事业奔波忙碌。

2018 年 5 月，根据国务院办公厅的相关要求，各行业都开始实施 70 周岁以上两院院士办理退休手续的工作，邢球痕院士才第二次办理了退休，他是四院第一代研制人员中，最后一位离开工作岗位的人。

邢球痕担任四院院长的时候，正是中国航天工业以及中国军工行业比较艰难的时期。众多国家项目遭遇下马、军品订单骤降，军工单位每年的经费，甚至不够给职工发工资，只能自谋出路走以军养民的路子。这清冷凄凉的“低潮期”持续了长达 20 年。直到叶定友卸任四院院长时，才开始缓解。

而邢球痕、叶定友等几任四院院长，却在这漫长的“低潮期”内，率领着研制人员和技术工人，用落后的技术设备和严重不足的研制经费，完成了新型固体洲际导弹发动机的研制任务。此外，还自筹经费，配合兄弟单位成功研制出多个战术型号的发动机。

这些发动机，分别为多种型号的近程、中程、远程和洲际导弹武器系列提供配套装备，使中国导弹武器的性能和机动性获得大幅提升，拥有了全方位、全天候、远距离精确打击的作战能力，进一步巩固了中国在全球战略均衡中举足轻重的大国地位。

在艰难的状况下，取得如此巨大的成就，其中的冷暖甘苦，只有他们自己能够体会。

多年之后，叶定友谈及那些往事时，却很淡然。“经济情况再困难，我们都要扛下来啊。我们的工作任务就是要大力发展军品嘛，这是四院的立院之本，没这个，咱们国家的腰杆就不硬啊！毛泽东时代，国家经济条件那么差，科技基础那么薄弱，还要咬着牙搞‘两弹’。当年陈毅元帅担任外交部部长时就说过，你们把导弹、原子弹搞出来了，我的腰杆就硬了……个人的生活苦不苦，都在其次，让国家的腰杆硬起来就是我们的责任。国家至上嘛！”

第十四章

大国工匠

一

由于工作的特殊性，航天四院自成立以来，在这个神秘大院儿里工作的人都不能为外界所知。而徐立平却成了特例，成为全国知名的明星式人物。将徐立平推向公众视野的，是四院政工战线的同志们。

这一切，都源于 2015 年年底上级发来的那份通知。

“通知要求我们，推选一位有感人事迹的优秀职工，参加中央电视台‘感动中国 2015 年度人物’的评选。”四院思想政治工作部部长王玫说，“收到这个真是挺意外的，以前，我们这儿根本不敢参加这类公开评选活动。”

“推选谁，真是一个难题。”王玫轻轻地摇摇头。

航天四院有 1 万多名职工，不仅有近百名国家级、省部级航天专家，还有国际宇航科学院院士、中科院院士、工程院院士。技术工人中，全国技术能手数十名，省部级的技术能手上百人。“每个人都为中国航天事业做出过重大贡献，即便是最普通的职工，都有很感人的事迹。”

政工部门经过几轮筛选，报院党委同意最终决定推送徐立平参评。但申报材料整理完成时，王玫他们却再度犹豫起来，“还是因为保密的问题，事迹材料不好写，心里特别没底”。那份申报材料压了几天，才“把心一横，送上去了”。但很长时间没有收到任何回音。“我们觉得应该是涉密单位的原因，上面没有批准。不批准就算了，这种情况我们都习惯了。”

直到 2016 年年初，颁奖典礼即将举行的前几天，王玫他们突然接到通知，“徐立平当选了，立刻去北京参加颁奖典礼录制”。

2016 年 2 月 14 日，徐立平获得中央电视台“感动中国 2015 年度人物”的殊荣。这位原本在车间工房里默默工作的普通而又特殊的工人，由此进入公众视野。

谁都没想到，更多更高的荣誉称号又接踵而至。

2016 年 10 月 1 日国庆节，中央电视台播出《大国工匠》系列专题片，第一集《大勇不惧》讲述的便是徐立平的经历。专题片一经播出，“大国工匠”的称号便与他如影相随，名扬全国。

2017 年 3 月 30 日，中央宣传部再度发布徐立平的事迹，并授予他“时代楷模”荣誉称号。

此后，徐立平便开始面对各路媒体的轮番采访，要应对各种机构盛邀前去做事迹报告，获得了堪比明星的高频次曝光率。这突如其来的变化让他极不适应，“我就是个普通人，跟我的同事们干着一样的工作，真没想到自己会有这么多荣誉，受到这么多关注”。

徐立平的性格内向沉静，脸上少有表情，即便偶尔挂着礼貌式的微笑，也能让人感受到一种若有若无的距离感。他说话时语调平缓，仿佛每个字都经过一番思考后才说出口，举手投足间都透着沉稳认真的气质。也许，这与他从事的工作有关，每天跟易燃易爆的推进剂打交道，性格中也不能有一丝毛毛躁躁的火气。

事实上，徐立平自从 1994 年担任整形组组长后，就开始不断获得各种荣誉称号。在获得“大国工匠”称号之前，他已经多次获得省部级、国家级“技术能手”称号，并夺得“中华技能大奖”，还曾获颁“全国五一劳动奖章”。不过，因为工作的保密限制，他的这些荣誉也仅有四院内部的人才知道。

直到被评为“感动中国 2015 年度人物”，中央电视台将他 27 年前钻进发动机挖药的经历报道出来，徐立平才成为航天四院在“外面”知名度最高的人。也是在那时，被震撼并感动的观众们才知道，新时代的三百六十行中，还有药面整形这个行业，还有这样一群航天人需要冒着如此的危险去工作。

其实，经过第一次钻进发动机内挖药行动后，徐立平此后还承担过多次挖药的任务。“因为新型号的研制任务越来越多，研制过程中出现制造缺陷了，必须从内部挖药查找原因。我们整形组的任务也就不单是整形修整了，所有的缺陷取样都由我们来完成。”

那时，身为整形组组长的徐立平已是经验最丰富的“老师傅”，他要像当年师父做的那样，第一个钻进去画线操作。“再进去的时候，我基本感觉不到紧张了，要是带头的人都紧张，这个活就没法干下去了。”

这些挖药取样行动，比他第一次参加的挖药难度更高。

他曾趴在发动机内，用钻头在推进剂上打孔，取出推进剂和壳体之间的绝热层样品，取样部位距金属壳体仅 5 毫米，钻孔全靠手感控制，稍有不慎钻到壳体，就可能让推进剂瞬间化作狂暴的烈焰。他还曾和同事们一起，将发动机内的整块推进剂挖出来，以便设计人员进行缺陷分析。还有一次，是将发动机外部的碳纤维壳体打掉，以便设计人员检查分析缺陷的成因……

这都是此前从来没人干过的危险操作。他凭借平日里练出来的过硬技术，安全圆满地完成了任务。

每次挖药后，对缺陷部位重新灌浆修补，也是由他的班组操作。但使用传统灌浆技术修补，浆料中容易存有气泡，固化后会形成气孔缺陷。徐立平研发出新的灌浆技术手段，解决了这一技术难题，保证灌浆修补一次成功。

让他自己也感到奇怪的是，此后的挖药，再没有出现过第一次那样的过敏反应。他觉得，可能是体内有了抗体。不过，腰腿疼痛还时常发作，芬必得是他的常备药。

曾有媒体浪漫地形容徐立平的工作是“雕刻火药”，但对推进剂稍有了解的人都知道，这事情一点儿也不浪漫。工厂里的老工人把推进剂称为“火老虎”，稍有不慎就会被“咬一口”，直接与推进剂打交道的药面整形，更是被列为一级危险岗位。

2001年，徐立平所在工房的一位同事，在对一台小型发动机进行机械整形时，推进剂剧烈爆燃发生事故。那位同事没来得及跑出工房，就被无情的烈焰夺走了生命。事后事故原因调查表明，是由于操作不慎，机械整形刀具磕碰到金属壳体产生了火花。他们从事的这项工作，真是不能有一丁点儿疏忽。

2006年，徐立平所在的四院7416厂从蓝田山沟搬迁到了西安市东郊，厂区设于距城区十几公里的一座山坡上……更确切地说，应该是建在山坡“下”。因为厂区内几十座建筑物，都“陷”在山坡上开挖的一个个巨大的长方形“深坑”里，连房顶都露不出来。每座建筑都相距几十米，中间隔着没有开挖的山体，厚如城墙。一条战壕般的U形道路将这些建筑物连接起来，开车绕行一次需要十几分钟。

那些建筑物都是生产固体发动机的工房，工房之间相隔的那些不曾开挖的山体，是经过严格论证计算，专门保留下来的防护结构，被大家叫作泄爆墙。如果某一座工房生产发动机时发生意外事故，这些墙体可有效减少爆炸冲击波对周边建筑物和人员的损伤。

三车间整形工房是徐立平的整形组所在地。以前发动机整形，是根据尺寸大小不同，分由几个车间完成，后来分分合合重组了几次，最终全部集中到了三车间。但无论是分是合，徐立平都担任着某个整形组的组长，合并后的整形大组组长依然是徐立平。

那些年间，徐立平先后取得了高级技师、航天特技技师[1]资格，并拥有了一个以他名字命名的“大师工作室”。工作室就设在整形工房的准备间，墙壁上悬挂的几块展板上，有徐立平获得 “时代楷模”“大国工匠”“感动中国十大人物”称号时，手捧鲜花、高举奖杯的照片。无论是在人民大会堂的颁奖礼上，还是在中央电视台的演播大厅里，他都穿着那套左胸前绣着一面鲜红的国旗、右胸上印着白色航天标志和“航天四院 7416 厂”字样的航天蓝工作服，这已成为他展现在公众面前的标志性形象。

靠墙的一排工具柜里，摆放着 20 多把不同刃口、不同材质、不同外形的整形刀，那是徐立平和同事们根据不同种类、不同型面的发动机端面，自己设计、制作的专用刀具，其中两项获得了国家专利。工具柜里还有一件像是简化版绞肉机的构件，那也是他发明的小型发动机专用整形工具，被命名为“立平刀”，可以实现半自动化整形操作，提高工作效率、安全性和精确性。

从1987年参加工作，到2017年被授予“时代楷模”称号，徐立平参与了30年间所有国家重点型号的研制攻关和批量生产任务，四院生产的每

[1] 这是航天界内对于超出国家高级技师标准的技术工人授予的一种行业内职业资格。

一台大型固体发动机，都要经过他们的整形加工。作为技术过硬的“老师傅”，重点型号的首件整形，也都会指定由他作为操作者，他使用的操作方法和加工步骤，便是这一型号药面整形的定型工艺，其他操作者此后生产过程中必须遵照执行。

“神舟”飞船上使用的逃逸系统发动机由于用途特定，每次都是单件生产，由于关系重大，并且使用了高敏感性、高燃速的推进剂，徐立平便被指定为药面整形的唯一操作者。

这些不可或缺和唯一性，都是他作为“大国工匠”的价值所在。

二

徐立平带过 7 名徒弟，在徒弟的眼中，他就是大神一样的存在，“技术真是炉火纯青。需要切掉 0.2 毫米，他一刀过去，就能切到 0.2 毫米；需要切掉 0.5 毫米，一刀就能切到 0.5 毫米。检查修整面的平面度，他用手一摸，就知道哪边高多少。简直就是出神入化”。

而徐立平也像当年师父将技艺传授给他一样，把自己多年的工作经验和掌握的技术向徒弟倾囊相授，让徒弟们也都掌握了“出神入化”的技术。7 人中，有 1 人被评为绝技绝招人才，4 人被评为技师。

不仅对自己徒弟如此，对于组内其他年轻组员，也同样如此，经徐立平指点培养出的整形骨干，前后有 30 多名。他对组员们说：“咱这儿没有‘教会徒弟饿死师父’那一说，你们的技术水平高了，危险才会降低，国家任务才能完成。所以你有啥不清楚的，尽管来问。”

他担任组长的整形组，也因工作成绩突出，连续多年获得四院“金牌班组”、航天科技集团公司及陕西国防科工委“安全生产示范岗”、陕西省“工人先锋号”等称号。

其实，发动机端面整形不仅只有手工操作一种手段。早在徐立平刚进厂时，车间里就已经开始将普通机床改造为可进行端面整形的设备。只不过，那种机械式整形只能用于型面简单的小型发动机。

随着时代发展，药面整形技术也迎来了新的变化。

1998 年，徐立平被调入一个课题组，参加研制四院的第一台全自动整形机。这台整形机将专门用于“神舟”飞船逃逸发动机的端面整形。颇有意味的是，在此之前徐立平就是逃逸发动机端面整形的唯一指定操作者。因为那时还是手工整形，而发动机采用了高燃速药柱，敏感性极高，任何微小的失误都将引起灾难性后果，只能选派技术高超、经验丰富的徐立平去操作。

如果这台自动整形机研制成功，操作者远离发动机，只需将数据输入，机床将由电脑数字程序控制完成整形，不仅可实现人机分离的远程安全操作，而且整形尺寸精度可保持在 0.01 毫米之内，加工时间也缩短为手工操作的三分之一。

徐立平出神入化的刀法与之相比，优势全无。“当时真觉得震撼，数控技术的安全性、工作效率和精度，都是手工操作不能比的。”但徐立平并没有因此沮丧，“这是发展的大趋势，必须掌握这种新技术啊”。面对已经到来的整形技术飞跃式升级，“老师傅”转眼之间又成了“学徒工”。

徐立平和其他研制人员耗费一年多时间，终于研制出这台全自动整形机。随后他便开始苦学数控机床编程语言，并迅速掌握熟练运用，成为第一个操作人员。

从理论上说，拥有了这台全自动设备，逃逸发动机的端面整形也不必再指定必须某人操作。任何一个刚入职的新员工，只需进行短期培训，就可按照程序输入指令，在同样的时间内完成这项工作。这便是设备升级带来的技术和效率的提升。

徐立平说："我觉得，所谓的'工匠精神'，不仅是钻研掌握高超技术的匠心，还应该有紧跟时代发展，敢于抛开自己熟悉但已经落后的技术，接受、学习最先进的技术，追求更快更好更精确的精神。"

2000年后，整形组技术设备升级的进度越来越快，短短几年时间，添置了多台中小型发动机自动整形机。而四院也与相关厂家联合，开始研制大型立式整形机，用于大型发动机内孔复杂型面的远距离整形。徐立平再度成为攻关组成员，研制过程中，他根据多年工作经验，提出改装吸屑装置、连锁装置等20多项改进建议，使设备安全保障系统更趋完善，最终该设备顺利通过航天科技集团公司技术鉴定，正式投入使用。

时至2019年，当中国制造业向智能化时代大步迈进时，徐立平和同事们的整形工作方式也发生了巨大变化。

"现在的整形技术，跟当年完全不同了，手工操作的比例已经很少。"徐立平说，"我们的发动机生产任务年年增长，型号也越来越多。现在一个星期完成的工作量，就相当于我刚上班时一年的任务量。但实际上，还真不像我年轻的时候干得那么累……这样讲吧，现在任务这么多，但是我们都能按时交付，完全依赖于我们的技术创新、技术进步……还有，以前那种钻到发动机里人工挖药排除缺陷的方法，现在几乎用不到了。这些年科技发展更新的速度特别快，技术上已经有了很大的提升，效果非常明显。"

2019年9月26日，新中国成立70周年前夕，徐立平又获得了另一项荣誉称号。共和国"最美奋斗者"评选名单公布，徐立平的名字赫然在列。

这项荣誉称号由中央宣传部、中央组织部、中央统战部等多家部委联合评选授予，获奖者是从新中国成立70年间各历史时期、各行各业、各地区、各民族的英模、先进集体中选拔。最终向278名个人、22个集体，共300名杰出英雄代表颁发这项殊荣，以表彰他们忠诚于党、报效祖国和扎根基层、奉献人民的精神。

“这是从新中国成立到现在的278名个人和22个集体，荣誉很重。我真没想到，怎么把我给评上了。”这忽然降临的至高荣誉，让徐立平既惊愕又惶恐，“几个月前，全国搞网络投票的时候，看到候选名单才知道，我是候选人之一，陕西省相关部门报上去的。看到那些候选人名单，我就觉得，我肯定评不上的！候选名单里大都是新中国成立以来大名鼎鼎的英模人物，邱少云、黄继光、杨根思、雷锋、王进喜、陈景润、袁隆平、焦裕禄、张海迪……这些人，都是咱们从小学习的榜样人物啊！我怎么想，都觉得自己达不到他们那样的高度，我就是一个普通工人，怎么可能跟他们同框？真没想到，我会出现在获选名单里！担不起、担不起，真的是觉得担不起啊！我就是个普通人，没干什么了不得的事情……心里觉得诚惶诚恐。”

“最美奋斗者”的评选标准，是“高举爱国主义伟大旗帜，培养爱国之情、砥砺强国之志、实践报国之行，始终做爱国主义精神的坚定践行者”，是弘扬“幸福源自奋斗、成功在于奉献、平凡造就伟大”的价值理念。

事实上如果剔除那些修饰词，便会发现，其核心是“爱国、强国、报国”，是“奋斗、奉献”，是“平凡造就伟大”。而徐立平这样一位普通工人，正是怀着国家至上的信念，为国家的强盛默默奉献，在平凡的岗位中做出了巨大的贡献。这正是符合“最美奋斗者”标准的践行者。

“确实要感谢各级组织的培养……这是由衷的啊！不是客套话！表彰会在人民大会堂举行的嘛，特别隆重，我去参加的时候，都觉得像是在做梦。

我觉得获得这样的称号，压力还是蛮大的，得更加严格要求自己，向我们从小学习的榜样们看齐啊。”

前去领奖时，徐立平的52岁生日也即将来临，从19岁那年参加工作，他从事发动机药面整形工作已经整整33年，并且依然在整形组担任组长。“男工退休年龄是60岁，我还早呢。不是说退休年龄要延迟嘛，估计还得再多干几年。”

车间里，50多岁还在一线工作的已不多见，尤其是对视力要求特别高的端面整形岗位。当年，他的两任组长也就是他的两位师父，都是在40多岁时因为老花眼调离了一线工作岗位。

“我现在干一些精细活儿，也得戴老花镜了，在别人眼里，已经是小老头了。哎呀，一年前还觉得自己挺年轻的，前些日子连续加了几天班，明显感觉到累了，50岁以后身体状况确实不如以前了啊。不过，我觉得还不能退二线，不是说现在的年轻人不能干，实际上他们已经起来了，都能独当一面。主要是……我还想在这个岗位上好好做一些事情，发挥自己的作用。我的价值，就在这个岗位上……我们这个工作压力很大，任务多的时候也会觉得很累，但是……每次在电视上看到‘神舟’飞船上天、‘嫦娥’探测器奔月、战略导弹武器通过阅兵场……这样的画面……你心里涌起的那种自豪感，真是任何事情都换不来的，那时候就觉得，自己的这些压力、自己的这些累，都特别值得！”

已经接受过太多媒体采访的徐立平，从来说不出什么金句豪言，他总在强调自己是一个平凡人。其实，所有伟大的人物都是平凡的人，而徐立平，则是航天四院以及整个中国航天界无数平凡者的代表。那些终其一生都不会为外界所知的科技工作者和技术工人们，默默坚守在自己平凡的岗位，为国家、为航天事业奉献一生的心血和智慧。他们不做作，也不虚饰，说着平平常常的话，做着惊天动地的事，他们都是共和国平凡而又伟大的奋斗者。

徐立平说：“……我是真的很惭愧，把我给推出来了。其实，我一直认为，‘感动中国’‘大国工匠’‘时代楷模’‘最美奋斗者’这些荣誉，真的应该是属于四院所有人的！”

航天工作、发动机制造的典型特点，便是集体协作——设计、生产、检测、试验，数十个环节、上千道工序，四院各研究所、生产厂、试验站的每一位职工都参与其间，每一个岗位都不可或缺，每一个人都要拥有强烈的责任心和精湛的操作技艺。

三

四院宣传处处长张立中也说：“我对很多来采访的媒体记者说过，我们这儿绝不是只有一个徐立平，高水平的工匠有很多，感人的事迹人人都有。”让他无奈的是，“我们没法把每个人都树成典型，只能选出他们中的代表人物。”

王玫、张立中他们所说，绝非虚言。在航天四院的大院儿里，随便拦住一个工人，都有着惊心动魄的经历。远的不必说，就以徐立平的弟弟徐凡平为例。

徐凡平也毕业于四院自办的技校，哥哥徐立平参加挖药后在家休养那年，他参加了工作。他的工作岗位在 43 所复合材料生产车间，导弹壳体和喷管上使用的复合纤维材料，就由他所在的车间负责生产。短短两三年时间，徐凡平也成为班组中的生产骨干。

1995 年初夏，徐凡平参加一项为某重点项目生产复合纤维的任务，与几位同事对压力容器进行调试期间，由于一名工人操作失误，导致容器中存储的高温化工品四处喷溅，现场人员都被烫伤，徐凡平面部、躯干等全身百分之七十的面积都被烧伤。因为伤势严重，送进抢救室前，医生就对他母亲温荣书说，要有思想准备。

徐立平说，当年他闻讯赶到医院时，弟弟刚从抢救室推出来，“头肿得那么大，全是黑的……要不是我妈他们在旁边，我根本认不出那是我弟弟”。

抢救治疗之后，还有几天的危险期，很多严重烧伤患者都很难挺过这段时间。徐立平跟妈妈轮班守在弟弟身边，徐立平负责晚上陪护，所以记忆里，那段日子全是黑蒙蒙的。病区里痛苦的呻吟声和绝望的叫喊声从未间断，那些声音，有他弟弟的，也有病房中其他烧伤患者的。

看着病床上肿胀变形的弟弟在痛苦中煎熬挣扎，徐立平心疼得不行，他给弟弟讲自己瘫痪在床时的心态，告诉他必须挺过这段艰难时期。他当然知道，自己曾经历的痛苦，跟弟弟正经受的痛苦根本没有可比性，但他必须用好的结果给弟弟鼓劲打气。眼看着弟弟挣扎在生死线上，自己却又无能为力，只能趁弟弟昏睡时，偷偷地抹一把眼泪。

被严重烧伤的徐凡平奇迹般地熬过了危险期，并以超强的毅力挺过了漫长的康复期。经过多次痛苦的皮肤移植手术，烧伤的面部和身体得到了修复，但从前那英俊的相貌已经难以完全恢复，并且，因为移植的皮肤没有汗腺，每到夏季都极为痛苦难熬，这是他后半生都将面对的状况。

康复后的徐凡平重新回到生产一线，继续从事本职工作。作为车间里的技术骨干，徐凡平参与并出色完成了各项重大任务，也因此被评为高级技师。无论从个人技术，还是为国奉献，一点儿不比他哥哥差。

在航天四院，可与徐立平比肩的高水平工匠比比皆是，比如总装车间的刘浩。他的名气曾比徐立平的高，以他名字命名的大师工作室，比徐立平的大师工作室早一年成立，他获得的各种称号和奖励也是长长一串。

但刘浩所在的总装车间，是四院 7416 厂保密级别最高的单位，车间内任何场景都不能出现在电视画面中，无法进行节目录制，自然就无法让更多的人知道他。

刘浩也是四院的第二代，父母都是 1963 年招工入厂的老职工，“我爸给我起名叫刘浩，就是因为我出生在呼和浩特”。他比徐立平小一岁，也同样在出生不久就被送回了老家，直到上小学时才被父母接到蓝田山沟里。与徐立平不同的是，刘浩 1989 年高中毕业后，选择了参军服役。

1992 年年初，刘浩从部队复员，分配到 7416 厂五车间，那里负责发动机总装，是工厂中的核心区域。初到此处时，他在加速器检测组，学习发动机探伤检测。加速器是一种特制的放射线无损检测仪，类似于医院里的 X 光机，用于检测发动机内部推进剂是否有裂纹、是否有脱黏的现象。刘浩来此工作前不久，四院才引进了这种探伤设备，此前都是用小木榔头轻敲发动机壳体进行检测，操作者只能凭敲击的声响进行判断。

这种工业探伤仪的应用，可以直观地提供发动机缺陷的类型和位置，极大地提高了工作效率。但问题在于加速器的放射线强度极高，进入操作间必须穿上厚重的铅制防护服，还要佩戴放射线计量仪，操作时间也有严格限定，否则会造成操作者体内放射物质超标。检测间的走廊像迷宫般拐来拐去，其实那都是为防止射线外泄的特制结构。

刘浩在检测组工作了一年多，车间领导就看出他颇有些管理能力，学技术也很有灵性，于是将他调到总装工段。那是四院最重要的部门之一，因为四院各单位生产出的发动机零部件，都要在此集结，组装成一台完整的发动机。“当时我们组有 20 多人，占整个车间人员的三分之一，分量比较重。”

刘浩就是在那时跟徐立平熟悉起来。“当时我们在一个车间，他从三车间借调过来，参加那次钻进发动机里挖药的任务，挖完后就留在我们五车间。过了几年，厂里又对各车间功能重新进行划分，他又调回了三车间。”

那时，车间领导已将刘浩作为重点培养的人选，特意安排他跟着总装组组长学习技术。他的装配技术提高很快，一年后，老组长退休，就由他担任了总装车间三组的代理组长，两年后，正式担任了三组组长。

“那时候正在研制远程洲际导弹的发动机，个头很大，长度十几米，直径比一个成年人的身高还要高。我们要把它从地面吊起来，在半空中从横平状态翻转成竖直状态，然后落到地坑里固定，让发动机保持竖直状态进行总装。当组长的要负责指挥吊运、进行总装的所有过程。”刘浩说。

“我第一次指挥组装时，紧张得手不停地抖。因为起吊转运时，操作员要操控主吊、副吊同时工作，操作指令由现场指挥下达，思路要特别清晰。吊运过程中最大拉力多少、什么时候翻转、倾角保持多少度，现场指挥必须给出明确的口令。任何一个环节都不能出现意外，如果磕碰了壳体，发动机就报废了。吊起发动机的时候，钢索逐渐绷紧发出的吱吱声，都让我紧张得不行。”

发动机吊运到地坑里的工位固定好，操作人员才能下坑进行组装。刘浩便在一次次的吊运、安装过程中逐渐成长。

“整个装配过程，都必须小心翼翼，摩擦出一颗静电火花，那可就全完了。尤其是点火器装配上去之后，危险性就更大，意外触发点火器，发动机就着了啊。所以，有些发动机就不能在这里安装点火器，比如‘神舟’飞船上使用的逃逸发动机，因为推进剂敏感度太高，装配人员只能跟到靶场，在即将发射前才安装点火器。”

从1993年到2017年，刘浩在总装车间工作了24年，练就了一手精湛的发动机装配技术。由他率领的总装三组装配出的发动机，实现了产品合格率100%、交付合格率100%、开箱合格率100%、靶场飞行成功率100%的目标。

多年的工作中，他改造、发明了多种工具——将专用吊具改为"一专通用"，保证大型发动机喷管起吊翻转时的安全性；参加某战略武器总装任务时，提出13项专用对接车改造建议，保证了发动机装配精度；参与了"神舟"飞船逃逸系统专用卧式对接车的设计工作，并与工艺人员一起编制出对接车操作规程。

2004年被评为技师，2007年获评高级技师，2010年被评为航天特级技师。其间，他获得过"全国技术能手"、"陕西省首席技师"、航天奖、"陕西省劳动模范"、陕西省"十大杰出工人"等诸多荣誉称号，并且获得享受国务院政府特殊津贴的殊荣。

徐立平当年钻进发动机挖药的经历让人震撼，但对于刘浩而言，钻进发动机内操作却是他的工作常态。

"每台发动机完成装配后，都要测量药柱的内径，检查内部配合面是否满足工艺要求，还要检查密封状况，这都得我们装配人员钻进发动机内部去进行测量。检验人员在外面记录、验证数据，有时候还要钻进去几次反复测量。"在刘浩看来，这些都是平常事，"我们都习惯这种状态了"。

四

因为刘浩所在班组的特殊性，他对自己的工作不能多说，一番思索后，才讲述了 2008 年 5 月 12 日汶川特大地震发生时，他和同事在装配间里的经历。

“那天下午刚上班，我们就开始准备‘神舟’飞船逃逸发动机的对接工作……”

那组发动机将用于 2008 年 9 月 25 日“神舟”七号飞船的发射任务，为翟志刚、刘伯明、景海鹏三名宇航员提供保护。按预定工作计划，当天下午，刘浩班组将完成主发动机和头部动力装置的对接工作。组装完毕测试合格后，就可交付。

“我们先把头部动力装置吊装到对接车上固定好，然后刚吊起主发动机，准备往对接车上转运呢。我发现，对接车怎么突然在装配轨道自己滑动起来了。”刘浩正要去扶稳对接车，就觉得脚下也晃动起来，迈不出脚步。他一时没反应过来是怎么回事，就听见有人喊：“地震了！”才猛然意识到危险的降临。

汶川发生的那场强烈地震，让数百公里外的西安也剧烈震颤起来。 大地在震波中不停晃动，刘浩他们的总装工房也开始摇晃。

“快跑！”不知是谁高喊了一句。

慌乱之中的人，会被一句话左右行动。那句喊声刚落，工房里的工人们如同听见发令枪声，全都向门外跑去。刘浩也跟着人群往外跑，“当时脑子是蒙的，行动全靠本能。往门口跑了几步，觉得哪儿不对，突然反应过来，发动机还吊着呢！回头一看，当时脑子里就嗡的一声”。

他身后，悬在吊钩上的发动机像个巨大的钟摆，在工房中间摇来荡去，摆幅足有两米。如果发动机磕碰到墙壁或掉落下来，必然会报废，更严重的是，里面填充的高敏感度推进剂可能会因撞击剧烈燃烧甚至爆炸，总装车间将变成一片火海。

刘浩立刻停住脚步，扭身回去抓起一根系在发动机上的辅助绳索，想稳住摆动的发动机。可他一个人的力量，根本无法做到。他连忙高喊：“发动机！发动机！快回来！快回来！”

几位组员也在他的高喊中回过神来，折身跑回工位，从不同的方向抓起辅助绳，牢牢拉紧。一名工人冲到装配工位的轨道上，将来回摆动滑行的对接车顶住，向车轮下塞进几块制动的垫木。

“当时地面还在不停地晃，脚底下都是软的，头晕目眩根本站不稳，我们就用手拉着绳子，半躺在地上保持平衡。”刘浩回忆起当时的情景，依然心有余悸，“装配间有几层楼的高度，吊车轨道架在房顶，跟着房子一起晃，发出那种磨牙一样的怪响。”

主逃逸发动机悬吊在离地两米高的半空，系在壳体上的几根吊运辅助绳索如射线般向四面散开，“射线”的另一端，是地面上死死攥紧绳头的刘浩和他的几位同事，厂房中只剩下这几个紧拉着发动机的普通工人。

“当时靠着地面，眼睛就盯着房顶上摇晃的吊车导轨，我都觉得吊车随时会塌下来，心里真是觉得恐惧。但是我们所有人都拽着绳子一直没松手，发动机就在吊车上挂着呢，不能走啊！”剧烈的晃动之中，吊车无法操作，他们只能寄希望于强震快点过去，只能寄希望于钢索不会在此时断裂，厂房、吊车不会在此期间垮塌。

那场波及大半个中国的强烈地震发生时，无数惊慌的民众都及时撤离到了安全地带避险，而这几位普通工人却为保护发动机、保护总装车间、保证“神舟”七号发射任务的顺利进行，冒死坚守在自己的岗位上。这些人不该成为无名英雄，他们是——刘浩、肖华、祁百庆、赵从富、崔琦、张童在。

那场赌上生命的坚守，一直持续到剧烈的震波逐渐平息。刘浩他们赶忙启动吊车，将悬空的发动机平稳吊放在地面弧形托架上，并用压带进行紧固。又对停放在轨道对接车上的发动机进行了紧固，并确认所有发动机都处于固定状态后，才关闭装配间内所有电源撤离厂房，危急关头，他们表现出了良好的职业素养和强烈的责任心。

“地震刚发生时往外跑，那是本能。跑回去是责任，当时没考虑生死的问题，就是一门心思要保护发动机。”

大地震虽然对生产进度造成了影响，但逃逸系统发动机依然按时交付，2008 年 9 月 25 日，3 名宇航员搭乘“神舟”七号飞船，按原定计划顺利飞入太空。国内各级媒体对这一盛事连篇累牍的报道中，没有提到那几位普通工人舍生忘死保护发动机的事迹。

事实上，为中国航天事业默默奉献的数十万普通设计人员、生产人员、试验人员，每个人都有着动人心魄的经历，但职业的特殊性注定了他们不会为世人所知。

五

池新连是 42 所推进剂生产线装药车间的班组长，他和徐立平从事着同样的工作，据说“药面整形技术跟徐立平不相上下”。并且，“他比徐立平的技术更全面”，因为推进剂装药的整个加工流程，他都要参与，药面整形只是其中的一项工作。

池新连绰号“池一刀”，精瘦，短发，剑眉，八字胡。那形象配上绰号，颇有武侠范儿，却被鼻梁上架着的那副银色窄边眼镜破了“武功”。

“干我们这行，视力很重要，眼睛花了真是看不见，就得戴这个了。”

池新连抬手推了推眼镜，他和徐立平一样，已经年过五旬，这样的年纪，还在一线的着实不多了。“现在也不能不干，得了那么多荣誉，很多人都在看着你，不干说得过去吗？”他 1997 年担任班组长，1998 年被评为 42 所“技术能手”，此后又先后获得四院、航天科技集团公司、全国“技术能手”称号。2015 年，拥有了以他名字命名的大师工作室，2016 年，又获得湖北省总工会授予的“荆楚工匠”称号。

当年四院政工部遴选“感动中国年度人物”参评者时，池新连也是备选人之一，但他的工作包含推进剂装药的所有流程，将来的采访中涉密风险较高，而且，他的工作也缺少让外行人感到震撼的，比如钻进大型发动机内挖药的经历。最终，徐立平成为四院的推荐参评人选，并获得“感动中国年度人物”，以及随后而来的种种荣誉称号。

事实上，池新连的工作比徐立平的工作困难更多，危险性更大。因为 42 所是研制单位，池新连所在的装药线主要任务是配合研制，而研制过程中推进剂配方总在不断变化中。“配方只要调整一次，组分比例就不一样了，摩擦感度、冲击感度、静电感度等各种安全系数也都不一样了，对我们来说就是全新东西。上次能用的加工方式，这次就不一定能用了。”

尤其是在推进剂端面整形工序中，如何应对组分变化就更为重要。“我们得根据推进剂组分的摩擦感度，选择刀具磨制的锋利程度，感度高的就得用锋利的刀具，这样摩擦力小。同时还要考虑刀具的材料会不会与推进剂里的物质起化学反应，所以在刀具材料上，有特种钢、特种铜的，还有塑料的、木制的、竹制的……各种各样。而且刀具的形状和大小，都得我们自己设计、磨制。”

这还仅是一种型号推进剂研制过程中，池新连他们需要考虑的其中一个加工环节的事项。事实上，他们的这条装药线，要同时为多种型号推进剂的配方研制提供产品试制工作，“大部分配方都是在更新变化的状态”，并且，“基本上每年都有几个新配方投入研制”。

池新连的工作困难更多，危险性更大，说的就是这样的状况。

池新连和他所在的班组从事的都是研制过程中的装药工作，面对的都是未知状况，也就是第一个吃螃蟹的人。他们不仅要摸透“螃蟹”的习性将它“吃完”，还要总结出一整套安全的“吃法”，移交给生产厂的操作人员，也就是徐立平他们。

池新连从事的装药、端面修整工作，同样经历了从纯手工操作到机械化操作的过渡。

“当年我跟师父学的时候，都是他先干让我看着，后来我可以上手后，每次干活儿之前，让我先说操作思路，他再补充意见。加工出实物后，再总结一下。我们这个手艺，要保证它安全、保证它完美，得小心翼翼地练几年时间，才能熟练掌握。后来我也带徒弟了，还是用我师父教我时的这套方法，我徒弟学会这一手，也得练几年，中间要是有个闪失，很可能会出事。我以前就经常在想，这种危险的手工作业，能不能采用机器人技术，彻底把人解放出来。”

池新连已经带出了 12 个徒弟，他对那些徒弟颇为满意。

“这些年，小伙子们都锻炼出来了，基本上都是技术‘大拿’了。动手干活儿是有年龄限制的，我的手还不抖，眼睛确实有点儿花了，要真论起来，现在那帮徒弟们干的活儿，有可能比我干的活儿还好。”

他教出的徒弟也开始带徒弟了，不过，徒弟的徒弟们练习电脑编程的时间，已经远多于练习磨刀、铲药基本功的时间了，因为很多工序已经开始采用自动化设备。

“现在自动设备这方面的技术发展很快，不过还有很多可应用的地方，如果短期内能彻底解决这些，那是最好了！”

池新连说，他评上“荆楚工匠”那年，就曾有记者在采访时问他，会不会担心自动化设备的广泛应用将来会取代他这种优秀工匠的地位，让他这手绝活儿无法传承下去。

“我说，我们这里讲传承，但不是传承我们的手工技术，而是传承国家的航天事业和航天精神。我们不是搞民间传统工艺品，要保持老方法、老技术，我们这是现代高科技产品，如果能用最新的技术，更快、更好、更安全地加工出高质量产品，那才是最好的啊！我们就是要掌握最新技术，稳妥可靠、万无一失地制造出航天产品。”

任何高科技产品，都有着三个必不可少的环节。“科学家发现并验证事物的基本规律，工程师按事物规律设计出产品图纸实现工程化，工匠按照图纸要求用各种技术手段制造出产品实物”，三者缺一不可。对于火箭发动机这种结构精密的高科技产品，更是必须有大批技术高超的工匠共同协作、默契配合，才能完成制造。

航天四院几十年间成功设计生产出各种型号的固体发动机，数以千计的工人们功不可没，他们都是默默无闻的“大国工匠”，徐立平、刘浩、池新连只是其中的一分子，是他们的代表者。

第十五章

跃龙门

一

对于中国航天界而言，2000年是一个极为特殊的时间点。曾跨越那个时间点的人，回想当初时都会说，“我们的日子，就是从那时候开始好过了”。

而好过起来的很大一部分原因，似乎与此前在巴尔干半岛爆发的科索沃战争，以及战争期间美国轰炸中国驻南联盟大使馆的“5・7”事件不无关系。

科索沃战争让中国看到了现代高科技让战争形式发生了根本性变化，而大使馆的被炸，更激发了中国快速发展科技实力、加速实现强国梦的进取之心。从 2000 年开始，中国对于科技领域的资金投入逐年增大，中国航天界也因此走出了“寒冬期”，获得了前所未有的支持力度，迎来了蓬勃发展的“第二春”。

其实，中国一直对前沿科技领域进行跟踪与培养。早在 1986 年，已经实施“国家高技术研究发展计划（863 计划）”和“火炬计划”。但因当时国家经济条件所限，两个计划仅限于“为了跟踪世界高技术的发展，力争在我国有优势的领域有所突破”的重点培养行业，集中在 7 个领域：信息技术、生产技术、新材料、航天技术、激光技术、能源技术和自动化技术，并且资金投入也极为有限。

衡量一个国家在科技创新上的努力程度，研发经费投入是一项重要指标。世界前沿科技研究，离不开科研基础设施与高端精密设备的大量投入，在研发方面的资金投入是科研成果的前提保证。

中国 1999 年进行调整的科技发展战略，以“提高自主创新能力，建设创新型国家”为主旨，开始加大科技领域的投入。有资料显示，自 2000 年以来，中国在科技研发方面的经费支出，以年均 23% 的速度增长。2016 年，中国科研经费的投入总额便仅次于美国，位居世界第二。

有人说，科技是历史的杠杆，是国家实力的关键，是大国崛起的支点，也是大国竞争的制高点。从某种意义上讲，2000 年就是中国迈进奋力崛起新阶段的一个支点时刻。它更像是一道龙门，中国科学技术大发展的阶段，在这一时刻开启了鱼跃龙门的进程。

也是在 2000 年，侯晓从 41 所调任四院科技委专职常委，负责全院研制任务的统筹管理，并担任两个重点型号发动机的总设计师。承担重任之时，他在四院工作的时间还未满 10 年。

那时，四院第一代老专家们都已近退休之际，急需培养出年轻的第二代专家接手工作。作为国内第一位固体发动机专业博士，侯晓在工作中也发挥出超强的能力，被列为重点培养的人选。他参加工作的第三年，便被任命为105预研室副主任，1995年调任102设计室主任，主管某重点型号发动机喷管的设计工作。1997年又被任命为41所副所长，主管质量、技改和预先研究。中国航天第二代研制人员，与第一代老航天们共同经历过“寒冬期”的拮据状况，在远远落后于国际同行们的工作条件下，立志研制出达到国际先进水平的发动机。对于那时的经历，侯晓记忆犹新。

1992年，参加工作的第二年，他在负责筹建国防重点实验室的同时，还承担了一个新型号发动机的预研工作，事实上，是对一个老型号发动机进行升级。

“我们设计的这个新型发动机，要通过新技术和新材料，把推进剂能量提高，把发动机自重减轻。”侯晓说，“以前的型号，推进剂性能不高。研制这个新型号，首先要提高推进剂能量。我来上班时，这种推进剂配方刚做出来，正好赶上了后边这段预研工作，这个项目我们搞了整整十年。”

侯晓的工作，是按照总体部对导弹尺寸、飞行速度、弹道和射程等参数要求，绘制出发动机各部件的设计图纸，并对负责提供推进剂、壳体、喷管、点火装置等部件材料的研究所提出性能要求，再对发动机生产厂提出工艺和精度要求，并在研制、生产过程中，根据遇到的各种情况，对发动机设计方案进行修改调整，配合这些单位制造出符合要求的发动机。

就是说，发动机设计人员必须深度介入各部件的材料研究和生产环节，但最直接的研制工作，则由各分系统的技术人员具体实施。

在这个型号如火如荼推进之时，42所也随之开展了新的推进剂研制。负责该项工作的是42所的庞爱民——那位学习期间违背导师不准恋爱的规定，偷偷跟导师女儿谈起恋爱的年轻人。

他刚刚研究生毕业，留在所内工作，就被委以重任，成为推进剂研制组的组长。他的任务是将原有推进剂中黏合剂的比冲大幅提高，“黏合剂在推进剂中的比重很大，原来的药型设计，就是起到黏合作用。我们把它也利用起来，变成含有高能量的组分，推进剂的性能不是就大幅提高了嘛”。如果这条路径能够实现，中国固体推进剂就能“接近或达到世界先进水平”。

庞爱民知道这事儿很难，他们的研制条件依然是20世纪70年代的水准，也没有可以借鉴的资料，可这位初出茅庐的年轻人和他带领着的几位年轻人，心中都憋着一股劲儿，“我们就是凭着一腔热血，想要把这个搞出来”。

第一个研制阶段进行时，他们配制出的黏合剂极不稳定，固化后的推进剂内部都是马蜂窝一样的孔洞，根本无法使用。他们进行各种分析、各种配比尝试，时间过去了三四年，都没有进展。

相比于42所其他项目组风风火火、成果不断的局面，他们都有些气馁，并心急火燎起来。在这种科研单位里，研究成果是一切的基础，拿不出成果的技术人员，连职称评定都困难。再这么干下去，事业前途都令人担忧啊！

庞爱民心中同样焦急，但作为课题组组长却必须给大家鼓鼓劲儿。他对同事们说：“老一辈的人搞研制，哪个不是冷板凳一坐十几年？他们都在坚持，咱们这儿才开始不久，得有耐心。硬骨头是要慢慢啃的，扎扎实实，每一步都踩稳踏实，这都需要时间的积累。要耐得住寂寞，要有敢坐十年冷板凳的精神。”他的这些感悟，也是受到自己的导师以及身边那些老一辈研制人员的影响。

此后的几年时间里，他和研制组成员们都努力让自己沉静下来，在“冷板凳”的状态中埋头工作，甚至每天晚饭过后，也要凑到一起看资料、谈思路。“那时候没有手机，没有网络，业余的时候就是思索这个东西。人家过节休假的时候，我们还在继续做试验。”

只有经历过的人才知道，那样的坚守并不容易。就像在一座黑暗的庄园里寻找一扇通向光明之门，你不知道那只门把手在哪里，也不知道什么时候能找到门把手，更不知道找到门把手之前，你会遭遇多少次碰壁、跌倒和头破血流。

二

庞爱民他们在襄阳研制苦寻“光明之门”时，西安东郊的侯晓也面临着技术难题。他们设计的这款发动机不仅对推进剂进行了升级，还在壳体和喷管的设计中，进行突破性的尝试，关键部件全部采用了新材料和新技术。只是，这些新材料都只能采用进口的外国货。

这个型号的发动机壳体采用了高性能芳纶纤维材料制造，那是一种耐高温、耐酸耐碱的高强度材料，同样体积状况下，其强度比钢材高出 3 倍，重量却只有钢材的 1/5。早在 20 世纪 60 年代，美国率先研制出这种化纤，并称之为“凯夫拉”，作为金属材料的替代物，制造防弹衣、头盔、绳索、飞机部件、导弹部件等产品。此后，英国、日本、韩国也先后掌握了该材料的生产技术，但因其被列为战略物资，一直对外实行技术保密和产品禁运。

中国也于 1972 年开始芳纶纤维的研制工作，却因条件所限，其性能一直未能达到军用产品规格要求。1986 年中国组织七部委进行联合攻关，但依然进展缓慢。此时，苏联突破了高性能芳纶纤维的制造技术，并将这种材料应用于导弹壳体的制造中，极大提高了导弹射程。后因苏联国内经济状况遭遇困境，便放松了相关禁运政策，开始向中国出口换取外汇。苏联解体后成立的俄罗斯联邦依然面临着糟糕的经济状况，承袭了苏联的相关政策，继续向中国出口这一材料。

侯晓他们设计的这台发动机，制造壳体的主要原材料，便是采用从俄罗斯进口的高性能芳纶纤维。这是他不得已的选择，要提高发动机的性能，一项重要技术途径就是减轻发动机壳体自重，只有选择芳纶或碳纤维材料，才能在保证壳体结构强度的同时减轻重量。但当时国内无法生产出高品质复合纤维材料，尤其是碳纤维材料，连老牌技术强国俄罗斯也制造不出来。所以，侯晓那时设计发动机壳体的唯一选项，只能是采用俄罗斯进口的芳纶纤维。

在选用芳纶纤维的同时，这台发动机的设计中，还采用了碳纤维材料制造喷管的喉衬。

发动机喷管的外形类似于喇叭口形状，就是火箭下边那个上细下粗的喇叭形的部件，“喇叭”最细的那个部位称为“喉部”。发动机工作时，温度超过3000℃的高温高压燃气喷出，喷管喉部首先被巨大的压力冲击并被高温烧蚀，必须衬套一段高强度、耐高温的部件，这个部件被称为“喉衬”。

此前，四院生产发动机时，喉衬部件大都采用钨渗铜合金制成。这种材料重量大，而且耐高温性能不佳，发动机工作中不断被烧蚀，造成喉部直径越来越大，工作压力变化极大，对导弹最终落点的计算精度造成影响。而美国等导弹技术先进的国家，早已采用碳纤维材料制造喉衬。

碳纤维是一种用腈纶和黏胶纤维做原料，经高温氧化碳化而成的纤维。高强度碳纤维的抗拉伸强度是钢材的10倍以上，密度只有钢材的1/6，一根直径0.5毫米的纤维，就能将一个成年人吊起。用碳纤维加工成的柔软织物，与其他材料复合塑形固化后，不仅具有极高的强度，还具有耐高温、抗摩擦、耐腐蚀等特性，是制造航天航空等高技术器材的优良材料。

美国早在20世纪50年代初，就已经研制出碳纤维材料，并作为耐烧蚀材料用于制造火箭喷管和弹头鼻锥，取得了很好的效果。1959年，日本人发明了用聚丙烯腈为原丝加张力牵伸制造碳纤维的工艺方法，成为碳纤维制造的主流。20 世纪 70 年代，美国的战略导弹和作战飞机制造中已经广泛使用碳纤维材料，使武器性能大幅提高。20 世纪 90 年代初，日本、美国研发的高性能、超高性能碳纤维问世，武器装备性能也相应地获得了大幅度提升。那时，碳纤维的制造技术主要掌握在日本、美国、英国的少数几家公司手中。当然，几十年间也一直对中国实施着技术封锁。

中国便在 1962 年开始自力更生研制碳纤维，但由于各种条件所限，长期未取得实质性进展。1975 年，张爱萍将军亲自主持召开碳纤维研究工作专题会议，制定了十年发展规划，组织 20 多家单位展开攻关，陆续生产出不同质量的原丝和碳纤维。

“那时候，老一辈的设计人员就开始使用碳纤维材料做喉衬。”侯晓说，“因为当时国内只能生产短纤维，就把短纤维堆叠压制成喉衬，我们专业上称为毡基，就像用粗羊毛做毡子一样，纤维走向是凌乱无序的状态。压制出形状以后，再给这个毡基进行渗碳，形成碳 / 碳复合材料的喉衬。这种毡基纤维的喉衬强度不高，使用不多，只有少数尺寸较小的发动机用过，主要是因为那时的碳 / 碳复合材料性能不够好。”

1984 年，中美关系最为密切的时期，美国放宽了向中国出口碳纤维产品的约束，允许购买技术标准不高的民用级产品。此前曾参与研制国产碳纤维的单位，看到已有国外引进产品，而中国经过多年的努力，也没在技术上有根本性突破。于是在此后的十多年间，大多数单位都放弃了这方面的研究工作。

为解决喷管喉衬的设计与制造问题，1995 年侯晓调任 41 所 102 室当主任，四院所有型号发动机的喷管都在那里进行设计。“那时候，就研究

怎么用碳 / 碳复合材料做出这款发动机的喉衬。”侯晓说。

那时，邓红兵也完成了在 43 所攻读研究生的学业，正式参加工作参与到碳纤维材料的研制项目中。事实上，因为发动机研制生产的需要，四院 43 所对于碳纤维的研制工作一直不曾中断，邓红兵在这里读研究生的时候，便跟随导师从事这方面的课题研究。

只是，邓红兵从导师和老一辈设计人员那里学到的，还是十几年前的那些方法。毕竟碳纤维制造技术被外国严密封锁，国内的实验、生产设备也都是此前的研制思路产物，因为资金的严重缺乏，根本没有“另起炉灶”，重走一条新路的条件。

当时国内只能生产出短纤维，是因为采用“气相生长法”的制造工艺制成，长度 50 厘米已是最高极限，并且还需要极高的工艺水平才能达到。这种工艺方法制造的碳纤维，与国外采用纺丝、抽丝工艺方法制造出来的碳纤维，根本不在一个级别。

邓红兵他们只能在现有条件下，将短纤维的品质做到最好状态。几年之后，43 所的研制人员已将国产碳纤维的强度提高很多，不过，依然没有找到生产长纤维的工艺途径。

“那时候国产短纤维的产品质量也只是基本够用的水平，进口碳纤维也可以买到了，虽然只是民用级产品，但那是长纤维。我们就采用了把这两种碳纤维混合使用的‘径编’工艺。”侯晓说，“先用进口的长纤维缠出一个框架，然后把我们国产的短纤维插进去，像个刺猬一样，然后再缠长纤维。缠好后进行渗碳，这个里边有长纤维骨架，就比原来的技术好。”

发动机喉衬和壳体的问题，靠着两种进口材料得以解决，虽然侯晓、邓红兵他们心中都有些憋屈和不甘，但在当时条件下，也只能做此妥协。

湖北襄阳庞爱民的推进剂研制组经过几年的研制，最终寻找到一条新的黏合剂改性技术途径，并设计出多种组合项一一进行实验筛选，“过了一段时间，制作出来的黏合剂，弹性变得很好了”。

那时，侯晓已经担任该型号发动机总设计师，“1999 年，我们做了第一台 1.4 米发动机的试车，推进剂性能良好，符合设计要求。随后我们又进行了多次试验，调整设计，两年后，发动机就定型了，采用新型发动机的战略武器型号，比老款的射程增加了上千公里。这种推进剂很好啊！中国是世界上第二个实现工程应用的国家。推进剂从合成到工程应用，全是我们四院自己解决的，达到了国际先进水平”。

庞爱民曾在研制最困难之时，跟同事们说：要有敢坐十年冷板凳的精神。而此时，侯晓、庞爱民完成各自的研制任务，真的整整过去了十年时间。并且，这是在中国航天界经费拮据的“寒冬期”取得的成果，就更加显得难得。

“回想那十年，我们真是凭着一腔热血，根本没考虑过危险。国家急需这个东西，就必须把这个搞出来。”庞爱民说。

固体推进剂技术取得巨大突破之时，制造壳体和喉衬的复合纤维材料却依赖于进口，对于四院固体导弹发动机研制工作而言，这是一个巨大的隐患。

2000 年，四院 43 所的高强度碳纤维研制项目获得国家正式立项，芳纶纤维的研制工作也随即提上议事日程。那是中国航天界走出“寒冬期”，迎来春暖花开之时，中国航天技术向国际先进水平进发的航程即将开启。此时，第一代老专家们大都已到退休年龄，第二代研制人员经过几年的历练，已经迅速成长起来，此时纷纷承担起重任。

37 岁的侯晓因这台发动机的研制成功，被评为航天科技集团公司有突出贡献专家、国防科工委国防科技工业有突出贡献中青年专家，并从 41 所调任四院科技委专职常委。

36 岁的田维平也在此时担任 41 所所长，主持管理发动机设计工作，一年后又调任四院副院长。31 岁的邓红兵一年前就已担任 43 所副所长，两年后又被任命为该所所长，主管复合材料的研制工作。32 岁的庞爱民也已是 42 所研究室主任，并且也成为研究所导师，开始招收培养新一代的航天人才。

“千禧年”来临之际，四院的第二代技术专家已经“全面接管”了这个中国最大固体导弹发动机研究院。邢球痕、叶定友、侯林法、祝一辰等第一代研制人员已经解决了“有没有的问题”，侯晓、田维平、邓红兵、庞爱民他们，则要在老一辈开创的基础上冲向“跃龙门”的新世纪，解决提高性能、达到先进水平的问题。二者的难度难分伯仲。

三

2000 年，庞爱民他们正在进行着新一代高能推进剂的研制。

他们承担的这个项目，就是前文曾说过的武汉大会战要攻克的高能推进剂的升级版。当年，四院 42 所就是为了高能推进剂项目，搬迁到了襄阳。后因 1979 年发生戴学华、杜品芳牺牲的爆炸事故，以及中能推进剂研制成功而暂停研制。到了 20 世纪 80 年代末期，老专家们又找到了一条新的路径，虽然研制出的推进剂能量大幅提高，但并未真正达到“高能”标准。

“1999 年，所长让我带领一支队伍，全身心地做这个高能项目。”庞爱民说，“我就挑了四个人，又带了我的一个研究生，开始搞这个事情。”

他们要面对的，依然是 A 组分这个高敏感、高危险性的化学品，“这个材料能量水平很高，但是用在整个体系中，绝大部分能量发挥不出来，国内几家兄弟单位做了 20 多年没突破。我们要做的工作，就是找到这个材料无法发挥出固有优势的原因”。

要找原因，就必须进行大量的实验。刚开始研制的那几年，庞爱民的研制组几乎每天都要消耗 500 多克的 A 组分原料。

“这种东西敏感性太高，不能长时间存放，所以都是现用现配。我们做实验，都是通知工房头天晚上配制出一烧杯的用量，早晨上班的时候，我们就去工房接收。”庞爱民说，“纯化状态的 A 组分特别敏感，摇晃剧烈就会爆炸，而且爆炸威力特别大，只要一滴落到地面上，就能炸一片。所以，在转移的时候，不能两个人之间传递交接啊什么的，这就容易出问题了，从头至尾只能由一个人端着它。”

多年之后，庞爱民讲述那个场景时，表情都不自觉地严肃起来，在沙发上挺直腰，双手环抱在身体前，做出捧扶烧杯的姿势。“我们要从工房把它端出来，前面有个同事开路，我就这样一手抓着、一手托着，迈着小步慢慢走到几十米外的实验操作间，进行钝化处理，每一步都必须小心翼翼。”这是侯林法、王北海、祝一辰那一辈老研究员们总结制定出的规程，庞爱民他们这些新一代都认真地予以继承和执行。“以前，我的导师、我们老主任，包括老所长都是这么干过来的。为了这个事业，都是拼了命地上。”

庞爱民攻关新一代高能推进剂的时候，侯晓那边碳纤维喉衬又出了大问题。

“2004 年，我们研制的一台发动机进行试验的时候，喉衬出现了比较严重的质量问题。这是我承担的第三个重点发动机型号。”喉衬出现的质量问题让侯晓也有些摸不着头脑，这台发动机上使用的喉衬技术，就是此前已经成功应用在另一台发动机上的“径编”碳纤维喉衬技术。

与喉衬部件相关的发动机设计单位、生产单位和碳纤维原料供应单位，立刻开始实施“归零”行动。

所谓“归零”，是“航天质量问题归零管理”的简称，那是航天界解决质量问题的一套非常严格苛刻的管理方法，也是航天界技术人员最怕遇到的状况。

航天产品出现质量问题时，必须从问题部件的设计、生产、试验等各环节进行技术和管理分析梳理。找出原因后，必须在限定时间内，采取有效措施纠正解决质量问题。同时还要举一反三，推及其他类似部件，并采取相应预防措施，避免问题重复发生。

归零分析后发现，问题出在43所的复合材料上。刚刚担任所长一年多的邓红兵觉得压力巨大，“当时，从中央到航天各级领导都很重视这个事情，我是单位主管领导，就在风口浪尖上”。

喉衬出现的问题在于，用碳纤维加工出的产品结构均匀性差，导致发动机工作时被严重烧蚀，未能起到保护喷管喉部的作用。他们必须在加工工艺上进行重大调整，保证产品的均匀性。

“当时没有一个领导责备过我，都在帮助我们一起认真解决这个问题，需要什么条件、资源、试验，都大力支持。”可令邓红兵沮丧的是，他们想尽办法，也没能让喉衬结构中的碳纤维分布均匀。

前文曾说过，当时采用“径编”工艺法制造碳纤维喉衬，就是用进口的民用级长纤维缠绕出框架，然后把国产短纤维插进去，再用长纤维缠绕固定。这种扦插短纤维的制造法，根本无法保证每一个点上的纤维含量相同，结构的均匀性要求也就注定无法满足。此前的发动机喷管尺寸和推力较小，这种工艺制造出的喉衬尚能承受，而新型发动机的尺寸和推力都大幅增加，这样的喉衬已经无法使用。

这样的状况，已经不是材料研究所能够解决的问题了，必须由负责发动机设计的侯晓他们对喉衬进行重新设计，才可能解决材料均匀性的问题。

“那时候，我把喉衬的制造工艺改成了网状编织结构。”侯晓说，“就是全部采用长丝碳纤维，先按一定角度铺设缠绕，然后再换另一个角度缠绕……就相当于用连贯的长丝碳纤维织出了一个喉衬的形状。这样，碳纤维基底就均匀一致了，进行渗碳后抗烧蚀率很好，能耐受很高的压强。”

那时，四院43所的碳纤维研制工作已经进行了4年，但尚未取得成功。“这种工艺用的长丝碳纤维还是依靠进口，但高性能的买不来，只能用中等性能的。”

在原材料尚未解决的情况下，中国的研制人员只能用这样折中的办法去寻找出路。在设计上，这样的办法并无大碍，但在生产制造时，如何用中等品质的原料制造出高品质的产品却是一个巨大的难题。

邓红兵他们就必须将这个难题解决。

“那次问题的‘归零’搞了500多天，我没过一天好日子，基本上就住在了工作现场。最多一天开了11个工作会，都是实打实的技术问题讨论会。整个研制过程中，经历了无数次的失败。那时候还没感觉到压力，就是想着尽快把问题解决了，确保成功。

“解决问题后，进行了几次大型的验证试验，然后去发射场试射。那天特别冷，我站在现场，精神高度紧张，居然一点都没觉得冷。那发弹打成后，我一下就软在地上，旁边人拽都拽不起来，那时我才突然觉得冷得不行，浑身抖得停不下来。

“那天晚上回到宿舍，我才感到，前面那段‘归零’的日子里，压力那么大。这个压力，不是因为我的个人得失，而是国家、军队需要这个型号的武器，就需要这样的性能指标，你绕不开。再大的困难和压力，都得拿下来。我们航天人干的每一件事情，都是系统工程，需要很多人的协同。

一个焊点、一个螺母都不能出差错，每一方面的工作都很重要，这样难度就很大。但是研制中出现不顺利时，我们都没有绕着弯来，或者等一等、放一放，而是精诚团结、不畏压力，遇到问题不绕着走。因为我们承担的是国家任务，必须无条件完成。

“那次‘归零’以后，我们设计制造的喉衬，已经达到了世界一流水平。到现在十多年了，43所在类似的技术方面没有出过任何问题，解决得很彻底。”

不过，那时只是设计方案和制造工艺达到了世界水平，复合纤维材料依然依赖于进口，不仅碳纤维如此，芳纶纤维也同样如此。

侯晓主持设计的第一个重点型号发动机，便是采用芳纶纤维作为壳体的制造材料。因国内无法生产，一直从俄罗斯进口。

此前经济低迷靠出口资源和先进技术换取资金的俄罗斯，在铁腕总统普京的领导下，逐渐走出困境。时至2008年，两届任期已满的普京卸任总统改任总理，此时，他也推出对军事技术及高科技原材料出口的严格限制。中国从俄罗斯进口芳纶纤维的贸易，也因此中断。

“当时，这种特殊材料完全依赖从国外进口，那年因为开始禁止向中国出售，我们就被卡住脖子了，那个型号发动机的生产工作都被迫暂停。”此时，侯晓已经担任四院副院长，主管战略型号发动机的研制生产工作。

“不过，从国外进口芳纶的同时，我们也一直在跟其他化工研究院合作研制，2007年高强度芳纶已经获得国家正式立项。2008年，国外开始卡脖子，不卖给我们这种材料了。当时是有影响，但影响并不大，因为国家已经提前布局了，2009年，我们的高强度芳纶就实现国产化了。现在，我们的芳纶材料，基本与国外处于同一水平。就一根头发丝粗细的细线，用手拉不断。”

让人意外的是，国产高强度芳纶研制成功后，却没能应用于发动机壳体的制造中。这并非国产芳纶的性能不达标，而是因为制造壳体的材料有了更好的选择——2008 年，国产高性能长丝碳纤维研制成功。四院碳纤维生产线迅速建成并投入使用，不仅喉衬的基础材料开始使用国产碳纤维，“我们发动机壳体上也不用芳纶纤维材料了，已经改用更先进的高强度碳纤维材料”。

“很多事情我们都是这样做的。国际环境比较好的时候，我们使用的一些关键材料和设备，都能从国外进口，但即便能买来，也得自己搞出来。因为世界风云变幻莫测，今天关系好可以买，明天关系不好了，立刻卡你。

“类似的事情还有很多，我们四院自主搞出来的材料和各种设备特别多。必须自主！不然别人把你卡住就干不成了。其实，被卡脖子也不是没有好处的，逼着我们自力更生国产化。”

2009 年，庞爱民研制团队的高能推进剂项目也已进入收尾阶段，从开始这项任务到此时，他和同事们又坐了整整十年“冷板凳”。

刚开始研制时，他们每天手端烧杯转运 A 组分的状况持续了不到两年时间，一种由预设程序配制、转运高感度化学品的自动化设备便投入使用。高度危险的 A 组分配制和转运环节由此实现了人机分离操作，极大地提高了安全性。10 年间，庞爱民他们的研制条件，正以可感可见的速度发生着变化，多种研制设备获得更新换代，研制经费也不再如从前那般紧张。

在此期间，庞爱民也被破格评为研究员，担任了副总工程师，被任命为所长助理。“我获得了所里的、院里的、集团公司的、国家的一系列荣誉。所以，我觉得，不要怕坐‘冷板凳’，只要努力埋头工作，组织不会忘记你。”

2016 年 12 月 7 日，新华社发出一则消息：

我国始于 20 世纪 70 年代的高能推进剂探索，历经两代人 30 余年攻关，最终换来中国在这一技术领域站到世界最前沿的格局，与美国共同领先于世界。

这是中国首次向外界公布固体推进剂技术上取得的成就。

按照惯例，国内报道此类涉及技术机密的消息，往往都是时效滞后的“旧闻”。事实上，这正是庞爱民他们团队取得的成功，并且早在几年前已经完成。他们终于攻克了关键技术，将 A 组分发挥的能量水平提高了一倍多，使中国真正拥有了技术先进的高能固体推进剂。老一辈研制人员未能完成的一桩夙愿，终于在第二代研制人员的努力之中得以实现！

新华社的这则消息中，只用“两代人”三个字，概略地代称了参与其中的数以万计的科技人员。庞爱民和他的导师王北海是这“两代人”中颇有代表性的师生、翁婿组合，他们的经历和工作态度的传承，就是两代科研人员为国家科技事业忘我付出的真实状态。也正是拥有一大批甘愿坐“冷板凳”的人，中国的航天技术才拥有了坚实的基础，才有了如今的快速发展。

四

“2000 年我从西工大本科毕业，考上了四院 41 所的研究生，到这边来学习，然后就留在这儿工作了。”

王健儒是在中国航天界的“春天”来临之时来到四院的，那时，高校已经取消毕业分配制，毕业生的就业已改为双向选择模式。他出生于 1978

年，那个年龄段的群体，正赶上中国改革开放的历史浪潮，经历了最为巨大的社会变革，生活方式和思维方式已经与父辈截然不同。被裹挟在社会大潮中，沉浮在日常生活里的普通人，理想和愿望也就更加“务实”，国家不再“包办一切”，解决个人工作和生存问题，成为第一要务。

22岁大学毕业时，对于航天、对于四院，王健儒并没有太多的了解。“虽然就读于跟这个行业相关的院校，但那些年，航天单位对当时大学毕业生的吸引力，还仅仅停留在‘国企、稳定’这个层面。我一个从农村走出来的普通学生，当时也没有‘高大上’的理想和境界，考上研究生，来到这里的目的，也同样是想找到一份相对稳定的工作。”

懵懵懂懂的王健儒抱着简简单单的目的而来，却在其后的工作磨砺中，逐步成长为心怀国家利益、不断攀登技术高峰的探索者，成为四院第三代航天技术人员的中坚力量。

2003年，王健儒硕士研究生毕业，正式在四院工作时，恰逢国防科技工业快速发展之初。四院也和其他各军工单位一样，抓住这一时机进行体制改革，重点加大研发力度。四院41所104室便在此时成立，这是四院历史上第一个专门从事固体发动机预先研究工作的独立研究室。

王健儒与同时毕业的三位研究生同学一起分配到这个研究室，这个草创初期的部门，算上他们4名新人，统共也只有12人。人虽少，事却多，他们要承担全院的技术发展规划、核心关键技术攻关和领域拓展等任务。

但对于新人而言，工作多也意味着锻炼的机会更多。王健儒一身兼多岗，分别跟着发动机总体、燃烧室、喷管及壳体的老设计员、课题组组长学习发动机不同领域的专业知识，积累了较为全面的理论和实践经验，特别是在新领域拓展、新项目申报等过程中提升了较强的综合能力。不到三年的时间里，就成长为能够独当一面的设计师。也就在此时，王健儒与固体运载动力技术结缘。

2006年是国家“十一五”计划的开局之年，已经在四院预先研究室崭露头角的王健儒，开始思考在新的五年里，四院固体发动机在新领域拓展方面的发展问题。在此前从事某新型运载火箭关键技术验证项目期间，他结识了许多在航天一院从事运载火箭研究的技术人员，通过与他们的交流，以及大量技术研讨会、报告会上的沟通，王健儒逐渐形成了四院固体发动机在国内运载火箭中的发展应用思路和技术攻关路线的思路，并形成报告展示在业内专家面前。

将固体发动机应用于运载火箭系统，绝非易事。因为早在20世纪80年代，中国航天界已经对火箭发动机的用途进行了明确分类——固体火箭发动机应用于武器装备，液体火箭发动机承担航天运载任务。

四院作为国内最大的固体发动机研制基地，其主业是为各型各类战略导弹、战术导弹提供强劲的动力。虽然也有为运载系统研制的固体发动机，但只是为运载火箭提供配套的辅助动力，根本不占主流地位。

2001年，中国航天界推出了新一代大推力运载火箭计划，采用“一个系列、两种发动机、三个模块”的方式，发展出“通用化、系列化、组合化”的“长征”五号、六号、七号三款新型运载火箭。在这个新一代运载火箭计划里，根本就没有固体火箭发动机的预设。

可王健儒等几个初出茅庐的航天四院年轻设计员，却偏偏要从液体火箭发动机的“保护区”里分出一杯羹，开始了“打通”固体发动机应用于运载系统之路的艰难历程。王健儒说：“我们这个小小的固体运载团队背后，必然有全院上下对固体运载动力技术发展的期盼和支持。”

机会往往是给有准备的人的。2008年年初，在国家“十一五”预研课题的牵引下，四院预判国内外航天技术发展形势，正式启动了120吨推力整体式固体发动机的关键技术攻关工作，王健儒被任命为该项目主任设计师。

四院的这一举动，在航天界也颇引起一些争议。航天界一位从事液体火箭发动机设计工作的老院士曾说："液体燃料比冲高，运载性能好，价格便宜，目前正在研制的液氧煤油燃料发动机污染小，液氢液氧发动机更是没有污染，最适合航天运载。他们固体燃料最适合搞武器装备，也要挤进来搞运载，我就很有些不同意见……"

而事实上，国际上主要航天强国的运载方式都是"固液并存"状态。例如，美国的飞马座（Pegasus）、米诺陶（Minotaur）运载火箭，欧洲航天局的织女星（Vega）运载火箭，日本的艾普西隆（Epsilon）运载火箭，都是采用固体燃料发动机。

固体运载火箭的短板在于运载能力较弱，王健儒他们预研的固体发动机推力 120 吨，已是当时国内最大推力的固体发动机，但运载能力也只有几百公斤。不过随着卫星技术的发展，重量轻、功能强的小型卫星越来越多，全球范围内，500 公斤以下的小型卫星发射需求飞速增长，数百公斤的运载力用于发射小型卫星，已经完全可以胜任。

同时，以固体发动机作为运载发射动力的优势在于，发动机在制造之时已经将固体燃料封装入壳体，运载火箭发射前所需的测试准备时间很短，仅需 24 小时即可进行发射。在发生重大灾害、战争等非常时期，可用于紧急发射通信、侦察以及气象观测等用途的卫星，具有极强的快速反应能力。这便是王健儒和他的团队，要用固体火箭发动机打入航天运载领域的原因所在。

"120 吨推力的固体发动机，是我们搞的第一台运载动力，也是我第一次负责研制项目。"王健儒说，"虽然只是预研阶段，但我们就一心想着要把它干成，让它正式立项。其实，这事情很难啊，在我们院里也是史无前例的！这台发动机的直径，跟我们院里当时最大的发动机是一样的两米直径，但长度和重量都翻了一倍，推力也增加了一倍，而设计和生产的难度，增加的可不止一倍。”

因为这么大的发动机，生产设备、工装卡具以及其他众多保障设施都得改造更新，需要大笔资金。但那时固体发动机还不在运载动力的规划中，王健儒他们进行的只是预研工作，国家为此下拨的预研经费实在太少。虽然航天科技集团公司给予了大力的支持，还是远远不够，主要的资金缺口还得靠四院自己投入。王健儒说：“集团公司、院里领导真是给了很大支持，不过，我们也是能省就省，跟老一辈一样，想办法少花钱多办事，还要办大事。”

虽然已经暗下决心，也获得了上级和院里的支持，但那时这件大事最终能不能办成，王健儒的心里也是七上八下。

五

2008 年，王健儒他们开始试制第一台初样发动机，“解决生产技术问题之前，我们要先解决产品转运的问题”。

那时，他们所在的 41 所和 7416 厂总装车间虽然已经搬迁到西安东郊，但负责生产金属壳体的 7414 厂、7416 厂装药车间以及发动机试车台还在蓝田山沟里。发动机壳体在一条山沟里生产出来，要转运到另一条山沟的装药车间进行装药，然后运出山沟到市郊的总装车间进行总装、总测，然后再运回山里的试车台进行试车。“为了转运这台发动机，四院专门买了一辆 75 吨载重的平板大拖车，还制作了专用的托架。”

这台发动机的重量、长度，全都比当年在山沟里生产的最大发动机增加了一倍，“平板车加上发动机的重量，超过 50 吨了。当年山沟里修建那些桥梁时，就没有承载这么大重量的指标要求，我们必须一个桥洞、一个桥洞去检测、核算，然后对桥梁进行加固。我们发动机的长度，再加上平板车车头就得有十几米。山里面路窄弯多，厂房和道路间的距离又很小，那么长的平板车，开进去运产品非常难。原来厂区大门也都很小，进出都得一点点地来回挪动，特别费劲。这些拐弯路段、厂区大门都得进行改造”。

“然后就是加工问题了。这个发动机壳体是金属的，长度 8 米，以前四院没干过这么长的壳体，我们要解决工艺、工装方面的各种问题，比如：热处理炉的长度不够，吊车的起重能力也不够，都得在现有加工设备条件下想办法解决……我们花了 4 个月时间才把壳体生产出来……造出来后，给壳体内壁粘贴绝热层也是个大麻烦，因为粘好后要加温加压固化，才能抗烧蚀，同样遇到了加热炉不够长的问题。生产车间就想办法，在炉子上搭了一个加高的棚子，相当于把壳体放到了一个加温的帐篷里，在壳体内部加压，才解决了加工难题……”

这“土法上马”的状态，与老一辈航天人的经历何其相似，新一代设计人员和技术工人们依然秉承了自力更生的传统，用自己的智慧去解决问题。

2009 年 3 月 1 日，120 吨推力固体发动机第一次整机试车，这是当时中国推力最大、燃烧室装药量最大、柔性喷管尺寸最大的固体发动机型号，如果成功，将意味着中国固体火箭发动机技术进步和应用领域拓展都取得突破性的发展。

那时，王健儒已经成为四院最年轻的主任设计师。“试车前请来的领导和专家在观测间前面坐着，我们都在后面坐着，特别紧张！我们型号总指挥紧张到不敢进去，在检测间外边不停地踱步。”

那次试车取得了圆满成功，固体运载动力的境遇也因此而改变。

2010 年 10 月，中国航天科技集团公司内部立项“长征十一号”火箭，这个型号的运载火箭，就是以 120 吨推力固体发动机为一级主动力。2012 年，“长征十一号”火箭获得国家批准立项，正式入列中国新一代运载火箭序列中。

王健儒的欣喜与自豪可想而知，“这个运载型号项目，算是我们靠自己勤奋努力争取来的”。

“长征十一号”是由四子级组成的多级运载火箭，直径 2 米，全长 20.8 米，重 58 吨，起飞推力 120 吨，700 公里高度的太阳同步轨道运载能力为 400 公斤，低轨运载能力 700 公斤。

“长征十一号”火箭不仅能在 24 小时内进入发射程序，还具备全天候、无依托发射的能力。所谓无依托发射，就是不需要专门的火箭发射场，不需要勤务塔，不需要脐带塔，不需要导流槽，连发射台都不需要，只要有一片平地，就可以用运载车辆将其竖起发射，并且还可在海上发射，一艘普通的货船就能作为海上发射平台。“火箭发射就灵活多了，可以去公海上发射，不再受残骸落区的限制。”

2015 年 9 月 25 日，“长征十一号”运载火箭在酒泉卫星发射中心首飞成功，完成一箭四星的发射任务。这是中国新一代“长征”系列运载火箭家族中，第一个四级火箭全部使用固体发动机的运载火箭，也是第一个投入实际应用的全固体发动机运载火箭型号。该型号火箭的投入使用，成功填补了国内航天运载技术领域的一项空白。

2020 年 12 月 10 日 16 时 14 分，“长征十一号”运载火箭执行第 11 次发射任务，将两颗卫星准确送入预定轨道。截至此时，“长征十一号”火箭的 9 次陆地发射、2 次海上发射全都取得了成功，已经将 50 颗卫星送入太空，其中一次发射一箭九星。

当年，王健儒为了一份不错的工作进入四院。而几年之后，这份工作就已经不仅仅是一份工作。“我们为运载项目付出了那么多心血，融入了太多的感情在里边，就像是跟产品谈恋爱，从不相识到熟识，再到感情升温，又到热恋得不想分离，越来越舍不得离开。这份情感里不仅有爱，还有对航天事业的责任感、对国家荣誉的使命感！这都是潜移默化的，不知不觉地在心里就越来越重了。”

六

成功研制出 120 吨推力固体发动机后，王健儒他们又干了两件大事——研制成功了 200 吨推力发动机和分段式大推力固体发动机。

200 吨推力发动机就是在 120 吨推力发动机的基础上进行技术升级。将原先的钢壳体改为高性能纤维缠绕复合材料，直径由原来的 2 米提升到 2.65 米，推进剂装药量提升一倍。这些改进，将使 700 公里太阳同步轨道的运载能力，从原先的 420 公斤提升到 1.5 吨左右。这些技术条件直接对标欧洲同类的织女星火箭，如果能够实现，便可与世界一流水平比肩。

“从专业技术的角度来说，作为航天科技从业者，必须要干这样的事。”王健儒说，“更何况我们四院是国内最大、技术最强的固体发动机专业研究院，站在这个平台上，不仅要做国内最好的发动机，更要瞄准国际最先进水平，这就是我们的责任和担当！”

不到十年时间，他们完成了研制工作。2019 年 3 月 5 日，200 吨推力的固体发动机试车取得圆满成功。“刚试完车那两天，我们航天体制内的很多兄弟单位打电话，要这台发动机的性能参数，他们想看能不能以这个发动机为基础，搞出新型号的运载火箭。”王健儒的语气中，带着难掩的兴奋与自豪，“这个 200 吨推力发动机，是很好的动力，技术已经达到国际先进水平。拿下了这型动力，四院在行业内的整体技术水平又拔高了一截。现在，我们在壳体、推进剂以及矢量喷管这些核心技术上，已经没有任何瓶颈或障碍，国内固体运载动力再往大的做，已经不成问题。”

王健儒他们还进行了另一项追赶国际先进水平的研制工作——分段对接式固体发动机。

在设计制造固体火箭发动机时，要提高发动机推力，除了提高推进剂性能和优化燃烧面设计等途径外，主要通过增大壳体的直径和长度得以实现。但直径扩大的同时还要大幅度增加长度，对于制造业来说，是件非常困难的事情。于是，技术发达的欧美国家便采用分段式的结构制造大推力固体发动机，就是先制造出几节长度较短的壳体，分别装药后，再像接水管一样连接到一起，组合成超大型固体发动机。

美国航天飞机使用的是 SRB 五段式固体火箭助推器，全重 590 吨，长 45.46 米，直径 3.71 米，推力 1224 吨，是目前世界上推力最强的固体燃料助推器；欧洲的阿丽亚娜（Ariane）系列运载火箭，长度 8—12 米，直径都超过 3 米，都使用了大推力的分段对接式固体发动机作为助推级；印度也使用分段式固体发动机作为运载火箭的主动力；而中国在这方面的技术还处于空白状态。

当年，王健儒他们研制 120 吨推力发动机时，就因为一体式金属壳体太长，导致热处理加热炉的长度不够，只能在上面搭棚子保温。如果采取分段式结构，便不再受这些影响。那时，王健儒便有了研制分段式发动机的设想。

2008 年，120 吨一体式固体发动机的研制工作还未结束，他们就开始了分段式发动机的技术探索。“我们先从 300 毫米直径的发动机开始技术验证。”这种技术的难度在于，分段连接处的密封技术、检测技术难度极高。另外，壳体内的推进剂在各分段接缝处，都会有燃烧、流动等一系列问题，如果不能很好解决，发动机点火工作时就会产生高频震荡，迅速爆炸。

“到 2010 年，我们用了两年时间，做出了直径 1 米的分段式发动机。2011 年到 2012 年间，又用了两年时间，做出一个 2 米直径纤维壳体的分段对接式发动机，技术提升非常大。我们就是瞄准国际先进水平去做的，希望把这种固体发动机应用于运载火箭的助推级，因为运载火箭起飞阶段需要大推力，用固体发动机做助推器是很有优势的。”王健儒说。

“那时，这个项目同样是没有立项的预研工作，国家也没说非得用这个产品。我们就要用这些试验来证明，让决策部门、让火箭总体单位的专家看，四院承诺的分段式发动机技术上是可行的，性能上是可以满足要求的。功夫不负有心人吧，到 2014 年年底，我们四院研制的分段式固体发动机终于迎来了生机，我国新一代中型运载火箭‘长征六号甲’[1] 正式立项，以 2 米直径分段式固体发动机作为助推器，为运载火箭提供接近 70% 的起飞动力。”

2018 年 7 月 2 日，2 米直径分段式固体发动机与伺服系统联合热试车取得成功。这样的结果，让王健儒他们倍感欣慰与自豪。

当年中国航天制定的新一代运载火箭系列中，“长征六号”是由液体火箭发动机构建的运载型号。如今，他们的固体发动机成功地闯入了液体发动机的“传统领地”，成为改进型“长征六号甲”的重要组成部分。

十几年间，王健儒他们研制出的固体运载动力，已经被“长征”系列

[1]“长征六号”运载火箭全箭长 29.3 米，起飞质量约 103 吨，三级构型，全部采用液体火箭发动机，700 公里太阳同步轨道运载能力为 1 吨。“长征六号甲”运载火箭全箭长约 50 米，起飞质量约 530 吨。二级半构型（助推器计为半级构件）。这是中国首次采用固液结合技术的运载火箭，其中，一、二级采用液体火箭发动机，四个助推器分别采用 2 米直径两段式固体发动机，运载能力比“长征六号”提升数倍。

火箭型谱中多个型号火箭所应用，成功进入宇航运载、商业航天领域，并且某些领域已达到国际先进水平。而他们并未止步于此， 依然向更高的技术难度迈进。王健儒说：“2 米直径的分段对接式发动机只是起步，我们的研制工作一直没停。2016 年 8 月 2 日、2020 年 12 月 30 日，四院自主研制的 3 米级直径两段、3.2 米级直径三段发动机试验又相继获得成功，不断刷新着国内直径最大、装药量最多、推力最大的固体发动机的纪录。”

3 米级直径分段式发动机对标的是阿丽亚娜系列火箭的助推级。这款发动机的成功，进一步缩小了中国在超大推力固体动力方面与国外的技术差距，将来可为中国载人航天、深空探测等需要超大推力的航天发射任务，提供一种新的运载动力组合选项。

从2006年开始运载发动机型号工作时,只有两个项目的“边缘化”状态，到揽握六七个重点项目的“楷模式”状态,王健儒他们只用了不到15 年时间。

在四院工作的这些年间，曾经只想找一份好工作的王健儒，也有了与老一辈航天人一脉相承的精神气质，就是那种不畏艰难、迎难而上的航天人的精气神。只是因为所处年代不同，两者的追求也有了些许的不同——老一辈航天人在一无所有的条件下迎难而上，是要争一口民族之气，是为了证明“外国人能干的，中国人也能干”。王健儒他们这新一代航天人，则是在老一辈打下的基础上，基础条件逐渐完善的状态中迎难而上，开拓更多的发展方向，扩展更大的可能性，是为了争创国际一流水平，为了证明“中国人能干得更好”。

2018 年 12 月，王健儒被任命为 四院 41 所副所长，主管运载动力型号的研制工作。

“我们赶上了航天大发展的好时候了。”王健儒说，“老一辈的人，职业生涯中能干成两个型号就非常不容易了。我这十几年的时间，已经干了好几个型号了，后面还有更多更新更有挑战的型号。我觉得，一个技术人员的幸福感，就是在职业生涯里不断地提出新的想法，不断地有技术进步。更关键的在于这些技术、产品，还有你所有的努力和付出，都跟国家的利益密切相关……我们这些人，在这个时间里，为国家干成了这些事……想想这个，心里的成就感和幸福感就特别强烈。”

在四院 41 所，像王健儒这种 40 岁左右的技术人员，已经属于“老资格”，很多都已走上技术管理岗位。研究所里负责发动机研制具体工作，担当主任设计师、设计骨干人员的，几乎都是 30 岁左右的年轻人，而后面 20 多岁刚上班几年的小青年，已经跃跃欲试准备接班，并且每年都有大批新招收的优秀高校毕业生前来报到。新老人才迭代更替的节奏越来越快，良性发展的人才梯队构架已经非常完备。

事实上，如今航天四院各所属单位，乃至整个中国航天领域中，都是这样的良好状况。

七

2015 年，侯晓以“3+2”的重大科研成就，当选为中国工程院院士，成为航天四院的第三位院士[1]。所谓“3+2”，就是主持研制成功三个国家

[1] 中国科学院院士和中国工程院院士是中国科技工作者的最高学术称号，这一终身荣誉，是授予在科技领域中有着重大的、创造性的成就和贡献的科技工作者。截至 2020 年，航天四院先后有 3 位专家获得院士称号：崔国良，河北省阳原县人，1931 年出生，固体推进剂专家，1999 年当选中国工程院院士，2017 年 1 月 18 日在北京去世，享年 85 岁；邢球痕，浙江省嵊州市人，1930 年出生，固体发动机专家，2003 年当选中国科学院院士；侯晓，陕西省岐山县人，1963 年出生，固体发动机专家，2015 年当选中国工程院院士。

重点战略型号发动机，解决了两种高性能复合纤维材料国产化问题。

那年，他52岁，在四院从事固体发动机研制工作已经整整25年。在此期间，他和同事们遇到过太多的技术困难，承受过巨大的心理压力和身体劳累，他却并不觉得这是件苦差事，“我是非常喜欢搞技术工作的。我们干的这个事情，直接关系国家武器装备性能。肯定要不断提高水平，不停地进行技术创新。我们搞技术工作的，责任就是为国家研制出一流的产品”。

作为第二代航天人，侯晓亲身经历过中国航天的“寒冬期”，并成为中国航天高速发展期开始“跃龙门”的参与者之一。20 多年间，他和同事们一起推动中国航天的发展，让中国固体发动机技术迅速迈入世界第一梯队的行列。“虽然跟最先进技术相比，还存在一些差距，但我们肯定不会止步于此的。”

不过，取得众多技术成就的侯晓，却觉得自己现在对于固体发动机技术“越干越不懂了”，因为，“过去看到的是表面的，后来就越来越深入，看到深层的问题了，觉得需要搞清楚的东西太多了”。

作为固体发动机业内的顶级专家，他这样说，其实是因为中国的固体发动机技术已经开始向“核心区域”探索，任何一点儿突破，都需要付出极为艰巨的努力。他和他的同事们今后每搞清楚一点儿东西，中国的固体发动机科技水平都将会迎来一次“跃龙门”式的发展。

但是，这样的技术事关国家利益，他们的工作也就不能“为外人道也”。

田维平也是第二代航天人，国内顶级的固体发动机设计专家，除了对刚工作时参与过的那次发动机内“挖药”行动进行简略讲述外，他几乎不谈自己的工作内容，同样因为不能“为外人道也”的原因。

他 2000 年被任命为 41 所所长，2001 年担任四院副院长，2007 年担任党委书记。2009 年至 2019 年担任四院院长的 10 年间，正值国家进一步加强对航天技术的投入时期，凭借此前的技术积累，四院的固体发动机技术进入迅猛发展阶段，中国固体发动机技术也因此真正地跃上“龙门”。

“我们的目标和技术水平，都是按国际一流的水准去规划部署、安排实施的。我们的新材料、新设备已经上了很大的一个台阶，完全能够为现在的重点研制生产任务提供支撑，也对未来达到国际一流水平奠定了很好的基础。”田维平说。

“目前，相对其他军用动力来说，固体火箭发动机最接近国际一流水平。这里面有国家的重视、支持和帮助，也有四院干部、职工们自己的努力。就拿我们的高能固体推进剂来说，目前只有美国、中国和法国能做，其他国家根本不掌握这项技术。我们在这个单项技术上已经达到了国际一流的水平，现在正向能量更高的新型推进剂迈进，按照‘应用一代、研发一代、预研一代、规划一代’的方针，都做了统筹安排。

“我们的固体火箭技术在商业航天领域起步比较晚，目前的运载能力跟国外还有一些差距，但现在已经解决了 3 米级别直径的固体发动机的关键技术，具备工程实现的条件，开始向国际先进水平靠近，这方面还有很多工作要做。

“习近平总书记提出‘建设航天强国’的希望，从国家层面对一个行业提出具体要求，这是很少见的，对我们航天人的鼓舞非常大。国家重视，目标明确，作为四院来说，就是怎么贡献自己的力量。对航天体系来讲，中国成为航天强国已经具备条件了，我们还有一些短板，但都在抓紧追赶。我觉得这个目标是能够实现的，因为我们从事的固体发动机研制，就是依靠自力更生发展起来的技术。现在时代发展了，条件更好了，要求也更高了。

“航天四院几代人为了在发动机技术上达到先进水平，付出了大量心血，甚至是生命。四院成立 35 周年的时候，前国防科委主任张爱萍将军专门给我们题词‘国家至上，争创一流’，这就是我们院重要的精神象征和文化内核。我担任四院院长的时候，很多兄弟单位院长、书记一起开会的时候问我，这句话怎么来的？而且他们也都想用这句话。我跟他们说，你们用不成，这是张将军专门给我们四院的题词！哈哈……其实这是玩笑话，航天兄弟单位跟我们一样，都是有这种精神的，这是我们共同的精神财富。”

邓红兵是接替田维平担任院长的，他 2002 年担任 43 所所长，2007 年调任四院副院长，2017 年 9 月任四院党委书记，2019 年 12 月被任命为四院院长。2021 年 7 月 19 日，邓红兵调任中国航天科技集团有限公司副总经理，由任全彬接任四院院长。

田维平、邓红兵与任全彬的晋升之路几乎如出一辙，都从最一线的技术研究岗位干起，担任过副院长和四院的党委书记。如今的中国航天以及各军工科技行业中，各级单位的党委书记很多都是从高学历的专业技术人员中进行选拔任命的。政工主管领导干部很多也是专业技术人员出身，必然会与科研主管领导默契配合、相互促进，这是保证此类科研单位高效运转的一种有效方式。

从上研究生的时候算起，到赴任航天科技集团公司副总经理之时，邓红兵在四院生活工作了30 年。他很喜欢这里的环境氛围，“航天界重视人才，很少能看见外面那些拉拉扯扯、团团伙伙的事情，这种氛围很难得。就拿我来说，父亲是乡镇医生，母亲在家务农，我从普通设计员一步步成为所长、副院长、党委书记，直到担任院长……就是把事情做好，把工作做好，自然就成长进步了”。

作为国内复合材料专家，邓红兵曾主持并参与国产高品质碳纤维攻关研制、探索碳 / 碳复合材料应用制造工艺等工作。他对于研制的艰苦与艰难，深有体会。对于习近平主席在全国院士大会上的讲话中所说的“关键核心技术是要不来、买不来、讨不来的。只有把关键核心技术掌握在自己手中，才能从根本上保障国家经济安全、国防安全和其他安全”，他有着更极为深切的体会。

“我在 43 所担任副所长、所长的时候，国外对复合纤维炭化炉等专用设备严格管控，从来不会卖给我们。一些复合纤维材料我们还生产不出来，要从国外进口，后来西方卡、东方也卡，进口渠道几乎都没有了。但这些材料和生产设备是国防建设、航天事业需要的关键技术，困难再大我们也必须把这些问题解决。他们卡了我们的脖子，我们就埋头自己解决，苦上三五年，拿出了具有国际水平的碳/碳材料，到目前也是很先进的技术。现在，我们四院生产的固体发动机，百分之百的国产化。

“中国从开始搞固体火箭到现在，没有任何国家给我们提供技术，全是靠自己搞出来的。

“张爱萍将军曾为我们四院题词——‘国家至上，争创一流’。这个题词非常精准啊！我们的产品就是系关国家战略安全。现代战争环境下，科技就是战斗力，没有先进一流的技术和武器装备，就会被压制。现在如果在大国之间发生战争，必然是看不见对方的非接触性战争模式，导弹打得准与不准，就成为关键了。技术上差一点，战略效果上就差很远，就会决定胜败。国家把这么重要的任务交给我们，我们就必须以国家安全为己任，必须争创一流，达不到这一点，对不起国家。

“客观上讲，中国航天尤其是固体发动机技术起步有些晚，跟世界一流水准有差距。原来的差距，是连人家影子都看不见，近 20 年，我们开始快速追赶，进步的速度是全世界有目共睹的。可即便在 10 年之前，美国、俄罗斯都还没把中国航天太当回事，因为差距还是很大。但是到了近 10 年间，中国固体发动机技术进入了飞跃式发展阶段，虽然在整体上跟美国、俄罗斯还有差距，但这种差距已经清晰可见。并且在高新复合材料、高能推进剂这些单项的重点领域，我们已经能跟国际水平比肩，现在任何国家都已经不能小觑中国了。”

邓红兵讲述这番话时，还是四院院长。他的办公室里，不断有人前来请示工作或签批文件，他的讲述只能在处理这些事务的间隙中断断续续地进行。航天四院院部的那座银灰色办公大楼里，工作人员都在忙忙碌碌。办公楼后不远处，有一片被围墙隔断的装卸场，里面有一条专用铁路线，还有几台高大的龙门吊。远处山坡上，是陷在厚厚防爆墙中的一幢幢巨大工房，更多的人正在那些工房里忙碌，徐立平、刘浩等众多“大国工匠”也在其中。

签完一份文件，邓红兵手中依旧捏着那支钢笔，继续他的讲述。

“我们四院从事的火炸药研制工作，是有高度风险的。研制过程中，都是从未知到有知，要靠大量试验摸清规律，也发生过比较多的意外。四院人的工作，有生死相许的意味……这话有点儿沉重，但一点儿没有夸张！从建院到现在 50 多年，为我们的事业牺牲在工作现场的烈士有几十位。我 1991 年到院里工作，30 年间也亲眼见到有同事牺牲在现场。现在有了远程控制手段，操作人员的安全性提高了很多，但也难免会有预计不到的情况发生。有时想想，觉得我们四院人真是……很悲壮！我在院里开会时跟各单位主管干部们说，对职工要严格要求，但更要悉心爱护。

“我记得在 43 所当所长时，有次跟院里的老书记一起坐车从西安回来。他跟我聊天：小邓，院里给你这些待遇够不够？我说：多少算够啊？我从没为衣食住行发过愁，如果这都不够，那还想怎么样？

“我在读研究生、博士期间，包括后来工作了一段时间，为我调换工作提供高薪的机会也有。但我从来没有为之心动，还是因为有一份追求事业的心。这不是假话，确实是我内心的想法。

“我一直觉得，从事了这么多年工作，不是我为航天做了多少贡献，而是我应该感谢航天给我了这样的机会和平台，能实现我的报国之情。不是我一个人有这样的情怀，老一代的航天人，在深山里扎根，钻研技术。到我们这一代，我身边的这些同事们，同样对工作兢兢业业，还有后来的这些年轻的同事，几代航天人都有这种情怀。航天技术是中国的一张名片，如果没有一大批这样有事业心、有家国情怀的知识分子，就打造不出这样一张名片。

“我觉得全国上下对于航天界比较认可，就是因为航天人有国家至上的精神，不急功近利，耐得住寂寞，守得住清贫。这种传统的情怀和境界一直都在。当今这个时代，网红啊、大咖啊一大堆，都在博眼球、博关注，但我们航天人就甘于寂寞，与这个时代的流行文化完全不同，我们的行业要求就是‘干惊天动地事，做隐姓埋名人’。我担任副院长后才知道，我们就在西安边上，但陕西省很多领导都不一定了解我们是干什么的。”

那是2019年初夏时节，和煦的暖风从山坡那边徐徐而来。四院大院儿里，那座高大的办公楼静默在阳光下，银灰色的外墙显得格外洁净。

大院儿的大门外，那条不算太宽的街道上，阳光从路边茂密国槐的枝叶间挤下来，星星点点的光斑铺洒在地面，平静而温暖。行人或匆忙、或闲散地从大门前走过，没有谁会多看一眼这其貌不扬的白楼，沉浸在市井生活中的人们，不会在意这里是什么地方，也不会在意这里的人们在干些什么。

这就是几代四院人数十年间的生活状态——平凡、平静得如同路边的树木，他们不能奔跑呼喊，只会默默扎根。他们习惯了将轰轰烈烈的往事埋在心底，像大树将年轮刻在树干中，偶尔有风吹过，才会在光斑摇曳之时，想起初来之时的模样。

不过，他们并不孤单。在中国广袤的国土上，有无数和他们一样肩负国家使命、隐身荒远山区或偏居城市角落的航天、军工从业者，正和他们一样，干惊天动地事，做隐姓埋名人，和他们一样为国家的强盛努力拼搏，无私奉献。

他们的心中都怀着同样的信念——国家至上。

追记

2021年深秋的一场雨，停停落落地下了二十多天，10月13日清晨，终于暂歇。西安东郊，灞河岸边，一辆大型载重拖车正在公路上缓缓行驶。车上的货物足有十几米长，高度如同一座大房子，被一块巨型迷彩篷布罩得严严实实。公路边，那条被无数诗人吟咏描摹过的灞河，水流湍急，浊浪翻滚，岸畔的排排垂柳枝条尚绿，在秋风中依依轻摆，灞河对岸白鹿原上的火晶柿子，已经彤红一片。

载重卡车的目的地，便是白鹿原下航天四院401所的试验新区，车上的货物，是航天四院最新研制的一款整体式固体火箭发动机，即将进行首次全程地面热试车点火试验。

发动机总设计师王健儒既兴奋又紧张："这台发动机直径3.5米，装药量150吨，推力达500吨，是我们航天四院对标国际一流、自主研制的一型发动机。如果试验取得成功，将会超过欧空局的P120C发动机，成为世界上推力最大、综合性能最高的整体式民用航天固体火箭发动机。”

欧洲航天局（欧空局）主持研制的 P120C 发动机，曾是世界上最大的整体式固体发动机，采用碳纤维复合材料制成，全长 13.5 米，直径 3.4 米，推力 400 吨，于 2018 年 7 月获得成功，将应用于 Vega-C 火箭的第一级发动机，以及阿丽亚娜 6 火箭的助推器。

而四院研制的这一型 500 吨级推力的整体式发动机，采用了高压强总体设计、高性能纤维复合材料壳体、高装填整体浇注成型燃烧室、超大尺寸喷管等多项先进技术。并且在设计方案中，除发动机长度以外的各项性能指标，全面超出 P120C 发动机，就是为了实现“综合性能达到世界领先水平”的目标。

这次试车，便是验证此前的种种预想、各方面设计、各种新技术是否能够成为现实的一次考核。这是四院的一件大事，更是中国航天界的一件大事。

10 月 19 日上午，发动机进行试车前最后一次综合测试，等待中的那两三个小时，显得无比漫长。中午时分，试车台方向一声爆响后，传来持续的轰鸣，乳白色的烟雾腾空而起，大地剧烈地震颤着，方圆几公里外都有明显的震感。

距试车台一千多米的指挥调度大厅内，震耳欲聋的轰鸣声从远处传来，贴着防爆膜的大厅窗户，剧烈地震颤抖动着。巨型电子屏幕上，能够多角度地看到发动机喷射着炙热火焰的图像，那火焰迅疾有力而又平稳。旁边那块屏幕上，一条形态优美的红色曲线正逐渐延伸，闪亮夺目……两分钟后，喷管处的烈焰平稳熄灭，发动机地面点火试验圆满成功，技术指标达到世界一流水平！大厅内激动的人们雷鸣般的掌声久久不息。

四院新任院长也是此前一直担任大推力固体发动机技术领导者的任全彬不无自豪地说，这台中国也是世界上推力最大、可工程化应用的整体式固体火箭发动机，由于集成了多项攻关技术，从开始设计，到首次地面试车取得成功，四院只用了短短10个月时间。

曾经，中国固体火箭发动机的研制历程极为漫长，每一型发动机的成功，都要经过少则三五年多则一二十年的艰难磨砺。如今，对于500吨级整体式这样拥有最大推力、最高技术难度的发动机，只用10个月便取得阶段性成功，这种研制进度上的快速提升，足以令人瞠目和欣慰。

这样的进度，并非任全彬、王健儒和他们的团队拥有超人的能力，其背后，是中国航天技术及其他科技技术高速发展带来的喜人结果。航天四院在数十年间的固体发动机研制过程中，拥有丰富经验和技术积累，随着近些年来国家对科研领域投入资金的逐年加大，四院的科研、生产技术装备迅速更新换代，其设计、生产、试验能力获得飞跃式的提升。而四院也早就制订出整体式固体发动机推力“120吨、200吨、500吨”三步走计划，为固体动力的发展打下了良好的基础。如此众多条件的加持，在一些关键技术领域迅速赶超世界先进水平，才有了实现的可能。

任全彬在接受采访时说：“500吨推力整体式发动机的研制，我们做到了设计一次成功、生产制造一次成功、测试试验一次成功！但这次成功也只是阶段性的胜利，我们还有更高的目标——多分段式大推力固体发动机。我们同样要做到国际一流水准。”

截至目前，世界上推力最大的固体燃料火箭发动机，是美国在航天飞机上应用的固体助推器（SRBicon），采用分段式结构，由四个预制段拼接而成，长度45米，直径3.7米，推力约1245吨。

而航天四院也已经开始了3.5米级分段式发动机的研究工作，任全彬院长透露，这型发动机将由五段构成，最大推力将达到千吨级以上，可应用于大型、重型运载火箭固体助推器中，以满足我国空间装备、载人登月、深空探索等航天活动对于运载工具的不同发展需求，为建立国内固体、液体运载火箭相得益彰、完善的航天运输系统提供更加强大有力的动力支撑。

“国家提出2045年成为世界航天强国，我们对此有充分的信心。”任全彬说，“中国航天技术目前在一些关键领域已经跻身世界前列，现在有国家重视，有资金投入，有项目牵引，有专业队伍，有‘国家至上、争创一流’的精神传承，按照现在的步伐和节奏坚定往前走，爆发力会越来越强劲。”

航天四院的科技工作者们，依然非常低调，他们为国奉献，赶超国际一流技术水平，却注定不为外人所知。任全彬淡然一笑：“我们甘于在这里默默无闻地工作，为国家、为国防、为中华民族伟大复兴做铺路石，归根到底还是因为……这些人是有家国情怀的，都有着‘国家至上’的奉献精神。”

任全彬轻轻地靠着椅背，身后的墙面上，两张巨幅地图特别醒目，一张是中国地图，一张是世界地图。